Linda Mignani

Mitternachts Spuren

Erotischer Roman

Plaisir d'Amour Verlag

Linda Mignani
Mitternachtsspuren
Erotischer Roman

Plaisir d'Amour Verlag
Postfach 11 68
D-64684 Lautertal
www.plaisirdamourbooks.com
info@plaisirdamourbooks.com

ISBN 978-3-938281-85-7

Prolog

Kendrick kämpfte gegen die Fesseln an, die ihn auf dem Altar hielten. Sie brannten kalt auf seiner Haut. Runen glitzerten auf den Seilen aus Dämonenhaar. Allein Chara konnte sie lösen. Die Dämonin betrachtete seine vergeblichen Bemühungen und ein hartes Lächeln legte sich auf ihre Lippen. Hass loderte in ihrem fein geschnittenen Gesicht. „Spar dir die Mühe, Söldner der Dunkelheit."

Ihr langer Fingernagel fuhr über seinen Schenkel und hinterließ eine blutige Spur. Schwer atmend leckte sie an dem Finger entlang, kostete sein Blut. Sie beugte sich hinab, ihre Zunge verbrannte sein Fleisch, bis sie sein Geschlecht berührte. Für einen Moment befürchtete er, sie würde ihrem Zorn nachgeben, dann wäre es vorbei. Ihre türkisfarbenen Augen loderten und hinter der Feindseligkeit sah er einen Schatten entsetzlichen Schmerzes, der tief in seine Seele biss.

„Unsere Verbundenheit währt ewig, Söldner. Leiden wird ein Teil deiner Existenz."

Sogar jetzt lauschte er dem Nachklang der ausgewogenen Stimme. Sie wirkte bereit, zuzuschlagen, aber ein schneller Tod wäre unwürdig, ihren Rachedurst zu befriedigen. Gnade war das Letzte, wonach ihr der Sinn stand.

Der Knebel erstickte seine Schreie. Hilflos sah er grünen Rauch aus ihren Fingerspitzen quellen, der den Weg zu seinem nackten Leib fand, ihn bedeckte und jegliche Wärme aus seinem Fleisch saugte. Unnachgiebig nahm er von ihm Besitz, hinterließ Leere und Angst.

Seine Haut absorbierte den Dunst. Das Schimmern hörte nach wenigen Wimpernschlägen auf. Äußerlich blieb nichts von dem Fluch übrig, jedoch spürte Kendrick, wie sich das Wüten ausbreitete, seinen Körper und Verstand übernahm. Zuerst still, mehr ein kühles und sanftes Wispern.

Die Dämonin verschwand in der Nacht, lediglich der Geruch nach Lilien verblieb in der frostigen Luft.

Nach einigen Augenblicken ließen ihn die Seile aus ihrer Umklammerung. Er krümmte sich zusammen. Hunger erwachte, ungewohnt schrill, fordernd, alles andere auslöschend. Er konnte ihm nicht standhalten. Halt suchend stützte er sich an dem Altar ab. Das Wispern wandelte sich zu einem Tosen, eisig, grausam und riss ihn fort.

Reines Silber ersetzte das Blau seiner Augen. Er stellte sich ihren unheimlichen Glanz vor, während er sein Opfer fixierte, das kalte Lächeln, das die Frau ängstlich wimmernd zurückweichen ließ. Es gab keinen Ausweg. Sie sank auf den Boden. Fast zärtlich zog er sie hoch, bevor er ihr Gewand zerriss, sie fesselte und seine Gier an ihrem Schmerz stillte.

Kapitel 1

Kendrick sah dem Flüchtenden hinterher, betrachtete für einen Moment die hagere Gestalt, die über den Maschendrahtzaun kletterte.

Lior nickte ihm zu. Er kümmerte sich um die Frau, die mehr tot als lebendig in seinen Armen hing.

Daingit!

Sie war kaum erwachsen genug, um Auto zu fahren.

Musste das sein? Er hatte gerade gegessen, wollte ins *Sugar and Chili*, um seinen sexuellen Appetit zu stillen und die Bestie zu besänftigen. Gelangweilt nahm er die Verfolgung auf, überwand den Zaun mit einem Satz. Der Typ floh, als wäre der Teufel persönlich hinter ihm her, und verschwand zwischen den Bäumen des angrenzenden Southerton Gardens. Kendrick konnte es ihm nicht verdenken, der Abschaum war bereits tot, sie beide wussten es.

Er beschleunigte, um ihn noch vor der Boglily Road zu erreichen, weil die B925 in den Abendstunden stärker frequentiert war. Er hatte keine Lust, sich um Zeugen zu kümmern.

Mühelos verkleinerte er den Abstand. Der röchelnde Atem des Fliehenden hörte sich an, als nähme er gleich den letzten Atemzug. Kendrick gönnte es ihm nicht. Einen schnellen Tod hatte er mit seinen Handlungen verwirkt.

Der Zuhälter beging den Fehler, nach hinten zu blicken. Das taten sie immer. Ein Laut puren Horrors löste sich aus der Kehle, da Kendrick nur wenige Schritte entfernt war. Dennoch wollte er nicht aufgeben und schlug einen Haken. Kendrick fiel zurück, umfasste das perfekt ausbalancierte Wurfmesser und zielte auf den Oberschenkel, bedacht, den Muskel zu treffen.

Die Waffe landete punktgenau.

Der Abschaum schrie wie das Schwein, das er war, und ging zu Boden. Kendrick trat ohne Eile heran und ließ ihm Zeit, sich auf den Rücken zu drehen. Er sollte sehen, wie der Schrecken an ihn herantrat. Er versuchte zurückzuweichen, heulte auf, denn die Klinge bewegte sich in seinem Fleisch. Seine Schreie würden gleich ansteigen, doch niemand würde sie hören.

Kendrick hockte sich zu ihm, drehte ihn mühelos auf den Bauch und knebelte ihn mit einem Tuch, schließlich wollte er nicht die ganze Nachbarschaft in Panik versetzen. Die Angelegenheit war privat.

Langsam zog er das Messer aus dem Bein im Wissen, dass die gewellte Klinge beim Herausziehen größeren Schmerz verursachte als beim Eindringen. Der Zuhälter schrie aus Leibeskräften, doch es nutzte ihm wenig. Durch den Knebel verlor sich die Lautstärke, zudem drückte Kendrick seine Visage in die Erde. Die Opfer des Kerls hatten sich auch die Seele aus dem Leib geschrien.

Mit gezügelter Kraft trat er ihm in die Rippen, denn sie sollten nur brechen und nicht die Lunge zerstören.

„Dreh dich um, ich will dir in die Augen sehen."

Der Zuhälter presste sich wimmernd auf den Boden. Kendrick rollte mit den Augen. Früher hatte es mehr Spaß gemacht, Abschaum zur Strecke zu bringen. Die moderne Welt verwandelte menschliche Männer in Wattebäusche.

Alles musste man selbst erledigen. Er packte ihn, drehte ihn grob auf den Rücken, umfasste den Nacken und strich ihm die strähnigen Haare aus der Stirn. Die Augäpfel sprangen fast aus den Höhlen - eine normale Reaktion. Sanftheit versetzte sie stets in größere Panik.

„Du hast dich mit Mächten eingelassen, die dein Können übersteigen." Er lächelte.

Das Arschloch zappelte wimmernd unter seinem Griff, erahnte die Pein, die ihn erwartete, doch in Wahrheit hatte er keine Ahnung. Sein Gehirn war unfähig, es sich auszumalen.

„Das allein wäre ausreichend, um dich zu töten." Mit der Messerspitze zertrennte er das schwarze T-Shirt. Eine blasse, in Schweiß getränkte Brust kam zum Vorschein. „Aber du musstest dich noch an kleinen Frauen vergreifen und versuchen, sie an Dämonen zu verkaufen." Er beugte sich tiefer. „Du hast sie geschlagen, vergewaltigt. Und du hast meinen freien Abend ruiniert." Mit einer Hand packte er die Kehle, drückte zu und ließ ihm gerade genug Luft, um nicht zu sterben. Mit der anderen zog er die Klingenspitze über die Haut. Er nahm sich Zeit.

Als es getan war, zog er einen Sack aus seiner Lederjacke. Glyphen glitzerten auf der Oberfläche, die das Material verstärkten. Er verstaute die Überreste, streute Bannpulver auf den Boden, beobachtete einen Moment, wie sich das Blut aus dem Waldboden löste und der leichte Wind es fortwehte.

Jetzt musste er den Scheißkerl zu seinem Wagen schleppen. Besonders viel Vergnügen hatte es nicht bereitet, den Typ zu töten. Es ging zu einfach. Ihn dürstete nach einer Herausforderung.

Sein Mobiltelefon vibrierte. Eine Nachricht von Nosferat, dem Obersten der Lugus. Er betrachtete sie seufzend. Der Abend war noch immer nicht vorbei. Seine Bedürfnisse mussten warten.

Morven versuchte vergeblich, ein Kichern zu unterdrücken. Es entfaltete sich zu lautem Lachen. Sie saß auf dem Fahrersitz ihres Minis und nur mit Mühe gelang es ihr, sich zusammenzureißen. Sie drehte sich dem Beifahrersitz zu und dort stand er, der rote Koffer. Schnaubend wischte sie sich Tränen aus den Augenwinkeln.

Die Zeit drängte, die Ladys warteten auf sie.

Noch immer fasste sie es nicht, dass sie sich zu dieser Party hatte überreden lassen.

„Gib dir einen Ruck“, hatte ihre Freundin heute Morgen gebettelt. „Ich weiß, dass du das Geld benötigst.“ Betty hatte sie mit einer Mimik bedacht, der ein hartgesottener Klingone nicht hätte widerstehen können. Sie putzte sich lautstark die Nase und lag ermattet auf der Couch.

Sie saß in der Falle und der Rotschopf wusste es. Morven hatte vor ein paar Wochen ihre Arbeit in der Buchhandlung aufgegeben. Zurzeit wandelte Morven ihre Leidenschaft in eine Einnahmequelle. Schon als Jugendliche hatte sie Kleidung entworfen und jetzt endlich den Schritt in die Selbstständigkeit gewagt. Allerdings fürchtete sie sich vor dem eigenen Mut, bekämpfte die Emotion aber entschlossen.

Ihr Laden und das Modelabel sollten *Kit Out* heißen. Sie hieß jeden zusätzlichen Penny willkommen, denn ihre Ersparnisse waren fast aufgebraucht.

„Eine reine Frauenparty.“ Sie hatte Betty einen eindringlichen Blick zugeworfen. „Du versprichst es!“

Ihre Freundin hatte mit den braunen Augen gerollt und sich kraftlos die Haare von der verschwitzten Stirn gestrichen. Vor ihrem inneren Auge sah sie erneut, wie ihre Pupillen für den Bruchteil einer Sekunde die Farbe zu verändern schienen. Sie wirkten violett. Und seit wann besaß Betty derart volle Lippen? Sie hatte das Gesicht intensiv angesehen und die vertrauten Gesichtszüge ließen sie lächeln. Wahrscheinlich hatte das dämmrige Licht ihre Wahrnehmung getrübt.

„Highlander-Ehrenwort. Du verklemmte Nudel.“ Hitze stieg in ihren Kopf bei dem Gedanken an den Fachjargon, der nicht das Geringste ausließ, weder die Körperteile noch die dazu gehörigen Gefühle.

„Du schaffst das, und wag es nicht, das Wort Rosenblüte zu benutzen.“ Ein bohrender Blick hatte sie getroffen. „Außerdem wolltest du deine Schüchternheit besiegen. Das stellt die ideale Gelegenheit dar. Unternehmerinnen müssen stahlhart sein.“

Das war nicht die einzige Baustelle in Morvens Leben. Sie versuchte, ihre Gutmütigkeit in strenge Zielstrebigkeit zu verwandeln, hatte sich viel vorgenommen, und ihr zerbrochenes Herz zu kitten besaß oberste Priorität.

Morven drehte den Rückspiegel, begutachtete kritisch ihr Gesicht und sah dann an sich hinab. Zu ihrem Imagewechsel gehörte es, ihre Kurven nicht länger unter weiter Kleidung zu verstecken. Stretchhose und Jerseyshirt umschmiegten ihren Körper.

„Stahlhart.“ Beinahe hätte sie gelacht wegen des Vergleichs, den Betty vorhin gezogen hatte.

Wenn man sie ansah, dachte niemand an Metall, eher an Plüsch. Die Kleidungsstücke entstammten ihrer eigenen Kreation. Sexy, nicht zu freizügig und das Grün eine Nuance dunkler als ihre Augen. Endlich fasste sie sich ein Herz und stieg aus, trat prompt in eine Pfütze und schnaubte.

Großartig!

Plötzlich sträubten sich die Härchen in ihrem Nacken und ein beängstigendes Gefühl rann über ihren Rücken, gleich einer eisigen Hand, die an ihrer Wirbelsäule entlangstrich. Sie sah sich hastig um. Ihre Nerven spielten verrückt. Entschlossen öffnete sie die Beifahrertür und griff nach dem Koffer.

Verflucht, er wog eine Tonne. Bettys Nachbar hatte ihn in den Wagen getragen. Tom maß Hobbitgröße. Vielleicht hätte sie dem Gekeuche doch mehr Beachtung schenken sollen.

Morven richtete sich auf und stieß sich den Kopf am Türrahmen. Nicht das erste Mal in dieser Woche, Tollpatsch war ihr zweiter Name. Blaue Flecken zierten ständig ihren Körper. Vor sich hinmurmelnd rieb sie die Stelle, die begann, eine Beule zu formen.

Nicht einmal Rollen besaß das blöde Ding. Sie schimpfte, dass sie nicht vor der Tür parken konnte. Parkplätze verfügten über eindeutig männliche Attribute, waren unauffindbar, wenn man einen brauchte.

Das beängstigende Gefühl erfasste sie erneut und schien ihren Nacken zu umklammern. Sie drehte sich um und zuckte vor Schmerz zusammen, weil sie sich den Knöchel verdrehte.

Verdammt! Was war das?

Die Mill Street lag menschenleer vor ihr. Gleich angrenzend lag der Kirkcaldy Golf Club. Anscheinend traute sich heute Abend niemand vor die Tür, denn ein kalter Wind begleitete den Nieselregen, der von der Rasenfläche herüberwehte.

Die Dämmerung verabschiedete sich und mit blitzartiger Endgültigkeit überwältigte Finsternis die Umgebung. Sie musste von hier verschwinden.

Morven hievte den Hartschalenkoffer hoch und eilte auf Kellys Haus zu. Von irgendwo erklang ein irritierendes Geräusch saugender, nasser Socken und vermittelte ein bedrohliches Gefühl, das sie erfolglos zu ignorieren versuchte. Abrupt blieb sie stehen und schaute zurück. Sie blinzelte, um sicher zu sein, dass die schwarzen Schatten nicht ihrer Einbildung entsprangen. Sie kamen vom Golfplatz. Kreaturen der Dunkelheit, die es nicht geben konnte, rasten auf sie zu.

Das durfte nicht wahr sein. Sie spurtete nach vorn, sah wiederholt nach hinten und stolperte. Der Koffer segelte aus ihren Händen, schlug auf der Straße auf und der Inhalt verteilte sich auf dem Boden.

Morven erreichte den Asphalt nicht, weil starke Arme ihren Fall auffingen. Ein frischer Geruch aus den Tiefen eines sonnigen Waldes stieg ihr in die Nase.

Mühelos hielt ein Mann sie. Wo kam der denn her? Sie unterdrückte einen hysterischen Aufschrei.

Unglaublich intensive Augen schauten auf sie herunter und verunsicherten sie mit ihrer Eindringlichkeit.

Noch nie hatte ein Mann sie berührt, der maskuliner ausgesehen hätte. Nicht hübsch oder schön, vielmehr eine dunkle Testosteronbombe. Ihre Hormone gerieten in Aufruhr, doch sie verpasste ihnen einen Dämpfer. Er war verführerisch, gleich einem heimtückischen Schokoladenriegel, einer Erfindung des Teufels, die sich auf Hüften und Oberschenkel setzte, um dort für die Ewigkeit zu verweilen.

Sie starrte ihn an. So auszusehen gehörte verboten. Schwarze Haare umrahmten ein aztekisches Gesicht, ohne Stupsnase und Schmollmund, nicht ein Badboy, sondern ein Badman. Er überragte sie. Ein verdammt großer Kerl.

Yummie.

Seine Augenbrauen schossen nach oben. Mühevoll riss sie sich von dem Anblick los.

„Danke", stammelte sie. Sie schaute zu dem Golfplatz. Keine Schemen weit und breit, sie mussten ihrer Einbildung entsprungen sein. Offenbar hatte sie sich den Kopf fester gestoßen als gedacht.

Er löste seine Hände von ihren Oberarmen und sie spürte die Wärme seiner Berührung einen Moment auf der Haut, begleitet von einem starken Kribbeln.

Oh nein, der Kofferinhalt. So sehr sie es wünschte, der Inhalt verschwand nicht.

Amüsiert betrachtete er die Utensilien. Bevor sie reagieren konnte, hob er Mr. Noodles auf. Er bestand aus gelbem Silikon und stellte männliche Geschlechtsteile mit seiner Größe in den Schatten.

Sie versuchte, ihm den Vibrator zu entreißen, doch er hob die Arme und brachte ihn aus ihrer Reichweite.

Außerordentlich witzig.

Er schaltete ihn ein. Mr. Noodles vibrierte nicht nur, er besaß einen rotierenden Aufsatz, der für die empfindlichste Stelle der weiblichen Anatomie gedacht war. *Klitoris*, ermahnte sie sich, denn ausweichende Worte waren verboten. Wie er sie anstarrte, sich vergnügte, sich an ihrem Unbehagen weidete, als stellte er sich vor, den Vibrator bei ihr auszuprobieren.

„Gib das her."

Sie hegte den Wunsch, sofort zu sterben, im Boden zu versinken und sich dabei am besten noch aufzulösen.

Er betrachtete ihn grinsend. Musste das verdammte Ding auch noch leuchten? Sein amüsierter Blick traf sie, als er ihr das Sextoy in die Hände drückte. Sie warf es in den Koffer, ohne es auszuschalten. Sie durfte nicht in Lachen ausbrechen. Wenn sie damit anfing, gelang es ihr nie mehr, aufzuhören. Wie damals, als sie die Schulaufführung von Sleeping Beauty sabotiert hatte. Noch immer sah sie die gummiartigen Lippen von Charles vor sich, der sie küssen wollte. Sie hatte wiehernd in dem Sarg gelegen und war mit der ganzen Konstruktion auf die Bühne gefallen.

Sie musste die restlichen Vibratoren, Dildos und anderen Gerätschaften, die man in unaussprechliche Körperteile steckte, schnellstmöglich verschwinden lassen.

Er kam ihr zuvor und hob den *Beglücker des Nordens* auf. Betty hatte ihr erklärt, dass es eine Menge Frauen gab, die Analverkehr mochten.

Sie hatte Betty angesehen, als wäre sie verrückt. Aber ihre Freundin musste es wissen, denn sie verdiente nicht schlecht mit den Sextoys. Wer auch die Namen erfand, verfügte über einen eigenartigen Sinn für Humor. Der Schokotrüffel in Leder drückte den Schalter und das gewellte Utensil erwachte mit kraftvollen Bewegungen zum Leben. Er betrachtete es ausgiebig und sah sie provozierend an. Sie erwiderte den Augenkontakt, doch es kostete sie viel, nicht wegzusehen.

Sie würde Betty umbringen, langsam, qualvoll, ohne Bedauern, zwei Mal, um sicher zu sein.

Sein spöttischer Gesichtsausdruck gab ihr den Rest.

„Interessant."

Seine unglaublich tiefe Stimme vibrierte als Bass eines Rocksongs ihre Haut entlang. Funktionierte das, eine Stimme körperlich zu spüren?

Sie errötete, da sie den Text abänderte. *He will, he will fuck you.*

Er kam näher. Automatisch trat sie einen Schritt zurück. Mist, er bemerkte es. Seine Körperhaltung erinnerte an einen Krieger, der bereit war zuzuschlagen. Er wirkte präsenter, dominanter. Als hätte er es nötig. Er kannte seine Wirkung, sie merkte es deutlich.

Er drückte ihr das brummende, stoßende Ding in die Hände. Anzüglich grinsend hob er eine Peitsche mit mehreren weichen Riemen auf. Sie schluckte. Plötzlich füllte ein Bild ihren Kopf, wie sie nackt und in Fesseln vor ihm hing, während er sie auspeitschte, ihr Lustschmerz zufügte, bis sie wimmerte und ihn anbettelte, sie zu nehmen. Was für eine grauenvolle Vorstellung, die sie gleichzeitig reizte. Ahnte er, was in ihrem Gehirn vorging? Sein Wangenmuskel zuckte. Die Intensität seiner Augen gehörte ihr allein.

Aus seiner Linken baumelten Handschellen, überzogen mit pinkfarbenem Plüsch.

Bitte nicht die Nippelklemmen. Er hob sie auf und sah von ihrem Busen zu den Klemmen, malte sich offensichtlich aus, sie anzuwenden.

Was für eine Frechheit!

Was für eine verlockende Idee!

„Ich glaube, das gehört dir." Seine Fingerspitzen berührten ihre. Die Berührung lief prickelnd wie Kohlensäure ihren Arm hinauf und schürte den Wunsch nach Flucht.

Er traf ihren Blick, schon wieder. Für Sekunden ertrank sie in seinen Augen und ein wissendes Lächeln umspielte seine Mundwinkel. Wahrscheinlich verspeiste er Frauen zum Frühstück, nachdem er sich die ganze Nacht mit ihren Körpern beschäftigt hatte. Seine enge Lederhose zeigte deutlich, er benötigte nicht Mr. Noodles, um die Aufgabe zu bewältigen.

Jesus, hatte er sich Socken in die Hose gestopft? Seine Lippen zuckten. Sie wusste, dass sie von ihm weg musste, sonst würde sie sich gleich wimmernd in seine Arme werfen. Sie hatte genug von Männern und dieser repräsentierte den Inbegriff von Treulosigkeit. Einer, der die Herzen seiner Zerflossenen nicht nur zerbrach, sondern monatelang auf ihnen herumtrampelte.

Wieso grinste er jetzt noch breiter? Schließlich standen die Gedanken nicht auf ihrer Stirn.

Sie gab sich keine Mühe, die Sachen an die vorgesehenen Plätze zu legen. Schnellstmöglich stopfte sie alles in den Koffer. Vergeblich versuchte sie, den Deckel zu schließen und keuchte frustriert.

„Soll ich dir helfen?" Spöttisch hochgezogene Mundwinkel trugen zu der Ausstrahlung bei.

Musste er ständig in ihre Augen sehen?

Unfähig zu sprechen, starrte sie Löcher in seinen Brustkorb. Er legte seine Hände auf ihre.

Verdammt, verdammt, verdammt.

Ein machtvolles Kribbeln lief über ihren Körper, als wäre sein Aussehen nicht genug, um sie umzuwerfen. Rasch zog sie die Hände zurück.

„Warum so nervös?"

Nervöser könnte sie nicht sein, wenn ein Raptor vor ihr auftauchte. Mühelos schloss er den Koffer und hob ihn hoch, als wäre er federleicht.

„Ich kann ihn allein tragen."

Er ignorierte sie und ging schnellen Schrittes in Richtung des Backsteinhauses. Selbst sein Gang strahlte Gefahr aus. Ein Typ, vor dem man sich in Acht nahm. Er stellte ihn vor der Tür ab. Sie schluckte hart, denn sie genoss seine ungeteilte Aufmerksamkeit.

„Du hast etwas vergessen. Nicht, dass du es nötig hättest." Er betrachtete ihre Brüste, die sich unter dem Jersey abzeichneten. Dass sie fror, war deutlich zu sehen.

Er reichte ihr den Boob-Buster.

Sie warf ihm einen Blick purer Entrüstung zu und entriss ihm die Tube.

Er grinste dunkel und trat näher. Die Hauswand verhinderte ein Zurückweichen. Sie spürte, dass sie zitterte, ob vor Furcht oder Erregung, sie wusste es nicht.

Er lehnte beide Hände neben ihren Kopf, beugte sich herunter und unterbrach den Blickkontakt nicht für eine Sekunde. Sie sah ihm an, dass er sie genau dort hatte, wo er wollte.

Das wagte er nicht!

Bevor sie weiterdachte, lagen seine Lippen auf ihren. Er küsste sie. Nicht zaghaft, sondern seinem Aussehen entsprechend dominant und hart. Kompromisslos eroberte er ihren Mund. Genauso kompromisslos öffnete sie willig die Lippen und schmeckte ihn. Halt suchend drückte sie den Rücken an die Wand. Jede Körperzelle warnte sie vor der Gefahr, dennoch genoss sie den Kuss viel zu sehr.

Er presste sich weiter an sie, berührte ihre Nippel, die sich durch den Stoff gegen seine Fingerspitzen drängten. Feuchtigkeit und Hitze schossen in ihre Scham.

Seine Wärme löste sich von ihr, ehe sie ihm eine verpassen konnte. Ein Keuchen war alles, was sie über die Lippen brachte.

„Ich werde deine Fantasie eines Tages erfüllen.“ Ein sinnliches Lächeln traf sie, das sie schlucken ließ. „Nicht mit einer Spielzeugpeitsche.“

Was?

Die Worte klangen in ihr nach. Nach wenigen Schritten verschwand er in der Dunkelheit wie ein verdammter Geist.

In diesem Moment wurde die Tür aufgerissen und eine langgliedrige blonde Frau stand im Türrahmen.

„Endlich. Wir warten seit einer halben Ewigkeit. Ich bin Kelly.“

Gerötete Wangen und das Kichern verrieten, dass sie reichlich Sekt getrunken hatte. Morven verspürte das Bedürfnis, eine Flasche Sekt in einem Zug auszutrinken. Sie konnte den Kerl auf ihren Lippen schmecken, seinen Geruch auf ihrer Haut riechen. Sogar die Hitze seiner Berührung war noch spürbar. Ihre Nippel pochten, dabei hatte er sie kaum berührt.

Morvens Füße klebten am Boden. Nur langsam gewann sie die Gewalt über ihre Glieder zurück und ihre Atmung beruhigte sich.

Woher hatte er gewusst, wo sie hinwollte? Was war das für ein seltsamer Abend? Er fügte sich nahtlos in die Vorkommnisse der vergangenen Zeit ein.

„Möchtest du nicht reinkommen?“ Die Blondine umarmte sie. „Du zitterst, komm schnell in die Wärme.“

Morven wusste es besser, sie zitterte nicht vor Kälte. Der Typ hatte sie aus den Socken gehauen. Das aus dem Haus hallende weibliche Gelächter holte sie in die Realität zurück.

Sie griff nach dem Koffer, aus dem vibrierende Geräusche tönten, folgte der Gastgeberin und beschloss, den Zwischenfall für den Moment zu ignorieren. Schließlich hatte sie die Aufgabe, viele Mr. Noodles zu verkaufen. Sie kicherte leise, denn der Vibrator war harmlos, verglichen mit den anderen Utensilien.

Kapitel 2

Kendrick traf Liors Blick und sie brachen in lautes Gewieher aus. Es war ein unvergesslicher, unvergleichbarer Anblick gewesen, sogar für ihn, der gemessen in Menschenjahren, sechs Mal lebte. Kendrick versuchte zu vergessen, wie beschämt Morven ausgesehen hatte, gleich einem Hitzedämon. Die Hitze auf ihrem Gesicht hatte rot geschimmert. Emotionen zu sehen war eine Eigenschaft, über die er als Söldner der Lugus verfügte, ein Vollstrecker, der menschlichen Abschaum jagte und auch solchen, der nicht zu der Gattung Mensch gehörte.

Ihre unüberhörbaren Gedanken hatte er wie ein offenes Buch gelesen. Ihr Wesen war gegensätzlich. Sie träumte von Peitschen, wobei ihr Widerwille ihm nicht verborgen geblieben war. Ausprobiert hatte sie lustvollen Schmerz noch nie.

Ohne lästige Emotionen wie Zuneigung oder Liebe könnte er ihr eine Erfüllung bieten, die sie nie erlebt hatte, die sie nie erleben wollte. Sie wusste nicht, in wessen Antlitz sie gestarrt hatte. Bei der leisesten Ahnung hätte sie schreiend die Flucht ergriffen.

Er würde vor sich wegrennen, wenn er könnte.

Kendrick benutzte Frauen, wie es ihm beliebte. Jemanden zu lieben barg Gefahr. Der tragische Verlust seiner Gefährtin Katha lebte als dumpfer Laut in seiner Erinnerung. Er hatte sie getötet. Zwar stieß er sie nicht mit den eigenen Händen in die Tiefe, aber als der Fluch ihn überwältigt hatte, widerstand er nicht. Er hatte ihr Schmerz zugefügt, bis sie beide zusammenbrachen. Sie erwachte zuerst. Der Anblick ihres zerschmetterten Körpers am Grund der Klippen brannte anfangs wie Säure in seinem Kopf. Sie ertrug das Monster nicht, zu dem der Fluch ihn zwang. Mittlerweile hatte er gelernt, mit der Verdammnis umzugehen. Der Segen der modernen Welt ließ ihn willige, trainierte Opfer mit Leichtigkeit finden. Er war mit sich im Reinen und dieser Zustand sollte bleiben. Solange er nicht liebte, bestand keine Gefahr.

„Du hast sie geküsst." Lior starrte ihn vorwurfsvoll an. „Ich dachte, in letzter Zeit stehst du mehr auf dünne Frauen. Diese mageren Neuzeithühner ohne Busen und nennenswerten Hintern, die rauchen, anstatt zu essen." Liors Vorliebe für Üppigkeit stellte kein Geheimnis dar. Morven wirkte wie ein saftiger Bissen auf ihn. Er wäre viel besser geeignet, über sie zu wachen, aber aus einem unerfindlichen Grund hatte Nosferat Kendrick befohlen, es zu tun.

Ein stählerner Blick hatte ihn vorhin getroffen, ehe er protestierte. Nur ein Volltrottel beanstandete Befehle von Nosferat, dem Ersten der Lugus und seine Einwände blieben ungesagt. Er hatte sie runtergeschluckt wie rostige Nägel. Ihre Lebendigkeit und Weichheit hatten ihn gereizt, zu sehr, um zu widerstehen. Nur ein Mal wollte er weiche Lippen fühlen, die frei von Furcht waren. Sogar bei dem kurzen Kuss begehrte das Monster in ihm auf. Wie schnell ihr Herz geschlagen und wie sie mit dem Gedanken gespielt hatte, ihn zu treten. Da musste sie mit mehr aufwarten, um ihn abzuwehren.

Zum Glück hatte sie es nicht getan, denn er wusste nicht, wie er darauf reagiert hätte.

Er lachte zynisch. Ein Schwert würde sie nicht vor ihm retten.

Lior, die rechte Hand von Nosferat, berührte die Spuren auf dem nassen Boden. „Drei Angelus. Meine Zweifel, dass sie nicht diejenige ist, haben sich gerade in Luft aufgelöst." Der blonde Lugus observierte die Gegend. Seine Körperhaltung verriet Anspannung.

„Sie haben die Fährte aufgenommen und werden Morven nicht freiwillig aufgeben. Gewissheit erlangen wir erst, wenn sie Morven überwältigen und dabei ihre Kräfte wecken." Auf Liors Gesicht lag ein seltsamer Ausdruck. „Wir werden ihnen eine Falle stellen und die Situation kontrollieren." Aus seiner Stimme tropfte die Verachtung, die er für die Kreaturen empfand.

Wieso hatte Nosferat vorhin eingegriffen? Alles wäre geschehen und hätte es ihm erspart, den Babysitter zu spielen. Er sah in die seegrünen Augen seines Freundes. Liors neutrale Mimik entfachte sein Misstrauen. Er wusste, was vor sich ging und versuchte, es vor ihm geheim zu halten. Wahrscheinlich steckte er mit Nosferat unter einer Decke. Die beiden hatten irgendeinen perfiden Plan ausgeheckt und er spielte eine Rolle darin.

Es gefiel ihm nicht und sein Gesicht musste es deutlich zeigen, denn Lior grinste ihn an.

Seine eigenen Empfindungen ließen ihn hämisch auflachen. Morven stellte eine wichtige Schachfigur dar. Dennoch hatte sie bis vor zehn Minuten Leere in ihm erweckt. Jetzt behagte ihm die Idee nicht, dass ihr etwas geschehen könnte. Wenn es nicht dermaßen traurig wäre, würde er lachen. Bislang war sie ein wehrloser Mensch. Es sollte ihm gleichgültig sein, solche weichgespülten Gefühle durfte er nicht zulassen.

„Sie haben ihre Spur zeitgleich mit uns gefunden. Ein seltsamer Zufall." Lior sprach seine Gedanken aus.

Die Ereignisse erlangten eine unerwartete Wendung. Sie suchten nach Beweisen, um die Angelus zu überführen. Eine Mordwelle brandete über Schottland und Wales mit grausam verstümmelten, zerfetzten Opfern, zum Teil blutleer. In aller Öffentlichkeit ließen sie die Überreste zurück. Die Morde waren nicht charakteristisch für die Angelus, denn sie töteten leise und unbemerkt im Hintergrund.

Er verspürte deutliches Unbehagen, sein Instinkt sagte, dass sie die falsche Fährte verfolgten, zumindest, was die Tötungen anging. Dennoch mussten sie verhindern, dass die Angelus Hand an Morven legten und sie mit in ihr Reich nahmen.

„Diesen Umstand sollten wir nutzen." Sein Entschluss stand fest. „Ich wache in der Gestalt eines Madras über sie."

Lior bedachte ihn mit einem amüsierten Blick. „Eine gute Idee. Hoffentlich zieht sie keine Katzen vor." Er lachte laut. „Du solltest aufpassen, dass sie dir nicht auf den Schwanz tritt. Sie erscheint mir ein wenig tollpatschig."

Als Lior ging, fiel ihm auf, dass der Gesichtsausdruck seines Freundes dem eines Löwen ähnelte, der die Antilope in die Ecke gedrängt hatte. Es missfiel ihm, sich wie eine Antilope zu fühlen.

Morven und Kelly verweilten gekrümmt in dem kleinen Flur.

„Mein Bauch schmerzt vor Lachen", prustete die Blondine, „Ich erinnere mich nicht, wann ich das letzte Mal dermaßen viel Spaß hatte."

Morven genoss jeden Moment, stellte doch die Ladys Party eine willkommene Unterbrechung ihrer entsetzlichen Einsamkeit dar. Bei sämtlichen unanständigen Worten waren die Damen zusammen mit ihr in Gelächter ausgebrochen. Sie glaubte es kaum. Nicht nur Mr. Noodles hatte sich hervorragend verkauft, Heather Monroe erwarb den *Beglücker*. Sie schüttelte sich bei der Vorstellung, dieses Utensil zu benutzen. Dann grinste sie. Woher wollte sie es wissen, wenn sie es nicht probierte? Die Peitsche fand reißenden Absatz, nicht dazu gedacht, starken Schmerz zuzufügen, sondern ein Accessoire für das Liebesspiel. Bei dem Gedanken an das Spielzeug fiel ihr das Intermezzo mit Mr. Superkerl ein.

Er würde ihre Fantasie real werden lassen. Was hatte ihn veranlasst, diese Worte zu sagen? Er hatte sie überrumpelt, was ihr die passende Erklärung lieferte, wieso sie ihn nicht getreten hatte, als er sie frech küsste. Der Kerl konnte küssen, das gab sie zu. Und wie sich seine Hände angefühlt hatten, rau und zielstrebig.

Wahrscheinlich würde sie noch in zehn Jahren erröten, wenn sie an diesen Vorfall dachte. Nur an seine gefährliche Ausstrahlung zu denken, ließ ihr Herz stürmischer schlagen.

Ausgerechnet sie, die jedem Risiko aus dem Weg ging. Sie verkörperte eine typische Jungfrau, überlegte es sich gründlich, bevor sie zur Tat schritt. Nicht, dass sie an Sternzeichen glaubte. Männer bereiteten ihr im Moment genauso viel Vergnügen wie ein Zahnarztbesuch ohne Betäubung. Zu tief saß der Schmerz, den Brian ihr zugefügt hatte. Sie packte den Gedanken an ihn in ihren virtuellen Papierkorb. Das erste Mal in ihrem Leben hatte sie jemandem vertraut. Das passierte nicht so schnell wieder, vielleicht niemals.

Sie verabschiedete sich von den kichernden Frauen. Die Schottinnen von heute waren erfrischend verdorben und aufgeschlossen für die Errungenschaften der Wissenschaft und der neuesten Technologie.

Morven schleppte den Koffer auf den Mini zu, versuchte, nicht an die Angst zu denken, die sie vorhin gespürt hatte. Starker Regen prasselte auf sie herab und sie Idiotin trug keine Jacke. Nach wenigen Metern glich sie einem ertrunkenen Waschbären.

Sie sah zu ihrem Auto und erfasste einen großen Umriss, der die Fahrertür bedeckte. Abrupt verharrte sie in der Bewegung. Es gab weder Bären noch Riesenwölfe in Schottland. Aufatmend erkannte sie, dass es ein Hund war.

„Gott, hast du mich erschreckt." Vorsichtig trat sie näher. Er sah nicht bösartig aus. Ihre Einschätzung bekräftigte sich, denn er stand heftig mit dem Schwanz wedelnd auf. Das Fell des Rüden klebte an seinem Körper. Ein schwarzer Schäferhund, der ganze Kühe zum Mittagessen verspeiste. Mitleiderregend sah er sie an, wie nur Vierbeiner es taten. Sie liebte Hunde, doch ihre Berufstätigkeit hatte es nicht zugelassen, einen zu besitzen.

„Bist du weggelaufen?"

Sie hockte sich zu ihm und legte die Hände um sein dunkles Haupt. Er stellte beide Ohren auf, eines knickte in der Hälfte um. Seiner niedlichen, hilflosen Ausstrahlung könnte nur Darth Vader widerstehen. Ein Zittern lief durch seinen Leib. Er winselte und platzierte seinen Kopf auf ihrer Schulter, atmete leicht in ihre Halsbeuge.

Beklemmung durchdrang die Nacht und Kälte kroch in ihre Glieder. Sie wollte dem Gefühl entkommen.

Seine Augen schimmerten eigenartig auf eine vertraute Weise. Irgendwo hatte sie das schon einmal gesehen. Ein absurder Gedanke.

Das dämmerige Licht verhinderte, Genaueres zu erkennen.

Ein Niesen begleitete das erneute leise Winseln. Ihr Entschluss stand fest. Nur ein Unmensch würde ihn in der eisigen Dunkelheit zurücklassen. Sie breitete eine Decke auf der Rücksitzbank aus. Sein tropfnasses Fell erinnerte an einen vollgesogenen Teppich. Der arme Kerl sprang auf den Rücksitz und füllte ihn vollständig aus.

Sie strich ihm lachend über den Kopf. „Keine Angst. Du bleibst bei mir, wenigstens heute Nacht."

Sie sicherte ihn mit einem Gurt, verstaute den Koffer auf dem Beifahrersitz, und endlich saß sie im Trockenen. Kopfschüttelnd sah sie ein letztes Mal zum Golfplatz. Monster fand man nur, wenn man danach suchte.

Nie war ihr eine Fahrt dermaßen lang vorgekommen. Ihr Blick streifte die vertraute Fassade ihres Cottages am Rande des Raith Estate. Sie liebte die Abgeschiedenheit und dankte im Stillen ihrer vor ein paar Monaten verstorbenen Tante Una, die ihr das gemütliche Haus vererbt hatte. Eine schrullige Frau, wie die Nachbarn aus der weiteren Umgebung erzählten. Im Mittelalter wäre sie als Hexe verbrannt worden, erklärte Mrs. Birch und sah sie dabei an, als plante sie, Morven eigenhändig auf den nächstbesten Scheiterhaufen zu stellen.

Sie seufzte. So unähnlich war sie Una nicht. Sie zog Einsamkeit vor, hasste Menschenmengen und Partys. Unter Fremden fühlte sie sich unwohl. Das war eindeutig absonderlich und bot nicht die besten Voraussetzungen, um in die Selbstständigkeit zu treten. Stück für Stück arbeitete sie seit Wochen daran, ihre Verhaltensweisen zu ändern, ohne bislang große Fortschritte zu erzielen. Kürzlich hatte sie freiwillig eine Party besucht und sich halb zu Tode gelangweilt.

Sie drückte die Haustür hinter sich zu. Wärme umfloss sie und sie seufzte auf, genoss das Gefühl der Sicherheit, das sich immer einstellte, sobald sie über die Türschwelle trat. Es war nicht nur Einbildung, sie spürte es körperlich, denn ihr Herzschlag verlangsamte sich.

Mit Stolz betrachtete sie den frisch geschliffenen und gewachsten Parkettboden. Ohne jegliche Hilfe hatte sie die Renovierung bewältigt. Sein goldener Ton beruhigte ihre Nerven, genauso wie die Orangetöne, die einige der Wände zierten.

„Warte." Sie begutachtete den Hund im Licht der Lampe. Augen von einem intensiven Kobaltblau sahen sie an. Sehr ungewöhnlich für einen Hund, sogar für einen Menschen. Sein Blick strahlte Intelligenz aus.

Sie trocknete ihn mit einem Handtuch ab, und weil er noch zitterte, föhnte sie ihn. Sein unglaublich weiches Fell schimmerte blau-schwarz. Mitternachtsblau. Sie streichelte darüber und genoss das seidige Gefühl an den Fingerspitzen. Es gefiel ihm, denn er drehte sich von einer Seite zur anderen.

Er begleitete sie in ihr Schlafzimmer und ließ sie nicht aus dem Blickfeld. Sie zögerte einen Moment, bevor sie die Kleidung ablegte, und rief sich zur Ordnung. Lächerlich, Scham vor einem Vierbeiner zu verspüren, auch wenn er vor ihr saß und genau beobachtete, was sie tat.

Sie zog sich aus und ging in das Badezimmer. Der Hund folgte ihr auf den Fersen und sein Blick klebte an ihrem Po.

So ein Lustmolch.

Misstrauisch sah sie ihn an. Seine Größe beeindruckte, denn der Rücken reichte bis zu ihrer Hüfte. Seine tollpatschigen Bewegungen verrieten, dass er noch nicht ausgewachsen war. Etwas höher und sie könnte auf ihm reiten.

Sie schloss die Badezimmertür vor seiner Nase. Zum Glück hatte sie eine frisch renovierte Nasszelle geerbt. Eine Renovierung hätte ihre finanziellen Möglichkeiten gesprengt. Nachdenklich betrachtete sie die apfelgrünen und weißen Bodenfliesen, die ein kompliziertes Muster formten. Sie vermutete, dass es Runen darstellte. Überhaupt zierten Runen zahlreiche Stellen im Haus und um das Cottage, sei es auf der Einfahrt oder auf dem kleinen Weg, der durch den Vorgarten führte.

Das heiße Wasser in der offenen Dusche half, ihre Gedanken zu sortieren. Den Vorfall auf dem Golfplatz musste sie sich eingebildet haben. Es gab keine Schatten, die Kreaturen mit Engelsflügeln ähnelten. Engel entsprangen dem Guten. Wenn sie existierten, wären ihre Umrisse nicht bedrohlich. Das, was sie gesehen hatte, wirkte wie Engel der Finsternis. Sie dachte an die Unruhe, die sie in letzter Zeit plagte. Oft beschlich sie das Gefühl, dass jemand sie beobachtete. Gedächtnislücken suchten sie heim.

Sie lief an dem Spiegel vorbei und versuchte, nicht hinzusehen, tat es aber dennoch. Zurzeit durchlief sie eine Ich-bin-fett-und-hässlich-Phase.

Unter ihren Brüsten konnte sie einen Bleistift einklemmen. Sie hatte es gestern ausprobiert und war in Tränen ausgebrochen. Warum entsprach sie nicht einer anmutigen, hochgewachsenen Elfe, die nicht im Schnee versank? Sie gehörte zu den Dunkelhobbits, war grüblerisch mit ihrer Unergründlichkeit. Oder eine Bauchtänzerin. Zu diesem Zweck besaß sie die perfekte Figur. Ob sie sich in einem Kursus anmelden sollte? Sie seufzte. Ihr fehlte die Zeit. Spielerisch bewegte sie die Hüften und grinste ihr Spiegelbild an. Ganz so grässlich sah sie nicht aus, wenn sie ehrlich war.

Der Hund saß noch an der gleichen Stelle.

„Du brauchst einen Namen, auch wenn ich dich nicht behalten kann. Jemand will dich zurückhaben." Das gefiel ihr nicht. Welcher Name passte zu ihm?

„Gefällt dir Tumble?" Er zuckte mit den Ohren und starrte sie intensiv an. Sie beschloss, es als Einverständnis zu werten.

Sie zog den froschgrünen Morgenmantel enger um den Körper. Tumble betrachtete ihre roten Noppensocken mit einem Ausdruck von Belustigung. Sie blinzelte und ein normaler Hundeausdruck sah zurück.

„Ich weiß zwar nicht, wie es dir geht, aber ich verhungere." Soviel dazu, dass sie heute auf das Abendessen verzichten wollte. Sie überschlug die Kalorien und Kohlenhydrate und das Ergebnis ließ sie seufzen. Die kurze Joggingrunde reichte morgen nicht. Um sicher zu sein, musste sie abends noch Rad fahren. Es war ihre Kohlenhydratwoche. Die beiden nächsten Wochen waren für kohlenhydratarme Nahrung reserviert. Wenn sie den strengen Essensplan nicht einhielt, nahm Mr. Waage fürchterliche Rache.

Mistkerl!

Tumble folgte ihr bellend in die Küche. Es verriet seine Größe. Mit ihm im Haus gehörte die Angst vor Einbrechern der Vergangenheit an. Er wäre die perfekte Begleitung bei ihren Läufen. Mehrmals war sie in den letzten Wochen auf unflätige Teenager getroffen. Ihre hüpfenden Brüste, die auch nicht mit einem Sport-BH in den Stillstand gezwungen werden konnten, schienen die Gehirne von Männern, gleich welchen Alters in den Zustand von Höhlenmenschen zu versetzen. Irgendwie vermehrten sie sich von Jahr zu Jahr. Oder wurde sie einfach alt? Laut Werbung und diversen Frauenmagazinen sollten Frauen über neunundzwanzig sich am besten einschläfern lassen.

„Magst du Nudelauflauf mit Thunfisch?"

Sie hatte gestern genug für drei Tage gekocht und erhitzte eine Portion in der Mikrowelle. Ihm stellte sie einen Teller mit dem kalten Auflauf vor die Nase.

Er schnaubte missmutig und stupste ihren Teller an. Ein Ausdruck puren Vorwurfs lag auf dem Gesicht und er zog sogar die Nase kraus.

„Du möchtest warmes Essen?“

Sie schüttelte den Kopf.

„Ich bereue es jetzt schon. Dir wird übel.“

Zu ihrem Erstaunen wurde ihm nicht schlecht und er fraß den gesamten Rest. Anschließend trank er eine Schüssel Wasser, obwohl er verlangend auf ihr Glas Orangensaft sah.

„Offensichtlich hast du keine Figurprobleme.“ Er legte seinen Kopf auf ihre Knie und sie streichelte das glänzende Fell. Die Wärme seines Körpers wirkte beruhigend. Sein Geruch nach sonnigem Wald rief eine Erinnerung wach, die sie nicht deuten konnte.

Anstatt in der Küche zu sitzen, sollte sie sich ihren Entwürfen widmen. Sie hatte eine Menge zu erledigen. Morven traf Tumbles Blick.

„Komm, ich zeige dir meine Designs.“

Sie sprach mit einem Hund, aber immer noch besser, als Selbstgespräche zu führen, so wie im Supermarkt. Und ausgerechnet Mrs. Birch hatte sie dabei beobachtet.

Das Atelier lag angrenzend an das Wohnzimmer. Sie arbeite hart daran, das *Kit Out* zu öffnen. Die normale Schottin stellte eine Marktlücke dar.

Viele Frauen hassten es, ihre Körper in Hüftjeans zu quetschen und ein Oberteil anzuziehen, das mit Mühe ihre Bauchnabel bedeckte. Der Erfinder der Hüfthose gehörte aufgespürt und aus der Stadt gejagt, war er doch ein Frauenhasser mit einer Knabenfigur, der seine Mutter ausgestopft im Keller aufbewahrte. Und mit Sicherheit war er schwul.

Morven entwarf Kleidung für die durchschnittlich gebaute Frau, die die weiblichen Formen unterstrich. Die Trägerin sollte sich sexy fühlen, wenn sie es wünschte und sich nicht schämen, dass ihre Figur nicht auf dem Stand einer Zwölfjährigen stehen geblieben war.

Tumble folgte ihr und berührte sie wiederholt mit der Nase. Der Raum war nicht annähernd geräumig genug, aber mit allem ausgestattet, was sie brauchte. Ein Zuschneidetisch, Nähmaschinen und Kleiderstangen, gefüllt mit fertigen Entwürfen. Die Schneiderpuppe hieß Mrs. Tough und trug ein rotes, knielanges Kleid. Morven musste den Saum abstecken und den Ausschnitt mit einem Beleg versehen. Lange hatte sie nach einer Schneiderpuppe gesucht, die nicht wie Twiggy aussah. Fündig wurde sie in Buckhaven. In dem kleinen Laden hatte sie mehr Geld gelassen als geplant. Er führte die ungewöhnlichsten Accessoires in seinem Sortiment. Sie nahm einen der glänzenden perlmuttfarbenen Knöpfe in die Hand. Sie hatte noch immer nicht herausgefunden, was es für ein Material war. Kunststoff sah anders aus.

Es absorbierte ihre Körperwärme und veränderte die Farbe in ein schimmerndes Grün, das ihrer Augenfarbe glich. Seltsam.

Kopfschüttelnd griff sie nach einer Kreation, die herausstach. Dieses Teil passte keiner Schottin, außer, sie wäre Hulk. In diese Lederjacke passte ein breitschultriger Mann. Das Material schien eine schützende Aura auszustrahlen und sie schmunzelte wegen ihrer abstrusen Gedanken. Sie wusste nicht, wieso sie so fühlte, doch jedes Mal, wenn sie das Kleidungsstück berührte, hatte sie das Gefühl, eine Membran legte sich über ihren Körper wie ein Schutzschild.

Aus heiterem Himmel hatte sie die hüftlange Jacke entworfen und tagelang sämtliche Geschäfte nach dem richtigen Material durchkämmt. Letztlich landete sie in einer Gerberei in Glenrothes, in der Nähe von Loch Leven. Der Einkauf war eigenartig verlaufen. Sie hatte kaum den kleinen Laden betreten, da zog der Besitzer eine Lederhaut aus einem Stapel, ohne ein Wort mit ihr zu wechseln. Nur ungenau konnte sie sich ins Gedächtnis rufen, wie er ausgesehen hatte. Seine Hautfarbe war fast schwarz, die Augen leuchtend grün. Sie sah vor ihrem inneren Auge vage ein Tattoo auf seiner Wange, ein seltsames Schriftzeichen, doch wenn sie versuchte, sich daran zu erinnern, schmerzte ihr Kopf.

Auf alle Fälle hatte sie genau das angebotene Material gesucht. Die Haut besaß eine unglaubliche Textur. Obwohl sie dick war, hatte Morven nie ein weicheres und flexibleres Leder berührt. Je nach Lichteinfall schimmerte es schwarz oder mitternachtsblau wie Tumbles Fell. Die Größe der Haut hatte sie beeindruckt. Von welchem Tier mochte sie stammen? Von einer Kuh jedenfalls nicht. Ihre Zweifel, dass die Nähmaschine das Leder nicht bewältigen könnte, erwiesen sich als grundlos. Schon das Zuschneiden erwies sich als mühelos, denn die Schere zerschnitt das Material wie Seide.

Der Besitzer hatte sie mit ihrem Namen angesprochen, als sie bezahlte. Jetzt realisierte sie, dass er es getan hatte, bevor er auf ihre Kreditkarte sah.

Fast besessen hatte sie an dem Teil genäht und war erst zufrieden, als sie das dunkelrote Futter einnähte. Auch das Futter hatte sie in der Gerberei gekauft. Es passte perfekt. Ihr gefielen die seltsamen Schriftzeichen, die in die Oberfläche gewebt waren. Sie berührte sie und ein leichtes Kribbeln umfloss warm ihre Fingerspitzen. Eigenartig.

Bis vorhin hatte sie niemanden gekannt, der in die Kreation hineinpasste.

Trüffel würde sie mühelos ausfüllen.

Sie musste aufhören, an ihn zu denken. Er würde sie keines zweiten Blickes würdigen und war mehr der Typ für langbeinige Superweibchen. Dann lachte sie. Er hatte durchaus Interesse gezeigt.

Bei dem Gedanken an die Begegnung mit dem Unbekannten stieg ihre Körpertemperatur. Sie spürte seine Lippen auf ihren, die Härte seines Körpers. Ungewollt trat ein Bild vor ihre Augen, wie er sie peitschte.

Verdammt! Jetzt reichte es. Die Fantasie verursachte Übelkeit. Dennoch ... sie verspürte einen Anflug von Neugierde. Wie fühlte es sich an, wenn so ein Kerl sich einfach nahm, was er wollte und sie zwang, ihm zu Willen zu sein? Woher kamen diese Einfälle? Sie passten nicht zu ihr. Brian hatte sich nie etwas genommen. Er hatte sie mit Zärtlichkeiten überhäuft, die sie aufsog wie eine Wüste, dankbar für jede Gefühlsregung, die er zeigte. Sie hatte die Kälte in ihrem Wesen vertrieben, bis der letzte Stein ihrer Schutzmauer zerbrach. Danach hatte sie sie erneut aufgebaut, stärker, dicker und entschlossener.

Sie blieb vor der Overlockmaschine stehen, ihrer persönlichen Nemesis. Einen ganzen Tag hatte sie benötigt, bis sie endlich herausfand, wie sie das Garn einfädeln musste, weil die Gebrauchsanweisung fehlte. Sie hatte wertvolle Ersparnisse in den Kauf gesteckt.

Vielleicht ergab sich ein weiteres Standbein durch den Verkauf von Sextoys? Sie könnte eine Geschäftsbeziehung mit Betty eingehen und auf den Partys ihre Kleidung anbieten. Die Idee gefiel ihr. Lingerie in ihr Sortiment aufzunehmen versprach lukrative Möglichkeiten.

Tumble stupste sie an, verlangte, dass sie ihn streichelte.

„Weißt du was? Wir gehen ins Bett. Ich bin viel zu erschöpft, um mich auf die Arbeit zu konzentrieren." Plötzlich erschien ihr die Einsamkeit des Cottages erdrückend. Die Nachwirkung des Grusels vor den Schatten ließ sich nicht verdrängen und sie rieb sich fröstelnd über die Oberarme.

Sie schlug die Decke des Doppelbettes zurück und schaute zu Tumble. Heute nahm sie die Hundehaare auf dem Laken in Kauf, denn seine Nähe wirkte beruhigend.

Als hätte er ihre Gedanken gelesen, sprang er auf die Seite, auf der Brian immer gelegen hatte, als sie noch in seiner Wohnung lebten. Sie schluckte bei der Erinnerung, wütende Trauer wollte sie erfassen, doch sie schüttelte die Empfindung energisch ab. Hinein damit in den Papierkorb.

Der Morgenmantel landete auf dem Boden. Sie schlüpfte ins Bett und genoss das Gefühl eines Lebewesens neben sich. Lächelnd legte sie Tumble eine Hand auf den Kopf und schlief kurz darauf ein.

Kendrick atmete so schnell, dass sein Bauch einem Blasebalg glich. Ihr Duft füllte seine Nase. Verdammt, sie roch köstlich nach Äpfeln, Wind und Sonne.

Sie schlief nackt. Ihr herrlicher Körper besaß ausgewogene Rundungen, zudem lud er dazu ein, ihr den Arsch zu versohlen und die Nippelklemmen anzubringen.

Er spürte eine sinnliche Hitze in ihr, ahnte, dass sie Sex mochte und für Experimente aufgeschlossen war.

Brillant.

Schlaf rückte in weite Ferne. Die Verlockung schien unerträglich.

Morven träumte intensiv. Von ihm!

Er versuchte in keiner Weise, ihren Traum zu ignorieren, spielte er doch die Hauptrolle.

„Komm her."

Er grinste, denn er trug nichts außer einem offenen weißen Hemd und enge schwarze Boxershorts, die gut ausgestattet waren. So also stellte sie sich sein bestes Stück vor. Von wegen Größe sei unwichtig.

Sie stand in ihrem Schlafzimmer, bekleidet mit einem durchsichtigen roten Negligé und wich vor ihm zurück. Furcht und Erregung glommen in ihren Augen.

„Gehorche mir oder ich bestrafe dich."

Kendrick schmunzelte. Sah er derart bedrohlich aus?

„Das wagst du nicht", hauchte sie und erwiderte herausfordernd seinen Blick, wollte sie doch, dass er genau das tat.

Er erreichte sie mit zwei Schritten, packte sie an der Taille und setzte sich auf den Bettrand. Ihr strampelnder Körper lag über seinen Knien und der pralle Po schimmerte durch den Stoff. Um sie zu fixieren, zog er einen Kabelbinder aus der Hemdtasche und zurrte ihn um ihre Handgelenke.

Er schüttelte den Kopf, denn er benutzte lederne Handschellen. Die Plastikstrippen verursachten Verletzungen. Seine Opfer erlangten Wunden ausschließlich durch Gerte oder Peitsche.

Er schob den dünnen Stoff nach oben, sodass er ihren blanken Po begutachten konnte.

Ihre Erregung kitzelte in seiner Nase, nicht nur in dem Traum. Das Monster in ihm hob sein hässliches Haupt, aber er widerstand, war nicht bereit, sich aus ihrer Fantasie zu lösen.

„Du forderst es heraus." Seine Stimme glich einer sinnlichen Versuchung und der Gesichtsausdruck dem eines Marathonläufers, der ein Weizenbier entdeckte.

Mit der Handfläche berührte er die seidige Haut und prüfte die Festigkeit der Pobacke, ehe er zuschlug. Inzwischen hatte er sie mit einem Seidentuch geknebelt.

Kendrick grinste, denn er knebelte seine Gespielinnen nicht, zu sehr genoss das Biest die Schreie, das Wimmern, die Begierde. Und nicht nur das Biest.

Im Traum keuchte sie ihre Empörung in den Knebel. Lust benetzte die Innenseiten ihrer Schenkel, er roch es und unterdrückte mühsam das Verlangen, sich zu nehmen, was sie ihm anbot.

Sie seufzte unter den Schlägen, die sein virtuelles Ich sanft ausführte.

So stellte sie sich das vor. Er würde dieses Spiel höchstens zur Einleitung benutzen.

In der Hand hielt er den albernen gelben Vibrator. Er führte ihn an ihre Klitoris und brachte sie nach wenigen Sekunden zum Orgasmus.

Nicht nur im Traum.

Dieser hörte auf, wo es bei ihm erst anfing. Er begnügte sich nicht mit einem rosigen Po.

Er sprang aus dem Bett und die Krallen klickten auf dem Parkettboden. Richtung Badezimmer änderten sie sich in das Geräusch von Füßen.

Kendrick drehte das kalte Wasser auf.

Nagend und brennend forderte der Hunger Befriedigung. Ein Besuch im *Sugar and Chili* stand aus, dort erwarteten ihn ausgebildete Partnerinnen, die ertrugen, was er tun musste. Die Dämonin, die ihn verflucht hatte, konnte nicht wissen, dass sich die Welt freizügig weiterentwickelte. Wenigstens löste er keine Suizide mehr aus. Eine normale Beziehung befand sich allerdings außerhalb seiner Reichweite. Daran zu denken war verschwendete Energie.

Verdammter Mist! Was stimmte mit ihm nicht? Er brauchte einen harten Schlag in die Eingeweide. Lior schuldete ihm einen Gefallen und war imstande, es durchzuführen.

Die Angelus hätten Morven beinahe entführt. Der Gedanke verursachte Übelkeit. Es war reines Glück, das die Lugus sie observiert hatten. Morven war vor wenigen Tagen aus dem Nichts auf ihrem Radar erschienen, was eigentlich unmöglich war. Oder hatte Nosferat es gewusst und ihn absichtlich in die Irre geführt? Plante er, zwei Fliegen mit einer Klappe zu schlagen? Die Engel der Finsternis stellten eine Pest dar. Lange hatten sie sich im Hintergrund gehalten, doch in letzter Zeit kamen sie an die Oberfläche und suchten die offene Konfrontation. Sie verlangten mehr Macht, wollten sich in keiner Weise von den Lugus vorschreiben lassen, wie sie ihre Bedürfnisse befriedigten.

Sie forderten die Lugus heraus, die Lugus schlugen sie zurück. Alle paar Wochen fand eine Wiederholung des Spiels statt. Die Morde waren neu. Sie fingen urplötzlich vor einigen Monaten an. Noch ahnte die Menschheit nicht, was da zwischen ihnen weilte und so sollte es auch bleiben. In Büchern und Filmen zeigte sich die menschliche Rasse aufgeschlossen. Dort genossen sie das Grauen mit einem Schauder auf dem Rücken. Es am eigenen Leib zu erleben, dazu waren sie nicht bereit.

Die Angelus konnten jederzeit erneut zuschlagen. Morven zog sie an wie eine unwiderstehliche Droge. Sie würden sie skrupellos quälen, um die Droge zu bekommen, sie jahrzehntelang am Leben erhalten und ihren Körper plündern, bis er aufgab. Sie würde bei vollem Bewusstsein außerordentlich langsam und extrem grausam sterben.

Die Engel der Finsternis zielten auf ihr Blut und die Silbertränen ab. Die Lugus vermuteten, dass Morven eine Armanach war, keine Rüstungsschmiedin, sondern die Rüstungsschmiedin. In den falschen Händen gab sie eine mächtige Waffe ab.

Sobald die Angelus ihr Blut schmeckten, würden sie wissen, welche Werte sie barg. Den Angreifer würde es das Dasein kosten, weil seine Physis nicht in der Lage war, ihre Energie zu überstehen. Sie konnten Morven nur tröpfchenweise genießen.

In ihrem jetzigen Zustand besaß sie allerdings keine Chance, die Kräfte schlummerten unbemerkt in ihr. Einzig die Anwesenheit der Lugus hatte die

Kreaturen in die Flucht geschlagen. Die Lugus traten geballt auf und Nosferat überwachte die Operation. Kendrick war ein Jüngling verglichen mit Nosferat und Lior.

Ihre Handtasche lockte ihn, denn sie verriet viel über die Besitzerin. Eine braune Umhängetasche. Fünf Lippenstifte, Geldbörse, Kamm, Kugelschreiber, Ibuprofen, Pfefferspray, Valium mit Fischgeschmack. Was zum Teufel wollte sie damit?

Er trat an das Bett und zog die Decke herunter. Sie schlief auf der Seite, mit angewinkelten Beinen. Er berührte ihren Po. Seidig und fest, gleichzeitig prall, eine verführerische Kombination. Diesen Arsch zu bearbeiten versprach eine Menge Spaß, doch er versagte sich ihn. Er könnte sie sofort an das Bett binden, die alberne Spielzeugpeitsche holen, und sich mit ihr vergnügen. Sie würde gar nicht wissen, wie ihr geschah. Doch er verspürte Skrupel, denn sie war nicht ausgebildet und das, was er tun musste, wäre zu viel für sie. Und da war das fremde Gefühl, das er im entferntesten Winkel seines Bewusstseins spürte, das ihn ängstigte wie der Rachen eines Eisdrachens.

Er wandelte sich in die Gestalt des Madras zurück. Der Duft ihrer Erregung war noch deutlich wahrnehmbar.

Daingit!

Der Effekt der kalten Dusche löste sich auf. Schlaflos verbrachte er die Nacht und kämpfte wiederholt die Bestie nieder, die in ihm wütete. Er verfluchte den Obersten der Lugus, verfluchte den Tag, an dem er Charas Gefährten getötet hatte. Liebe befand sich außerhalb seiner Reichweite.

Monster empfanden Hass, nur auf diese Weise überlebten sie.

Kapitel 3

„Sei froh, dass du kein Schaf bist, aus dir könnte man wunderbare Pullover stricken."

Tumble bohrte seine Nase zwischen ihre Rippen und sie fiel auf den Rücken. Lachend hielt sie ihn davon ab, ihr durch das Gesicht zu schlecken.

„Lass uns herausfinden, wer dich vermisst." Schweren Herzens wählte sie die Nummer des Dog Rescue in Edinburgh. Ihr Anruf blieb erfolglos. Das Telefonat mit der örtlichen Polizei in Kirkcaldy verlief genauso vergebens.

Sie rieten ihr, einen Tierarzt aufzusuchen, um zu überprüfen, ob er einen Chip trug.

Kritisch begutachtete sie ihn.

„Ich könnte schwören, du bist über Nacht gewachsen. Du gehörst einer ungewöhnlichen Rasse an, ein Schäferhund gepaart mit einem Riesenwolf. Wer weiß, vielleicht verwandelst du dich in einen Werwolf?" Sie lachte angesichts der absurden Idee.

Er warf sich zufrieden seufzend auf den Boden, als sie seinen Bauch kraulte. Gern kam sie der Aufforderung nach. Ihr gefiel es, ein Lebewesen zu streicheln, seine Wärme zu spüren und in seine treuen Hundeaugen zu blicken. Sie hatte sich verliebt.

Sie verspürte Erleichterung, dass niemand Tumble vermisste, spielte sie doch mit dem Gedanken, ihn zu behalten.

„Was hältst du von einem Morgenlauf?"

Sie trug enge Laufbekleidung und war begierig, vor dem Frühstück Kalorien zu verbrennen. Die dunkelgrüne Capri-Laufhose und das dazugehörige T-Shirt hatte sie letzte Woche genäht. Die passende Fleecejacke stattete sie mit maigrünen Ärmeln aus.

Nieselwetter begrüßte sie. Morven liebte das schottische Wetter. Mit Schaudern dachte sie an einen Ägyptenurlaub mit Brian zurück. Eine unerträgliche Hitze, begleitet von Durchfall und Erbrechen. Es war die Hölle auf Erden gewesen.

Nach ein paar Metern erreichten sie den Waldweg. Die Luft roch herrlich, genauso frisch und würzig wie der Kerl von gestern.

Musste sie erneut an ihn denken? Es war kein Wunder nach dem intensiven Traum. Offenbar hegte sie unterdrückte Fantasien. Der Traum hatte sie auf eine Weise erregt, die sie nicht für möglich gehalten hätte. Lust verursacht durch Schmerz war eine Erfahrung, die sie noch nicht erlebt hatte. Es könnte ein gefährliches Experiment sein, denn der falsche Partner wäre fähig, großen Schaden zu verursachen.

Vielleicht sollte sie Mr. Noodles ausprobieren, der im Badezimmerschrank stand.

Tumble blieb an ihrer Seite und es war ein beruhigendes Gefühl. Er sah interessiert aus, als würde er über sie nachdenken.

„Möchtest du nicht im Gebüsch herumschnüffeln?“, stieß sie zwischen den Atemzügen hervor. Es ging bergauf. Der Weg schien mit jedem Mal steiler zu sein. Eine Bewegung rechts von ihr lenkte sie ab, sodass sie über eine Wurzel stolperte.

„Shit!“ Sie rappelte sich auf. Sie hatte ihre eigene goldene Regel verletzt, niemals den Boden außer Acht zu lassen, und sich das Knie an einem Stein aufgeschlagen.

Rote Tropfen liefen ihr Bein in Zeitlupe hinunter. Als sie das Blut betrachtete, fiel ihr auf, dass Totenstille sie umgab. Die unnatürliche Stille lag für wenige Augenblicke auf dem Wald, ein eigenartiges saugendes Gefühl, gleich einer Glocke, die sie umhüllte.

Der Wind frischte auf. Schlagartig verschluckte Dunkelheit das Tageslicht. Der Himmel war fast schwarz, die hellgraue Farbe war verschwunden. Dann sah Morven den Schatten, der das verbliebene Licht verschlang. Er raste zwischen den Buchen hindurch direkt auf sie zu. Erkenntnis rammte sie wie ein Lastwagen, dass die gestrigen Erlebnisse nicht ihrer Einbildung entsprangen. Engelsgleiche Flügel trugen das unheimliche Ding näher.

Sie vergaß den Schmerz ihres Knies. Tumble grollte tief, sogar sie erschreckte es. Noch niemals hatte sie einen Hund bedrohlicher knurren hören.

Ein Gedanke beherrschte sie, das Monster durfte sie nicht erreichen. Wenn es ihm gelänge, wären sie tot. Die Gewissheit aktivierte ungeahnte Kraft.

Sie rannte den steilen Pfad zurück. Von einer gleichmäßigen Atmung war keine Rede mehr. Hektisch und stoßweise holte sie Luft. Seitenstiche setzten ein. Hätte sie über genügend Atem verfügt, hätte sie aus voller Kehle geschrien.

Tumble schirmte sie von dem Ding ab. Sie könnte schwören, dass er größer wurde. Der Schatten heulte. Das Geräusch fuhr an ihrer Wirbelsäule entlang und füllte schmerzend ihren Kopf, verhakte sich in ihrer Seele.

Sie wusste nicht, wie sie es schaffte, nicht zu stolpern. Endlich erreichte sie den Anfang des Weges und das Cottage schimmerte inmitten der Buchen.

Wenn es ihr gelang, ins Haus zu kommen, war sie in Sicherheit. Der Gedanke hielt sie aufrecht.

Noch im Rennen öffnete sie die Tasche ihrer Fleecejacke und schluchzte erleichtert auf, dass der Reißverschluss nicht klemmte. Sie packte den Schlüssel.

Morven erhöhte die Geschwindigkeit und lief fast unmenschlich schnell.

Im Unterbewusstsein erfasste sie, dass Tumbles Knurren in ein Geräusch überging, das sie niemals bei einem Hund vernommen hatte. Es hörte sich nach einem verdammten Tyrannosaurus an.

Auf der Haustür des Cottages leuchtete ein Symbol silberhell.

Sie konnte es kaum glauben, sie schaffte es beim ersten Versuch, das Schloss zu treffen. Sie drehte den Schlüssel und Tumble prallte gegen sie, beide flogen in den Flur, sie schreiend, er knurrend. Hart schlug sie auf dem Parkettboden auf. Der Vierbeiner ging nicht zu Boden, er schnellte zurück, stieß die Tür mit dem Kopf zu.

Das Ding knallte schmerzerfüllt kreischend an das Holz und ein hasserfüllter Schrei folgte.

Morven lag auf dem Rücken, geschüttelt von hysterischem Kichern. Sie hielt sich gleichzeitig lachend und weinend an Tumble fest, unfähig, aufzustehen.

Das abstruse Symbol von der Tür zierte die Scheiben von Küche und Wohnzimmer. Sie leuchteten dermaßen hell, dass es in den Augen schmerzte - engelhafte Umrisse in durchgestrichen Kreisen mit runden roten Augen. Zu einer anderen Zeit hätte sie über das Symbol aus Humor gelacht und nicht vor Schock, wie jetzt.

Der Schatten huschte an den Fenstern vorbei. Von einer Sekunde zur anderen verstummte das schreckliche Heulen. Der Himmel hellte sich augenblicklich auf.

Sie brauchte einen Drink und holte eine Flasche Glenfiddich. Morven verschüttete die Hälfte, als sie eine großzügige Menge in ein Glas goss. Der hastige Schluck ließ sie husten.

Als sie es leerte, bereute sie es sofort, vertrug sie doch keinen Alkohol, schon gar nicht auf nüchternen Magen. Ein Glucksen entschlüpfte ihr. Sie suchte Halt am Küchentisch und starrte zum Küchenfenster. Das Symbol war nicht mehr erkennbar. Sie könnte Tumble als Zeugen angeben, wenn sie der Polizei Bericht erstattete, dass dämonenhafte Engelsschatten sie gejagt hatten.

„Sie sind Ihnen nicht in Ihr Haus gefolgt, Mrs. Wemyss?“

„Nein, Ghostbuster Glyphen auf meiner Haustür stoppten sie, die jetzt unsichtbar sind. Tumble, sag was.“

Sie biss sich auf die Unterlippe, um ein weiteres Kichern zurückzuhalten. Doch es sprudelte über ihre Lippen, denn Angst hatte sie fest im Griff. Tumble saß vor ihr und stupste sie mit der Nase an. Sie bildete sich das mit seiner Größe ein. Oder gehörte er zu der geheimnisvollen Rasse der Schrumpfhunde?

Tumble begleitete sie durch das Cottage, als sie kontrollierte, ob alle Fenster geschlossen waren. Sogar an der abgeschlossenen Hintertür ruckelte sie. Einen Augenblick zögerte sie und gab dem Impuls nach, unter das Bett und in den Kleiderschrank zu sehen. Der Schwindel, verursacht von dem Single Malt, ließ nach, ebenso hörte das Zittern der Hände auf.

Ihr Magen meldete sich mit einem Knurren und erinnerte an das fehlende Frühstück.

Sie sprang fast aus den genoppten Fleecesocken, denn es hämmerte an der Haustür. Zu früh für den Postboten und sie erwartete keine Gäste.

Was, wenn der Schatten an ihre Tür klopfte, es mit Höflichkeit versuchte?
„Morven, bist du da?"
Sie zuckte zusammen, denn der Klang der Stimme war grausam vertraut. Sie gehörte zu Brian und in ihrer jetzigen Verfassung ertrug sie es nicht, ihm gegenüberzutreten. Ein zynischer Laut entschlüpfte ihr. Ihn zu sehen stand in der untersten Zeile von Dingen, die sie tun wollte. Der Papierkorb klappte auf, Brian kroch heraus. Sie hätte ihn besser in einen Shredder stopfen sollen.
Tumble sträubte seine Nackenhaare und es war ein imposanter Anblick. Morven wunderte sich, dass sie keinerlei Angst vor ihm verspürte. Ganz im Gegenteil, sie vertraute dem Hund und wusste instinktiv, dass er sie mit seinem Leben beschützen würde. Sie straffte die Schultern und weigerte sich dem Impuls nachzugeben, sich feige in dem eigenen Cottage zu verstecken. Monsterengel hatten sie gejagt, da konnte sie auch dem Betrüger entgegentreten.
Sie riss die Tür auf und ihre Gefühle überwältigten sie.
Er sah genauso aus wie in ihrer Erinnerung. Sein rotbraunes Haar hing ihm in die Stirn und unterstützte sein gutes Aussehen.
Mit seinen 1,80 Metern überragte er sie deutlich. Seine sanften braunen Augen, verführerisch wie Karamell, verursachten ein Ziehen in ihrem Magen. Er trug die Jeansjacke, die sie ihm genäht hatte. Es schmerzte zutiefst.
Sie musste stark bleiben.
Wenn sie die Lider schloss, sah sie Brian in ihrem Bett mit der rothaarigen Schönheit. Sie saß reitend auf ihm. Eine andere Bezeichnung fiel ihr nicht ein. Sein vor Lust verzerrtes Gesicht, ein Schauspiel, das sie nicht zu vergessen vermochte, hatte sich in ihre Netzhaut geätzt. Selbst massiver Eisverzehr hatte den Anblick nicht verdrängt. Seine Hände lagen auf den festen Brüsten, unter denen man mit Garantie keinen Bleistift klemmen konnte.
„Was willst du?"
Tief vergrabene Gefühle drangen an die Oberfläche, mit einer Intensität, die Übelkeit bewirkte.
Tumble knurrte lauter und schien abermals größer zu sein. Das musste der Effekt des Malts sein.
„Morven, bitte. Lass mich reinkommen." Der sanfte Tonfall und sein Lächeln zerrten zusätzlich an ihren Nerven. Unzählige Male hatte er sie auf diese Weise angelächelt.
Sie wusste nicht, warum sie es tat, doch sie trat zur Seite. Vielleicht war es die Auswirkung des beängstigenden Erlebnisses, das Bedürfnis nach menschlicher Nähe.

Das Arschloch hatte sie verletzt. Trauer und Wut setzten ihr zu. Kendrick blieb im Türrahmen stehen, bleckte die beeindruckenden Zähne, während er

das Nackenfell höher sträubte.
„Seit wann besitzt du einen Hund?"
„Das geht dich einen Scheißdreck an."
Ihre feindselige Stimme täuschte nicht über den Schmerz hinweg.
Brian holte Luft und sah sie vorwurfsvoll an, besaß die Frechheit, missbilligend die Stirn zu runzeln.
„Hast du etwa getrunken?"
Kendrick knurrte und wuchs ein paar Zentimeter. Am liebsten hätte er dem Mistkerl in den Arsch gebissen.
Morven legte die Arme um seinen Hals und hielt ihn fest. Kendrick konnte ihre Aufgewühltheit nicht nur durch das Zittern ihrer Hände spüren, es tränkte ihr gesamtes Bewusstsein. Ihr Schmerz war einer der heftigsten, die er jemals gespürt hatte.
„Tumble, lass ihn rein."
Widerwillig rückte er zur Seite, bemerkte zufrieden, dass Brian Angst vor ihm verspürte. Er hatte auch jeden Grund dazu, denn jetzt besaß er Kendricks Aufmerksamkeit.
Die Witzfigur quetschte sich vorbei und ging ins Wohnzimmer hinüber. Brian saß auf der Couch, als gehörte er dorthin.
Kendrick folgte ihm schleichend, stellte sich vor, dass er ihm die Haut vom Körper zog. Er platzierte den Kopf auf seinen Beinen, die Schnauze direkt vor einer delikaten Körperstelle. Er öffnete das Maul, während er seine Zähne vergrößerte und rote Schlieren in seine Pupillen legte. Brian blinzelte. Er spürte das Beben unter sich. Was für ein Schmachtlappen.
„Ruf diese höllische Kreatur zurück." Brian erstarrte in der Bewegung. Schweißperlen rannen seine Schläfe hinunter. Das Herz raste wie das eines Meerschweinchens, das einem Fuchs gegenüberstand.
Sie reagierte nicht, sondern fiel auf einen der beiden blau-weiß karierten Plüschsessel. Morven wählte den Sessel, der am weitesten entfernt stand. In den Händen hielt sie ein schwarzes Stoffschaf.
„Du hast Mr. Sheep nicht weggeworfen?"
Die Tage von Mr. Sheep waren gezählt.
„Was willst du?"
„Warum denkst du, dass ich lüge? Es war nicht meine Schuld."
Sie saß einen Augenblick regungslos, bevor offener Schmerz in ihre Mimik trat. Sie wusste es und sie hasste es. Kendrick las es deutlich in ihren Gedanken.
„Hörst du dich reden?" Morven sprang auf, als sie die Worte ausspuckte. Sie warf das Stofftier zu Boden, gab ihm einen Tritt. Kendrick sah zu ihr hinüber. Tränen glänzten in ihren Augen und sie ballte ihre Hände zu Fäusten, um das Zittern zu unterdrücken.
Er plante, diesem Kerl einen Besuch abzustatten. Das Glück küsste seinen

Hintern, falls er es überlebte.

„Du erzählst mir ernsthaft, dass du dich nicht daran erinnerst, wie du mit dieser Person im Bett gelandet bist? In meinem Bett, um genau zu sein. Ich könnte kotzen.“

Brian schluckte. Kendrick verstand es, denn ihre Pupillen glühten vor Wut. Klar vernahm er, dass sie mit dem Gedanken spielte, dem treulosen Schweinehund die Vase über den Kopf zu schütten oder noch besser, sie auf seinem Schädel zu zertrümmern und ihm danach die Scherben in den Arsch zu schieben.

Er holte tief Luft. Die Ratte roch nach etwas, was er vor ewigen Zeiten gerochen hatte. Der Geruch einer Meduris. Einen verlässlichen Beweis bot eine Blutanalyse.

Er gedachte, ihm höchstpersönlich mit der größten Nadel, die er zu finden vermochte, das Blut abzunehmen. Morven brach in Tränen aus. Das Bedürfnis, Schmerzen zuzufügen, keimte auf. Das Schwein verdiente es.

Kendrick hielt sich zurück, sonst hätte er ihm das Bein durchtrennt. Er bohrte seine Zähne in Brians Jeanshose und erwischte die Wade nicht annähernd so hart, wie er wollte. Ihm stand mehr der Sinn danach, ihm die Kehle aufzureißen oder ihn so lange mit einer Peitsche zu bearbeiten, bis er alle Schmerzen aufgesogen hatte, die dieses Menschlein zu bieten hatte. Als Meister in diesem Metier konnte er die Tortur tagelang hinziehen.

Brian schrie auf wie ein Ferkel. Widerwillig löste er das Gebiss aus der Hose. Den Blutdurst kontrollierte er, aber der Bluterguss setzte ein.

Was für ein Schwächling.

„Geh einfach.“

Morven verließ weinend das Zimmer, bedachte Kendrick noch mit einem Blick, der ihre Zustimmung ausdrückte. Der Kerl hegte offensichtlich einen Todeswunsch, denn er blieb sitzen. Kendrick sah ihm an, dass er mit dem Gedanken spielte, ihr zu folgen.

Erstaunlich, was ein Knurren, gepaart mit dem Anblick von Reißzähnen auslöste. Brian rannte fluchtartig aus dem Cottage. Vielleicht waren die Krallen, die aus seinen Pfoten schossen, etwas übertrieben gewesen.

Wieso weinte sie? Sie könnte sich ohrfeigen und musste ihn endlich vergessen. Erst jetzt realisierte sie, dass sie das Erlebnis mit keiner Silbe erwähnt hatte. Sie traute ihm selbst in dieser Situation nicht.

Tumble presste sich an ihr Bein und sie sank neben ihm auf den Boden. Schniefend drückte sie das Gesicht in sein Fell. Sie gestand sich ein, dass sie noch lange nicht über Brian hinweg war. Verdammter Mist. Es quälte sie, als spritzte jemand Salzwasser in ihre Adern.

Tumble legte den Kopf auf ihre Schulter und schmiegte seine Wange an ihren Hals. Sein ruhiges Atmen erfasste sie und ihr fiel eine Last von der

Seele. Seine Anwesenheit tröstete sie und ihr Entschluss stand fest: Kein Tierarztbesuch, um herauszufinden, ob er einen Chip trug. Sie wollte ihn behalten.

Kopfschmerzen setzten ein, wie immer, wenn sie heulte. Nach der Trennung hatten sie die hämmernden Schmerzen wochenlang begleitet. Wütend erinnerte sie sich an die verschenkte Zeit.

„Was hältst du von Frühstück?" Er bellte zustimmend und entlockte ihr ein Lächeln. Er hatte einen zufriedenen Ausdruck auf seinem Hundegesicht, als hätte er es genossen, Brian zu beißen. Sie zog die verschwitzte Sportbekleidung aus und warf das T-Shirt gegen seinen Rücken.

„Hör auf, mich anzustarren, du Voyeur."

Wo versteckten sich die Pantoffeln? Sie bückte sich und er grollte sanft. Es hörte sich fast verzweifelt an. So fett war ihr Hintern nicht, manchmal mochte sie ihn.

Brian mochte ihn und hatte es geliebt, sie zu nehmen, während sie vor ihm kniete.

Seufzend stand Morven unter der Dusche. Der Hund saß mitten im Badezimmer, weil sie vergessen hatte, die Tür zu schließen. Als sie ihre Scham wusch, drehte sie ihm den Rücken zu. Für einen Vierbeiner sah er viel zu interessiert aus. Sie zuckte zusammen, als das Wasser ihr Knie traf. Kritisch begutachtete sie die Verletzung. Jodsalbe und ein Pflaster sollten ausreichend sein.

Ein lautes Magenknurren und Schwindelgefühl erinnerten an das fehlende Frühstück. Mit Mühe verbannte sie Brian aus ihren Gedanken. Der gesamte Schmerz war über sie hereingebrochen und sie hatte ihm nichts entgegensetzen können. Das machte sie sehr wütend.

Sie backte ein paar Brötchen auf und schmierte sechs davon für Tumble. Er verlangte Bacon und Käse und sie wunderte sich nicht darüber, dass er Tee wollte. Seltsame Kreatur.

Sie aß Naturjoghurt mit Erdbeeren, um die Kohlenhydrate in Grenzen zu halten.

„Hundefutter brauche ich dir nicht hinzustellen. Was hältst du von Lasagne zum Mittag?"

Sie schüttelte den Kopf. Für sich allein zu kochen war unerfreulich, jetzt freute sie sich, mit einem Hund zu essen. Was stellte sie für ein armseliges Lebewesen dar? Diesen Gedankengang musste sie sofort beenden. Sie hatte das Singledasein freiwillig gewählt und ging Verabredungen aus dem Weg. Erst musste sie Brian vergessen, bevor sie bereitwillig eine neue Beziehung eingehen konnte.

Sie presste wütend die Lippen zusammen. Nur eine Lobotomie versprach Erleichterung.

Eigentlich genoss sie es, Single zu sein, sie brauchte niemandem Rechenschaft abzulegen. Sie herrschte über die Fernbedienung und konnte an ihren Entwürfen arbeiten, wann ihr der Sinn danach stand. Aus jetziger Sicht hielt sie es für unmöglich, zu heiraten, dennoch wollte sie auf keinen Fall zu einer der Frauen werden, die einsam starben und deren Überreste von Katzen gefressen wurden.

Sie sah Tumble an. Katzen standen außer Frage. Wahrscheinlich fraß er zuerst die Katzen.

Als sie an dem Küchentisch saß und zur Ruhe kam, war sie gewillt, sich mit dem Erlebnis auseinanderzusetzen. Nachdenklich starrte sie in den großen Becher Tee, der sie in allen Lebenslagen rettete und selten seine Wirkung verfehlte. Der schwarze Rosentee gehörte zu ihren Favoriten. Shrek grinste ihr von der Oberfläche der Tasse entgegen.

Gestern hatte sie die Schatten als Einbildung abgetan. Das war heute illusorisch. Sie war dem Tod nur um Haaresbreite entgangen. Wenn dieses Wesen sie erreicht hätte ...

Sie unterbrach die schreckliche Vorstellung, es war wenig sinnvoll, sich das Grauen auszumalen.

Ihre Gedanken wanderten weiter zu ihrer Tante Una. Sie hatte das Cottage überraschend von ihr geerbt. Soweit sie wusste, befand es sich seit Generationen in Familienbesitz. Eine ihr unbekannte Familie. Ihre Nachforschungen liefen ins Leere, Großbritannien besaß keine Meldepflicht. Trotzdem, wenigstens ein Schnipsel an Informationen müsste zu finden sein. Ob Una von den Glyphen gewusst hatte, sie angebracht hatte? Das würde sie nie erfahren. Una war die einzige Verwandte, mit der sie bis jetzt Kontakt hatte und auch sie lernte sie erst kurz vor ihrem Tod kennen. Eine seltene Blutkrankheit brach von einem Tag zum anderen aus. Einen Krankenhausaufenthalt hatte sie abgelehnt und nur eine Pflegerin begleitete sie in den letzten Tagen.

Irgendetwas fehlte in Morvens Erinnerungen. Wenn sie an Una dachte, glich ihr Verstand einem Sumpf. Sogar das Aussehen der Pflegerin war aus ihrem Bewusstsein verschwunden. Zum ersten Mal realisierte sie es bewusst. Als ob das Loch in ihrem Hirn mit einer zähflüssigen Masse aufgefüllt worden war, die nur mit großer Mühe durchdrungen werden konnte.

Eine weitere Erkenntnis rammte sie. Die Erinnerung, wie Una sie kontaktiert hatte, fehlte. Sie erinnerte sich, dass sie an ihrem Bett gesessen hatte, aber weder wie sie dorthin gekommen war noch wer sie zu Una gebracht hatte. Die Gedächtnislücken schmerzten, als wären die Bilder mit Nadeln aus ihrem Gehirn entfernt worden.

Morven war bei einer Pflegefamilie aufgewachsen. Als Teenager hasste sie ihre leibliche Mutter, aber über die Jahre schloss sie Frieden mit ihr. Sie musste eine verzweifelte junge Frau gewesen sein und es war unmöglich, auf jemanden zornig zu sein, den sie nicht kannte. Ihr Vater füllte den Platz des

Niederträchtigen aus, der seine unglückliche schwangere Geliebte im Stich gelassen hatte. Vielleicht war sie die Frucht einer Vergewaltigung und ihre Mutter konnte es nicht ertragen, ständig daran erinnert zu werden. Sie konnte es ihr nicht verdenken.

Tumble legte seinen Kopf auf ihre Knie und seine Wärme beruhigte sie. Sie kraulte ihn hinter den Ohren und küsste ihn auf die Stirn. Sie rief sich die wenigen Worte ins Gedächtnis, die Una zu ihr gesagt hatte.

Egal was passiert, im Cottage wirst du in Sicherheit sein. Das Böse darf ohne Einladung nicht hinein.

Am Krankenbett hatte sie nicht weiter über den Satz nachgedacht und tat ihn als Hirngespinst einer Frau ab, die mit dem Tode kämpfte. Sie fand keine Antwort darauf, wieso Una aus heiterem Himmel an sie herangetreten war. Das bekräftigte die Idee, dass sie das Erzeugnis einer Vergewaltigung war. Jetzt sah sie alles in einem neuen Licht.

Nach ihrem Tod hatte sie die Asche im Wald verstreut, Unas letzter Wunsch. Morven hatte Rotz und Wasser geheult.

Kurz vorher hatte sie sich von Brian getrennt und die Ereignisse überschlugen sich, sodass sie kaum Schritt halten konnte.

„Komm Tumble, wir fahren zu Betty. Ich bringe ihr ein paar Lebensmittel vorbei. Vielleicht geht es ihr besser."

Ihre Freundin bot die einzige Konstante in ihrem Leben. Sie kannte sie seit der Elementary School.

Kapitel 4

Kendrick stupste seine Nase in Morvens Nacken und atmete ihren Duft ein. Sie roch wie ein warmer Frühlingstag, nach Erdbeeren und Sonne. Seufzend legte er sich auf die Rücksitzbank des blauen Minis. Die schottische Flagge, das Saltire, bekannt als Saint Andrews Cross, zierte die Rückseiten der Außenspiegel.

Der Legende nach hatte man den Märtyrer Saint Andrews an ein X-förmiges Kreuz genagelt. Er erinnerte sich an ein Gespräch mit Lior, der ihn mit ernster Mimik bedacht hatte.

„Das entspringt keiner Legende. Wir kamen zu spät, um ihn zu retten."

Lior lebte bereits ewig, Nosferat noch länger. Ihr Oberster glich einer muskulösen Ausgabe von Christopher Lee. Es würde ihn nicht verwundern, wenn er den Regisseur zu den Filmen inspiriert und auch Bram Stoker persönlich gekannt hatte.

Neben ihm auf dem Rücksitz saß ein Stofftier eines schottischen Hochlandrindes. Kendrick unterdrückte den Reiz, es zu zerfetzen.

Mr. Sheep hatte er vorhin in seine Einzelteile zerlegt. Am meisten Freude hatte es ihm bereitet, den Kopf abzubeißen und die Augen aus den Höhlen zu reißen. Ihm war bewusst, dass es ihn in den Händen juckte, das Gleiche mit Brian zu tun.

Betty wohnte nicht einsam gelegen. Ihr Haus befand sich auf der Valley View, einer typischen Straße für Kirkcaldy, die von Reihenhäusern gesäumt war.

Das verträumte Cottage passte viel besser zu Morven. Die Glyphen überraschten ihn nicht, denn Una wusste, was sie tat, als sie den Schutz angebracht hatte. Nur vor dem Gift hatten sie Una nicht beschützt. Die Lugus rätselten, wie es gelungen sein mochte, es ihr zu verabreichen. Der Täter musste über unglaubliche Kraft verfügen.

Una zählte nicht zu Morvens Blutsverwandtschaft und war eine Hüterin des Wissens gewesen, eine Wächterin. Üblicherweise erfuhren sie von ihren Schützlingen vor der Geburt, die Bindung war intensiver als eine Mutter-Tochter-Bindung. Sie hätte Morven beschützt und umsorgt und die Kenntnisse allmählich an sie weitergereicht, sie aufgezogen wie eine Tochter. Die Armanachkräfte wären langsam gewachsen. Bei Säuglingen war das Ritual leicht, bei Erwachsenen funktionierte die sanfte Methode nicht. Stattdessen war Morven in Einsamkeit aufgewachsen. Er registrierte die Empfindung in ihr und etwas anderes, tief vergraben, so verborgen, dass er es nicht einzuschätzen vermochte. Sie vertraute ausschließlich sich selbst. Brian und Betty stellten in dieser Hinsicht die einzigen Ausnahmen in ihrem Leben dar. Sie bereute es bitterlich, dass sie Brian kennengelernt hatte. Der nächste Kerl, der ihr Vertrauen gewinnen wollte, würde vor einer gewaltigen Aufgabe stehen.

Bildeten die Angelus mit einer unbekannten Kraft eine Allianz? Ihre Handlungen entbehrten jeder Grundlage, es sah ihnen nicht ähnlich, eine Wächterin aus dem Weg zu räumen, was seinen Verdacht bekräftigte.

Morvens Blut lockte die Engelskreaturen unwiderstehlich an. Die Engel von heute Morgen waren Kundschafter. Die Witterung ihrer Verletzung hatte ihnen die Beherrschung geraubt. Die Kreatur, die gegen die Tür gerannt war, würde die Verbrennungen noch tagelang fühlen. Diese Art von Verwundung verheilte nicht sofort, wie es normalerweise der Fall war.

Ein verdammt knappes Unterfangen. Beinahe hätte Kendrick den Plan zerstört, indem er seine wahre Form angenommen hatte. Sie wollten die Engel der Finsternis aus der Reserve locken, den Beweis erbringen, dass sie für die Morde verantwortlich waren. Oder verfolgte Nosferat andere Ziele? Langsam bekräftigte sich das ungute Gefühl.

Sie würden nicht umhinkommen, dass ein Angelus Morven biss. Der Speichel der Kreatur würde ihr Blut verändern und zusammen mit der Todesangst ihre Energie stimulieren. Wenn sie es nicht taten, würde der Wahnsinn sie irgendwann erfassen. So oder so, sie war ihrem Schicksal ausgeliefert.

Morven stoppte seufzend vor einem Reihenhaus und benötigte drei Anläufe, bis sie es in die Parklücke schaffte.

Sie traf seinen Blick im Rückspiegel.

„Was! Bist du etwa ein Chauvi-Wauwi?"

Sie ahnte nicht, was ihm durch den Kopf ging.

Chauvinist passte nicht annähernd, er repräsentierte einen Albtraum.

Als sie sich der Tür näherten, wusste er sofort, dass von dem Haus Gefahr ausging, denn in ihm wohnte kein Mensch.

Er bemerkte den überwucherten Vorgarten. Die Blumen standen in voller Blüte. Die nachwachsenden Knospen sprossen unnatürlich groß und in intensiven Farben. In den angrenzenden Gärten wuchs nichts, die Rasenflächen zeigten mehr grau als grün. Morven reagierte stirnrunzelnd auf den Anblick und berührte eine der blutroten Rosen. Kendrick drängte gegen sie, damit sie die Blüte losließ, denn sie vibrierte vor Magie. Sie klingelte und lächelte ihn an. Wenn er ein normaler Mann wäre, würde er zerschmelzen.

Eine Rothaarige öffnete die Tür, weder hübsch noch hässlich. Die Form, in der sie vor ihnen stand, entsprach nicht ihrer wahren Gestalt, in Wahrheit besaß sie eine unmenschliche Schönheit.

Er hatte diesen Geruch heute schon einmal bei Brian in der Nase gehabt. Betty war die Meduris, eine manipulative Kreatur.

Aber was zum Henker hatte sie mit den Angelus zu tun? Und was wollte sie von Morven?

Betty betrachtete ihn kalkulierend. Sie wusste nicht, was vor ihr weilte, niemand konnte durch seine Tarnung sehen. Sie umarmte Morven und ging in die Knie.

„Wer ist das?“
„Tumble. Ich habe ihn vor ein paar Tagen gekauft.“
Interessante Worte, er bemerkte kein Zögern.
„Das hast du gestern nicht erwähnt.“
„Hab ich vergessen in der ganzen Aufregung. Du weißt, in Gedanken beschäftige ich mich mit Schnittmustern und Designs.“ Sie lächelte Betty an. „Ich habe einen passenden Laden auf der High Street gefunden. Er wäre perfekt für das *Kit Out* und steht seit Längerem leer.“
Betty legte eine Hand auf ihn, seine Haut prickelte durch das dichte Fell. Er musste sich zusammenreißen, dass er sie nicht angriff.
Die Meduris trat zur Seite und die Tür fiel hinter ihnen ins Schloss. Kendrick konnte sich des Gefühls nicht erwehren, in eine Falle zu tappen.
„Dir geht es besser.“ Morven umarmte Betty, klammerte sich eine Sekunde an ihr fest. Das Mädchen war wirklich einsam. „In der Tasche findest du Weintrauben und deine Lieblingskekse. Die mit der Schokolade.“
Betty lächelte sie dankbar an. Was für eine hinterhältige Schlange.
„Wie war die Ladys Party?“
„Großartig. Unterhaltsam und lukrativ. Du willst mir den gesamten Verdienst überlassen?“
Betty nickte und setzte sich seufzend auf die Couch. Ihre Augenfarbe glich der von Morvens Augen, ein tiefes Grün-Blau.
Meduren vermieden es, das Interesse der Lugus auf sich zu ziehen. Jetzt besaß sie ihre ungeteilte Aufmerksamkeit. Das Miststück hatte Morven dorthin geschickt, daher wussten die Angelus, wo sie suchen mussten. Wollte sie Morven töten? Das Augenmerk der Lugus auf die Kreaturen lenken? Oder auf sich selbst? Er witterte eine unbekannte Dunkelheit in ihr, eine Finsternis, wie er sie noch nie gespürt hatte, durchtränkt mit tief gehender Furcht.
Er begann sich zu fragen, wie viel Nosferat davon wusste.
Morven durfte ihr nicht von der Begegnung mit ihm erzählen, es würde das Misstrauen der Meduris erwecken. Sie sollte nicht wissen, dass sie ihre Beachtung bereits besaß.
„Du kannst dir nicht vorstellen, was ich gestern erlebt habe.“
Kendrick biss in die Tischdecke, mit einem Ruck zog er sie vom Tisch. Krachend und klirrend fielen Teetassen und Teekanne auf den Boden.
„Tumble!“
Morven sprang auf, kniff fest in seinen Nacken. Er ließ es zu, dass sie ihn festhielt.
„Es tut mir leid, Betty.“
Morven fegte die Scherben auf, während sie ihn böse ansah. Kendrick grinste innerlich. Mit dem Blick könnte sie einen Hamster erschrecken, aber nicht ihn. Ihre Augenfarbe erinnerte ihn an einen stürmischen See.
„Das Geschirr war nicht teuer. Du wolltest mir dein Erlebnis erzählen.“

Betty betrachtete ihn nachdenklich, tauchte in seinen Kopf ein. Seine Barrieren unternahmen keinen Versuch, sie davon abzuhalten. Sie fand genau das, was sie im Gehirn eines Hundes erwartete. In die Gedanken eines Lugus verstand sie nicht, einzudringen. Hätte er sie abgehalten, wüsste sie sofort, was er war.

„Ungewöhnliche Augen." Die Meduris atmete witternd ein.

Morven öffnete den Mund. Das durfte er nicht zulassen. Er hob sein Bein und pinkelte gegen den Türrahmen.

„Tumble!" Dieses Mal packte sie nicht nur seinen Nacken, sie rollte eine Zeitung zusammen und schlug ihm auf den Hintern. Derart scharf wäre es nicht nötig gewesen.

Das würde sie ihm büßen. Nicht in ihren schlimmsten Träumen vermochte sie sich auszumalen, was er ihr antun könnte.

Ein weiterer, noch härterer Schlag traf ihn.

Dieses Miststück!

Seine Bedenken, sie über die Knie zu legen und die prallen Pobacken zu bearbeiten bis sie weinte und dann vor Begierde schrie, schwanden. Sie kam leicht zum Orgasmus, das hatte er in ihrem Traum deutlich erlebt.

„Es tut mir leid, Betty. Ich glaube, ich sollte gehen. Wir reden morgen."

Morvens Mimik verdüsterte sich. Ihre Augen spiegelten keinen See, sondern ein Meer, das alle Schiffe verschlang. Diesmal reichte der Blick für ein Eichhörnchen.

Sie wischte seine Hinterlassenschaft auf, griff das blaue Halsband, das sie ihm vorhin gekauft hatte, und zerrte ihn zur Tür. Sie kniff ihm erneut in den Nacken.

Das Mädchen wusste nicht, mit wem sie sich eingelassen hatte.

„Welcher Teufel hat dich geritten?" Morven fasste es nicht, dass Tumble sich auf diese Weise aufgeführt hatte. „Schau mich nicht so an." Er legte den Kopf schief, das Knickohr sah zum Niederknien süß aus, die Mimik war ein Spiegelbild von unschuldig. Er durchbrach ihren Zorn mit diesem Ausdruck und irgendwie schien es ihr, als setzte er es bewusst ein.

„Ich sollte dich zum Tierarzt bringen und dir ein paar fiese Spritzen geben lassen."

Er stupste sie sanft winselnd an, sogar seine Ohren hingen hinab. Sie brach in Lachen aus.

„Du kleines Monster. Du weißt, wie du mich um deine Pfoten wickeln kannst. Zudem bist du der einzige Hund, der seine Stehohren in Schlappohren verwandeln kann."

Es war unmöglich, ihm böse zu sein. Vielleicht war es besser, dass sie Betty nicht in ihre Erlebnisse eingeweiht hatte, es war zu verrückt.

Andererseits verspürte sie das Bedürfnis, es sich von der Seele zu reden.

Warum sie ihre Freundin angelogen hatte, wie sie an Tumble kam, stand in den Sternen.

Sie stoppte am Beveridge Park, damit Tumble etwas Auslauf bekam. Der Springbrunnen gehörte zu ihren Lieblingsplätzen. Oft saß sie dort und hörte dem beruhigenden Plätschern des Wassers zu, holte ihren Skizzenblock heraus und entwarf Kleidung. So manche Träne hatte sie an diesem Ort vergossen, schon als Kind. Es war nicht leicht, eine Waise zu sein.

Plötzlich lief ein schneidender Schmerz durch ihren Kopf und eine Erinnerung drang an die Oberfläche. An ihrem dreizehnten Geburtstag hatte sie an dem Brunnen gesessen, als eine Frau an sie herantrat.

„Morven, hab keine Angst, du wirst nicht immer allein sein." Sie hatte ihr ein Medaillon geschenkt. Die gleichen Schriftzeichen wie in dem Futter der Lederjacke hatten die Oberfläche verziert. Es wurde ihr gestohlen und seit dem Augenblick verblasste die Erinnerung an die Frau. Sie erinnerte sich, dass sie Morven liebevoll angesehen hatte. Wie hatte sie das nur vergessen können?

Sie lief mit Tumble einen geschlungen Weg, gesäumt mit Rhododendren, entlang. Ein Labrador rannte auf sie zu. Das Tier blieb so abrupt stehen, dass es fast gefallen wäre. Es beäugte Tumble, als tauchte der Teufel persönlich vor ihm auf. Er wimmerte ängstlich, legte sich flach auf den Boden und verschmolz mit dem Untergrund. Nur das Zittern verriet, dass er lebte. Die Augen starrten von purem Horror erfüllt auf Tumble. Sie sah entsetzt auf Tumble, denn sein Körper flimmerte und sie glaubte, einen menschlichen Umriss in ihm zu erkennen. Sie berührte seinen Kopf und das weiche Fell umfloss ihre Fingerspitzen. Er stand gleich einer Statue neben ihr. Sie hoffte, dass er dem Vierbeiner wirklich nichts antat. Wenn er es darauf anlegte, könnte er Morven mühelos überwältigen und das arme Geschöpf in seine Einzelteile zerlegen.

Tumbles Augen bohrten sich in die des Labradors. Mit fliegenden Ohren drehte das zitternde Tier sich um und rannte in die Richtung, aus der es gekommen war. Tumble sah zu ihr auf, es wirkte fast, als grinste er.

In ihrem Cottage angekommen, beschloss sie, die Soße für die Lasagne vorzubereiten. Sie musste mehrere Stunden köcheln, um alle Aromen aufzunehmen. In der Zwischenzeit wollte sie an ihren Entwürfen weiterarbeiten.

Sie zerhackte Möhren und Zwiebeln, als ein lautes Klopfen sie aus der Tätigkeit riss und sie fluchend zusammenzucken ließ, denn beinahe hätte sie sich in den Finger geschnitten.

Durch die getönte Glasscheibe in Kopfhöhe der Tür sah sie zwei Umrisse.

„Wer ist da?" Sie würde nie wieder die Haustür aufreißen.

„Constable Morris und Taylor von der Kirkcaldy Police Station."

„Zeigen sie mir ihre Marken."

Sie schob die Sicherungskette vor, obwohl sie wusste, dass sie nur ungenügenden Schutz bot. Die beiden Männer hielten die Marken vor den Türspalt.

Tumble stand neben ihr und sie dankte der Schicksalsfügung, die den Hund zu ihr geführt hatte.

Mit einem unguten Gefühl öffnete sie die Tür. Dieser Tag ging in die Geschichte ein, anscheinend warteten weitere Überraschungen auf sie.

„Mrs. Morven Wemyss?“ Intelligente graue Augen fixierten sie. Ein Kerl, der sofort auf den Grund einer Seele vordrang.

Unbewusst fühlte sie sich schuldig und nickte zögerlich.

„Ich bin Deputy Chief Constable Morris und das ist Deputy Chief Constable Taylor.“

Gleich zwei Chiefs. Eine unangenehme Vorahnung drohte, sie zu ersticken. Taylor war ein paar Zentimeter kleiner als Morris, dennoch überragten sie Morven deutlich. Er betrachtete sie penetrant. Sie unterdrückte den Impuls, zurückzuweichen, da die Präsenz von ihnen über ihren Körper kroch.

„Ihr Hund?“

Morven schaute zu Tumble, der heftig mit dem Schwanz wedelnd neben ihr saß und ihr bis zu den Knien reichte.

Was zum Teufel?

„Dürfen wir reinkommen?“ Erneut sprach Morris.

Sie rückte zur Seite und führte die Männer in das Wohnzimmer.

Sie starrte entgeistert auf den Boden, denn die Überreste von Mr. Sheep lagen überall.

„Setzen sie sich, bitte.“ Morris’ ruhiger Tonfall lief wellengleich an ihrer Wirbelsäule entlang. Er stand vor ihr, zu nah für ihren Geschmack. Sie fiel auf die karierte Couch, ihre Beine trugen sie nicht länger. Sie vergaß die Federung und sprang noch zweimal auf, bevor sie still saß, unterdrückte verzweifelt ein hysterisches Kichern.

Sie hasste es, aber sie neigte zu diesem Verhalten, wenn sie sich unwohl fühlte.

Morris sah Tumble amüsiert an und strich ihm über den Kopf.

„Was für ein niedliches Tier.“ Er kniff Tumble in die Wange, zerzauste sein Fell und blickte ihm direkt in die Augen. Der Kontakt dauerte an, und Morven rutschte unruhig auf der Couch hin und her. Morris unterbrach das Duell zuerst.

Der Ausdruck auf den Gesichtern änderte sich. Sie erinnerten an Wölfe, die sie einkreisten.

„Sie kennen Brian Marshal?“

„Ja“, antwortete sie mit dünner Stimme.

Gott, sie hörte sich schuldig an.

Morris und Taylor ließen nicht locker. Sie starrten sie an, forderten sie

stumm auf, fortzufahren.
„Wir haben uns kürzlich getrennt. Und um ihnen zuvorzukommen, er hat mich heute Morgen besucht und wir haben uns gestritten."
Tumble rückte näher an sie heran, drückte sich besänftigend an ihre Schienbeine. Insgeheim hegte sie den Verdacht, dass er jedes Wort verstand.
Sie traf den Blick von Morris, während sie sich innerlich gegen die Nachricht wappnete.
„Was ist passiert?"
„Wanderer haben ihn nicht weit von ihrem Grundstück im Wald entdeckt", sagte Morris mit sanfter Stimme.
Der Raum drehte sich und sie legte Halt suchend eine Hand auf Tumbles Kopf.
„Er wurde zerfetzt." Taylor sprach das erste Mal und ein anklagender Unterton durchzog seine Stimme.
Irritiert bemerkte sie, dass seine Augen den gleichen Ton wie Brians besaßen.
„Es gab nicht viel Blut, denn der Körper war entleert."
Sie blinzelte ihn an, unfähig, zu sprechen.
„Ein Tier muss über ihn hergefallen sein. Ein großer Hund oder etwas Ähnliches."
Ein nochmaliges Blinzeln und Morven kippte nach vorn. Taylor fing sie auf. Sie zuckte bei der Berührung zusammen, da sie seine provozierende Art verabscheute. Er drückte sie in eine liegende Position. Der Typ war stark, sie spürte die Kraft sogar in den Fingerspitzen.
Morris kam mit einem Glas Wasser aus der Küche und hielt es an ihre Lippen.
Taylor umfasste ihren Nacken mit sicheren Händen. Vielleicht hatte sie ihn falsch eingeschätzt, denn ein besorgter Ausdruck lag auf seinem Gesicht.
„Warum hat er sie aufgesucht?" Morris' kräftige Gestalt wirkte vertrauenerweckend und sie fühlte sich instinktiv zu ihm hingezogen.
Sie erzählte die ganze schmutzige Geschichte.
„Verdächtigen sie mich?"
Neutrale Augen starrten sie in Grund und Boden. Sie beantworteten ihre Frage nicht.
„Gibt es einen Grund?" Morris sah sie fast hypnotisierend an.
Sie wusste, wer Brian getötet hatte, doch niemand würde ihr glauben. Morris stand fast lässig vor ihr, doch seine Körperhaltung täuschte sie nicht. Er war alles andere als entspannt, erfasste jede Regung von ihr und wartete auf eine Schwäche. Sie beschloss, der Übelkeit nachzugeben und erbrach sich über Taylors glänzende Schuhe.

Kendrick atmete auf. Endlich verließen die Chiefs das Cottage. Weitere

Spieler hatten das Schachbrett betreten. Er unterdrückte den Impuls, sich in seine wahre Gestalt zu wandeln und Morven in die Arme zu ziehen. Sie starrte leblos nach vorn.

Er legte seinen Kopf auf ihre Beine und wie erhofft beruhigte sie der Kontakt.

„Es ist meine Schuld."

Natürlich stimmte das nicht. Wenn irgendjemanden eine Schuld traf, dann die Meduris oder den unbekannten Mitspieler. Jemand versuchte, die Aufmerksamkeit auf Morven zu lenken, ein ernstzunehmender Gegner und kaltblütiger Taktiker.

„Ich hätte ihn nicht wegschicken dürfen." Ein gequälter Schluchzer kam aus ihrer Kehle. Er stupste sie mit einer Pfote an.

„Was immer da draußen lauert, es hat Brian erwischt und ich habe ihn nicht gewarnt. Ich habe ihn in den Tod geschickt."

Kendrick befürchtete, sie würde sich ein weiteres Mal übergeben müssen. Er starrte in ihre Augen. Es beschwichtigte sie und ein wenig Farbe trat auf ihre Wangen.

Ihre Kräfte lagen unerweckt in ihr. Bei dem Versuch, ihrem Ex zu helfen, hätte sie den Tod gefunden. Die Lugus wollten die Falle morgen zuschnappen lassen. Kendrick fühlte sich unwohl, lächelte zynisch und sie sah ihn misstrauisch an. Ein grinsender Hund sah verdächtig aus. Die aufkeimenden Gefühle führten ihn auf gefährliches Terrain und waren untolerierbar.

Die Lugus hatten den Plan sorgfältig ausgearbeitet, ihm grauste vor den Konsequenzen. Sie würden Morven nahe an den Tod bringen, denn sie musste überzeugt sein, dass sie starb.

Sie sah ihn bohrend an.

„Wieso reichst du mit deinem Rücken über meine Hüfte? Ich muss verrückt sein." Sie sprang von der Couch und stolperte fluchend über den Läufer.

„Ich wollte Lasagne kochen." Sie prallte mit der Schulter gegen den Türrahmen, als sie aus dem Wohnzimmer lief.

In Gefahr hatte sie das Schlüsselloch beim ersten Versuch getroffen, ohne ihre Geschwindigkeit nennenswert abzubremsen. Sie war diejenige, es gab keinen Zweifel. Die alten Chroniken erwähnten eine mächtige Armanach, die unerkannt unter ihnen weilte. Er hatte es als Unsinn abgetan.

Morven nahm die Flasche Rotwein und goss die Hälfte in den Topf. Sie setzte sie an die Lippen und schwankte nach ein paar Schlucken.

„Dermaßen viel Alkohol habe ich seit Jahren nicht an einem Tag getrunken." Sie umklammerte mit den Händen die Arbeitsplatte.

„Was bin ich für eine Versagerin." Sie hackte auf die Möhren und Zwiebeln ein, als wollte sie das Gemüse umbringen. Kendrick beäugte besorgt ihre Finger.

„Brian ist tot. Oh Gott."

Ihr Blick traf seinen.

„Weißt du, ich habe ihn aus tiefster Seele gehasst. Er hat unwiderruflich das wenige Vertrauen in mir zerstört. Aber niemals hätte ich gewollt, dass er stirbt.“

Ihm blieb nicht verborgen, dass sie Betty nicht anrief. Ihre Instinkte warnten sie und zum Glück vertraute sie ihnen. Sie taumelte nach hinten und schüttete das Gemüse zu dem Rindergehackten, fügte Lorbeerblätter hinzu und schaltete die Herdplatte aus.

„Ich sollte mich hinlegen.“

Verloren saß sie auf dem Bettrand.

„Ich habe Brian durch meine Tollpatschigkeit kennengelernt.“ Eine einzelne Träne rann ihre Wange herunter. „Ich stolperte über den Bordstein und landete direkt in seinen Armen.“

Morven umarmte ihn. Er fühlte ihren Herzschlag, spürte ihr entsetzliches Leid. „Er half mir, meine Einkäufe aufzusammeln und lachte über das Valium mit dem Fischgeschmack. Ich hatte es für Bettys kranke Katze gekauft, die spurlos verschwunden ist.“ Sie runzelte die Stirn. „Als Betty mit ihr vom Tierarzt kam, konnte sie sich kaum bewegen, und als ich das Rezept einlöste, war sie nicht mehr aufzufinden.“

Ihre Tränen benetzten sein Fell. „Ich liebte ihn so sehr. Das erste Mal in meinem Leben bedeutete ich jemandem etwas. Endlich fand die Verlassenheit ein Ende.“ Sie lächelte ihn halbherzig an. „Das Schlimmste ist, ich wusste vorher nicht, wie einsam ich war. Jetzt weiß ich es. Es schmerzt, gleich einem bitterkalten Wind auf nasser Haut.“

Kendrick schluckte hart. Ihre Worte sollten ihn kalt lassen, doch sie taten es nicht. Was ihn am meisten schockte, war der Gedanke, den er in ihrem Gehirn ortete. Suizid.

Denk nicht einmal dran, Mädchen.

Und wenn er sie mit Gewalt davon abhalten musste. Er sollte Nosferat kontaktieren, stellte er doch selbst eine Bedrohung für sie dar. Es wäre besser, wenn Lior ihn ablöste. Sein Herz schlug viel zu schnell, dicht gefolgt von gefährlichen Empfindungen, die durch sein Bewusstsein rasten.

„Er war zärtlich.“ Sie blickte ihm in die Augen, drückte ihre Wange gegen seine. „Ich weiß nicht, wie ich weiterleben soll.“

Bei allem, was Kendrick heilig war, er seufzte erleichtert auf, als sie einschlief. Seine Beherrschung erlangte ein Ende, denn das Biest reagierte auf ihr Leid, kämpfte in ihm, um die Überhand zu gewinnen.

Wenn er nur in das *Sugar and Chili* gehen könnte, dort warteten willige Opfer auf ihn, sie würden seinen Verstand in die richtige Spur bringen.

Er wagte es nicht, sie allein zu lassen. Das Cottage bot Schutz vor den Angelus, das galt jedoch nicht für die Meduris. Die Schutzglyphen wirkten bei ihr nicht. Es bestand die Gefahr, dass sie das Grauen hereinbat, in diesem Fall half keine Glyphe. Die Glyphen hatten Una nicht gerettet. Was, wenn das Böse sie in dem Cottage vergiftet hatte, und nicht draußen, wie er angenommen hatte? Als sie tief schlief, ging er in das Atelier hinüber. Seine Gestalt schimmerte. Er griff nach der schweren Lederjacke aus der Haut des Draguls, eines Höhlendrachens, und zog sie über. Sie wusste nicht, was sie da erschaffen hatte. Sobald sie auf seiner Haut lag, schmiegte sie sich federleicht als Schutzrüstung an seinen Körper. Sie musste sie noch aktivieren.

Bald würde Morven sich vor Aufträgen nicht mehr retten können. Dann schnaubte er. Wie zum Henker war sie an das Leder gekommen?

Morven löste die Leine von seinem Halsband. Um ihr Misstrauen zu besänftigen, schnüffelte er im Gras herum. Der Wald jagte ihr Angst ein und sie schlug den Weg zu den Feldern ein. Brians Tod setzte ihr zu. Er bedauerte ihren Schmerz, nicht den Tod von Brian, verstand nicht, was sie an diesem Würstchen gefunden hatte. Mitleid und Trauer stellten ein vergangenes Gefühl für ihn dar. Dennoch missfiel ihm ihre Traurigkeit. Er suchte nach einer Erklärung für sein Verhalten. Wahrscheinlich amüsierte ihn ihre Tollpatschigkeit und er verwechselte es mit Zuneigung. Gerade stolperte sie über einen Stein.

Kendrick spitzte die Ohren, er hörte Gelächter, das schnell näher kam - drei angetrunkene junge Männer. An Morvens Haltung erkannte er, dass es nicht die erste Begegnung war. Sie bestätigte seine Vermutung, denn sie rief nach ihm und packte sein Halsband, wirkte ängstlich und gleichzeitig wütend. Die Radfahrer kamen um die Kurve, in früheren Zeiten lautstarke Jugendliche, die sich beweisen wollten. Heutzutage prägte sie Gewaltbereitschaft. Fehlende Wertvorstellungen entschuldigten Aggressivität. Vielen Eltern war es zu mühsam, sich durchzusetzen. Kendrick rollte fast mit den Augen. Die Typen waren nicht nur alkoholisiert, sondern high und nicht durch einen Joint.

„Wenn das nicht die kleine Hexe ist“, tönte der Größte von den Dreien, als sie anhielten und ihnen den Weg versperrten. Dumm waren sie zudem. Weitere Worte gingen in einem Gurgeln unter. Kendrick riss ihn mit einem Satz vom Rad, umfasste seine Kehle mit den Zähnen. Er bohrte sie in die Haut des Pickligen, kurz davor, sie zu durchstoßen. Wenn er wollte, könnte er alle drei in wenigen Wimpernschlägen töten oder ihren Tod tagelang hinziehen.

Pickel beging den Fehler, nach einem Springmesser zu greifen. Kendrick schnappte zu, durchbrach die Haut und das Messer fiel auf den Boden. Kreischend hielt sich der Aschblonde das Handgelenk, jegliche Aggression wich aus seinem Körper, verdrängt von Schmerz. Morven hob das Messer mit einem gefährlichen Glitzern in den Augen auf. Die beiden anderen rührten sich nicht von der Stelle, was lag daran, dass der ganze Vorfall sich in Sekunden ereignet hatte.

„Was ist?“, brüllte Morven. „Macht ihr diesmal keine Bemerkungen über meine Brüste und was ihr gerne mit mir tun würdet, ihr verdammten Feiglinge?“

Sie baute sich zitternd vor den Jungen auf. Er befürchtete, sie würde sie schlagen. Mit einem klickenden Geräusch aktivierte sie die Klinge. Sie fuchtelte mit dem Messer vor ihren Gesichtern herum, pures Entsetzen stand auf den Mienen. Er konnte es ihnen nicht verdenken.

„Ich will nicht wissen, was ihr damit vorhattet.“ Sie blickte dem Dunkelhaarigen in die Augen. Er konnte dem Blickkontakt nicht standhalten und sah zu Boden. Kendrick plante, den Dreien einen Besuch in seiner wahren Gestalt abzustatten, sicherzustellen, dass sie nie mehr Drogen einwarfen oder eine Frau unflätig behandelten. Wenn sie nicht kooperierten, hatte er keine Skrupel sie zu töten.

Pickel lag wimmernd auf der Erde. Kendrick positionierte sich neben Morven mit fletschenden Zähnen und ließ seine Pupillen rötlich aufblitzen. Sie sahen aus, als müssten sie sich gleich übergeben. Das würden sie noch bei seiner nächtlichen Visite, mehrmals. Vielleicht sollte er sich von Lior begleiten lassen.

„Es tut uns leid“, stammelte der Dünnere.

„Helft ihm auf. Betet, dass ihr mir niemals wieder über den Weg lauft. Falls doch, benehmt ihr euch gefälligst wie Menschen und nicht wie Idioten.“ Diesmal würde ihr Blick Wildschweine in die Flucht jagen.

Sie entwickelten eine unglaubliche Geschwindigkeit bei ihrem Rückzug. Morven sah ihnen hinterher und tätschelte Kendricks Kopf. Mit zitternden Händen klappte sie das Messer ein und steckte es in die Jackentasche.

Morven umarmte ihn und legte das Kinn auf seinen Kopf.

„Diese miesen Kröten sind mir letztens beim Joggen begegnet. Ich musste Holzfäller um Hilfe bitten, damit sie mich in Ruhe ließen. Für heute habe ich genug von Aufregungen, am besten verkrieche ich mich in mein Bett.“

Sie pustete in sein Fell und rieb ihre Nase hinein. Er spürte, dass es ihr zusagte. „Gute Arbeit.“ Dann brach sie in Tränen aus.

Er fühlte sich hilflos, es gefiel ihm kein bisschen. Er presste seinen Kopf auf ihre Schulter und schnaufte an ihrem Hals. Sie sah ihn an und lachte halbherzig.

Kendrick schluckte. Ein anderes Gefühl umfloss ihn. Morven hatte ihn in ihr Herz geschlossen. Es berührte ihn.

Daingit!

Kapitel 5

Tumble schmiegte sein Haupt gegen ihre Handfläche und sah sie bettelnd an. Unruhig lief sie durch den Raum, verspürte Angst vor dem Wald. Die Erinnerung an die Schatten raubte ihr den letzten Nerv und jagte ein Prickeln über ihre Haut.

Andererseits hatte sie viel zu viel Lasagne gegessen, nichts im Vergleich zu Tumbles Portion. Überhaupt war sie gestern ungewöhnlich hungrig gewesen.

„Okay, du musst nach draußen. Ich brauche Bewegung und mich auf Dauer einzuschließen, ist keine Lösung. Wir fahren nach Ravenscraig." Der Park lag am Meer und die Seeluft würde ihr guttun, der kalte Wind ihre Sorgen für den Moment fortwehen.

Tumble sah ihr direkt in die Augen und ein eigenartiger Sog erfasste sie, löschte ihre Gefühle aus. Plötzlich fand sie die Idee mit dem Park abstoßend. Der Wald lockte verführerisch. Nur er versprach Linderung. Trancegleich zog sie die Laufschuhe an. Sie kam erst zu sich, als sie heftig atmend an der Spitze des Pfades anhielt.

Die Haare klebten an ihrem Kopf und das Gesicht war nass. Es regnete in Strömen, das schottische Wetter zeigte sich von der leidenschaftlichen Seite.

Sie erinnerte sich nicht daran, dass sie den roten Fleecepullover angezogen hatte. Sie leuchtete wie eine Zielscheibe.

Tumble stand neben ihr und seltsamerweise klebte sein Fell nicht an seinem Körper, vielmehr glitzerten die Tropfen diamantengleich auf der Oberfläche. Er sah wie ein Schmuckstück aus.

Befreit setzte sie den Lauf fort. Sie liebte Regen und genoss den Wind, der sie umspielte. Die Bewegung erwärmte ihre Muskeln, das Fleece hielt die Feuchtigkeit von ihrer Haut.

Die Angst verschwand und entspannt atmete sie auf.

Sie fühlte sich berauscht, legte den Kopf in den Nacken und beobachtete die Baumwipfel, die sich unter den Böen bewegten. Wolken rasten über den Wipfeln hinweg. Samtene kühle Tropfen trafen ihr Gesicht. Sie folgte einem geschlungenen Pfad und sprang über einen Bach, hatte das Gefühl, ewig rennen zu können. Das musste ein Runners High sein.

Tumble lief an ihrer Seite und sie wunderte sich nicht, dass er ihr bis über die Hüfte reichte.

Wind und Regen nahmen zu. Der Niederschlag lief kleinen Wasserfällen gleich an den Blättern der Laubbäume hinab. Sie roch den Wald, die Feuchtigkeit intensivierte den Duft nach Moos und Harz. Niemals war ihr der Geruch derart nachhaltig vorgekommen. Sie schmeckte und spürte ihn mit jeder Faser ihres Körpers.

Plötzlich ließ das berauschende Hoch sie aus dem Griff. Sie blieb schlitternd stehen, in letzter Sekunde gelang es ihr, sich auf dem rutschigen Pfad auf den

Beinen zu halten. Sie hatte sich verlaufen. Unmöglich, sie kannte jeden Weg und sei er noch so schmal.

Todesangst packte sie, ehe sie die Schatten erspähte. Sie umzingelten sie. Tumble war fort.

Die Schemen schlichen näher, rückten auf sie zu. Es gab kein Entkommen.

Engelhafte Umrisse, schwärzer als ein bodenloses Loch raubten ihr die Luft. Ehe sie reagieren konnte, nahm eine der Kreaturen eine festere Gestalt an und flog los.

Endlich setzten ihre Reflexe ein. Sie sprang zur Seite, bewegte sich schnell, verdutzt von der eigenen Geschwindigkeit. Verglichen mit dem Schatten war sie viel zu langsam. Etwas riss sie zu Boden, und als sie auf der Erde aufschlug, sah sie, dass es ein Engel war, der sie umfasste und niederdrückte. Ebenmäßige Züge und unglaublich graue Augen fixierten ihre.

Seine Erscheinung täuschte sie in keiner Weise. Er war kein Bote des Guten, er wollte sie töten, sie fressen.

Er öffnete den Mund, sie starrte auf das Grauen. Eine Hyäne sah nicht schlimmer aus, wenn sie das Maul aufriss. Die schwarzen Reißzähne entlockten ihr ein Wimmern. Sie tastete nach einem Stein, einem Ast. Selbst der Wald verschwor sich gegen sie, ihre Hände griffen ins Leere.

Ein unmenschlich kräftiger Griff presste ihr den Atem aus den Lungen. Sie konnte nichts mehr tun. Unfähig, die Lider zu schließen, blickte sie dem Grauen direkt in das schrecklich schöne Antlitz. Ihr gefror der Schweiß auf dem Leib. Er senkte den Kopf und drückte gleichzeitig ihren Hals zurück. Als er seine Zähne in ihre Haut schlug, brüllte er auf. Er stieß sie heftig von sich und riss ein Stück Fleisch aus ihrer Kehle. Der kraftvolle Stoß wirbelte sie in die Luft, schleuderte sie an einen Baum.

Sie hörte ein splitterndes Geräusch. Die einsetzende Agonie überlagerte für einen Moment den Schmerz.

Ihr Angreifer fiel kreischend und zuckend zu Boden.

Sie starb, einsam und unbemerkt.

Ein zweiter Schatten huschte auf sie zu. Ehe er sie überwältigte, stürzte sich Tumble auf ihn und bevor er ihn erreichte, verwandelte er sich in Mr. Hot.

Als er auf ihm landete, packten seine Hände den Kopf der Engelskreatur. Er brach ihm mit einem Ruck das Genick.

Morven starrte auf den nackten Kerl mit den kobaltblauen Augen, der ihren Nacken umfasste und in einer schrecklich sanften Stimme mit ihr sprach. Es war das Letzte, was sie hörte. Dann umfing sie gnädige Bewusstlosigkeit.

Kendrick rammte das Messer in die Halsschlagader des Angelus, der sich in seiner Schulter verbeißen wollte. Noch immer hallte der Laut der brechenden Knochen von Morven in seinen Ohren, als sie gegen den Baum geknallt war.

Das rötliche Schimmern ihres Körpers stoppte, ein Indiz, dass die Kräfte

der Armanach aktiviert waren.
Verdammt, wo blieben Nosferat und Lior? Lange konnte er Morven nicht allein beschützen. Die Angelus traten überraschend geballt auf.
Endlich tauchten sie neben ihm auf. Kendrick seufzte erleichtert auf. Er brauchte dringend Hilfe, denn er spürte, dass Morven starb.
Die Lugus formten einen Ring um Morven und ihn. Die Kreaturen wichen zurück und verschmolzen fast mit den Konturen der Bäume.
Blut lief Morvens Hals hinunter. Wenn er nicht sofort den Biss versorgte, würde sie verbluten. Er streute das burgunderrote Pulver des Bog Moss, einer Heilpflanze, auf ihre Halswunde, das Nosferat ihm reichte. Das Extrakt war mit Nosferats Kräften verstärkt. Es stoppte kurzfristig die Blutung.
Lior blutete aus einer Wunde an seinem Oberschenkel.
Nosferats Platzwunde an der Stirn war dabei, sich zu schließen. Er wollte nicht wissen, wie die Angelus aussahen, die so töricht gewesen waren, die Mächtigsten der Lugus anzugreifen. Von ihnen würde man nur noch Einzelteile finden und selbst die nur, wenn man genau suchte.
Kendrick lehnte sich an den Baum und hielt Morven an sich gedrückt. Sie stöhnte in der Bewusstlosigkeit vor Schmerz auf.
Nosferat legte eine Hand auf ihre Stirn, seine Energie drang in sie und sie verstummte. Die beiden Parteien musterten sich schweigsam.
Die Angelus bildeten eine Gasse für ihren Anführer.
Es war Baodan, wer sonst.
Der blonde Angelus war groß, verglichen mit den meisten Menschen. Hohe Wangenknochen und volle Lippen prägten ebenmäßige Gesichtszüge. Seine Gestalt erschien wenig imposant, wenn man ihn mit den Lugus verglich.
Die Angelus entstammten den Engeln der Finsternis, aber die Lugus waren Söldner, Krieger, deren Statur ihre jahrhundertealte Existenz prägte. Unzählige Kämpfe und Schlachten zeigten sich in jeder Muskelfaser.
Kendrick wusste, dass der Körperbau täuschte. Seine fehlende Muskelmasse glich Baodan mit Schnelligkeit, Entschlossenheit und Grausamkeit aus. Die Anzahl der Engel verwunderte Kendrick. Dass der Anführer mitmischte, verlieh dem Ganzen zusätzlichen Sprengstoff. Kendrick hatte es nicht gewusst, Nosferat und Lior schon.
Baodan blieb vor Nosferat stehen, die eisigen Augen wirkten fast farblos.
„Gebt sie uns. Dann ziehen wir uns zurück."
Nosferat rückte näher an ihn heran. Eine Haaresbreite Platz trennte die beiden Männer.
„Warum sollten wir das tun? Sie gehört uns." Nosferats Stimme war kalt wie der Hintern eines Eisdrachens. Die Arme hingen entspannt an seiner Seite. Die Messer bewahrte er in den Innenseiten seiner Lederjacke auf. Er brauchte keine Waffe, um zu töten, sein Körper war mehr als ausreichend.
„Tut sie das? Niemand von euch hat sich mit ihr verbunden. Sie ist Freiwild

und wir erheben Anspruch auf sie.“ Baodans Wangenmuskel zuckte. „Riskiert ihr einen offenen Krieg wegen ihr?“

Baodan trat einen Schritt nach hinten. Bevor er seine Hand bewegen konnte, hielt Lior ihm ein Schwert gegen die Kehle.

„Rühr dich nicht oder sie stirbt.“

Kendrick fasste nicht, was er da sah.

„Die Lugus wollen die Armanach abschlachten?“ Äußerstes Erstaunen klang in der Stimme des Angelus.

Damit beseitigte Baodan die letzten Zweifel. Zuerst dürstete es sie nach den Silbertränen. Nach dem Biss des Angelus wussten sie, dass sie etwas Mächtigeres darstellte als eine Droge. Oder hatten sie es von Anfang an vermutet?

Nosferat und Lior gaben ein Geräusch von sich, das auch mit viel Fantasie nicht als Lachen durchging.

„Wir trachten nicht Morven nach dem Leben. Wenn jemand sterben muss, dann ist es eine Person, die dir sehr am Herzen liegt.“ Nosferat stupste mit einem Finger gegen die Stirn des Angelus. War der Kerl verrückt? Baodan reagierte nicht auf die Beleidigung.

„Deine Männer sollen zur Seite treten oder deine geliebte Gefährtin stirbt.“

Kendrick schluckte. Sie hatten Ceana entführt. Damit hielten die Lugus die Trümpfe in der Hand. Anders als er war Lior nicht überrascht. Nosferat hatte Kendrick nicht eingeweiht und er tat es keinesfalls grundlos. Das tat er nie.

Baodan versuchte, es zu unterdrücken, doch seine Augen verrieten die Unruhe, die in ihm wütete.

„Glaubst du, ich falle auf euren Trick herein?“

„Taran.“ Liors dunkler Tenor hallte durch den Wald.

Morven wimmerte in seinen Armen und Kendrick strich ihr über die Stirn, versuchte, sie so bequem wie möglich zu halten. Es war eine Geste, die er lange nicht mehr ausgeführt hatte. Ihr Leiden schmerzte ihn, er ertrug es kaum. Er zog sie auf seinen Schoß, damit die kalte Erde sie nicht weiter unterkühlte. Ein Söldner reichte ihm seine Jacke und er bedeckte sie damit.

„Bitte, Baodan.“ Eine weibliche schmerzerfüllte Stimme drang durch den Wind. Taran hatte nicht lange gefackelt, um seinen Willen durchzusetzen. Er war ein berüchtigter Folterer.

In die Kreaturen kam Bewegung und sie rückten zur Seite.

Taran betrat die Bildfläche, sein kahler Schädel intensivierte die brutale Ausstrahlung. Vor ihm stolperte Baodans Gefährtin. Blut lief ihren Rücken hinab und tropfte von den Beinen. Taran hatte seine Peitsche benutzt und nicht in einer liebevollen Weise.

Um ihren Hals lag ein Ring aus Platin, den nur Taran lösen konnte. Versuchten die Angelus es, zog er sich enger und erwürgte die blonde, engelhafte

Schönheit. Wie er Taran kannte, hatte er den Ring so eingestellt, dass ihr Todeskampf lange dauern würde. Er zog sich so eng, bis er den Kopf von den Schultern trennte, nach Stunden der Qual.

Die vorherigen Begegnungen waren Scharmützel, verglichen mit dieser. Offener Krieg drohte auszubrechen. Hinter Morven steckte mehr. Nosferat riskierte alles, um sie zu behalten.

Baodan hielt sich nicht mit Nettigkeiten auf, sein Schweigen wirkte gefährlicher als jede Drohung.

Die Klingen waren gewetzt, das Spielfeld abgesteckt.

„Du gibst mir dein Wort, dass ihr Ceana gehen lasst, wenn ich euch mit der Armanach ziehen lasse?"

„Ich schwöre es. Ihr könnt sie am Ufer abholen." Nosferat bohrte seinen Blick in die Augen seines Gegenübers. „Du solltest darüber nachdenken, ob du nicht als Spielfigur von jemandem dienst."

Baodans Ausdruck hätte nicht eisiger sein können.

Der Wind nahm zu und die Angelus wurden zu Schatten, die mit dem Wald verschmolzen.

„Wir müssen uns beeilen." Er hörte selbst, dass er verzweifelt klang. Kendrick sah besorgt auf Morvens blasses Gesicht, die Verletzungen waren schwer, fast tödlich.

Ceana sah ihn hasserfüllt an.

„Spar deinen Atem. Ihr werdet niemals Hand an sie legen. Du solltest deine Kräfte nicht mit Drohungen verschwenden."

Die Wunde auf ihrem Rücken war fast verheilt. Sie konnte es dennoch nicht lassen.

„Jeden Tropfen Blut, den ich vergossen habe, bezahlt das Miststück teuer."

Ihre Worte gingen in ein Gurgeln über, denn Tarans Handbewegung zog den Ring enger. Sie fiel auf die Knie und konnte nicht verhindern, dass er ihren Fall auffing.

„Ich wusste, du kannst meinem Charme nicht widerstehen." Er zog sie an den Haaren hoch, sein hartes Gesicht zeigte keine Regung. Die ätherische Schönheit wirkte zerbrechlich und sanft. Sie täuschte niemanden, es war Fassade, denn das Böse, das sie durchdrang, nutzte sie zu ihrem Vorteil. Ceana quälte ihre Opfer psychisch, bevor sie sie tötete und liebte es, sie in den Wahnsinn zu treiben.

Morven wimmerte und der Laut drang in sein Herz. Kendrick fluchte. Die Haut erschien fast durchsichtig, ihr Brustkorb bewegte sich kaum, ihr Atem flachte weiter ab.

Nosferat legte eine Hand auf ihre Stirn. Ein nebelhaftes Schimmern ging von ihm auf Morven über und sie bäumte sich in Kendricks Armen auf und atmete ruhiger.

„Sie schafft es bis zur Isle of Lugus. Ich persönlich versorge sie." Der

Oberste sah ihn sonderbar an.

Die Clydesdales und Shire Horses empfingen sie mit einem Wiehern. Roven, sein Shire Hengst, ein Ainmhidh, trat auf sie zu. Er berührte sanft Morvens Wange mit der Nüster. Schnaubend traf Roven besorgt Kendricks Blick.

Das Ainmhidh verfiel ihr sofort, es würde Morven ab jetzt mit seinem Leben verteidigen. Kendrick zog eine Jeans und ein langärmliges loses Hemd über. Lior hob sie hoch und Kendrick setzte sie vor sich. Querfeldein erreichten sie die Küste schneller als mit einem Auto. Das Ainmhidh fiel in einen weichen Galopp und brachte sie schnell zu dem wartenden Speedboat. An Bord wickelte er sie in mehrere Decken, dennoch zitterte sie. Er fühlte sich eigenartig, bis er realisierte, dass er eine tiefe Angst empfand, sie könnte sterben. Es erfüllte ihn mit kalter Übelkeit. Nosferats Blick lag schwer auf ihm. Sie brachten sie zu der Isle of Lugus, die auf keiner Karte zu finden war. Kendrick hielt sie die gesamte Überfahrt in den Armen. Er verfluchte jede Welle und jede Erschütterung des Bootes und seufzte erleichtert, als die Insel aus dem Nebel auftauchte. Das Hauptquartier der Lugus bot Schutz und Wärme. Die Sandsteinmauern blitzten durch die Bäume und man erahnte die uneinnehmbare Burg. Dàn wartete am Landungssteg und es gelang ihm nicht, seine Besorgnis zu unterdrücken. Er warf nur einen Blick auf Morven und ein Wangenmuskel zuckte. Dàn nahm es sehr persönlich, wenn einer Frau Schaden zugefügt wurde, vor allem, wenn sie so hilflos wie Morven war.

Sie zitterte immer noch entsetzlich. Als Dàn sie ihm abnehmen wollte, zischte er ihn an. Sein langjähriger Freund hob die Hände und warf ihm einen trockenen Blick zu.

„Die Krankenstation erwartet euch“, sagte er sanft. Seine bernsteinfarbenen Augen blickten ernst. Er sah auf ihre Wange. Kendrick folgte dem Blick, eine Träne lief ihr Gesicht hinunter und hinterließ eine silberne Spur. Er widerstand der Versuchung, sie mit den Fingerspitzen aufzunehmen.

Endlich erreichte der Transporter das Caisteal. Glyphen verzierten die vier Türme, die Türen und Fenster. Eigentlich waren sie unnötig, denn so weit drang der Feind nicht vor. Die mächtigsten Glyphen, die es gab, schützten die gesamte Insel, töteten jeden, der versuchte, den Grund und Boden der Lugus unerlaubt zu betreten.

Kendrick stürmte mit ihr durch die Tür, legte sie auf die bereitstehende Liege und umfasste ihre Hand.

Die Lugus besaßen heilende Kräfte, aber auch sie nutzten die Vorteile der modernen Medizin.

„Lass mir Raum, Söldner.“

Widerwillig trat Kendrick in dem Behandlungszimmer zur Seite.

Die Halswunde sah schrecklich aus. Der Angelus hatte sich nicht damit begnügt, seine Zähne in ihre Vene zu schlagen, er hatte stattdessen ein Stück Fleisch herausgebissen.

Nosferat füllte die Wunde mit einer Plasmaverbindung auf, nähte sie mit akkuraten Stichen. Dann berührte er die Naht, während er Worte der alten Sprache murmelte. Die Naht glühte, übrig blieb eine breite Narbe.

„Gebrochene Rippen, die Schulter ist ausgerenkt."

Ein Griff, und das Schultergelenk saß an seinem Platz.

Er legte beide Hände auf ihre Rippen und erneut schimmerte Morvens Haut.

„Die Verletzungen werden ein paar Tage schmerzen. Du brauchst dich nicht zu sorgen."

Kendrick unterdrückte die Erwiderung, dass es ihm gleichgültig war. Innerlich schnaubte er, es war unmöglich, dem Mächtigsten der Lugus etwas vorzumachen. Nosferat warf ihm einen wissenden Blick zu.

„Du solltest bei ihr sein, wenn sie aufwacht. Sei behutsam."

Die Worte verwunderten ihn, normalerweise kümmerten Nosferat Empfindungen herzlich wenig. Seine eigenen Gefühle erweckten Furcht in ihm. Morven weckte eine Sehnsucht, die er lange zurückgehalten hatte.

Auf Nosferats Gesicht trat ein besorgter Ausdruck. „Heb ihren Oberkörper an. Ich spüre eine alte Verletzung auf ihrem Rücken."

Sie starrten beide auf die Brandwunde in ihrem Nacken. Er hatte sie vorher nicht bemerkt, da ihre Haare sie verdeckten.

„Jemand hat eine Zigarette auf ihr ausgedrückt." Kalte Wut stieg in Kendrick auf. Wer immer das getan hatte, er würde ihn finden.

Er tastete nach dem Grauen, das in ihm schlummerte. Es antwortete mit vertrauter Erbarmungslosigkeit.

Kapitel 6

„Morven, beruhige dich.“

Eine tiefe Stimme drang in ihr Bewusstsein und starke Hände pressten sie auf eine weiche Unterlage.

Ihre Lider flogen auf und sie keuchte schmerzerfüllt. Grelles Licht traf hämmernd auf ihre Pupillen, die Geräusche waren überlaut und sie fror entsetzlich.

Das eisige Gefühl war nicht äußerlich, es hatte ihr Innerstes in einem festen Griff. Die Erinnerung überkam sie wie ein Schmiedehammer.

Sie sah in Tumbles Augen. Er war es, der geheimnisvolle Unbekannte, der Kerl, an den sie fortwährend gedacht hatte, dessen Härte und Kraft sie noch immer spürte.

Ein gefährlicher Mann. Nein, kein Mann, ein Söldner der Dunkelheit, jemand, der sich nahm, was er wollte. Ihren Impuls aufzuspringen verhinderte ihr schmerzender Körper. Ihr blieb nur, zu schreien.

Das wäre albern, sie begnügte sich mit einem krächzenden Geräusch.

Tumble hielt ihr einen Becher an die Lippen und sie trank dankbar.

„Ich bin Kendrick.“

Er konnte sich in einen Hund verwandeln. Entweder drehte sie durch oder sie träumte.

„Du träumst nicht und du bist nicht verrückt.“

Der Kerl besaß eine Stimme, die wie flüssige Seide an ihr entlanglief. Er unterbrach nicht den leichten Druck auf ihren Oberkörper. Seine Hand lag mit beruhigender Wärme auf ihrer Haut, direkt über ihrem Herzen.

Haut?

Sie war nackt unter der Decke. Bevor sie sich damit beschäftigen konnte, betrat ein weiterer Mann den Raum.

Kendrick war groß, sie schätzte ihn auf knapp zwei Meter, der andere überragte ihn. Nicht seine Gestalt weckte in ihr den Wunsch, zu flüchten, sondern seine Aura. Ein besseres Wort fiel ihr nicht ein.

Macht strahlte von ihm aus und sie unterdrückte den Impuls, zurückzuweichen.

Seine blauen Augen standen Kendricks in nichts nach. Er erinnerte sie an eine brutalere Version von Ray Stevenson aus der Fernsehserie Rome. Er trug die mit Silber durchsetzten Haare kurz.

Zu ihrem puren Entsetzen zog er die Decke bis zu ihrer Hüfte hinab. Sie leuchtete wie ein Hummer, war nicht einmal imstande, zu protestieren.

Kendrick hielt ihre Handgelenke mit Leichtigkeit. Sie wäre nie in der Lage, sich aus dem Griff zu befreien, selbst ohne einen Körper, der vor Agonie schrie. Der Fremde betrachtete sie eingehend. Die Hände folgten seinem Blick und er legte sie auf ihre Rippen.

Ihr gelang es nicht, zu sprechen.
„Ich bin Nosferat." Sowohl die Berührung als auch seine Stimme überraschten sie. Beides beruhigte sie. An der Art, wie er sie ansah und berührte, war nichts Anstößiges.
„Wie geht es dir, Flùr?"
Er sagte das gälische Wort, das Blume bedeutete, sanft.
Morven öffnete den Mund, sie schaffte es, ein Wort zu keuchen. „Tumble."
„Keine Sorge, die Schmerzen verschwinden in ein paar Tagen." Seine Fingerspitzen wirkten wie ein kühlender See, der über ihre Pein glitt, sie fortspülte, bis sie entspannt atmete.
Als er ihre Schulter erreichte, konnte sie ein Aufschluchzen nicht unterdrücken.
„Mein Hals." Sie wollte danach tasten, aber Kendrick hinderte sie.
„Es ist alles in Ordnung, du bist in Sicherheit", sagte er weich. Sie verspürte den Drang, ihn zu umklammern und zu weinen, den Trost in sich aufzunehmen, die seine Kraft ihr versprach.
Ein verdammter Vampir, der das Aussehen eines Engels besaß, hatte ein Stück von ihr gefressen.
Bevor der Schrei sich aus ihrer Kehle löste, hielt Nosferat etwas in der Hand, das wie ein Stift aussah.
Sie spürte einen leichten Druck, ehe sie in gnädiger Dunkelheit versank.

Nosferat reichte ihm eine weitere Decke.
„Das Frieren ist eine Reaktion auf den starken Stress. Wenn sie das nächste Mal aufwacht, wird sie sich besser fühlen und in der Lage sein, sich mit dem Erlebten auseinanderzusetzen."
Unbewusst strich Kendrick über ihre Wange und zog abrupt seine Hand zurück, als hätte er sich verbrannt. Er musste es sofort stoppen. Der Fluch wütete brennend in ihm.
Daingit! Er begab sich auf dünnes Eis. Es gab für ihn nur ganz oder gar nicht. Er bevorzugte das Letztere und durfte es nicht zulassen.
Zornig erwiderte er Nosferats Blick. Er fasste es nicht, der Oberste sah zufrieden aus. Als ob alles nach seinem Willen verlief und er jetzt den nächsten geplanten Spielzug unternehmen könnte. Schon öffnete Nosferat den Mund.
„Wir binden Taran an sie und rauben den Angelus jegliche Grundlage, einen Anspruch auf sie zu erheben. Er hat sich bereit erklärt, das Ritual auszuführen. Wir können sie nicht sich selbst überlassen."
Die Worte waren ungeheuerlich. Mit Mühe hielt Kendrick sich davon ab, ihm die Faust ins Gesicht zu rammen. Es wäre ihm nicht gut bekommen. Allein die Vorstellung, dass ein anderer Lugus sie intim und lustvoll berührte, erfüllte ihn mit Zorn. Ausgerechnet Taran, er war eine wahre Bestie. Wie konnte Nosferat auf diese dämliche Idee kommen?

Anstatt ihn zu schlagen, begnügte er sich mit einem Schnauben. Die Worte kamen aus seinem Mund, bevor er realisierte, dass er längst beschlossen hatte, was zu tun war.

„Ich binde sie an mich." Die Worte erfüllten ihn mit Panik, aber noch schlimmer wäre es, Morven jemand anderem zu überlassen.

Nosferat schlug ihm auf den Rücken, kraftvoll, und er taumelte nach vorn.

„Du weißt, dass es ihr nicht gefallen wird. Frauen sind nicht mehr unterwürfig und gehorsam. Vielleicht hasst sie dich für das, was du ihr antun wirst. Sie wird dich reizen, um deine Beherrschung zu testen."

Kendrick verzog seine Mundwinkel.

Dann sollte sie ihn hassen. Er würde sie nicht auf diese Weise anrühren und seinen Hunger konnte er weiter im Club stillen.

Glaubte er eigentlich, was er da dachte?

Nosferats Ausdruck erweckte in ihm abermals den Wunsch, ihm das süffisante Grinsen aus dem Gesicht zu schlagen. Und er wusste es. Amüsiert zog der Oberste die Augenbrauen hoch.

„Sie ist hübsch und hat genau das richtige Maß an Weichheit. Fast beneide ich dich."

Kendrick blinzelte, während er Nosferat anstarrte.

Lior betrat das Zimmer, er stach nicht nur durch die blonden Haare aus der Menge. Er bewegte sich mit der Sicherheit eines Mannes, der unzählige Kriege bestritten hatte und die Dinge regelte, ohne zu verlieren.

„Du willst sie an dich binden?" Er redete niemals um den heißen Brei herum.

Kendrick nickte. „Schnellstmöglich."

„Kaum zu glauben, dass in dieser kleinen Person dermaßen viel Macht steckt", sagte Lior.

„Ich habe selten einen größeren Tollpatsch gesehen. Es wird mühselig sein, sie auszubilden." Nosferat schmunzelte. „Diese Ehre gebührt dir, Kendrick. Dàn wird dir helfen."

Als die beiden Lugus den Raum verließen, durchfuhr es ihn glühend. Nosferat hatte ihn reingelegt. Er hatte zu keiner Zeit beabsichtigt, Taran an Morven zu binden. Lior hatte es gewusst. Jetzt, wo er es ausgesprochen hatte, konnte er nicht zurück. Einmal gesagt waren die Worte bindend und setzten das Nasgadh in Gang. So ein verfluchter Mist.

Und eine wahnsinnige Stimme tief in ihm freute sich über die Wendung, die die Ereignisse nahmen. Er hatte keine Ahnung, wieso, denn ließ er sich auf Morven ein, war nur sie fähig, die Bestie in ihm zu beruhigen, sobald er auch nur einen Anflug von Zuneigung für sie empfand.

Morven holte tief Luft, bevor sie genug Mut hatte, die Augen erneut aufzuschlagen. Sie lag nicht mehr in einem Krankenzimmer, sondern in einem bequemen Bett und erfasste das Interieur.

Parkettboden, cremefarbene Wände, zwei weinrote übergroße Sessel, ein passender Läufer und bodentiefe Fenster rundeten das Bild ab. Es besaß einen offenen Kamin. Sie war gestorben und dieser Ort fungierte als ihr persönlicher Himmel, ein Zimmer in einem Wellnesshotel. Sie stöhnte auf, es fühlte sich alles zu echt an, ihr schmerzender Körper erinnerte daran, dass sie nicht träumte.

Wo zum Teufel war sie? Wenigstens lebte sie. Als das Engelding sie angefallen hatte, rechnete sie nicht damit, zu überleben. Zaghaft tastete sie nach ihrem Hals, überrascht, dass kein Verband ihn bedeckte. Sie spürte keine Wunde, nur eine Narbe, auch wenn der Schmerz ihr eine andere Nachricht sandte.

Ein Blick unter die Bettdecke bestätigte ihre Befürchtung, sie war noch immer nackt.

Shit!

Der dunkle Kerl war zum Glück nicht anwesend. Kendrick. Sie biss in die Decke, um die Hysterie, die nah an der Oberfläche lauerte, zu unterdrücken, wusste sie doch, es gab keine logische Erklärung für Menschen, die sich in Scooby Doo verwandeln konnten. War er überhaupt ein Mensch?

Eines nach dem anderen. Sie musste herausfinden, wo sie war. Sie hoffte, dass eine der beiden Türen in ein Badezimmer führte. Sie wickelte die Steppdecke um sich, stand unsicher auf den Beinen, als eine der Türen aufflog.

Da war er, Kendrick.

Fast wäre ihr die Decke vor Schreck aus den Händen geglitten. Sie stolperte.

„Du."

Er bewegte sich schnell, zu schnell für einen Menschen. Er erreichte sie, bevor sie auf dem Boden aufschlug. Tröstlich und stark umarmte er sie.

„Fass mich nicht an."

„Das tue ich längst."

Amüsiert betrachtete er sie.

„Nimm deine Pfoten von mir." Sie schnaubte, Pfoten waren äußerst zutreffend.

Brian, Vampire, Engel, Tumble. Vergaß sie etwas? Ihre Worte beeinflussten ihn nicht. Er trug sie in das Badezimmer. Jesus, er hatte sie beim Duschen beobachtet. Sie hatte ihm von ihrem ersten Mal erzählt. Alles. Dieser Schuft hatte sie mit seinen treuen Hundeaugen eingewickelt, Dinge von ihr erfahren, die sie niemandem, der sprechen konnte, mitgeteilt hätte.

Niemals!

„Nach der Dusche fühlst du dich besser."

Was würde sie tun, falls er nicht den Raum verließ? Er grinste, als läse er ihre Gedanken.

„Keine Angst, ich lasse dich allein. Es sei denn, du wünschst Hilfe."

Mit Mühe löste sie sich von der Vorstellung, dass er sie wusch.

Sie betrachtete seine große Gestalt und atmete erleichtert auf, als er aus dem Raum ging. Er zog die Tür zwar nicht ins Schloss, aber lehnte sie an. Es steckte kein Schlüssel, aber es wäre sowieso zu mühselig, zur Tür zu laufen, um sie abzuschließen.

Ihre Glieder gaben ihr genauso viel Halt wie Treibsand. Mehrmals musste sie sich an den Fliesen abstützen, der Schwindel drohte, sie zu überwältigen und beinahe sackte sie zu Boden. Die Tür flog auf und Kendrick war mit großen Schritten bei ihr.

Bevor sie protestieren konnte, umfassten seine starken Hände ihre Taille. Sie fühlte sich zu ihm hingezogen und gab auf, dagegen anzukämpfen, ihr fehlte die Kraft. Seine Berührung weckte ihren Hunger nach Zuneigung und den Wunsch, sich einfach fallen zu lassen, wenigstens für den Moment.

„Du brauchst nicht verlegen zu sein. Ich habe dich nackt gesehen."

Oh, das hatte er, die mitternachtsblaue Versuchung.

Bevor sie ihre halbherzigen Bedenken äußern konnte, lagen seine Lippen sanft auf ihren.

Sie lehnte sich in die Umarmung, sein T-Shirt sog die Feuchtigkeit ihres Körpers auf. Er wartete, bis sie gefestigt stand, nahm ohne ein Wort zu sagen die Seife in seine Hände und wusch sie.

„Halt dich an mir fest", raunte er.

Oh Mann.

Es war nicht nur der Schwindel, der ihr den Halt raubte.

Er begann an ihrem Rücken, arbeitete sich nach unten vor und sie umfasste ihn härter, als er ihren Po erreichte.

Überdeutlich fühlte sie seine Wärme, die Rauheit der Handflächen, kombiniert mit der nach Rosen duftenden Cremigkeit des Schaums. Er rieb ihn leicht in ihre Haut, berührte sie zärtlich, beinahe zu zärtlich, als hätte er Angst, sie zu zerbrechen.

„Dreh dich um." Weich umfloss seine Stimme sie.

Es schien ihm nichts auszumachen, dass er nass wurde. Sie lehnte ihren Rücken an ihn, aber traute sich nicht, den Po an ihn zu lehnen. Doch als seine Hände ihre Brüste erreichten, sackte sie gegen ihn und spürte die Hitze und Härte seines Geschlechts.

„Beweg dich nicht, Morven."

Der Tonfall hörte sich fast verzweifelt an, als hielte er sich davon ab, etwas anderes mit ihr anzustellen.

Viel zu behutsam verteilte er den Schaum auf ihrem Busen, berührte die Nippel kaum, die eine stärkere Stimulation begehrten.

„Ganz ruhig, ich möchte dich nur ein wenig entspannen."

Und dann berührte er ihre Scham, sie zuckte zusammen und presste ihren Po gegen ihn. Seine Fingerspitzen zitterten, er teilte ihre Schamlippen, schäumte sie ein, rieb über ihre Klitoris und Hitze erfasste sie, schneidend und drängend. Sie stand wie erstarrt, wo alles in ihr verlangte, sich an den Fingerspitzen zu reiben, die sie so zärtlich stimulierten. Er küsste sie ganz leicht auf den Nacken, berührte mit den Lippen ihre Brandnarbe. Er atmete heftig und löste sich von ihr, seine Hände umfassten erneut ihre Hüften.

„Du bist verwundet und nicht Herrin deiner Sinne.“ Die Verletzbarkeit in seiner Stimme hinderte sie, aufzubegehren. Er küsste sie auf den Scheitel. Wenn sie es nicht besser wüsste, würde sie glauben, er verspürte Angst vor ihr. Er verharrte, bis sie ruhiger atmete und Kontrolle über ihre Glieder erlangte.

Dann ließ er sie allein, verwirrt, verletzlich und zutiefst beunruhigt.

Sie besah ihren Hals im Spiegel und sah eine deutliche Narbe. Nach dem, was sie erwartet hatte, wirkte sie lächerlich. Sie entdeckte keine Stiche. Wer immer das genäht hatte, verstand sein Handwerk. In ein Handtuch gewickelt trat sie aus dem Badezimmer, wieder erfasste Schwindel sie, wieder war er bei ihr, bevor sie zu Boden ging. Er hatte sich umgezogen, trug trockene Jeans und ein weißes T-Shirt mit Rundhalsausschnitt. Er sah umwerfend aus.

„Du riechst wahnsinnig gut. Wie ein Wald nach einem langen Regen.“ Die Worte kamen ungewollt aus ihrem Mund.

„Tue ich das?“

Er sah auf sie herunter, als stellte sie eine verbotene Frucht dar, die ihn lockte und der er nicht nachgeben durfte, weil er sonst verloren war. Dabei war sie es, die verloren war.

Er setzte sie auf das Bett und reichte ihr ein gelbes Flanellnachthemd.

„Das kann nicht dein Ernst sein.“ Sie betrachtete die Monstrosität. Darin eingehüllt würde selbst Aphrodite grässlich aussehen.

Er lächelte und es hellte seine Augen auf, die noch strahlender wirkten. Jesus. Er drehte sich um und sie zog den Stoff über. Sie sah wie eine Banane auf zwei Beinen aus. Es kurbelte ihr Selbstbewusstsein ungemein an.

„Du hast viele Fragen.“

Das war eine Untertreibung. Ihr Kopf schwirrte und sie konnte keinen klaren Gedanken fassen.

„Ich beantworte sie dir, soweit ich es vermag. Für den Moment musst du zu Kräften kommen.“

„Aber ...“ Sie räusperte sich, ihr Hals brannte.

Er hielt ihr ein Glas Wasser an die Lippen, stützte ihren Nacken und steigerte ihre Nervosität mit seiner Anwesenheit. Als er ihr tief in die Augen sah, vergaß sie beinahe zu atmen.

„Iss ein wenig Suppe. Du hast tagelang geschlafen.“ Die Stimme verriet, was sie erwartete, als sie zur Tür sah.

Ein blonder Hüne mit den grünsten Augen, die sie jemals gesehen hatte, betrat den Raum. Auf den Händen balancierte er ein Tablett.

Was bekamen diese Kerle zu essen?
„Wie geht es dir, Morven?“
Sie starrte auf das große Messer, das an seiner Hüfte hing, die gewellte Klinge glimmte bedrohlich. Blondie benutzte es nicht, um Äpfel zu schälen. Kendrick hinderte sie an ihrem Reflex, vor ihm zurückzuweichen.
„Du brauchst dich nicht vor uns zu fürchten.“ Kendricks Stimme vibrierte durch ihren Körper.
Verdammt! Seine Wirkung ängstigte sie. Die Kraft, die von ihm ausging, reizte sie. Wo zum Teufel kamen solche Männer her? Beinahe lachte sie wegen des Gedankens, der durch ihren Kopf hämmerte. War sie noch auf der Erde?
Blondies Mundwinkel zuckten. „Ich trage einen Dolch und es wäre unnötig, ihn bei dir einzusetzen. Dich kann ich ohne Waffe überwältigen.“
Daran verspürte sie keinen Zweifel. Pure Überlegenheit ging von ihm aus, die nicht seine Größe verursachte. Vielleicht war sie tot und dies entsprach ihrer Vorstellung vom Himmel. Die Kerle tauschten einen amüsierten Blick aus. Er stellte das Tablett auf dem Tisch neben dem Bett ab.
„Ich bin Lior.“ Er berührte sie zärtlich an der Wange.
Die ganze Situation strotzte vor Absurdität. Morven wusste beim besten Willen nicht, wie sie damit umgehen sollte.
Kendrick drückte sie in die Kissen.
Sie öffnete den Mund, um zu protestieren. Er nutzte es aus und schob einen Löffel Tomatensuppe hinein, die genau die richtige Temperatur besaß.
Belustigung beschrieb seinen Gesichtsausdruck nicht annähernd. Sie wollte den Kopf wegdrehen, dann trafen die Aromen ihre Zunge.
„Es schmeckt dir.“
Bevor sie Kendricks Worte kommentieren konnte, steckte er mit einem maskulinen Grinsen den zweiten Löffel Suppe in ihren Mund. Er hatte recht, sie hatte noch nie eine bessere Tomatensuppe gegessen. Er nahm die Serviette und wischte über ihr Kinn.
Sie durfte nicht darüber nachdenken, dass Kendrick Tumble war, dass ein Vampirengel sie gebissen hatte, und dass sie sich in den Händen von ein paar Verrückten befand, die muskelbepackten, gefährlichen Frauenträumen ähnelten. Und dass sie nicht wusste, was sie mit ihr vorhatten.
Irgendwann würden diese Typen, die sie in einen nervösen Haufen verwandelten, das Zimmer verlassen. Dann könnte sie ihren nächsten Schritt planen. Ihre Wangen flammten auf, denn sie spürte Kendricks Handflächen, die ihre Scham gewaschen hatten, überdeutlich. Lior sah sie interessiert an und schien sich ein Lachen zu verkneifen.
Der Angriff auf sie hatte stattgefunden, die Verletzungen waren schwer, auch wenn sie auf wundersame Weise äußerlich verheilt waren. Sie verschluckte sich beinahe an der Suppe, als Kendrick sie anlächelte.

Er war kein verführerischer Schokoriegel, sie konnte sich kaum beherrschen, ihn nicht zu verschlingen wie ein cremiges Tiramisu. Kendrick lehnte sich zu ihr, bis er fast ihre Nasenspitze berührte.

Ob er spürte, wie ihr Puls raste?

„Tee?"

Sie wollte nach dem Becher greifen und er hielt ihr den Rosentee an die Lippen. Immer noch lag ein amüsierter Zug auf seinem Gesicht. Ihr Herz vollführte stolpernde Sprünge, als er ihren Nacken umfasste, während er sie intensiv ansah.

Wenn er nicht gleich seine Finger von ihr nahm, starb sie. Was der böse Engel nicht geschafft hatte, erzielte er mit einer Berührung.

Lior betrachtete sie bohrend, bevor er mit dem Tablett auf den Händen das Zimmer verließ. Falls sie die Absicht hegten, sie mit penetranten Blicken einzuschüchtern, gelang es ihnen großartig.

Kendrick unternahm keine Anstalten, zu gehen. Stattdessen stand er auf, zog seine Jeanshose aus und starrte sie die ganze Zeit an. Er trug graue Boxershorts, die eng saßen und einen unglaublichen Kontrast zu seiner gebräunten Haut bildeten.

„Was hast du vor?"

„Ich bleibe bei dir."

„Du scherzt."

Er wollte sich mit diesem harten Körper nicht zu ihr ins Bett legen? Schmerzen oder nicht, sie spürte tiefes Entsetzen aufsteigen.

Sein weißes T-Shirt fiel auf den Boden, zum Vorschein kam seine muskulöse Brust.

„Wage es nicht, deinen Schlüpfer auszuziehen."

„Schlüpfer?"

Wenn sie bloß nicht derart schwach auf den Beinen wäre. „Warum so nervös, Flùr? Angst, der böse Wolf möchte dich verspeisen?"

Er lag neben ihr, zögerte nicht lange und zog ihre Rückseite gegen sich.

Großartig!

„Ich will dich wärmen, du zitterst vor Kälte."

Er sah nicht nur heiß aus, er war heiß. Seine Wärme umhüllte sie wie ein Kokon.

Bleierne Müdigkeit lag auf ihr. Zu allem Überfluss fühlte es sich zu gut an, in seinen Armen zu liegen. Ihre Angst verblasste, sie schlief entspannt ein.

Es entsprach nicht seinem Plan, die Nacht mit Morven zu verbringen. Seine Instinkte warnten ihn, ihre wirren Gedanken an Flucht nicht zu ignorieren. Sie konnte zwar nicht von der Insel verschwinden, aber sie könnte sich verletzen. Das Wetter war rau auf der Isle of Lugus. Er wollte nicht riskieren, dass sie draußen herumirrte, über die nächstbeste Wurzel stolperte, in einer tiefen Pfütze versank, gegen einen Baum rannte. Oder Taran verärgerte, indem sie ihm aus Versehen auf die Füße trat.

Er seufzte. Das Gefühl, sie in den Armen zu halten, sprach ihn sehr an. Sie lag entspannt vor ihm und die Atemzüge deuteten auf einen ruhigen Schlaf.

Seine eigene Verfassung war Meilen entfernt von entspannt. Er hatte jeden Zentimeter ausgekostet, den er berührte, das Biest mühsam unterdrückt, das sich aneignen wollte, was sie ihm anbot. Er hätte sie einfach ficken können, sie hätte sich nicht gewehrt. Sie benötigte Zärtlichkeit und das konnte er ihr nicht geben.

Zu gern würde er sie auf den Rücken drehen und ihren Nippel erobern. Ihn in den Mund nehmen und Morven ein sanftes Stöhnen entlocken. Der Mann sein, der er vor dem Fluch war. Als er sich die leichte Rundung ihres Bauches in Erinnerung rief, verstand er Lior. Der blonde Lugus besaß ein Faible für Bauchtänzerinnen.

„Wenn ich Rippen will, esse ich welche", hatte Lior ihm noch letzte Woche mitgeteilt.

Das Monster in ihm verlangte keine Seufzer, es forderte, dass sie sich unter seinen Händen rekelte, vor Lust und Pein schrie, vor allem vor Schmerz.

Mit Mühe löste er seine Gedanken von den verführerischen Körperstellen und atmete durch. Nie wieder würde er in der Lage sein, eine Frau zu lieben, wie es ihm früher möglich war. Chara, die Dämonin, die ihn verflucht hatte, hatte ihm viel geraubt. Er erinnerte sich kaum, wie es sich anfühlte, über weiche Haut zu streicheln, das Beben der Muskeln seiner Partnerin zu spüren, kurz bevor sie zum Höhepunkt kam. Sie überall zu berühren, jede Kurve und Vertiefung mit den Lippen zu erobern. Sie zu reizen, bis sie alles um sich herum vergaß. Tränen der Leidenschaft vergoss, nicht des Schmerzes.

Distanzierte Kühle war die einzige Emotion, die er sich erlaubte, losgelöst von tiefen Empfindungen. Frauen waren dazu da, um seinen Hunger zu stillen. Etwas anderes zu fühlen, führte in den Wahnsinn und war bis zu seinem Tod außer seiner Reichweite. Wer wusste schon, was ihn auf der unbekannten Seite erwartete.

Er belog sich. Sie berührte ihn. Nach dem Ritual würde dieses Gefühl ansteigen. Er konnte nur hoffen, dass es ihm gelang, es im Zaum zu halten. Über genügend Erfahrung verfügte er.

Es klopfte an der Tür und Lior kam ins Zimmer.

„Wir haben Besuch, die Meduris Bethana. Sie hat um eine Audienz gebeten."

Lior sparte sich zunächst einen Kommentar, doch er sah ihm an, dass er genau wusste, was in ihm vorging. Ein verräterisches Aufblitzen in den Augenwinkeln verriet das Amüsement und eine Emotion, mit der Kendrick nicht gerechnet hatte. Hoffnung. Für ihn?

„Kein Wort", knurrte er.

Liors Blick heftete sich auf seine Körpermitte.
„Störe ich dich, Soldat? Und du musstest sie vorher in eine Bewusstlosigkeit sinken lassen?“
Er begnügte sich damit, Lior hart auf den Rücken zu schlagen. Lior grinste, sodass seine Zähne aufblitzten.
„Sie hat keine Zeit vergeudet, um aufzutauchen.“ Kendrick hasste diese verschlagenen Kreaturen und sah sie am liebsten aus der Ferne.
Lior sah ihn ernst an. „Deine Beobachtung ist zutreffend. Eine Dunkelheit hat Macht über sie erlangt. Sie sucht Hilfe. Es hält sie ab, es direkt zu verlangen. Außerdem manipuliert es sie auf eine Weise, die ich noch niemals gesehen habe.“ Lior schüttelte sich. „Wenn sie dagegen ankämpft, leidet sie furchtbar. Gibt sie nach, verschwindet der Schmerz. Wir gaben ihr zu verstehen, dass wir mitspielen und eine Lösung finden, um die Bedrohung zu eliminieren.“
Für einen Moment dachte Kendrick, dass Lior ihm noch etwas Wichtiges mitteilen wollte, aber er schluckte die Worte hinunter. Stattdessen legte er seine undurchdringliche Miene auf, die mehr sagte als ein Fluss voller Sätze.
Nosferat empfing die Meduris in einem kleinen schmucklosen Raum, eine offene Beleidigung.
Die Brüder Taran und Diskar lehnten an der Wand, die kalten Gesichter ausdruckslos. Skrupellos und effizient erledigten sie ihre Aufgaben. Sie waren Meister im Töten und Foltern. Nosferat ging kein Risiko ein.
„Was für ein herzliches Willkommen.“ Bethanas Augen blickten unschuldig.
Die rothaarige Schönheit rekelte sich auf dem Stuhl, sitzen sah anders aus. Der Stoff, der den Körper zierte, verdiente den Namen nicht. Kendrick starrte auf ihre Nippel und Schamlippen, die sich deutlich unter dem aprikosenfarbenen Catsuit abmalten. Ein verzierter Ledergürtel lag lose um ihre Hüften. Die Steine besaßen den gleichen Farbton wie die lockigen Haare, die ihr bis fast an den Po reichten. J-Lo würde vor Neid verblassen, wenn sie den Hintern sehen könnte. Einen BH brauchte sie nicht zu tragen. Solche Brüste bekamen nur die besten Schönheitschirurgen hin, sie waren unnatürlich, wie die ganze Kreatur.
„Anscheinend sind wir jetzt komplett.“ Ihre Stimme verfügte über einen rauchigen Unterton. Sie versuchte alles, um die Männer in ihren Bann zu ziehen. Ihre violetten Augen funkelten, als sie Kendrick ansah.
„Was haben wir hier?“ Schlangengleich glitt sie aus dem Stuhl.
„Falls du mich berührst, breche ich dir das Handgelenk.“ Sie zog ihre Hand eine Haaresbreite vor Kendrick zurück.
„So ein großer Kerl, dazu noch der erste Leutnant der Lugus, verspürt Angst vor mir.“
Sie leckte an ihren Lippen entlang und spielte die Rolle meisterlich, sie entsprach ihrer Natur.

„Du weißt nicht, was du verpasst. Mich dürftest du auspeitschen, wie es mit einem Menschen unmöglich ist. Ich könnte dir unbegrenzten Genuss bereiten. Dein Fluch sagt mir zu.“ Ihre himbeerfarbene Zunge streifte erneut die Unterlippe. „Ich verzehre mich danach, deine Aufmerksamkeit zu erlangen.“

Kendrick spürte die Versuchung und seufzte schwer.

Nosferat trat einen Schritt näher, bis er die Kreatur fast berührte.

„Deine albernen Spielchen interessieren uns nicht, Bethana. Dein künstlicher Körper erweckt Ekel. Du verweilst aus einem Grund hier, weil wir es wollen. Wärst du nicht freiwillig erschienen, hätte ich dich persönlich an den Haaren hierhergeschleift. Unsere Zeit ist zu kostbar, um sie zu verschwenden.“

Eines musste Kendrick ihr zugestehen. Sie hatte sich in der Gewalt, ihre Gesichtszüge blieben regungslos.

„Was willst du?“ Nosferats Stimme klang schrecklich ruhig, bedrohlich wie die Hölle selbst.

Katzengleich sank sie auf den Stuhl zurück, spreizte ihre Beine und stützte die Unterarme auf ihre Oberschenkel.

„So viele starke Lugus, um eine wehrlose Frau zu bewachen. Ich fühle mich ein wenig geschmeichelt.“

Nosferat umklammerte ihr Kinn mit einem eisernen Griff, bevor Kendrick blinzeln konnte. Kendrick sah sein Schutztattoo, ein kleines verschlungenes L auf seinem Nacken aufblitzen. Nosferat wusste genau, mit was er es zu tun hatte. Kendrick ahnte, dass es eine nie da gewesene Bedrohung war.

„Noch ein weiteres belangloses Wort und ich lasse dich in die Nordsee werfen. Vorher dürfen Taran und Diskar sich mit dir beschäftigen und es sei dir versichert, es stellt mitnichten eine angenehme Erfahrung dar.“

„Wie du willst, Nosferat. Ihr habt die Armanach von den Angelus gestohlen. Mit diesem kriegerischen Akt gefährdet ihr den Frieden.“ Mit kalter Mimik betrachtete sie Kendrick.

„Du, mein Freund, riechst nach ihr. Anscheinend vergeudest du keine Zeit. Musstest du sie zwingen? Derart prüde, wie sie ist, kann sie dich kaum angemessen befriedigen. Du liebst es hart, stehst auf Fesselungen und Peitschen.“ Ihre Augen schimmerten gierig. „Das hält sie nicht aus. Bis jetzt ist sie über schlechten Blümchensex nicht hinausgekommen und sie schmachtet förmlich nach Zuwendung.“

Kendrick verspürte den Drang, seine Hände um Bethanas Hals zu legen, sie langsam zu erwürgen. Mit Mühe behielt er seine entspannte Körperhaltung.

„Dabei hat sie einen verführerischen Körper. Die Angelus wüssten ihn zu behandeln.“

Bethana reizte sie mit voller Absicht. Lior fasste sie an der Kehle, bevor Kendrick es tun konnte.

„Bethana, du verlässt unsere Insel und kannst dem Engelabschaum mitteilen, dass Morven nicht verhandelbar ist.“ Seine Stimme war eine heiße Drohung.

Die Meduris packte Liors Arm und rammte ihre Zähne in seine Haut. Was zum Teufel? War sie dem Wahnsinn verfallen?

Lior schlug ihr hart ins Gesicht. Die Wucht riss sie von dem Stuhl und Blut lief ihr Kinn hinunter. Mit einer fließenden, menschlich unmöglichen Bewegung, sprang sie auf und trat in seinen Schritt. Sie landete elegant auf den Füßen. Diesmal war es Nosferats Faust, die rücksichtslos das linke Auge traf. Sie unternahm keinen Versuch, den Fall abzufangen und fiel mit einem dumpfen Geräusch auf den Steinboden. Kendrick griff in ihr Haar und sah in Bettys irrsinnige Pupillen, durchzogen mit schwarzen Funken. Das Böse sah ihn an. Er kontrollierte den Impuls, zurückzuweichen. Er spürte die Finsternis unangenehm auf seiner Haut, wie sie in ihn biss, versuchte, in ihn einzudringen. Diese Schwärze in sich zu haben ließ seinen Zustand wie eine Wellnessbehandlung aussehen.

Er hatte keine Zeit, darüber nachzudenken, warum sie den Sturz nicht abgefangen hatte, obwohl sie es mit Leichtigkeit gekonnt hätte. Eine Zehntelsekunde später hörte er ein ersticktes Keuchen, das ihn bis ins Mark ergriff.

Es lief nach Plan. Seine Bestürzung, dass er Morven spürte, bevor er sie sah, wurde von dem Drang unterdrückt, sie in die Arme zu ziehen.

Er warf Nosferat einen Blick purer Düsterkeit zu. Der Oberste erwiderte ihn mit Wärme.

Was zur Hölle!

Betty lag auf dem Boden und Kendrick riss ihren Kopf hoch. Blut bedeckte das Gesicht, die Lippe war aufgeplatzt und ein Auge zugeschwollen. Morven musste etwas tun.

Hilflos starrte sie auf das Grauen. Zu allem Überfluss konnte sie sich kaum auf den Füßen halten, kämpfte gegen eine drohende Bewusstlosigkeit an. Kendrick ließ die Haare los und ihre Freundin knallte mit der Wange auf den Boden.

„Hilf mir.“ Bettys Worte klangen dünn und verzerrt.

In Morven wurde es eiskalt. Die Geschehnisse überrannten sie. Sie ging einen Schritt nach vorn und fiel in Kendricks Arme. Ein hysterisches Schluchzen löste sich aus ihrer Kehle. Sie schlug nach ihm. Der Schmerz in ihrer Schulter und in den Rippen setzte ein. Das laute schrille Geräusch, das durch den Raum hallte, war ihre Stimme, und es war ihr unmöglich, mit dem Schreien aufzuhören.

„Beruhige dich, Morven.“ Er sagte es fast zärtlich. Hielt sie zwar fest, aber sie merkte, dass er seine Kraft kontrollierte.

Betty versuchte, auf sie zuzukriechen und Lior trat ihr ins Gesicht, sah dabei

Morven in die Augen und zwinkerte ihr zu. Betty blieb leblos liegen.

Nosferat kam auf sie zu. Sie kämpfte gegen Kendrick an, trat nach Nosferat. Er durfte sie nicht berühren.

„Nicht. Bitte. Nicht."

Nosferat legte seine Hand auf ihre Stirn und sie verlor die Kontrolle über ihre Glieder. Sie erschlaffte und Kendrick hob sie hoch.

„Ganz ruhig, Flùr."

Sie wollte schreien, treten oder lachen. Wenn Kendrick sagte - es ist nicht, wonach es aussieht – würde ihr Herz aussetzen. Sie konnte nicht einmal die Lippen bewegen. Die schleimige Ausgeburt der Hölle hatte ihr die Herrschaft über den Körper geraubt.

Arschloch!

Einer der beiden Glatzköpfe - es mussten verdammte Brüder sein und Morven hatte noch nie jemanden kennengelernt, der bedrohlicher ausgesehen hätte - nahm Bettys Beine und schleifte sie wie ein totes Tier aus der Tür.

„Kendrick, ich dachte, sie schläft", sagte Nosferat sanft.

„Offensichtlich hat die Meduris sie hierhergelockt. Sie hat uns eine Falle gestellt."

Morven verstand kein Wort von dem, was sie sagten, obwohl sie sehr laut sprachen.

„Morven, es ist nicht, wonach es aussieht", sagte Kendrick. Des Schreiens beraubt, begnügte sie sich mit einem mentalen Schnauben.

Kapitel 7

Er trug sie in ein Wohnzimmer, in das ihr Haus zweimal hineinpasste. Weder sein Atem noch sein Herzschlag beschleunigten sich. Ein verdammt kräftiger Kerl. Seine harten Muskeln pressten sich gegen sie, seine Körperwärme sickerte durch das T-Shirt. Ihre Gedanken waren verrückt. Wie konnte sie sich zu ihm hingezogen fühlen, nach allem, was sie gerade gesehen hatte? Etwas stimmte mit ihr nicht. Wenn sie sich bewegen könnte, hätte sie ihre Nase in seiner Halsbeuge vergraben und seinen Duft eingeatmet. Und wie mussten sich diese Pobacken unter den Händen anfühlen, nicht unter einer Hose verborgen? Jetzt beschleunigte sich Kendricks Atmung. Er räusperte sich und setzte sie auf das weinrote Sofa.

Nosferat stand grinsend neben ihm und sah äußerst zufrieden aus, wie ein Versuchsleiter, der gespannt beobachtete, ob die Probanden das Rätsel lösen konnten. Lior schenkte ihr einen sehr ominösen Augenausdruck. Die beiden sahen aus, als spielte sie ihnen in die Hände, als würde sie kopfüber in ihre Falle rennen, die sie sorgfältig ausgebreitet hatten. Es ängstigte sie bis in den letzten Nervenstrang.

„Ich gebe dir die Gewalt über deinen Körper zurück. Aber ich dulde keine Hysterie. Verstehst du das?“ Die Sanftheit in den Augen nahm den Worten die Schärfe.

Wie erwartete der Neandertaler, dass sie sich äußerte?

Sie starrte giftig nach vorn. Nosferat schüttelte den Kopf, legte unbeeindruckt seine Hand auf ihre Stirn. Schlagartig erlangte sie das Gefühl über ihre Glieder zurück und sie unterdrückte das Bedürfnis, zu schreien, bis ihre Stimme versagte.

Kendrick traute ihr offensichtlich nicht. Er hielt ihre Handgelenke, seine andere warme Hand lag auf ihrer Hüfte, die ihr fast die Haut verbrannte.

„Das war nicht Betty.“

Morven beschloss, auf diese absolut schwachsinnigen Worte von Kendrick nicht zu antworten.

„Du glaubst mir nicht. Seit wann kennst du sie?“

„Wir sind zusammen aufgewachsen.“

Ihr Gehirn fuhr Achterbahn und bewältigte mehrere Loopings, hielt sie davon ab, einen klaren Gedanken zu fassen. Zudem war Kendricks Handfläche noch immer auf ihrer Hüfte, die kobaltblauen Augen gaben ihr den Rest.

„Taran und Diskar fahren zu Bettys Haus und suchen sie“, sagte Nosferat. „Sie hat ihr Blut benötigt, um Bettys Gestalt anzunehmen. Die Chancen stehen gut, dass sie lebt. Sie behandeln ihre Opfer zuvorkommend.“

„Bin ich verrückt?“

Da Kendrick ihre Handgelenke hielt, biss sie hart auf ihre Unterlippe.

Würde Schmerz sie aufwecken?

„Morven, hör auf damit, du träumst nicht.“ Seine Fingerspitzen streichelten sanft ihre Hüfte. Er zog sie näher und beachtete ihre abwehrende Haltung nicht. Absurderweise beruhigte sein warmer Körper sie. Sie gestand sich ein, dass sie sich sicher fühlte. Unverständlich, da sie noch das Bild vor Augen hatte, wie sie eine hilflose Frau schlugen. Etwas stimmte ganz und gar nicht mit dem, was sie gesehen hatte. Instinktiv wusste sie, dass sie ihr nicht schaden wollten. Frauen zusammenzuschlagen, gehörte nicht zu ihren Freizeitbeschäftigungen. Und wieso nur schaffte sie es nicht, Kendrick zu ignorieren? Wenigstens seinen Geruch.

Lior schaltete den Flachbildfernseher ein, der eine Seite des Zimmers zierte.

Morven keuchte auf, denn sie erkannte das rothaarige Miststück, das mit gespreizten Beinen auf dem Stuhl saß. Gütiger Himmel, sie trug keine Unterwäsche.

„Was soll das?“ Sie spürte Tränen hinter den Augenlidern. Warum taten diese Männer ihr das an? Sie untersagte sich, zu weinen.

Als sie sah, was geschah, sank sie gegen Kendrick, dankbar für den Halt, den er ihr gab.

„Kein Trick?“ Sie stellte die Frage, obwohl sie wusste, dass es keiner war. „Ich verstehe das nicht.“ Ihr Mund war trocken, sie konnte nur mit Mühe sprechen. Der Schwindel nahm zu. Lior hielt ihr ein Glas Orangensaft vor die Nase.

„Trink das, der Fruchtzucker hilft dir.“

Morvens Haut reagierte mit einem Schaudern. Sie sprach es aus, bevor sie realisierte, was sich in ihrem Kopf formte.

„Ihr lest meine Gedanken.“

Die Blicke der drei Männer lagen auf ihr. Sie antworteten nicht, es war unnötig. Nach dem, was sie gerade gesehen hatte, schien die Idee des Gedankenlesens nicht abwegig. Sie versuchte vergeblich, ihr Gehirn zu leeren.

Lior zog seine blonden Augenbrauen nach oben und um seine Mundwinkel lag ein belustigter Ausdruck.

Ihr verfluchten, hinterhältigen Paviane.

Nosferat brach in Lachen aus. Kendrick drückte ihr seine Lippen auf die Stirn.

„Bethana ist eine Meduris, eine Kreatur, die ihre Erfüllung in sexueller Manipulation erfährt.“ Nosferat hob ihr Kinn an und sie musste in seine verdammt blauen Augen sehen.

„Sie hat Brian verführt. Er war ihr hilflos ausgeliefert.“

„Du meinst, er wusste nicht, wie er mit ihr im Bett gelandet ist?“ Es auszusprechen schmerzte wie Nadelkissen, die sich in ihre Haut bohrten.

„Es tut mir leid. Er konnte ihr in keinster Weise widerstehen, da sie seinen Willen und Verstand manipuliert hat.“

„Oh Gott, ich dachte, er lügt." Tränen liefen ihre Wangen hinab. Sie war für seinen Tod verantwortlich. Die Erkenntnis verschlang sie wie ein Schlund, nur um sie anschließend auszuspucken, voller Schuld und Schmerz.

„Nein, es ist nicht deine Schuld, Morven. Hör auf, dich zu quälen." Kendrick wischte die Tränen von ihrer Haut, seine Fingerspitzen zitterten. Ein Geräusch kam aus seiner Kehle, halb seufzend, halb stöhnend.

„Eine Meduris ist nur erfolgreich, wenn ihr Opfer untreu ist oder keinen Partner hat." Er sah sie mitfühlend an. „Brian hat dich vorher betrogen."

Sie lächelte zynisch. Als ob das eine Rolle spielte.

„Du spielst einen wichtigen Part in einem äußerst ernsten Theaterstück." Nosferat sah sie besänftigend an. „Wir wissen noch nicht, welchen. Bethana hat alles getan, um unsere Aufmerksamkeit auf dich und auf sich selbst zu lenken."

„Was sind das für Kreaturen, die mich angegriffen haben?" Sie hatte so viele Fragen und wusste nicht, wo sie anfangen sollte.

„Es sind die Angelus." Kendricks Wärme sickerte in ihre Haut. Was war das zwischen ihnen? Es fühlte sich seltsam an. So, als ob sie ihn lange kennen würde, ihm vertraute. Das war absurd. Lag es an seinem Geruch?

Sie verdrängte den Gedanken.

„Böse Engel mit Vampirzähnen?"

„Die Beschreibung passt, Flùr. Sie waren einst Engel und mutierten zu einer Art Vampir."

Das durfte alles nicht wahr sein. Morven starrte die drei Männer nacheinander an, suchte erfolglos nach einem Anzeichen von Humor auf ihren Gesichtern. Ernster ging es nur auf einer Beerdigung zu.

„Und ihr?"

„Lugus, das Gegenstück zu ihnen. Auf diese Weise wurden wir ursprünglich kreiert", sagte Nosferat. „Wir sind Söldner, Vollstrecker, dazu da, euch und die zweite Macht zu überwachen. Sicherzustellen, dass das Verhältnis ausgewogen bleibt und sie die Menschheit nicht in Sklaven verwandeln."

Sie schnaubte. „Ihr stellt die Guten dar und sie wandelten sich in das Böse?"

Wenn sie bedachte, wie die Gruppen aussahen, konnte sie kaum ein Schnauben unterdrücken. Die Angelus waren klares Eis, die Lugus wie Lava.

„So einfach ist es nicht. Beide Seiten schließen sich nicht aus, sie bilden eine Einheit", sagte Lior lächelnd.

Yoda sprach zu ihr.

Er gab ihr einen Augenblick Zeit, um über seine Worte nachzudenken. „Sie waren das, wonach sie aussehen, gütig, dazu da, den Menschen zu helfen. Sie entstanden aus eurem Wunsch nach Glauben und standen machtlos mit ihrer Güte und Reinheit eurer Boshaftigkeit gegenüber. Die Angelus passten sich an."

Lior traf ihren Blick und für einen Moment versank sie in den seegrünen

Augen, sah eine Emotion in ihnen, die sie schlucken ließ, denn es war die unverhohlene Gier nach Zuneigung. Sie verstand es zu gut.

„Richtig, Morven. Was hat der Mensch aus den Religionen gemacht? Wozu benutzt er sie?"

„Er mordet und unterdrückt. Das tat er schon immer." Sie spürte Traurigkeit. „Es wird schlimmer."

Kendrick zog sie enger zu sich, bemerkte ihr Zittern, ihre Verwirrung, sie sah es ihm an. Sie wäre am liebsten geflüchtet und hätte die Geschehnisse ignoriert. Es war unmöglich, denn sie steckte viel zu tief drin. Mit eigener Kraft konnte sie sich nicht befreien. Das Gefühl ließ sie verunsichert zurück, denn sich auf jemanden anderen zu verlassen, brachte Leid mit sich. Das hatte sie bereits im Kindesalter gelernt. Die alte Brandnarbe prickelte auf ihrem Nacken und erinnerte sie daran, dass Vertrauen gefährlich war.

Nosferat sprach weiter.

„Mit jeder Katastrophe, die die humanoide Lebensform verursacht hat, veränderten sich die Angelus. Nine-Eleven, Lockerbie, der Zweite Weltkrieg, die Inquisition. Die Liste lässt sich endlos fortführen bis zu eurer Entstehung."

„Was habe ich damit zu tun?" Morven glaubte nicht daran, dass sie zufällig in die Geschichte geschlittert war. Tante Una, das Cottage, die Glyphen, Brian. Den Gedanken an ihn musste sie zur Seite schieben, sonst verlor sie erneut den Kampf gegen die Tränen. Was hatte sie getan?

„Du bist die Armanach."

Kendricks Stimme riss sie aus den Überlegungen. Zuerst konnte sie mit dem Wort nicht viel anfangen. Dann dämmerte ihr, dass es mit Rüstungen zu tun hatte.

„Deine Gedanken gehen in die richtige Richtung, Flùr. Du bist die Rüstungsschmiedin."

Kendrick löste sich von ihr und sie fühlte sich augenblicklich verloren. Ein leichtes Lächeln umspielte seine Mundwinkel.

Verdammt, es war äußerst unangenehm, wenn nicht einmal die eigenen Gedanken privat blieben.

Lior reichte Kendrick eine Lederjacke. Morven erkannte sie sofort.

Sie passte Kendrick wie angegossen.

Lior griff nach ihrer Hand und hielt sein Messer zwischen den Fingern. Die Klinge glitzerte bedrohlich.

„Keine Angst."

Ihr blieb fast das Herz stehen. Sie starrte wimmernd auf den Stahl, denn er stach sie in den Mittelfinger.

„Bist du verrückt?" Sie versuchte, ihm die Hand zu entziehen, doch er ließ nicht los.

Ein roter Tropfen bildete sich auf der Fingerspitze. Lior führte ihre Hand in einem komplizierten Muster über die Jacke. Das Leder saugte das Blut auf, leuchtete silber, bevor es bläulich schimmerte. Das Schimmern verschwand und Lior rammte die Klinge in Kendricks Brust.

Die gesamte Jacke flimmerte blau. Das Messer flog aus seiner Hand. Morven wäre nach vorn gekippt, wenn Lior sie nicht gehalten hätte.

Kein Kratzer verunzierte die Jacke, genauso wenig wie Kendrick.

Morven versuchte, auf die Füße zu springen, aber ihre Beine gehorchten ihr nicht. Stattdessen drückte Kendrick sie in eine liegende Position.

„Ich glaube, das reicht für den Anfang. Du solltest dich ausruhen. Ich bringe dich ins Bett."

„Wage es nicht. Ich habe ein Anrecht, alles zu erfahren und könnte unmöglich schlafen."

Kendrick tauschte mit Nosferat einen seltsamen Blick.

„Ich möchte über mich bestimmen. Hört auf, mich zu behandeln, als wäre ich nicht anwesend."

Ehe es ihr gelang, sich aufzurichten, lagen Nosferats Hände auf ihren Schultern. Seine Energie kroch ihren Körper entlang, sie spürte es wie Sandpapier unter der Haut.

„Heb dein Temperament für nützlichere Dinge auf. Jetzt musst du zu Kräften kommen."

„Ich bin kräftig genug."

Spöttisch zog Nosferat seine Augenbrauen nach oben.

„Dann steh auf und lauf zur Tür."

Morven richtete sich viel zu schnell auf. Als sie sich auf die Füße stellen wollte, fiel sie zum zweiten Mal in ihrem Leben in eine Bewusstlosigkeit.

Kendrick hielt sie in den Armen, als sie zusammensackte. Ihre Tätigkeit als Armanach kostete eine Menge Energie. Sie benötigte ein intensives Training, um ihre Kräfte zu stärken und sinnvoll einzuteilen, ohne dass sie sie in die Knie zwangen. Die vergangenen Tage waren nicht einfach für sie, forderten jetzt ihren Tribut.

„Kendrick, du darfst keine Zeit vergeuden. Du musst sie schnellstmöglich an dich binden."

Nosferats nachdenklicher Blick lag schwer auf ihm. Er vermutete, dass er einen intelligenten Plan im Sinn hatte und nicht bereit war, ihn einzuweihen. Er besaß einen Grund, ihn in eine Verbindung mit Morven zu treiben, obwohl er genau wusste, dass es ihn quälte und sie gefährdete.

„Du glaubst, der Rat wird uns kontaktieren." Kendricks Hoffnung, das Ritual aufzuschieben, verschwand wie ein Schmetterling im Sturm. Ihm graute vor den Konsequenzen. Die Gier nach ihr würde ihn übermannen. Er glaubte nicht mehr daran, dass er ihr standhalten konnte, denn sie beschäftigte seine Gedanken mit ihrem Po und den geschwollenen Nippeln, der Art, wie sie lächelte und Zorn in ihren Augen blitzte.

„Verwette deinen Arsch darauf. Ich kann sie höchstens noch ein paar Tage hinhalten. Morvens Verletzungen dürften in zwei Tagen verheilt sein. Du führst das Ritual gründlich aus“, sagte Nosferat und sah direkt in seine Seele. Lior zog Kendrick an der Schulter zu sich heran, bis seine Nasenspitze fast seine berührte.

„Ich lege ihre Ausbildung in deine Hände. Du darfst nicht zimperlich sein. Nachlässigkeit bedeutet ihren Tod.“

Was war los mit diesen Kerlen? Nur der Gedanke, mit ihr zu kämpfen, während sie zappelnd unter ihm lag, verursachte Hitze in ihm. Er ersparte sich einen Kommentar. Wenigstens war die Begegnung mit der Meduris nach Plan verlaufen.

„Was unternehmen wir gegen das Urchaid, das in Bethana steckt?“, fragte Kendrick.

„Ich versuche, es aus ihr herauszulocken, und in einen Platinring zu bannen.“ Nosferat fuhr sich mit den Händen durch das kurze Haar. „Ich hoffe, das Schauspiel war überzeugend.“ Er sah Morven an. „Einer gefährlicheren Macht sind wir niemals gegenübergestanden. Das Urchaid aus dem Gefäß zu befreien ist eigentlich unmöglich, nur Draehda oder eine andere mächtige Druidin wären fähig, es durchzuführen.“

Draehda war die Königin der Druiden und sie alle wussten, dass sie nichts damit zu tun hatte. Eine weitere starke Druidin lebte weder auf der Erde noch auf der anderen Seite.

Kendrick brachte Morven seufzend in sein Zimmer und legte sie auf das Bett. Wenn er kopfüber in die Verdammnis stürzte, konnte er sich gleich daran gewöhnen. In zwei Tagen war sie seine Gefährtin.

Er war am Arsch.

Er hoffte, dass Taran und Diskar Betty schnell fanden. Sie bedeutete Morven viel, war eine ihrer wenigen Freundinnen. Morvens Abgeschiedenheit gehörte der Vergangenheit an. Die gesamte zweite Macht wusste inzwischen von ihr und war bereit, eine Menge für ihre Dienste zu zahlen. Kreaturen, von denen sie noch nie gehört hatte und solche, die sie für Legenden hielt, verzehrten sich nach ihren Rüstungen, da sie ihnen Fähigkeiten verliehen, über die sie sonst nicht verfügten.

Es lag an ihr, zu entscheiden, wem sie ihre Gunst erwies, die Entscheidung war nicht leicht. Eine gerade Linie zwischen Gut und Böse existierte nicht.

Er legte sich neben sie und widerstand der Versuchung, sie zu berühren, verlor jedoch den Kampf nach ein paar Augenblicken. Ihr Po schmiegte sich an seinen Schritt.

Er war verdammt und sie mit ihm.

Kendrick schreckte hoch, denn Lior berührte ihn an der Schulter. Er war eingeschlafen und bewegte seinen Hals, um die Muskulatur zu lockern. Liors

Gesichtsausdruck gefiel ihm nicht.

„Sie haben Betty gefunden." Erst jetzt sah er, dass Lior sein I-Phone in den Händen hielt. „Nosferat überlässt dir die Entscheidung." Er drückte ihm das Telefon in die Hand.

Taran meldete sich am anderen Ende der Leitung.

„Der Zustand ist besorgniserregend. Die Meduris hat sie in einem unterirdischen Verschlag im Garten aufbewahrt."

Kendrick zuckte bei der Wortwahl zusammen. Wieder war die Handlungsweise absurd. Normalerweise hegten sie ihre Opfer, schenkten ihnen sexuelle Befriedigung mit einem abnormalen Gefühl der Zuneigung. Meduren benutzten ihre Beute wie Sexspielzeuge und verletzten sie emotional auf fatale Weise, doch niemals physisch.

„Wie schlecht?"

„Bewusstlos, lächerliche Gehirnaktivität, eine Hülle. Von der Frau, die sie war, ist nichts mehr übrig. Am besten töten wir sie."

Kendrick holte tief Luft, bevor er antwortete.

„Besteht eine Chance, sie zurückzuholen?"

Taran schnaubte. „So verschwindend gering, dass es keine Chance darstellt."

Kendrick sah Morven kurz an.

„Das reicht mir. Bringt sie auf die Insel. Wir müssen alles versuchen."

„Wie du wünschst, mein Freund." Eine kurze Pause. „Ich habe die Überreste von Morvens Ex untersucht. Ich bezweifle, dass die Angelus die Täter sind. Wer immer es getan hat, tötete ihn sofort, mit äußerster Gewalteinwirkung und trank nicht erst sein Blut. Er zerfetzte ihn nach seinem Tod." Er hörte Taran schwer atmen. „Ich befürchte das Schlimmste." Taran unterbrach die Verbindung. Er hätte Betty schnell und schmerzlos getötet. Hoffentlich war Kendricks Entscheidung kein Fehler.

Liors Miene war grimmig.

„Falls wir sie nicht heilen können, kommen wir nicht umhin, sie zu töten."

Er verbiss sich eine Antwort, da er wusste, dass Lior recht hatte.

„Du kennst Tarans Einschätzung zu dem Mord an Brian."

Lior nickte. „Wir haben es mit einer unbekannten Bedrohung zu tun und alle Spuren führen zu ihr. Dennoch sind die Angelus keinesfalls unschuldig. Wir müssen nur noch herausfinden, wie weit sie drinhängen und was sie bezwecken." Er lachte humorlos. „Es besteht auch die Möglichkeit, dass jemand unsere Engelherzchen benutzt." Lior warf ihm einen von diesen Blicken zu. „Dir bietet sich eine Gelegenheit, nutze sie."

Lior, der Rätselhafte. Der Ausdruck seines Freundes verriet ihm nichts.

„Wir erwarten euch zum Abendessen. Morven wird ausgehungert sein." Lior fasste ihn an der Schulter. „Vertraue Nosferat."

Kendrick lief zum Fenster und betrachtete die Wolken, die über den Himmel rasten. Sie spiegelten seinen Gefühlszustand.

Er spürte es, als sie aufwachte. Verdammt.

Kreidebleich und verunsichert starrte sie ihn an. Er machte sie nervös, gleichzeitig fühlte sie sich von ihm angezogen. Es gefiel ihr nicht. Er sah es in ihrem Gesicht und an ihrer Körperhaltung, es war unnötig, ihre Gedanken zu lesen. Er schnaubte, da er realisierte, dass es ihn verletzte.

Sie schaute sich in seinem Schlafzimmer um.

„Wieso liege ich in deinem Bett?“

„Weil ich es will.“

„Tatsächlich?“ Ihre Wangen röteten sich und ihr Zorn stieg.

„Genau, Flùr. Du schläfst ab jetzt hier.“

„Das werde ich nicht.“

Sie sprang aus dem Bett und hielt die Decke vor ihren verführerischen Körper, trat stolpernd einen Schritt nach vorn.

„Verdammt“, kreischte sie. Reflexartig streckte sie die Arme aus und die Decke fiel zu Boden. Kendrick umfasste sie.

„Du kannst es nicht erwarten, kleine Flùr.“

Ihren Kommentar und den Zorn erstickte er mit seinen Lippen. Er drückte sie zurück. Sie war weich, warm, zutiefst durcheinander und sie genoss den Kuss.

Perfekt.

„Kendrick, bitte.“

Eine Hand lag auf ihrer Wange, die zweite rutschte tiefer.

Als er sie berührte, stöhnte sie auf. Das Biest in ihm rührte sich. Er konnte sich nicht zurückhalten, alles in ihm schrie danach, sie wenigstens zu berühren, obwohl er es nicht tun durfte. Er tat es dennoch. Durch den Stoff berührte er ihren Busen, ihr Nippel reagierte auf den Reiz. Es reichte nicht. Er musste ihre Haut spüren. Er schob das Nachthemd nach oben, fasste zwischen ihre Schenkel, fühlte die Hitze ihrer Schamlippen. Sie drängte sich seinen Fingerkuppen entgegen, er tauchte mit einem Finger in ihre Feuchtigkeit und federleicht stimulierte er ihre Klitoris. Er umklammerte mit einer Hand ihre Handgelenke, und sie wimmerte von dem festen Griff auf. Er spürte das Biest, das direkt unter seiner Haut lauerte.

Noch konnte er es beenden. Er ließ sie los, wollte gerade von ihr springen, als sie seinen Hintern umfasste, sich gegen ihn drängte.

Was zum Teufel tat sie da?

Sie strich über seinen Po. Es war unmöglich, es nicht zu tun, es fühlte sich zu gut an, war er doch überall hart.

Es reichte bei Weitem nicht, sie wollte den Reißverschluss herunterziehen und die samtene Härte seines Schwanzes in die Hand nehmen, daran saugen und ihn zum Stöhnen bringen, bis er sich in ihrem Mund ergoss. Seine Vorderseite presste sie auf die Matratze. Er berührte sie mit seinen kräftigen, warmen Händen. Er schob die gelbe Schrecklichkeit weiter hinauf. Niemals zuvor hatte sich eine Hand, die auf ihrem Bauch lag, derart verführerisch angefühlt. Und der Kerl konnte küssen. Sie genoss seine dominante aggressive Art. Seine Berührung war eine heiße Welle, die sie fortriss. Auch die Fingerspitzen, die so gekonnt ihre Klitoris stimulierten, waren fordernd. Er rieb sie fester, so scharf, dass sie schrie, als sie kam.

Gott, sie wollte, dass er sie nahm, sie genauso schonungslos liebte, wie sie es sich vorstellte. Sie wollte, dass er sie fickte, nicht nur liebte, verdammt, sie war nicht aus Porzellan.

Wieder drängte sich die Vorstellung in ihr Bewusstsein, dass er sie mit einer Peitsche schlug, und er sie danach nahm, bis sie erneut einen Höhepunkt erreichte. Sie wollte, dass er genau das mit ihr tat.

Sie öffnete die Lider und zuckte zurück. Spuren von Silber glommen in seinen Pupillen, verstörend und gleichzeitig zog es sie an. Er sprang von ihr, als hätte er sich verbrannt, einen Ausdruck purer Panik auf dem Gesicht.

„Was ist mit dir?" Sie flüsterte die Worte aus Angst, er könnte flüchten. Vor ihr. Es schmerzte.

Finster sah er auf sie herab. Der eigenartige Glanz verschwand aus seinen Augen und sie war nicht sicher, ob es nicht ihrer Einbildung entsprungen war.

Seine Finsternis passte ihr gut in den Kram. Kein Mann sollte ihr mehr wehtun. Falls sie Sex in naher oder ferner Zukunft hatte, nur ohne Gefühle, die über das Sexuelle hinausgehen könnten.

Grundgütiger, was redete sie sich ein? Sie war verloren und empfand Zuneigung für ihn.

Verdammter Mist.

Definitiv lebte er nicht keusch, treu und interessierte sich für eine Bindung mit einer kurvigen Frau. Wahrscheinlich nahm er alles, was er sah, schnell und hart und vergaß sie, sobald sie ihm den Rücken zudrehten. Sie würde nicht Mr. Testosteron auf zwei Beinen verfallen, der sich als Hushpuppie in ihr Leben geschlichen hatte.

„Es tut mir leid, Morven, das kommt nicht wieder vor."

Es tat ihm leid? Arschloch.

Ein anderes Gefühl lief durch ihren Körper, ein unglaublicher Hunger. Ihr Magen knurrte laut und sie krümmte sich zusammen.

„Das ist eine Auswirkung deiner Armanachkräfte. Du musst mehr essen als früher."

Das hatte ihr gerade noch gefehlt. Sie sah ihn verzweifelt an und es löste die Spannung.

Kendricks angenehmes Lachen füllte den Raum.

„Keine Angst, du nimmst nicht zu. Deine Gabe ist kräftezehrend."

Morven versuchte erfolglos, das Hungergefühl zu unterdrücken. Sie verhungerte, verspürte ein unerklärliches Verlangen nach Torte. Sie aß niemals

Torte.

„Wir werden zum Abendessen erwartet. Wenn du dich gestärkt hast, beantworte ich dir deine Fragen.“

Er schob sie auf eine angrenzende Tür zu.

„Ich habe ein paar deiner Kleidungsstücke herbringen lassen.“

Er besaß ein Ankleidezimmer, wie dekadent. Nur ihre eigenen Entwürfe hingen an der Kleiderstange.

„Du rüstest sie schnellstmöglich auf.“

Sie wusste, er meinte keine neuen Knöpfe. Mit Grauen dachte sie an zerstochene Fingerkuppen.

„Deine Dessous sind hier.“ Er zog einen spitzenverzierten weißen BH aus der Schublade. „Das sieht nett aus.“

Sie riss ihm den passenden Slip aus den Händen und verbiss sich einen Kommentar. Er war nicht nötig, er konnte ihre Gedanken lesen. Ihr fiel ein, was sie alles getan hatte, als er ihr Herz als Tumble erobert hatte. Ihre Wangen entflammten, der Bauchtanz kam ihr in den Sinn.

Noch bevor sie sich umdrehte, brach er in Lachen aus.

„Das Badezimmer findest du dort. Beeil dich.“

Morven nahm eine rote Caprihose und ein enges Shirt mit langen Ärmeln.

Als sie die Tür hinter sich zuzog, atmete sie tief durch. Erneut knurrte ihr Magen. Er hörte sich nach einem halb verhungerten Löwen an. Erst wollte sie essen, danach auf ein eigenes Zimmer bestehen. Niemand konnte ihr erzählen, dass es nicht genügend Räume gab. Wenn sie mit ihm in diesem Schlafzimmer blieb, wer wusste schon, was sie tun würde.

Sie betrachtete das elegante Badezimmer mit dem grauen Granitboden und den weißen Fliesen im Duschbereich. Einige von ihnen zierten Runen. Auf den verputzten Wänden waren außergewöhnliche Schriftzeichen, die gleichen, wie in dem Futter der Lederjacke. Und in dem Medaillon.

Kendrick hatte nicht nur ihre Kleidung herbringen lassen, sie fand ihre elektrische Zahnbürste und andere Körperpflegeprodukte auf der Ablage. Das durfte nicht wahr sein. Ihre Tampons blinkten sie an.

Oh Gott.

Sie spürte ihre Wangen entflammen, denn das war nicht alles. Mr. Noodles stand neben der Zahnbürste und schien sie höhnisch anzugrinsen.

Mistkerl.

Daneben lag die Spielzeugpeitsche und ihr Blick blieb an ihr hängen. Die Vorstellung, wie er sie an ihr ausprobierte, jagte ein lustvolles Kribbeln durch ihren Körper. Sie traute ihm zu, dass er damit umgehen konnte.

Wer hatte die Sachen aus dem Cottage geholt? Hoffentlich nicht einer von den grausam aussehenden Glatzköpfen. Ihr entfiel nicht, dass ihre praktische Sportunterwäsche fehlte.

Ob Kendrick ihre Gedanken lesen konnte, wenn er sich im Nebenraum aufhielt? Wahrscheinlich nicht, jedes Mal, wenn er eine Reaktion zeigte, hatte er sie angesehen. Auch Nosferat und Lior hatten ihre bohrenden Laseraugen auf sie gerichtet.

Morven stellte sich unter die Dusche. Sie wünschte, ihre umherrasenden Gefühle würden mit dem Schaum im Abguss landen. Sie musste sachlich und logisch an die Angelegenheit herangehen. Verflucht, der Hunger biss gnadenlos zu, lieferte ihr die Entschuldigung, dass sie unstrukturiert und aufgeregt war.

Zu viel war geschehen. Vielleicht ging es ihr nach dem Essen besser. Nur nicht an Brian und Betty denken, in Tränen aufgelöst nützte sie niemandem.

Als sie aus dem Badezimmer trat, wartete Kendrick auf sie. Er sah verdammt sexy in Jeans und T-Shirt aus, aber auch in einem Sack würde er einer verbotenen Sünde entsprechen, selbst diese gelbe Schrecklichkeit könnte seine Wirkung nicht beeinträchtigen. Daran musste sie festhalten, er war gefährlich, durch und durch. Und wie es sie lockte.

Was wollte er von ihr? Erfolglos versuchte sie, die Anziehungskraft, die er auf sie ausübte, zu unterdrücken. Sie bewegte sich auf dünnem Eis und brach mit einem Fuß ein.

Er lächelte sie an, während er sie musterte, erinnerte mehr denn je an ein Raubtier. Kendrick legte einen Arm um sie und es fühlte sich vertraut und beruhigend an.

„Du brauchst nicht nervös zu sein.“

Selbstverständlich nicht, warum auch?

„Was ist das für ein Gebäude?“

„Es ist die Festung der Lugus, unser Hauptquartier, das Caisteal.“

Ihre flachen Schuhe machten kein Geräusch auf den Steinböden. Bewundernd betrachtete sie den geschnitzten Handlauf der geschwungenen Treppe.

Kendrick lenkte ihre Aufmerksamkeit auf den Stuck an der Decke, es waren die gleichen verschnörkelten Schriftzeichen wie in dem Futter der Lederjacke.

Es fehlte lediglich die blasse hagere Gestalt, die in einem Cape durch das Foyer schritt, denn jeder Stein schien Geschichte auszustrahlen.

Sie erreichten eine verzierte Flügeltür und sie fühlte sich in der Zeit zurückversetzt. Ein offener Kamin zierte ein Ende des Zimmers. Groß genug, um ganze Baumstämme zu verbrennen. Rote Samtvorhänge schmückten bodentiefe Fenster. Ein kompliziertes Fliesenmuster bedeckte den Boden, das sie an die Bodenfliesen in ihrem Bad erinnerte. Sie versuchte zu erkennen, was es darstellte, aber es verschwamm vor ihren Augen.

Er schob sie auf einen riesigen Holztisch zu, der mitten im Raum thronte, eine Tafel für Könige.

Die Unterhaltung verstummte. Lior, Nosferat und ein Fremder saßen am Tisch. Sie wünschte, sie könnte flüchten, doch Mr. Felsenhart hielt sie. Diese

Situation war perfekt für sie.

Fremde Menschen ...

Hier unterbrach sie sich und ein hysterisches Geräusch entschlüpfte ihr, denn sie waren nicht menschlich.

Nosferat trat lächelnd auf sie zu und umfasste ihre zitternden Hände. Seine Kräfte krochen über ihre Haut.

„Du hast keinen Grund, ängstlich und scheu zu sein. Du musst deine Körpersprache besser kontrollieren, es ist unnötig, deine Gedanken zu lesen."

Kendrick drückte sie sanft auf einen Stuhl, ließ seine Hände auf ihren Schultern liegen und küsste sie überraschend auf den Scheitel, bevor er sich neben sie setzte. Der unbekannte Lugus stand auf, um sie zu begrüßen. Er sah nicht weniger bedrohlich aus als der Rest von ihnen. Er lächelte sie an und strich über seine kurzen schwarzen Haare. Das Lächeln erreichte seine Augen, die von einem so hellen Braun waren, dass sie fast bernsteinfarben wirkten.

Er drücke seine Lippen auf ihre Stirn. „Ich bin Dàn und helfe Kendrick bei deiner Ausbildung." Er musterte sie und sein Blick blieb an ihrem Ausschnitt hängen. Kendrick schubste ihn fast auf einen Stuhl.

Sie versuchte, ihre Nervosität nicht zu zeigen. Von so vielen Ultramännern umrundet zu sein, zwang eine Suffragette in die Knie.

Das Aroma von Speisen trat in ihre Nase und ihr lief das Wasser im Mund zusammen. Kendrick schaufelte ihr eine gigantische Portion Spaghetti auf den Teller.

Morven kostete einen Bissen, unfähig, sich zurückzuhalten.

Köstlich.

Auf den Punkt gegarter Spargel und Scampi rundeten die Nudeln ab. Sie bemerkte, dass alle Blicke auf ihr lagen und wie unhöflich sie sich benahm. Wie ein Kerl.

„Tatsächlich?", fragte Lior.

Wahrscheinlich stand das Rot ihrer Wangen dem der Kleidung in nichts nach.

„Es tut mir leid." Noch als sie die Worte sprach, konnte sie es kaum erwarten, mehr zu essen. Im Geist rechnete sie die Kalorien und Kohlenhydrate aus, sie würde ewig brauchen, um die Menge abzutrainieren.

Egal, eine weitere Gabel gefüllt mit Nudeln landete in ihrem Mund.

Das hatte sie nicht tun wollen.

Kendrick drückte ihre Schulter und sah sie belustigt an. Es stand ihm gut.

„Du gewöhnst dich daran und wirst dich bald besser kontrollieren."

Sie schaute kurz von dem Teller auf, bemerkte, dass um jeden Mundwinkel ein amüsierter Ausdruck lag.

Sie hatten sich mit Absicht gegenüber von ihr platziert, um sie zu beobachten. Wenigstens vergnügten sie sich. Sie warf ihnen einen giftigen Blick zu.

Wir sind schuldig.

Ein leichter Schwindel erfasste sie, denn Nosferat dachte die Worte.

Keine Angst, Kendrick bringt dir bei, wie du deine Gedanken vor uns schützt. Das unangenehme Gefühl, das du empfindest, wird mit der Zeit erträglicher. Jetzt iss die Menge, die dein Körper verlangt. Du brauchst die Nährstoffe, die nächsten Tage werden anstrengend.

Morven starrte entsetzt auf den leeren Teller, der Hunger war noch nicht gestillt.

„Einen kleinen Nachschlag, Flùr?"

Kendrick wartete ihre Antwort nicht ab, er füllte den Teller. Diese kobaltblauen Augen raubten ihr den letzten Nerv.

„Oder möchtest du gleich die Schüssel?"

Sie beherrschte den Impuls, ihm einen Klaps zu verpassen. Plötzlich durchströmte ein anderes Bild ihren Kopf, dass er sie peitschte, sie stöhnend und sich windend in Fesseln hing. Sie unterdrückte den Drang, an das Intermezzo von vorhin zu denken.

Alle Blicke lagen auf ihr. Sie wussten es. Sie spürte eine heiße Welle ihren Körper hinablaufen, als hätte jemand sie mit Öl überschüttet und angezündet.

Eine helle Stimme riss sie aus der Verlegenheit.

„Lust auf Tiramisu?"

Xena trat in den Raum, die Kriegerprinzessin. Sie musste sie angesehen haben wie ein Schaf, denn die Frau brach in Lachen aus, ihre Augen blitzten blau.

Das war die Köchin?

Die Schönheit, die sie an Kendrick erinnerte, stellte die Nachspeise auf den Tisch.

„Ich bin die Köchin."

Dann lachte die weibliche Lugus erneut und strahlend weiße Zähne kamen zum Vorschein. „Dieser Vergleich mit Xena hängt mir seit der ersten Folge nach." Schwarze Shorts schmückten die langen, makellosen Beine. Morven mochte die Köchin auf der Stelle. „Leider habe ich noch nicht meinen Herkules gefunden."

„Darf ich dir meine Schwester Kendra vorstellen?"

Sie zog Morven mühelos vom Stuhl und umarmte sie.

„Eine gute Wahl, Bruder, hübsch, wenn auch ein wenig klein."

Morven rätselte für einen Moment, was sie damit gemeint hatte. Sie liebäugelte mit dem Tiramisu, kämpfte den Drang nieder, die gesamte Schüssel zu leeren. Kakaopulver zierte die Oberfläche und sie vernahm den Duft von Espresso und Rum.

„Ich spüre deinen Hunger, Kendrick. Das Zwischenspiel hat kaum gereicht, dein Verlangen zu stillen. Ihr leises Stöhnen hat höchstens deinen Appetit angeregt." Kendra schlug ihm auf den Rücken.

Morven verschluckte sich und hustete, umhüllt von Kakaopulver.

„Ich kann nicht glauben, dass dieser Tollpatsch die Armanach sein soll."

Sie musste sich erst die Tränen aus den Augenwinkeln wischen, bevor sie die Lugus erkannte. Es waren die unheimlichen Glatzköpfe, Taran und Diskar. Tarans Worte schmerzten und ein eisiger Blick traf sie, der ihr die Wärme aus den Gliedern saugte. Kälte erfasste sie schlagartig. Betty war tot.

Kendrick umfasste ihre Schultern. Die Zärtlichkeit, mit der er es tat, zerrte an ihren Nerven, durchbrach ihren neu errichteten Schutzwall, der bröckelnd zu ihren Füßen lag.

„Nein, sie ist nicht tot." Kendrick zog Morven hoch und führte sie in das nächste Badezimmer. Er setzte sie auf den Badewannenrand und wischte ihr das Kakaopulver aus dem Gesicht.

Konnte er nicht gröber sein?

Er entnahm den Gedanken klar aus ihrem Verstand.

„Was ist mit ihr?" Morven umklammerte ihr Shirt und war bemüht, nicht in Tränen auszubrechen.

„Betty liegt auf der Krankenstation."

„Ich will zu ihr."

„Der Anblick ist nicht leicht." Er hätte ihr das Leid gern erspart, aber damit wäre ihr nicht geholfen. Ihr Leben hatte sich geändert, ungeahnter Schrecken wartete auf sie. Die Veränderungen hatten lange vorher unbemerkt von ihr begonnen.

Nosferat stand an dem Krankenbett und berührte mit den Handflächen Bettys Brustkorb. Sie sah schlimmer aus, als Kendrick es sich ausgemalt hatte. Er tauschte einen Blick mit Nosferat. Der Oberste sah fassungslos aus. Bissmale und Blutergüsse bedeckten den Körper. Morven zitterte, er hörte ihre Zähne aufeinanderschlagen.

Wurde sie vergewaltigt?

Mehrmals. Morven sollte es jetzt nicht erfahren.

Das stank zum Himmel. Meduren brauchten niemals ihre Opfer zu vergewaltigen. Sie bekamen mit Leichtigkeit, was sie wollten. Jemand hatte Betty überfallen, nachdem Bethana aus dem Haus gegangen war. Morven tastete nach seiner Hand, bevor sie an das Bett herantrat.

Anstatt sie zurückzuziehen, umfasste er ihre kalten Finger. Sie selbst ahnte am wenigsten, dass viel Stärke in ihr steckte.

„Ihre Wunden kann ich heilen", sagte Nosferat. Die Decke verbarg den Unterkörper. Diesen Verletzungen widmete Nosferat sich, sobald Morven das Zimmer verließ. Bettys Haut schimmerte unter seinen Handflächen. Die meisten Schnitte und kleineren Bisswunden waren kaum noch sichtbar.

„Dann wacht sie auf?" Die Hoffnung, die in ihrer Stimme klang, traf ihn tief. Er biss die Zähne aufeinander, und streckte die Fühler nach der Bestie aus.

„Wir wissen es nicht, Flùr. Ihre Seele hat gelitten und Betty hat sich weit zurückgezogen."

Morven legte eine Hand auf die Stirn von Betty. Tränen rannen ihre Wangen hinunter, silberfarben und kostbar. Die Tränen der Armanach entstanden durch großes Leid. Die Angelus würden alles tun, um sie zu erhalten. Vielleicht war dies von Anfang an ihr Ziel gewesen und die Meduris war ihren Anweisungen gefolgt. Arbeiteten die Angelus mit der unbekannten Bedrohung zusammen? Er traute den Engeln der Finsternis viel zu, jedoch nicht, dass sie einen Pakt mit dem Urchaid schlossen und auf den Mitternachtsspuren wandelten.

Kendrick unterdrückte den Reiz, die Tränen mit den Fingerspitzen aufzunehmen. Als er es letztes Mal getan hatte, erfasste Wärme seinen Körper. Noch immer spürte er die Nachwirkung. Gleichzeitig stärkte es das seltsame Gefühl der Verbundenheit.

„Was kann ich tun, um ihr zu helfen?" Er versank in ihrem Blick. Ihre grünen Augen bettelten ihn an und ihr Schmerz bohrte sich in ihn. Sie schluchzte. Er erstarrte und versuchte die Emotionen zu bekämpfen, die sich in sein Herz schlichen.

Sie konnte nichts tun. Betty konnte sich nur allein aus der Starre lösen.

Morven drehte sich zu ihm, lehnte die Wange gegen seinen Brustkorb und schaute zu ihm hoch. Als sie die Arme um ihn legte, beschleunigte sich sein Herzschlag, es war eine unerwartete körperliche Reaktion.

Es schockte ihn bis ins Mark, verursachte Risse in seinem Panzer. Er musste es aufhalten.

Als er zu Nosferat blickte, sah er, dass er lächelte.

Nosferat reichte ihm ein Tuch und er wischte die Tränenspuren aus ihrem Gesicht, darauf bedacht, dass sie die Farbe nicht sah. Damit würde er sie früh genug konfrontieren.

„Ist die Schlampe hier?"

Er tauschte einen Blick mit Nosferat aus. Der Mächtige nickte.

„Ich will sie sehen."

Ein erneutes Nicken, es zählte zu ihrem Plan.

Kendrick spürte Morvens Energie, nicht nur die Armanachkräfte, sondern emotionale Stärke.

„Bereite dich auf eine schwierige Begegnung vor. Die Meduris wird alles versuchen, um dich zu reizen. Sie wird dich mit Worten verletzen, in einer Weise, die du dir nicht vorstellen kannst. Sie weiß genau, wo deine Schwächen liegen."

Aus ihrer Kehle kam ein beängstigendes Lachen.

„Sie hat mir viel genommen."

„Lior und Dàn begleiten euch. Du darfst Bethana nicht berühren. Schwör es mir“, sagte Nosferat eindringlich.

Morven drückte ihre Schultern durch und sah dem Obersten in die Augen.

„Ich schwöre es.“

„Wenn du nicht gehorchst, ziehe ich dich zur Rechenschaft.“

„Ich muss mir hoffentlich nicht in die Handfläche schneiden, um es mit Blut zu besiegeln?“

Sie lächelte erleichtert, als Nosferat den Kopf schüttelte, unwissend, was es bedeutete, eine Strafe von Nosferat zu erhalten, sonst hätte sie ihn kaum derart freundlich angelächelt.

Morven strich ihrer Freundin über die blasse Wange mit der irrigen Hoffnung, sie würde die Augen aufschlagen.

„Es tut mir leid.“

Schuldgefühlte pressten sie nieder, erstickten sie fast.

Kendricks Worte prallten an ihr ab, denn sie allein trug die Schuld. Brian würde noch leben, wenn sie ihm geglaubt hätte. Sie war verantwortlich für die Qualen, die Betty erlitten hatte und in diesem Moment durchlebte.

Der Anblick der Wunden brannte in ihrem Gehirn. Sie verbargen Bettys Unterkörper vor ihr und sie vermutete, dass er schlimme Verletzungen aufwies. Sie musste aufhören sich auszumalen, was jemand ihr angetan hatte, dazu war später Zeit.

Sie warf Nosferat einen nachdenklichen Blick zu. Er behandelte ihre Freundin respektvoll und könnte dem einen oder anderen menschlichen Arzt Nachhilfeunterricht geben.

Dankbar lächelte sie Kendrick an. Seine Kraft umhüllte sie, beruhigte sie bis in die letzte Körperzelle. Was für ein Chaos. Sie war einfach durcheinander.

„Bist du dir sicher?“, flüsterte er in ihr Ohr.

Sie musste auf ihre Gedanken achten.

Er lief mir ihr eine Treppe hinunter, die in ein Gewölbe führte. Natürlich konnte es kein normaler Keller sein.

„Was ist das für ein Ort? Die London Dungeons?“ Eine Gänsehaut rann über ihren Körper, gleich einem Trupp Ameisen mit Eisfüßen. Die Dungeons waren der grauenvollste Ort, den sie jemals aufgesucht hatte. Streckbänke, eiserne Jungfrauen, Brenneisen, spanische Stiefel. Nach der Besichtigung hatten sie monatelang Albträume heimgesucht. Wozu Menschen fähig waren, erschütterte sie tief.

„So schlimm ist es nicht, Flùr. Eigentlich ist es ganz gemütlich.“

Vielleicht wenn man auf S/M stand.

Und reizt dich nicht genau das?

Kendrick sah sie fast entsetzt an, als risse sie eine Barriere in ihm nieder, die er mühsam aufrechterhielt.

„Wieso darf die Meduris mich nicht berühren?“

„Sie könnte Einfluss auf deinen Verstand ausüben, deine Gedanken vergiften. Stell sie dir wie eine hochkonzentrierte Droge vor. Bis jetzt verfügst du nicht über die Kraft, ihr etwas entgegenzusetzen."

Er sagte ihr nicht alles, Kendrick ahnte oder wusste mehr.

Dàn und Lior warteten vor der Tür, lächelten sie ermunternd an. Die Tür knarrte, als Lior sie aufstieß. Bethana lag auf einem Bett mit Schellen und Ketten an den Rahmen fixiert. Ansonsten entsprach der Raum nicht Morvens Vorstellungen. Es war weder kalt, feucht noch lag Stroh auf dem Boden.

Sogar die Blutergüsse verunstalteten das ovale Gesicht nicht. Sie sah aus, als hätten sich die besten Schönheitschirurgen an ihr ausgetobt. Makellosigkeit, wie Morven sie vor Bethana nie gesehen hatte, außer auf retuschierten Magazinfotos. Kein Muttermal unterbrach die cremige Haut. Die Kurve der Taille war vollkommen, ihre Brüste besaßen die perfekte Größe. Im Ganzen betrachtet zu fehlerfrei. Makel machten einen Menschen interessanter. Morven sah sich in einem neuen Licht.

Sie wollte Hass empfinden, aber die Verletzungen verursachten ungewolltes Mitgefühl.

„Komm schon, Morven, zeig Rückgrat." Die Stimme war eine raue Versuchung.

Die violetten Augen der Meduris schimmerten voll unterdrückter Tränen. War nicht ein Auge zugeschwollen gewesen? Diese Kreatur hatte ihr Leben zerstört. Nein, dieser Gedanke war nicht richtig. Morven lebte, Brian war tot und Betty eine leere verletzte Hülle. Sie besaß keinen Grund, in Selbstmitleid zu zerfließen. Ihr Mitleid auf sich und die Schlampe verflüchtigte sich. Sie fand es begrüßenswert. Ob sie auch Una getötet hatte?

„Was willst du von mir?" Die Kälte in ihrem Tonfall erstaunte sie. Wenn sie bedachte, dass sie kurz davorstand, durchzudrehen, hielt sie sich gut.

Kendrick drückte beruhigend ihre Schultern. Seine Wirkung auf sie lag nicht an seinem Aussehen. Lior oder Dàn waren verdammt attraktive Kerle, ihre Berührungen empfand sie zwar tröstlich, aber nicht mehr.

Kann sie meine Gedanken lesen?

Nein.

Ein kleiner Lichtblick. Dàn und Lior positionierten sich rechts und links neben ihr.

„Was ich von dir will?" Ein Lachen kam aus Bethanas Kehle, das nichts mit Freude zu tun hatte. Ihre Augen flehten sie an.

Morven hielt den Blickkontakt und versuchte, keine Reaktion zu zeigen. Sie verspürte das starke Bedürfnis, die Schlampe zu würgen und ihr Haarbüschel rauszureißen. Kendrick festigte seinen Griff.

„Wieso hast du dich ausgerechnet in mein Leben geschlichen?"

Bethana blinzelte heftig, als kämpfte sie gegen enorme Schmerzen an.

„Frag Kendrick, was er mit dir vorhat. Und wenn du dabei bist, denkst du, die Lugus haben nur Gutes für dich im Sinn? Du bist viel zu vertrauensselig und armselig in allem, was du tust."

Erneut blinzelte sie und sah direkt in Liors Augen. Was war los mit der Frau?

„Ich liege nicht nackt, mit Blutergüssen, angekettet in einem Bett."

Schwärze leuchtete in den violetten Augen, Bethana zuckte zusammen, Schweiß rann ihre Stirn hinunter, die Gesichtszüge waren fratzenhaft verzerrt.

„Glaub mir, Schätzchen, angebunden in einem Bett, wirst du bald liegen."

Es war, als lägen zwei Personen vor ihr, die miteinander verbunden waren. Ein Schatten, der über Bethanas Körper schwebte, und doch mit ihr verflochten war.

Morven sah es nicht kommen. Sie bäumte sich auf, in einer unnatürlichen Position. Ein Ruck, und das Handgelenk löste sich mit einem krachenden Laut der brechenden Knochen aus der Handschelle. Ehe sie Morven berührte, sprang Kendrick mit ihr nach hinten. Bethana schrie. Morven hatte nie ein mitleiderregenderes Geräusch gehört. Das Schwarz in den Pupillen nahm zu.

Reagier nicht auf das, was du siehst, rede weiter mit ihr, als würdest du sie hassen. Ignorier den Schatten.

Lior und Dàn hielten sie, versuchten, den Körper gerade zu halten. Morven befürchtete, die Wirbelsäule würde durchbrechen. Erleichterung zeigte sich für einen Sekundenbruchteil auf den Zügen, bevor sie schmerzerfüllt schluchzte.

„Du wolltest es nicht anders." Liors Stimme war eine pure Bedrohung, gegensätzlich zu der Art, wie er die Rothaarige ansah und hielt. Wenn er jemals mit ihr in diesem Tonfall sprach, war sie bereit, in Tränen auszubrechen. Was zum Teufel ging vor sich?

Taran betrat das Zimmer und Morven zuckte zusammen. Dieser Kerl war beängstigend. Ein Ring aus Platin, bedeckt mit Runen, baumelte in seiner Hand.

Bei seinem Anblick brach Bethana in Schreie aus. Dàn umfasste ihre Schulter, sah sie beschwörend an.

„Bitte, Morven, du darfst nicht zulassen, dass sie ihn mir umlegen." Sie versuchte, vor Taran zurückzuweichen, der Schatten vibrierte, schien krallenartige Finger in ihr Fleisch zu bohren, die gepeinigten Laute bestätigten ihre Beobachtungen. Der Schemen riss sein Maul auf und biss in Bethanas Schulter.

Mit einem Schnappen lag das Platin um den Hals und die Meduris verharrte in der Bewegung.

Taran drückte sie in die Matratze.

„Bleibst du ruhig, geschieht dir nichts. Wenn du es nicht tust ..." Taran bewegte die Fingerspitzen und Bethanas Körper erstarrte. Sie lag still, der Blick war leer.

„Was habt ihr getan?“

Morven versuchte, sich aus Kendricks Griff zu befreien. Sie erreichte nur, dass er sie an sich presste.

Beruhige dich. Was du siehst, ist eine Illusion. Wir brauchen ein paar Tropfen deines Blutes, um das Urchaid aus ihr zu bekommen.

Was zum Teufel war das Urchaid?

Bethana bäumte sich auf, schrie dermaßen schrill, das Morven die Hände auf ihre Ohren legte.

Gib mir deine Hand. Ich schneide dich so behutsam wie möglich.

Sie spürte den Einschnitt in die Fingerkuppe kaum, ihr Blut tropfte auf den Ring. Die Tropfen fielen nicht schnell hinunter, sondern zeitverzögert. Als sie auf den Ring auftrafen, stoben schwarze Funken von der Meduris, das Platin saugte sie auf. Lior murmelte eine Beschwörung und eine glänzende Schicht umhüllte das Halsband. Die Funken erloschen. Bethana lag bewusstlos auf dem Bett, der Schmerz war tief in die Züge eingegraben.

„Es ist wirklich eine geringe Menge des Urchaids.“ Lior bemerkte ihren fragenden Blick. „Das Böse.“ Er lächelte, als er ihren Gedanken auffasste. „Ein Teufel oder Satan existiert nicht. Es ist eine Urform des Lebens. Vor unzähligen Jahren löschte es fast das gesamte Leben auf der Erde aus. Die übrigen Lebensformen bildeten eine Allianz und verbannten es für die Ewigkeit.“

Morvens Augen tränten, weil sie bewegungslos verharrte und Angst vor den nächsten Worten verspürte.

„Jemand hat es geschafft, das Urchaid aus dem versiegelten Gefäß zu befreien.“

Kendrick sah sie an, Mitleid und Besorgnis lagen klar auf den harten Zügen.

„Es tut mir leid, Flùr. Das Urchaid reagiert auf dich. Wir wissen nicht, wieso.“

Totenstille lag über dem Raum, Morven hörte ihr Herz, es dröhnte in den Ohren.

Lior zog Handschuhe über und entfernte den Ring. Bethana schlug die Augen auf und ein erleichterter Ausdruck lag auf ihrem Gesicht.

„Sie hat meine Schwester. Bitte Morven, ich musste tun, was die Angelus mir aufgetragen haben.“

Bethana betonte das „Sie“. Also steckte eine einzelne Person hinter ihrem Zustand.

„Brian ist tot.“

Tiefster Schock lag auf ihrer Mimik, spiegelte sich in den Augen.

„Du lügst.“

„Betty hast du fast getötet. Sie ist eine komatöse zerfetzte Hülle.“

Bethana blinzelte. „Spinnt ihr, ich habe sie vorsichtig behandelt. Sie müsste leicht aus der Trance aufwachen, in die ich sie versetzt habe. Sie hat es genossen, wenn ich ihr Blut trank, und lag friedlich in ihrem Bett, als ich das Haus verließ. Ich wusste nichts davon."

Morven wusste nicht, warum, sie glaubte ihr. Falls nicht die Angelus oder Bethana Brian umgebracht hatten, wer dann? Was geschah mit Betty?

Und wieso sagte sie nicht frei heraus, was sie wusste?

Weil sie es nicht kann, Flùr. Jemand hat noch immer Macht über sie.

Plötzlich ertönte die Titelmelodie von Miss Marple und Lior zog ein I-Phone aus der Tasche.

„Ich verstehe." Er drehte sich Kendrick zu, sein Blick lag schwer auf ihr und ihre Knie wurden weich.

„Du sollst es gleich tun. Der Rat tritt massiv an uns heran. Die Zeit ist um. Sie sind auf dem Weg zur Insel."

Was?

Erneut wusste sie nicht, was vor sich ging und sie mochte es kein bisschen.

Kendrick sah sie mit einem Blick an, der puren Horror ausdrückte.

„Nosferat erwartet uns auf der Krankenstation. Deine Sicherheit erfordert Maßnahmen."

„Maßnahmen?"

Dàn und Lior sahen belustigt aus. Kendrick sah aus, als würde ihm jemand die Beinhaare gemächlich mit Wachsstreifen ausreißen.

Einfühlsam.

Lior schickte ihm das Wort mit Nachdruck in sein Gehirn. *Verängstige sie nicht zusätzlich. Sie sieht aus wie ein Reh, das gerade vor einem Rudel Berglöwen steht.*

„Komm, Morven." Er sagte es so sanft er konnte, gerade das ängstigte sie.

Er umfasste ihre Schultern, weil sie keine Anstalten unternahm, sich in Bewegung zu setzen. Sie sah ihn störrisch an, ahnte, dass ihre Zukunft weiteren Veränderungen unterstand.

Er hatte sie in das Ritual theoretisch und behutsam einweihen wollen. Sie sollte sich langsam an die Vorstellung gewöhnen. Immerhin hätte er einen Tag Zeit gehabt, ihr zu sagen, dass sie ihm für die Ewigkeit gehörte.

„Soll ich dich tragen?"

In ihren Gedanken las er deutlich, dass sie nach Hause wollte. Gleichzeitig wusste sie, dass diese Option nicht zur Verfügung stand. Ihre Hilflosigkeit weckte Zorn in ihr. Am meisten Furcht hatte sie davor, den Lugus zu vertrauen und ihm am allermeisten.

Seine Angst stand ihrer in nichts nach, denn sie fühlte Zuneigung für ihn. Schlimmer noch, sie fing an, ihm zu vertrauen. Er erkannte es klarer als sie selbst.

Zur Hölle mit dir, Nosferat!

Nosferat erwartete sie auf der Krankenstation. Sie warf einen Blick auf ihn und ihr Herzschlag beschleunigte sich, er spürte es wie seinen eigenen Herzschlag. Kendrick hob sie auf die Liege. Sie blieb starr sitzen, als sie in die Gesichter der Lugus sah.

Nosferat hob eine Hand. „Ich erkläre dir alles."

Kendrick konnte förmlich sehen, dass sie ihre Worte hinunterschluckte. Ihre grünen Augen sprühten vor Verunsicherung, die sie mit Wut zu überdecken versuchte. Sie täuschte niemanden.

Nosferat umfasste ihre Schultern, behandelte sie mit viel Geduld. Der Nosferat, den er kannte, hätte Morven einfach fixiert und sie mit der Tätowierung versehen. Er wollte, dass sie es freiwillig tat.

„Wir müssen dich an uns binden."

Sie sah Nosferat an, als würden ihm Welpen aus dem Kopf wachsen.

„Die Angelus erheben Anspruch auf dich."

Sie schnaubte und warf Kendrick einen unsicheren Blick zu.

„Ich bin ein freier Mensch, niemand hat Anspruch auf mich."

„Ein Mensch?" Der Oberste lehnte sich zu ihr. „Du bist etwas ganz anderes. Die Regeln der Menschheit sind für dich nicht mehr ausschlaggebend. Du gehörst zu uns, zu den Wesen, die nicht menschlich sind."

Morven erbleichte. Kendrick befürchtete, sie würde sich übergeben.

„Ohne Bindung fordern die Engel der Finsternis den Rat auf, dass wir dich an sie ausliefern, als Sklavin. Ungeahnte Schmerzen warten auf dich, unter ihren Händen würdest du den Tod herbeisehnen." Er lachte humorlos. „Sie gewähren ihn dir nicht, denn nicht nur dein Blut wirkt wie eine Droge auf sie."

Nosferat sprach die Worte sanft. Er versuchte, sie zu überzeugen, viel stand auf dem Spiel.

Morven fing Kendricks Blick auf, ihre Verletzlichkeit lag offen auf ihrem Gesicht.

Kendrick wurde übel bei dem Gedanken, wer mächtig genug war, das Urchaid nicht nur zu befreien, sondern es zu kontrollieren, es in eine Meduris zu pflanzen. Nosferat hatte Bethana in Trance versetzt, seine Bemühungen, das Urchaid aus ihr zu vertreiben, waren ein vergebliches Unterfangen, erst Morvens Blut führte zum Ziel.

„Auf keinen Fall lassen wir es zu, dass sie dich bekommen. Die letzte Konsequenz wäre ein offener Krieg."

Es existierte eine weitere Option. Nosferat könnte Morven töten. Kendrick ahnte, dass sie mehr darstellte als eine Armanach. Der Oberste ging ein großes Risiko ein, er tat es nicht grundlos.

Sie saß in seiner Falle, suchte nach einem Ausweg, den es nicht gab. Sich selbst zu schützen, befand sich außerhalb ihrer Möglichkeiten, und sie wusste es. Kendrick fühlte, wie sehr es ihr missfiel, sich auf jemanden einzulassen und ihm zu vertrauen. Der Rat hielt an den alten Ritualen und

Geflogenheiten fest. Sie würden nicht zimperlich sein, und sie ohne mit der Wimper zu zucken an die Engel der Finsternis ausliefern.

Ihre Gedanken rasten konfus umher.

„Es wäre ein Kampf auf Leben und Tod", sagte Nosferat.

Morven war ein Puzzleteilchen für Nosferat. Krieg drohte schon lange auszubrechen.

„Ihr wollt, dass ich eine Allianz mit euch eingehe?"

„Entweder wir oder die Angelus."

„Wie sieht diese Bindung aus?"

Kendrick tauschte einen Blick mit Lior. Wie brachte ihr Oberster ihr die Nachricht bei?

„Wir binden dich an einen von uns. Beide Partner erhalten eine Tätowierung. Das Ritual, das Nasgadh, besiegelt das Band."

Sie sah Kendrick an, als wüsste sie, was jetzt kam.

„Scooby Doo hat sich dazu bereit erklärt."

„Wähle zwischen ihm und Taran."

Die Option besaß sie nicht. Durch Kendricks Zustimmung hatte der erste Schritt der Zeremonie stattgefunden. Ihr Ausdruck war zornig, als sie nach Luft schnappte. Sie fiel genauso darauf rein wie er, erbleichte noch mehr bei dem Gedanken an den Folterer. Der Kerl hinterließ einen bleibenden Eindruck bei Frauen.

„Wie sieht diese Bindung aus? Verändert sie mich?"

Nosferats Gesicht war eine Maske der Neutralität.

„Es bedeutet, dass du zu uns gehörst und von uns beschützt wirst. Kendrick wird dein Bodyguard."

Mit Mühe unterdrückte Kendrick ein Schnauben.

Er log sie nicht direkt an, verschwieg lediglich, dass die Bindung mit einer ewigen Vermählung gleichzusetzen war, nur der Tod löste sie.

„Kann ich einen Augenblick allein mit Kendrick sprechen?" Sie sah Lior und Nosferat durchdringend an.

„Ich erwarte, dass ihr nicht meine Gedanken lest, egal wo ihr euch aufhaltet."

Nosferat nickte und verließ mit Lior den Raum.

„Was passiert mit mir, falls ich ablehne?"

„Wenn wir dich dir selbst überlassen, stirbst du einen langsamen Tod."

Morven blinzelte und drückte ihren Rücken durch. Sie sah Kendrick mit einem Blick an, den er nicht deuten konnte.

„Verstehe ich es richtig, ich bin eine Droge? Und die Angelus wollen mich langsam zu Tode melken?" Entsetzen klang in ihrer Stimme.

Sie sah Kendrick an, es wirkte zugleich herausfordernd und verunsichert.

„Ich akzeptiere die dämliche Tätowierung."

Sie schluckte.

„Sie zwingen dich aber nicht dazu?“
„Ich stimme freiwillig zu.“
Ein trauriges Lächeln umspielte ihre Mundwinkel.
„Ich danke dir.“
Er fing ihren Gedanken auf.
Wenigstens bin ich nicht mehr allein.
Verflucht!

Alle ihre Instinkte schrien auf. Wieso geriet sie in diesen Schlamassel? Eine Verbindung mit den Lugus, und mit Mr. Heiß wie die Sünde im Besonderen. Naja, letztlich gab es Schlimmeres, als diesen unglaublichen Mann als Bodyguard zu haben.

Und wenn sie einen Fehler beging? Dann konnte sie die Verbindung lösen. Verdammt, sie wusste nicht, wie das Tattoo aussah und an welche Körperstelle es sollte. Die Idee, es ihr auf den Po zu platzieren, vergaßen sie am besten sofort. Nosferat brach in Lachen aus und sah sie entschuldigend an.

„Ich konnte nicht widerstehen. Es ist ein stilisiertes *K* und kommt auf dein rechtes Schulterblatt. Kendrick erhält ein *M*.“

Als wollte er sie an einer Flucht hindern, umfasste er ihre Schultern.

„Zieh dein Shirt aus und leg dich auf den Bauch. Ich werde behutsam sein, du wirst nicht viel spüren.“

Als ob sie Angst vor einer Tätowierung hatte, sie epilierte sich Beine, Achselhöhlen und Bikinizone. Die körperlichen Reaktionen deckten sich nicht mit ihren Gedanken. Ihre Hände zitterten, widerstanden hartnäckig ihren Bemühungen, es zu unterdrücken. Sie legte ihr Gesicht seitlich auf das Kissen. Kendrick löste den Verschluss des BHs und schob ihre Haare zur Seite. Er sah ihr in die Augen, es war seltsam tröstlich. Er ergriff ihre Hände. Dass er von ihren Bedenken wusste, sah sie ihm an.

Verdammt.

Zu ihrem Erstaunen arbeitete Nosferat nicht mit einer Zeichnung, die Nadel fuhr ohne Vorwarnung in ihre Schulter. Es schmerzte höllisch. Bestürzt spürte sie, dass sie fast anfing zu weinen. Kendrick sah aus, als spielte er mit der Idee, Nosferat zu töten.

Nosferat gab ihr nach den ersten Stichen Zeit, sich an die Pein zu gewöhnen. Die Tinte brannte eigenartig und prickelte auf der Haut. Das Gefühl drang tiefer in ihr Fleisch, verwandelte sich in lodernde Agonie. Sie biss in das Kissen, um den Schrei zu unterdrücken. Wenn sie das nur vorher gewusst hätte. Kendrick durchbrach mit seinen Augen den Schmerz.

„Ist alles in Ordnung, Kleines?“ fragte er sanft. Die Zärtlichkeit in seiner Stimme beunruhigte sie.

„Ich weiß nicht.“ Verflixt, sie fühlte sich sonderbar, als hätte sie ein Glas Single Malt in einem Zug geleert. Sie schnappte beschämt nach Luft.

Nosferat arbeitete schnell, dennoch kam es ihr ewig vor. Sie drückte Kendricks Finger fester als sie beabsichtigte. Er erduldete es, ohne sich zu rühren.

Die Tinte wurde unerträglich heiß. Kendrick legte seine Handfläche auf ihre Lendenwirbel, rieb über ihre Haut und lenkte sie von dem unangenehmen Gefühl ab. Jetzt zerquetschte sie Liors Hände.

Erneut plagten Zweifel sie. Was, wenn sie einen Fehler beging? Andererseits konnte sie nicht allein mit der Situation umgehen. Sie wollte Rache für Brian und Betty und brauchte Schutz.

„Fertig." Nosferat riss sie aus den Gedanken.

Kendrick verschloss den BH und half ihr, sich aufzusetzen. Sie lehnte sich an ihn, bis der Schwindel verging und der Schmerz abstumpfte. Sie ignorierte seinen Blick auf den grünen Spitzen-BH. Stattdessen betrachtete sie das verschnörkelte, schwarze, etwa fingerlange K im Spiegel. Das Tattoo sah hübsch aus. Es prickelte und stach.

„Das hört auf." Kendrick lächelte sie an. Es zerschmolz sie.

Er setzte sich auf die Liege, ertrug die Prozedur, ohne mit der Wimper zu zucken. Sein Blick drang tief. Fühlte er die gleiche Hitze und Anziehung? Siedend heiß fiel Morven ein, dass sie nicht wusste, wie das Ritual, das Nasgadh, besiegelt wurde.

„Durch einen Kuss, Flùr." Kendrick grinste sie provozierend an.

„Ein Kuss?"

Er sprach es kaum aus, da lagen seine Lippen warm auf ihren und seine Zunge strich über ihre Unterlippe. Gleichzeitig presste er sie dermaßen hart gegen sich, dass sie nur noch mit Mühe atmen konnte und bewegungslos blieb. Nosferat murmelte in einer unbekannten Sprache, berührte die Tätowierungen. Ein schneidender, alles auslöschender Schmerz durchfuhr ihre Schulter. Nur Kendrick hinderte sie daran, zu Boden zu fallen. Er versteifte sich kurz, er spürte die gleiche Pein.

„Schon vorbei", sagte er zärtlich. Das Gefühl äußerster Verbundenheit löste das Schmerzgefühl ab. Sie wollte nie mehr von ihm getrennt sein. Das Tattoo pulsierte fordernd.

Hatte sie den Unsinn gerade gedacht?

Es ist kein Unsinn, du bist meine Gefährtin.

Langsam drangen seine mentalen Worte bis in ihre letzte Gehirnzelle vor.

Gefährtin? Was zum Teufel meinte er?

Sie strampelte in seinen Armen.

„Du bist für die Ewigkeit an mich gebunden."

„Das habt ihr nicht getan."

„Finde dich damit ab, Morven. Setze es mit einer Heirat gleich, Scheidung ausgeschlossen. Ich habe dich in mir aufgenommen und du hast dich mir nicht widersetzt."

„Ihr habt mich reingelegt.“ Sie starrte auf die drei Ausgeburten der Hölle.

Sie wollte ihn schlagen, ihre Zähne in seine Schulter bohren, ihm wehtun. Nosferat dort treten, wo es am meisten schmerzte. Kendrick umfasste ihren Nacken.

„Das möchtest du tun?“

Er sah sie dermaßen verletzt an, dass sie innehielt.

„Warum hast du dich dazu bereit erklärt?“

Er blieb ihr die Antwort schuldig. Sie warf Nosferat einen Blick zu, der ihn töten müsste. Er reagierte mit einem Ausdruck, der ihr demonstrierte, er hatte sein Ziel erreicht, und nahm gern ihren Zorn in Kauf.

Sie ballte ihre Hände zu Fäusten. Ihr *Gefährte* führte sie am Arm aus dem Krankenzimmer.

„Morven, beruhige dich sofort. Ich verfüge über Mittel und Wege, um dich ruhig zu stellen. Ich erkläre dir alles, hör auf, dich wie ein trotziges Kind zu benehmen.“

Morven zählte von zehn rückwärts, verunsichert durch die Drohung. Für den Moment würde sie sich beruhigen. Sie war die Frau der Testosteronbombe und tief in ihrem Inneren gab sie zu, dass sie ihm vertraute, ihn mochte, mehr als ihr lieb war. Von dem ersten Augenblick, als sie ihn gesehen hatte. Sie drohte, ihm Hals über Kopf zu verfallen, und spürte nicht nur Widerwillen bei dem Gedanken.

Kapitel 8

Kendrick brachte sie in die Bibliothek und sie ließ die besänftigende Atmosphäre des Raumes auf sich wirken. Sie liebte Bücher, auch jetzt verfehlten sie nicht ihre Wirkung. Geschockt bis in ihr Innerstes betrachtete sie die alten Buchrücken.

„Das ist nicht das, wonach es aussieht?"

Er grinste über ihre Begeisterung. Es überraschte sie, wie sehr ihm der freche Ausdruck zu Gesicht stand. Seine Ausstrahlung wuchs um zehn weitere Punkte. Als ob er es nötig hätte.

„Die Originalausgaben von Shakespeare. Lior hat ihn persönlich getroffen."

Ihre Knie gaben nach. Wie alt waren diese Typen?

In einer menschlich unmöglichen Schnelligkeit stand er neben ihr und stützte sie. Die Berührung entfachte die Tattoos und verstörte sie beide.

Was geschah bei einer richtigen Berührung? Er ließ sie los, als wäre sie glühend heiß. Das Silber, das in seinen Augen glänzte, musste durch das gedämpfte Licht verursacht worden sein.

Stirnrunzelnd griff sie nach einem Taschenbuch. *Sündiges Begehren* prangte auf dem Buchrücken. Im Gegensatz zu den anderen Titeln zeigte es deutliche Gebrauchsspuren. Sie sparte sich einen Kommentar und schob es schmunzelnd zurück.

Er deutete auf einen der dunkelblauen Sessel, die vor dem Kamin thronten. Ihr Herz schlug viel zu schnell. Ehe sie es schaffte, sich zu setzen, packte Kendrick sie und seine Lippen lagen auf ihren. Eine Hand umfasste ihren Nacken, die andere presste ihr Becken gegen seins.

Gott, sie wollte ihn.

Dann schob er sie fast mit Gewalt auf das Sitzpolster und sah sie entschuldigend an. „Das Nasgadh setzt meinen Verstand außer Funktion. Ich muss dich über ein paar Dinge informieren, bevor der Rat hier auftaucht."

Kendrick erschreckte sie mit dem ernsten Ausdruck. Sie wappnete sich gegen seine Worte.

„Una war eine Hüterin des Wissens, eine Wächterin. Sie war nicht mit dir verwandt."

„Eine Wächterin?" Ihr leerer Kopf half ihr nicht. Sie versuchte vergeblich, Intelligenz in ihrem Gehirn zu finden, irgendeine Logik in die vergangenen Tage hineinzubringen.

„Sie erfuhr kurz vor ihrem Tod von dir. Sie wurde in dem Moment mit einem Todesfluch belegt, als sie dich kontaktieren wollte. Der Fluch aktivierte das tödliche Gift. Du bist wie aus dem Nichts aufgetaucht." Er sah sie durchdringend an und ergriff ihre Hände. „Wenigstens soweit meine Informationen reichen. Ich bin immer sicherer, dass Nosferat viel mehr weiß, was dich angeht."

Morven erinnerte sich, wie sie Una das erste Mal gesehen hatte. Sie lag vom Tode gezeichnet auf ihrem Krankenbett. Sie hätte gern irgendetwas über ihre Eltern erfahren, aber Una konnte kaum reden, ein seidener Faden trennte sie vom Tod. Nach ihrem Tod hatte sie Nachforschungen angestellt, doch sie führten ins Leere. Jetzt wusste sie, warum.

„Ich erinnere mich nicht an die Pflegerin."

Er richtete sich auf.

„Was?"

„Überhaupt liegt die ganze Begegnung verborgen in meinen Erinnerungen, eingepackt in einen undurchdringlichen Nebel." Kendrick starrte sie an, als hätte sie ihm mitgeteilt, dass sie die Kronjuwelen in ihrem Kühlschrank aufbewahrte.

„Ich weiß nicht, wie ich in das Cottage gekommen bin." Sie umfasste die Lehnen des Sessels. Wenn sie darüber nachdachte, schmerzte ihr Kopf, als bliese jemand Luft hinein.

„Woran erinnerst du dich?" Er versuchte, seine Beunruhigung zu verbergen. Nicht sein Tonfall oder Ausdruck verriet ihn, es war das Tattoo. Es flammte auf.

„Ich erinnere mich an zwei Sätze, die sie stammelte. Das Cottage biete Sicherheit vor dem Bösen. Außerdem musste ich ihre eine Feuerbestattung versprechen und ihre Asche im Wald verstreuen."

„Sie wurde am vierten August 1948 geboren, du am siebten September 1979. Solche Geburtstage sind typisch für eine Armanach."

In ihrem Pass stand der erste September als Geburtsdatum.

„Dann kannte sie meine Mutter und meinen Vater nicht."

„Es besteht die Möglichkeit, dass sie Informationen herausgefunden hat. Irgendetwas passierte mit dir, das deine Fähigkeit geweckt hat. Wer dich aufgespürt hat, erfuhr zeitgleich mit Una von dir. Ich glaube nicht an Zufälle."

Una war wegen ihr getötet worden. Die Liste verlängerte sich tagtäglich. Morven spürte Trauer, aber vor allem Wut.

„Lehn dich zurück. Ich versuche, die Erinnerung an diese Pflegerin in deinen Gedanken zu orten."

Er bemerkte ihr Misstrauen.

„Vertrau mir. Bitte."

Sie schloss die Lider. „Sieh mich an."

Es kostete sie viel, in seine Augen zu sehen, verlor sie sich doch in der Intensität. Wo führte diese Reise hin? Die Angst, dass er sie zerstörte, löste sich auf. Sie zuckte zusammen, fühlte das vorsichtige Tasten in ihrem Kopf. Es war nicht unangenehm. Sie entspannte sich. Sein Lächeln verriet, dass er es wusste und es ihm gefiel.

Er beendete den Kontakt.

„Wer immer die Erinnerung gelöscht hat, tat es gründlich. Ich muss

Nosferat informieren.“

„Noch nicht. Verrat mir zuerst, was es mit einer Wächterin auf sich hat.“

„Normalerweise hätte Una sich dir bei deiner Geburt angenommen, dich langsam in deine Kräfte eingewiesen. Deine Abstammung ist entscheidend. Entweder waren deine Eltern gezwungen, dich zu verbergen oder die Ereignisse zwangen sie, dich zurückzulassen.“

„Wer lässt sein Kind zurück?“ Wie schlimm mussten die Umstände sein? Vielleicht lebten sie noch. Sie unterdrückte die Hoffnung, die sich ausbreiten wollte.

„Wir müssen aufklären, was geschehen ist.“ Sein unergründlicher Blick lag auf ihr, beunruhigend und beruhigend zugleich.

„Denk nach, was ist dir Ungewöhnliches zugestoßen? Es hat deine Energie aktiviert.“

Sie schnaubte.

„Ehe du uns kennenlerntest.“

Aber natürlich!

„Kurz bevor Una an mich herangetreten ist, hatte ich einen Radunfall. Ich weiß bis heute nicht, was passiert ist.“

Der Gedanke, wie sie vor einigen Wochen allein und verwirrt im Wald aufgewacht war, jagte ihr Angst ein.

Sie war mit dem Mountainbike einen schmalen Pfad entlanggefahren. Hier hörte die Erinnerung auf. Sie kam in einem Graben zu sich, durchnässt und unterkühlt. Stunden waren vergangen, Dunkelheit brach herein und ihr Kopf schmerzte. Blut klebte an ihrer Wange, dennoch fand sie keine offene Wunde. Unglaublicherweise hatte sie keine Knochenbrüche. Sie tastete über die Narbe auf ihrer Kopfhaut.

„Was hast du da?“ Er richtete sich auf und sie spürte das Zittern seiner Fingerspitzen. Seine Reaktion ängstigte sie.

„Daingit!“

Er sprang aus dem Sessel und drückte einen Knopf. Nosferat meldete sich am anderen Ende des Haustelefons.

„Ein Dämon hat sie gebrandmarkt.“

Sie starrte ihn an, versuchte verzweifelt, nicht zu schreien. Sie musste atmen, tief ein und aus, das würde helfen.

Kendrick umarmte sie, die Berührung beruhigte sie sofort. Der Geruch von Gras und Bäumen hing in den hellblauen Fasern seines T-Shirts. Die Tür knallte gegen die Wand. Lior und Nosferat stürmten in die Bibliothek.

Ihre Beunruhigung erreichte einen neuen Höhepunkt. Die beiden Lugus hielten in den Bewegungen inne, denn sie erkannten, wie sehr sie Morven ängstigten.

Nosferats blaue Augen waren nicht neutral, sie glühten vor Sorge, das erste Mal zeigte er eine offene Emotion. Er legte seine Hände auf ihren Kopf und teilte ihre Haare.

„Mephistopheles. Erst jetzt lässt er uns das Mal sehen."

Sie atmete heftig und unterdrückte den Reiz zu schreien, obwohl alles in ihr danach verlangte, es zu tun. Warum erklärten sie ihr nicht endlich, was vor sich ging?

„Mephistopheles hat dich markiert. Man kennt ihn als den, der das Licht meidet, ein Vampirdämon." Nosferat sprach die Worte zu ruhig.

Der perfekte Zeitpunkt für Hysterie.

„Ich brauche ein paar Minuten, bitte." Übelkeit erfasste sie. Sie musste an die frische Luft, einen Moment allein sein, um die Kerle aus ihrem Gehirn zu verbannen.

Kendrick zeigte auf die Terrassentür am Ende der Bibliothek. Erleichtert, dass er ihr nicht folgte, glich ihr Hinauseilen mehr einer Flucht.

Little Miss Muffet sat on a tuffet,
eating her curds and whey,
along came a spider,
and sat beside her
and frightened Miss Muffet away.

Immer wieder dachte sie das Gedicht, damit ihre Gedanken sie nicht verrieten. Sie wollte rennen, bis sie ihr Cottage erreichte.

Sie ging ein paar Schritte und hatte nicht die geringste Ahnung, wo sie war, dennoch beschleunigte sie. Irgendwo musste eine Straße sein.

„Was!" Nosferat lief in der Bibliothek auf und ab und trat gegen einen Sessel, der polternd umfiel. Der Oberste zeigte selten offene Beunruhigung.

„Jemand hat ihr Gedächtnis teilweise gelöscht. Bei der Untersuchung habe ich nichts davon bemerkt."

„Derjenige hinterließ nur leichte Spuren und verwischte sie gut." Kendrick bohrte seinen Blick in den von Nosferat. „Ohne das Ritual hätte ich es nicht gefunden. Wer immer das getan hat, ist ein Meister."

„Babylonus", knurrte Nosferat.

Der König der Dämonen hatte die Spielfläche betreten. Inzwischen wunderte es Kendrick nicht, dass er mitmischte. Lior und Nosferat hatten beide den gleichen Ausdruck auf dem Gesicht.

Der Oberste hob die Hände.

„Vertrau mir, Söldner. Kein Wort zu Morven über den Fluch."

Kendrick seufzte mental, ihm blieb keine andere Option.

„Bald akzeptiert sie, dass sie zu dir gehört", sagte Nosferat mit einem spöttischen Unterton.

Kendrick grübelte über die Absichten. Was entging ihm? Nosferat wusste, dass es auf Dauer unmöglich für ihn war, ihr zu widerstehen. Und jetzt hatte er ihm die Möglichkeit geraubt, ihr zu erklären, wieso er sich nicht ganz auf sie einlassen konnte, wo alles in ihm danach schrie, es zu tun. Und sie wusste, dass er sie wollte, sie begehrte. In dem Augenblick, als er realisierte, dass Morven rannte, setzte er an, ihr zu folgen. Sein rätselhafter Boss hielt ihn mit einer Berührung am Arm davon ab.

„Gib ihr einen Moment. Sie kann nicht von der Insel flüchten und kommt zurück, wenn sie sich beruhigt hat. Gestehen wir es ihr zu."

„Was will Mephistopheles von ihr?" Kendrick verbarg seine Beunruhigung nicht. Der Vampirdämon war selbst unter den Dämonen berüchtigt. Ein unheimlicher, grausamer Mistkerl, der einen sexuellen Appetit nicht nur auf Frauen verspürte.

Zum Glück war das Ritual erfolgreich, sonst hätte dieses Monster ein Anrecht auf Morven anmelden können. Sie trug sein Zeichen, es markierte sie als sein Eigentum. Wie hatte sie es geschafft, zu entkommen? War er es, der ihr das Gedächtnis gelöscht hatte? Wäre er seinem Verhaltensmuster gefolgt, würde sie auf einem seiner Altäre liegen, dort Vergewaltigungen und andere Schrecken ertragen müssen.

Mephistopheles war in der Lage, sie zu melken, er war ein Meister darin, Terror und Schmerz zu verursachen. Sie würde weinen, eine unversiegbare Einnahmequelle. Der Vampirdämon besaß keine Skrupel, ihre Tränen und ihr Blut an die Angelus zu verkaufen.

Der Rat war unberechenbar. Die Lugus konnten nicht damit rechnen, dass er zu ihrem Vorteil entscheiden würde. Die Lugus hegten schon lange den Verdacht, dass der Rat nicht so neutral war, wie er sein sollte.

Morvens *Little Miss Muffet* ging in ein erschrecktes *Verdammt* über. Sie war auf dem Rückweg, hatte sich ein wenig beruhigt und war nur wenige Meter entfernt.

Sie stolperte, er spürte ihren Schreck, da sie drohte, einen Abhang hinunterzufallen. Er raste aus der Tür, bekam sie gerade noch zu fassen und riss sie von der Böschung fort. So tollpatschig, wie sie war, hätte sie sich den Knöchel verstaucht oder Schlimmeres.

In dem Moment, als seine Hände auf ihren Hüften lagen, erfasste ihn ein intensives Schwindelgefühl. Auch er musste sich an die Auswirkungen des Rituals gewöhnen.

Ihr Po drückte sich gegen ihn und lenkte ihn ab. Sie strampelte, auf das Äußerste verunsichert. Der unebene nasse Boden verhinderte einen festen Stand und Kendrick strauchelte nach hinten. Er versuchte, den Fall abzufangen, aber das war nicht einfach, weil sie zappelte. Er schlug auf den Rücken auf und sie lag auf ihm.

Sie landete mit ihren runden Backen direkt auf seinem Schritt und hörte nicht auf zu strampeln.

Er stöhnte vor Schmerz und ließ sie los. Morven zögerte nicht lange, sie sprang auf und rutschte aus, fiel mitten in eine schlammige Pfütze, bevor er sie zu fassen bekam. Bei dem Versuch, sich aufzurichten, schlitterte sie erneut, ging wie ein Brett zu Boden. Das Einzige, was er von ihr sah, waren ihre Spitzen, die aus dem Wasser ragten. Nur eine gehörte zu ihrer Nase. Sie setzte sich auf und das Shirt klebte an ihren Kurven und überließ nichts seiner Fantasie.

Grundgütiger. Herrliche Brüste mit geschwollenen Nippeln warteten darauf, von ihm bedacht zu werden.

Ihr empörter Gesichtsausdruck fachte seinen Lachanfall zusätzlich an. Sie sah aus wie Nessi, frisch aus dem Loch Ness. Ehe sie ihn abwehren konnte, zog er sie aus der misslichen Lage.

Schlamm tropfte ihre Wangen hinunter. Verdammt, sie sah hinreißend aus. Es schadete nicht, sie zu berühren. Nur einmal. Ihre Wärme zu spüren und einen ihrer harten Nippel zu erobern. Nächstes Mal würde er widerstehen.

Bevor er sein Vorhaben in die Tat umsetzen konnte, lief eine Gänsehaut seine Wirbelsäule hinunter.

Nein! Das fehlte gerade noch. Der Rat war eingetroffen und ein paar Meter von ihnen entfernt.

„Das kann nicht euer Ernst sein." Ein Hüsteln der beiden männlichen Ratsmitglieder begleitete die arrogante Stimme von Norgana. Morven rückte instinktiv näher an Kendrick, zerschmolz fast mit ihm.

Die Situation spitzte sich zu. Er hatte Morven auf den Rat vorbereiten wollen. Lior tauchte neben Morven auf, die angespannte Körperhaltung zeigte seine Beunruhigung und er unternahm keinen Versuch, es zu verbergen.

Unverhohlene Verachtung schlug Morven entgegen. In den Augen sprühte purer Hass.

Makellosigkeit bekam eine neue Bedeutung. Sie thronte in reinem Weiß vor ihr. Nicht ein Schlammspritzer zierte die eng anliegende Kleidung der hochgewachsenen Frau. Jedes honigfarbene Haar lag an seinem Platz, zu einem Knoten in ihrem Nacken zusammengefasst und unterstrich die aristokratischen Züge.

Ihre enge Hose steckte in kniehohen Stiefeln. Der kurze Trenchcoat umhüllte nicht ihre perfekte Figur, sondern zeigte auf subtile Weise, wie vollkommen sie darunter war. Sie hasste Mrs. Proper auf der Stelle.

Spöttisch musterte sie Morven, verharrte mit ihrem stechenden Blick auf den schlammigen Schuhen, ehe sie ihr ins Gesicht sah. Fassungslosigkeit stand in den Augen, als sie ihren Blick traf.

Ihre sarkastisch hochgezogenen Mundwinkel betonten das beleidigende Gehabe.

„Dieses ... Ding soll die Armanach und das Gefäß der Silbertränen sein?"

Wen nannte diese Schlampe ein Ding?

„Dieses ganze Theater wegen ... ihr?“

Zwei ebenso unbefleckte Männer begleiteten sie, das Schwarz ihrer Kleidung unterstrich die missbilligende Haltung. Morven hatte drei neue Freunde gewonnen.

„Ich bin Morven“, tönte sie und griff nach den Schultern der Frau, zog sie gegen sich und küsste sie auf beide Wangen. Ihren Körper drückte sie an das reine Weiß. Sie versuchte, Morven wegzudrücken und gab ihr einen Stoß, aber Morven rutschte erneut aus, umklammerte den Gürtel der Makellosigkeit und fiel mit ihr zusammen in den Schlamm. Lior hob die kreischende Hexe von ihr und Morven grinste breit. Mühsam packte er Norgana und einer ihrer Begleiter schlug ihr auf den Arm, als sie ein Messer zog.

Die Schlange wollte sie mit einer Waffe angreifen. Kendrick stand plötzlich zwischen ihr und dem Miststück, seine Finger zuckten. Selbst seine Rückseite sah bedrohlich aus.

„Norgana!“, sagte einer der schwarz gekleideten Männer in einem kristallklaren Tonfall, der Glas zum Zerbersten bringen konnte.

Kendrick zog Morven erneut aus der Pfütze, diesmal hielt er sie in einer eisernen Umklammerung.

„Willst du mich jetzt mit deinem Dolch erstechen?“ Morven versuchte, aus seinem Griff zu gelangen, aber er gab nicht nach.

„Nur damit du es weißt, Cruella de Vil, eine Scheißwoche liegt hinter mir. Eine versnobte Kuh fehlt mir gerade noch.“

Kendrick legte seine Hand über ihren Mund. Das gab ihr den Rest. Sie verspürte das tiefe Bedürfnis, ihre Zähne in seine Haut zu schlagen.

„Bring Morven in dein Zimmer. Wir treffen uns in dreißig Minuten in der großen Halle“, sagte Dàn, der wie ein Geist auftauchte.

Dàn warf ihr einen trockenen Blick zu und sie sah die Belustigung in seinen Augen.

„Dafür ziehe ich Morven zur Rechenschaft. In aller Öffentlichkeit ein Mitglied des Rates anzugreifen“, zischte Norgana. Selbst ein Waran konnte nicht giftiger sein.

„Tatsächlich? Dein Benehmen strotzt vor Arroganz. Fast erweckt es den Eindruck, dass du darauf abzielst. Sie ist mit dem Prozedere einer Armanach und unseren Bräuchen unvertraut. Du bekamst, was du verdient hast. Sie kennt weder dich noch den Rat. Belass es dabei.“ Dàns Stimme war ruhig, doch die angespannte Körperhaltung verriet ihn. Norgana musste Dàn und Kendrick überwinden, um an sie heranzukommen. Und Lior wirkte umso gefährlicher, da er nicht einen Muskel rührte.

Mit einem Zischen und fliegenden Schlammtropfen verließ der Trupp der ehemals Makellosen die Bildfläche.

Lior und Dàn drehten sich zu ihr, bedachten Morven mit dunklen Blicken, die in ihr den Wunsch weckten, zu fliehen.

Das stand außer Frage, sie war gefangen in Kendricks Armen.

Er sagte nichts. Sein Schweigen drückte sich schwer auf sie, war es doch schlimmer als die Körpersprache der Lugus. Morvens Wangen brannten vor Scham. Sie hatte sich noch nie auf diese Weise aufgeführt. Normalerweise begegnete sie Beleidigungen mit einem Achselzucken.

Kendrick löste den Griff und sie versuchte, einen Schritt zurückzutreten, um seinem verführerischen Duft zu entkommen. Das Tattoo pulsierte unerträglich verlangend. Mit seinem Zorn wurde der Drang fassbarer. Sie wollte, dass er ihr die nassen Kleider auszog und mit ihr tat, was ihm in den Sinn kam. Er sah sie auf eine Weise an, als würde sein Blick tatsächlich in sie eindringen, sie auseinanderpflücken und alle ihre Geheimnisse erkennen. Er führte sie wie eine Geisel ab.

Sie spürte seine Wut deutlich. Morven verbiss sich das seltsame Bedürfnis, ihn zu reizen, seine Kraft und Zurückhaltung zu durchbrechen, die ihn abhielten, sich zu nehmen, was sie ihm anbot. Vielleicht dachte er, sie wäre hässlich.

Sie biss sich auf die Lippe, als er schnaubte.

Verdammt!

Kendrick ließ sie los, sobald sie sich im Inneren des Schlosses befanden.

„Das Gebäude sieht wie die Unterkunft von Dracula aus."

Kendrick zog eine Augenbraue hoch.

„Vor ein paar Jahrhunderten versteckte er sich im Caisteal vor seinen Feinden."

Sie verbiss sich jeden Kommentar, rechnete damit, dass Merlin und Frankenstein den Keller bewohnten. Auf dem Weg in seine Räume hinterließ Morven eine tropfende Schlammspur. Es war nicht die einzige Spur.

Hoffentlich bekam diese blöde Kuh die Flecken aus der Kleidung nie wieder raus. Kendrick räusperte sich, zog sie überraschend an sich und küsste sie. Das Tattoo flammte auf und er stöhnte gegen ihre Lippen.

„Meine kleine Gefährtin, mit dir wird es nicht langweilig." Er lächelte sie an. Tief in seinen Augen sah sie einen gehetzten Ausdruck. Er hatte Angst.

Vor ihr? Oder fürchtete er sich vor diesem Gefährtinnenmist? Sie war sich bewusst, dass sie es leugnete. Sie hatte sich schon vor dem Nasgadh unwiderstehlich zu ihm hingezogen gefühlt, jetzt war das Gefühl überwältigend. Es versetzte sie in Unsicherheit und sie kam nicht dagegen an. Zudem machte es sie rasend, dass er sie abwies.

„Vielleicht sollten wir das Ganze annullieren. Mit dir zusammen zu sein, entspricht nicht meinen Wünschen von einem erfüllten Leben." Ihr Satz war eine pure Lüge.

In ihren Gedanken zitierte sie den Songtext von the Power of Love, damit sie sich nicht verriet. *I'll protect you from the hooded claw, keep the vampires from your door.*

Der Blick, den er ihr zuwarf, ließ sie schlucken. Er sah betroffen aus und verbarg es mit einer Maske Desinteresse.

„Es lässt sich nicht rückgängig machen. Du wirst lernen, was es bedeutet, mit mir verbunden zu sein. Ich versichere dir, Schätzchen, es wird keine angenehme Erfahrung. Jetzt wasch dich und zieh dich an. Ich hole dich ab, wenn wir bereit sind."

Seine Pupillen glichen einer stürmischen See. Sie weigerte sich, zurückzuweichen. „Wir befinden uns auf der Isle of Lugus, die mit Schutzglyphen versehen ist. Ohne die Passwörter kannst du nicht flüchten, also erspare uns und dir die Mühe, dich vor deiner Ungeschicklichkeit zu bewahren."

Sie unterdrückte den seltsamen Reiz, ihn gegen das Schienbein zu treten und zu reizen, bis er sie endlich nahm.

Er schlug die Tür zu mit einer Kraft, dass sie befürchtete, die Zarge würde zerbersten.

Morven hielt sich gerade noch davon ab, mit dem Fuß aufzustampfen. Sie hatte Kendrick nicht verärgern wollen, dennoch hatte sie es bewusst getan. Sein Augenausdruck hatte sie erschüttert, er wirkte verletzt, die gesamte Körperhaltung war die eines enttäuschten und wütenden Mannes. Aber sie konnte nichts daran ändern, hatte er sie doch reingelegt. Sie war an ihn gebunden bis in die Ewigkeit. Die Erkenntnis erschreckte sie, vergrößerte das Gefühlschaos, das ohnehin gewaltig war.

Alles ging zu schnell. Sie fühlte sich gründlich überfordert, ihre Schwäche zeigte sich durch Tränen, die hinter den Lidern lauerten.

Sie versuchte, ihre Gedanken unter der Dusche zu sortieren. In ein Handtuch gewickelt trat sie aus dem Badezimmer und blieb wie angewurzelt stehen.

Kendrick funkelte sie an, wirkte noch bedrohlicher, noch reizvoller. Neben ihm standen Dàn und eine dunkelhaarige Lugus, die verboten sexy aussah.

„Ich demonstriere dir jetzt, was es bedeutet, meine Gefährtin zu sein. Wenn du nichts für mich empfindest, sollte dir das am Arsch vorbeigehen."

Wovon zum Teufel sprach er?

Bevor sie den Satz zu Ende brachte, lag Bunny in seinen Armen und er küsste sie. Seine Hände wanderten Richtung Top, was den Namen nicht verdiente.

In dem Moment, als er das Flittchen anfasste, brannte das Tattoo auf ihrer Schulter dermaßen flammend, dass sie nach Luft schnappte. Der Schmerz trat in den Hintergrund. Das Bedürfnis, der Schlampe die Augen auszukratzen, war zu stark, um zu widerstehen. Niemals in ihrem Leben hatte sie eine derart lodernde Eifersucht gespürt. Noch nicht einmal, als sie Brian mit Bethana entdeckt hatte. Sie wollte die Fremde töten. Ihr gesamter Verstand war ausgeschaltet.

Dàn hielt sie auf, warf sie mit Mühe auf das Bett und presste sie auf die

Matratze. Er war gut darin und hielt sie unbeweglich.

Erst als Kendrick die Hände von der Frau löste, erstarb das Gefühl, genauso plötzlich, wie es aufgetreten war.

Morven lag schwer atmend unter Dàn, schockiert von ihren Handlungen.

„Ich lasse dich jetzt los“, flüsterte er in ihr Ohr. Seine Bewegungen waren kontrolliert, er traute ihr nicht.

Bunny und Dàn verließen den Raum. Ihr kraftloser Körper verweigerte den Dienst. Sie versuchte zu verstehen, was mit ihr geschehen war, es funktionierte nicht. Bis vor Kurzem hatte sie das Leben einer normalen Person gelebt.

Sie hatte Dàn gebissen, damit er sie losließ und in den Po gekniffen. Was hätte sie angestellt, wenn sie die Fremde erreicht hätte? Die Antwort gefiel ihr nicht.

Kendrick ersparte ihr die Entscheidung, ob sie schreien, weinen oder zusammenbrechen sollte. Er zog sie in seine Arme und sah sie verzweifelt an.

Ihr Zorn schwand so schnell, dass sie sich fragte, ob er real gewesen war.

Sie zitterte, selbst ihre Zähne schlugen aufeinander. Unbändige Wut und Eifersucht waren eine neue Erfahrung für sie.

„Was hast du getan?” Tränen standen in ihren Augen. Das beunruhigte ihn mehr, als er zugeben wollte und er versuchte krampfhaft, wütend zu sein.

Er drückte sie auf das Bett zurück, fand den Zorn in sich, zerrte ihn mühselig an die Oberfläche. Er durfte keine Zärtlichkeit empfinden, zu gefährlich, erinnerte er sich. Er musste sie verletzen, damit sie ihn verachtete.

„Glaub mir, du entsprichst nicht meiner Vorstellung einer perfekten Gefährtin. Viel machst du nicht her, von deiner Ungeschicklichkeit fange ich gar nicht erst an.“

Kaum hatte er die Worte gesprochen, bereute er sie, denn sie entsprachen nicht der Wahrheit. Er sah noch immer vor sich, wie sie die Nudelverpackung aufgerissen hatte, und die Nudeln in hohem Bogen auf den Boden fielen.

Ihr verletzter Ausdruck traf ihn. Er schaute tief in ihre Augen und sah ihre kämpfenden Emotionen. Ihre abweisende Haltung, als ob eine Verbindung mit ihm das Schlimmste wäre, was ihr widerfahren könnte, hatte ihn erzürnt. Er war es nicht gewohnt, abgewiesen zu werden. Dabei wusste er, dass sie genauso durcheinander war wie er.

Ihm wurde bewusst, dass er sich widersprach, die eigenen Gefühle überrannten ihn, vernebelten seinen Verstand. Der nagende Hunger brach beinahe an die Oberfläche. Ihr sturer Gesichtsausdruck, welcher ihn herausforderte, es zu versuchen, war zu viel. Er musste in das *Sugar and Chili* und ihn stillen, sonst tat er Morven unverzeihliche Gewalt an.

Sie ballte die Hände, sah ihn an und schlug ihm hart ins Gesicht.

Er sah den Schock in ihren Augen, sie hatte noch niemals jemanden ge-

schlagen.
Eine silberne Träne rann ihre Wange hinunter.
Mit Wut kam er leicht zurecht. Wenn sie Zeit hätten, könnten sie einen Weg finden, um mit der Situation umzugehen.
Sie bäumte sich unter ihm auf, und ehe er wusste, was er tat, lag sie über seinen Knien.
Zur Hölle mit dir, Nosferat!
Sie strampelte schreiend und er umklammerte ihre Handgelenke mit einer Hand.
„Hör sofort mit dem Gestrampel auf."
Der Tonfall wirkte, sie erstarrte und er ließ sie los. Sie bewegte sich rückwärts und biss ihm in den Oberschenkel.
Er drehte ihr einen Arm auf den Rücken, hielt sie unbeweglich für das, was er nicht tun wollte und alles in ihm schrie danach, es doch zu tun.
Der erste Hieb landete auf ihrem prallen Arsch. Ein wütender Laut kam aus ihrer Kehle, gefolgt von einer Beschimpfung.
Kendrick knurrte, im Raum befanden sich keine Peitschen oder Gerten, sie war in relativer Sicherheit.
Er schlug mehrere Male hintereinander zu, vergnügte sich an der Hitze, die sich auf den Pobacken ausbreitete. Sie reagierte nicht, wie er erwartet hatte, sie hatte keine Angst, keine Furcht, sie war zornig, erregt, und als er zwischen ihre Schenkel fasste, tauchten seine Fingerspitzen in Feuchtigkeit. Sie genoss, was er ihr antat, reagierte ganz anders als Katha.
Sie schrie eine weitere Beleidigung, verglich ihn mit einem Wüstling, der ein Arsch war. Und seine Handfläche prasselte auf ihren Po, der nicht rosig wie in ihrem Traum schimmerte, sondern ein tiefes Rot annahm.
Er packte sie, wollte in ihre Augen sehen, wenn sie den Höhepunkt erreichte, und legte sie mit dem Rücken nach unten über seinen Schoß.
Sie hörte auf zu strampeln, sah ihn an, unglaublich verletzlich und sinnlich, beides zugleich. Er spürte das Zucken ihrer Klitoris an den Fingerkuppen und sie schrie, als sie kam. Silberne Tränen rannen ihre Wangen hinunter.
Das Biest in ihm verlangte, sie zu peitschen, sich zu nehmen, was sie ihm anbot, denn sie mochte Schmerz, wenn er nicht zu hart ausgeführt wurde. Kendrick biss sich auf die Unterlippe, so fest, dass sie blutete. Ließ er die Bestie frei, blieb es nicht bei dieser Art Schmerz, sondern es war Pein, die sie nicht ertragen könnte.
In Kürze mussten sie dem Rat entgegentreten. Sie benötigten Verstand und Schlagkräftigkeit, denn der Rat war unversöhnlich und besaß einen langen Atem. Norgana lauerte einer Spinne gleich, bereit, sich auf jede Schwäche zu stürzen. Morven war zu unerfahren und ehrlich, um es mit ihr aufzunehmen.
Alles, was er im Sinn hatte, war sie zu bestrafen, sie zu ficken, sie zum Schreien zu bringen. Ihre Tränen rührten ihn, tief im Inneren wusste er, was

es bedeutete.

Er hatte unzählige Kämpfe bestritten, getötet, gefoltert, Dinge getan, die ihn nicht mit Stolz erfüllten. Sich zu entschuldigen, fiel ihm schwer.

Er umfasste ihr Kinn, drehte ihren Kopf zu sich, fühlte ihren rasenden Puls und wie das Herz in ihrer Brust hämmerte.

„Morven, es tut mir leid."

Wenn sie ihm jetzt sagte, dass sie ihn hasste, musste er damit leben.

„Was?" Verletzt, verwirrt und trotzig sah sie ihn an.

Anstatt zu antworten, drückte er die Lippen auf ihre. Das Tattoo setzte seine Schulter in Flammen, erfasste ihn, fand den Weg in sein Geschlecht, das schmerzvoll pochend Erfüllung verlangte. Sie stöhnte auf. Er roch ihr Verlangen und sie rieb ihr Becken gegen seins.

Nur einmal. Er saugte hart an der Brustwarze, ihre Reaktion zeigte ihm, sie mochte es sehr. Das Monster in ihm wollte sie an das Bett ketten, sich aneignen, was sie anbot. Ihre Lust und vor allem den Schmerz aufnehmen. Er hielt ihre Handgelenke in einer Hand, die andere streichelte ihren Körper, die Rundung ihres Bauches, glitt tiefer. Er atmete ihren Duft ein, das Biest in ihm brach fast aus. Sie wollte ihn.

„Mach mit mir, was immer du willst."

Das durfte er nicht.

Kendrick sprang von ihr, konnte dem Versuch, ihre Gedanken zu lesen, nicht widerstehen. Sie waren zu konfus und rasten durcheinander in ihrem Kopf herum.

Sie starrten sich an, bewegungslos.

„Der Rat erwartet uns." Er keuchte die Worte, da er mit dem Fluch kämpfte. Verdammt, es wurde jedes Mal schwerer.

Verwirrung ersetzte ihre Begierde. Es misslang ihr gründlich, es zu verbergen. Er berührte sie an der Schulter, zog mit den Fingerspitzen das Tattoo nach. Sie klammerten sich für Sekundenbruchteile aneinander wie Ertrinkende.

„Warum sagst du mir nicht, was dich belastet?"

„Ich kann nicht, Morven."

„Ein anderes Mal, Kendrick?"

Er sah ihre stumme Bitte, sie nicht hilflos zurückzulassen.

„Flùr, ich verstehe, dass die Situation dich überfordert. Der Rat verlangt eine Stellungnahme. Wir müssen ihm Rede und Antwort stehen. Wir finden ein anderes Mal Zeit, über unser Verhältnis zu reden."

Er hoffte es. Sie nickte, gab ihren Widerstand für den Moment auf.

„Und wenn ich mich weigere, vor sie zu treten?" Ihre Mimik spiegelte den Abscheu, den sie vor dem Rat empfand.

„Dann wären wir gezwungen, dich mit Gewalt vor sie zu zerren. Du gehörst jetzt zu unserer Welt. Missachtest du die Regeln, treffen dich harte

Konsequenzen." Morven war ahnungslos, wie die Konsequenzen aussahen.

Er sah sie eindringlich an. „Verrate nichts von der Pflegerin und den fehlenden Erinnerungen. Auch das Brandzeichen von Mephistopheles sollten wir für uns behalten."

Ihre Emotionen liefen über ihr Gesicht und er verspürte Erleichterung, dass sie sich freiwillig dem Rat stellte oder eher der Schlangengrube, um es mit ihren Worten zu sagen. Sie hatte den Rat mit einem Blick durchschaut.

„Ich beschütze dich mit meinem Leben, aber bitte versuche, dich zu beherrschen."

Sie lächelte ihn an, die Grübchen waren entzückend und es hellte ihre Augen auf.

Morven wählte ein grünes Kleid, welches ihre Vorzüge betonte. Er betrachtete ihren üppigen Ausschnitt. Am Oberkörper lag es eng an, wurde nach unten hin weiter. Sie war eine talentierte Schneiderin.

„Der Rat ist eine neutrale Instanz, die den Frieden erhalten soll. Er wacht über Lebewesen, von deren Existenz du bisher nur in Büchern gelesen hast, und die du für Fantasie hältst."

Er widerstand der Versuchung, ihr von den Befürchtungen der Lugus zu erzählen. Ihre Beunruhigung war groß genug. Eine Schlangengrube, eine passende Beschreibung.

„Die Namen der beiden Männer sind Kurgis und Gabar. Norgana ist eine Cousine von Morgan le Fay."

Sie legte ihm eine Hand auf den Arm. Schockiert blinzelte sie ihn an.

„Du scherzt. Du willst mir erzählen, sie ist mit der mächtigen Fee aus der Artussage verwandt?"

In einigen Büchern wurde sie auch als Hexe betitelt.

„Sie ist gefährlich und mit äußerster Vorsicht zu genießen."

„Das hättest du eher erwähnen sollen", sagte sie grinsend. Sie hatte den Zwischenfall genossen und wusste nicht, in welcher Gefahr sie sich befand.

Der Rat thronte in der großen Halle und saß an einer Seite des Tisches. Sie sollte vor ihnen stehen wie eine Bittstellerin.

Sie dachte ein paar unaussprechliche Worte. Lior und Nosferat, die an der Wand lehnten, versuchten vergeblich, ein neutrales Gesicht zu bewahren.

Kendrick biss sich auf die Unterlippe, um sich das breite Grinsen zu verkneifen. Liors Augenbrauen schossen so hoch, dass sie seine Haarlinie berührten.

Morven schritt auf den Tisch zu, der aus den Überresten der Tafelrunde bestand, ihr sinnlicher Gang war selbstsicher. Kurgis und Gabar hatten den gleichen unbeteiligten Gesichtsausdruck aufgelegt. Norgana hielt den Hass nicht aus ihren Zügen. Morven hatte sich eine mächtige Feindin geschaffen, ihre Feindseligkeit konnte nicht mit dem Vorfall erklärt werden. Dahinter steckte mehr. Die Tuatha Dé Danann bildeten seit Jahrhunderten die Ratsmitglieder. Kendrick hatte vor längerer Zeit ihren König Nuada getroffen. Er war nicht erpicht darauf, ihm erneut zu begegnen, denn er nährte sich von Menschen auf eine unappetitliche Weise.

War der Rat stark genug, um das Urchaid zu kontrollieren? Steckten sie hinter der ganzen Geschichte? Plante Nosferat, sie zu überführen? Die blanken Gesichtszüge seiner Vorgesetzten sahen aus wie ein spiegelglatter See.

Morven sank vor dem Tisch im Schneidersitz auf den Boden. Sie drapierte das Kleid über ihren Beinen. Wenn die Ratsmitglieder sie sehen wollten, würden sie aufstehen müssen. Sie sah zu Kendrick hoch und lächelte ihn an.

Kleines Biest. Es gefiel ihm.

Ein drohender Ausdruck von Kurgis und Norgana verstummte, ehe sie ein verständliches Wort zischte.

„Bringt ihr einen Stuhl“, donnerte Gabar. Auf seinem Gesicht lag eine Andeutung Humor.

„Zwei, ich will, dass mein Gefährte neben mir sitzt.“

Kluges Mädchen.

Lior und Nosferat ließen es sich nicht nehmen, Stühle heranzuschaffen.

Lior beäugte ihren Ausschnitt. Grinsend erwiderte der blonde Lugus Kendricks Blick, er wusste genau, dass Kendrick Eifersucht verspürte. Mit einem Aufseufzen setzte sie sich und umfasste seine Hand. Nur er spürte, dass sie innerlich vor Nervosität zitterte. Sie verbarg es geschickt. Ihre Haut war eiskalt.

Lior und Nosferat saßen rechts und links von den Ratsmitgliedern. Eine unangenehme Stille füllte den Saal, ehe die Befragung begann.

Kurgis, das ranghöchste Mitglied, sah Morven an, als wenn er ein interessantes Insekt entdeckt hätte und kaum glauben konnte, was ihm da vor die Augen trat.

„Dein Name ist Morven Wemyss?“

„Ich dachte, ihr stellt mir intelligente Fragen. Wenigstens befestigt ihr mich nicht auf einer Streckbank, um irgendwelche Geständnisse zu erpressen.“

Ihre kalte Hand erwärmte sich.

Norgana sprang auf und Kendrick hatte noch nie eine Frau gesehen, die dermaßen einer Klapperschlange ähnelte.

„Wie kannst du es wagen. Ich verlange, dass sie bestraft wird.“

Zum Glück kannte Morven die Strafen des Rates nicht, sonst wäre sie nicht unbeeindruckt sitzen geblieben. Eine Streckbank, sie hatte keine Ahnung.

„Reicht mir eine Gerte und ich schlage ihr den Rücken in Streifen.“

Kendrick richtete sich auf, traf Norganas Blick und sie zuckte zusammen.

Er wusste, was sie in seinem Gesicht las, sie sah ihren Tod, falls sie Morven nur anrührte.

„Müssen wir das erneut erörtern?“ Nosferats Stimme hörte man die Ungeduld an. „Ihr könnt sie nicht foltern, selbst wenn es dein sehnlichster Wunsch ist. Zuerst müsst ihr ihren Status anerkennen. Dann erklären wir ihr die Regeln. Übertritt sie eine, denkt über Sanktionen nach." Der Oberste der Lugus saß ruhig auf dem Stuhl, sein Tonfall war weich wie geschmolzener Stahl. Wenn sie auf ihrem Standpunkt beharrte, bekam sie es mit Nosferat zu tun. Er sah ihm deutlich an, dass er sie töten würde und auch ihm die Konsequenzen scheißegal waren. Norgana warf ihm einen Blick zu, der kalt wie der Panzer eines Eisdrachens war. Sie brach den Augenkontakt ab. Kendrick verstand sie, in Nosferats Augen zu sehen glich einer Achterbahnfahrt ohne Sicherung. Lior löste die Hand von seinem Messer, langsam und unbemerkt von dem Rat.

„Norgana brauche ich dir nicht vorzustellen, du hast sie bereits kennengelernt, anscheinend zu nah." Nosferat trank einen Schluck Wasser, er ließ sich Zeit. „Kurgis sitzt neben Lior und Gabar neben mir. Sie gehören dem Rat an und stammen von den Tuatha Dé Danann ab. Sie überprüfen, ob du freiwillig die Bindung mit Kendrick eingegangen bist. Falls sie den Bund akzeptieren, erkennen sie deinen Status in unserer Welt an. Ab diesem Zeitpunkt unterstehst du den Gesetzen der Lugus."

Nosferat lächelte Morven warm an. Sie wären fast in einen offenen Krieg mit dem Rat getreten wegen Morven. Was zum Teufel plante der Oberste? Er sah Lior misstrauisch an. Er wusste Bescheid und Kendrick fühlte Enttäuschung. Normalerweise vertraute Nosferat ihm, aber dieses Mal schloss er ihn aus und musste verdammt gute Gründe besitzen.

„Sie stellen dir Fragen. Es ist deine Pflicht, sie zu beantworten, soweit du es kannst. Sie versuchen, Licht in die Geheimnisse zu bringen, die dich umgeben." Ein weiteres Lächeln. „Sie sind der Neutralität verpflichtet und werden dich respektvoll behandeln, sonst sehe ich mich gezwungen, die anderen Ratsmitglieder über Norganas Privatfehde zu informieren."

Sie verhalten sich nicht respektvoll.

Ich weiß, Flùr.

Sie können unsere Gedanken nicht lesen.

Nein.

Er hörte ihr innerliches Aufatmen.

„Vielleicht könnten wir das Unwichtige überspringen und endlich zum Punkt kommen."

Morven war mit den Nerven am Ende und hatte keinen Sinn für die Zweideutigkeiten des Rates. Kendrick konnte sie verstehen, ihre ganze Welt war aus den Fugen geraten.

Jetzt hatte sie es geschafft, dass der gesamte Rat sie anfunkelte. Für einen Moment blitzte es belustigt in Gabars Augenwinkeln auf.

„Du erkennst Kendrick als deinen Gefährten an und hast dich freiwillig dem Nasgadh unterzogen? Das Ritual wurde besiegelt?"

Sie richtete sich auf. Morven bejahte Kurgis Fragen, drehte den Kopf und lächelte Kendrick an.
„Zeigt mir die Tätowierungen." Kurgis war nicht überzeugt.

Bevor Morven es tat, zog Kendrick ihr Kleid an der Schulter hinunter, sodass die Tuatha Dé Danann das stilisierte K sahen.
Sie spürte Kurgis Finger, die länger als nötig auf ihrer Haut verweilten. Mühevoll hielt sie das Ekelgefühl zurück. Gänsehaut bekam eine neue Bedeutung.
„Das Ritual wurde ordnungsgemäß durchgeführt, sie trägt sein Mal. Sie haben dich vorab aufgeklärt, dass die Bindung unauflösbar ist?"
Sie wiederholte die Worte stumm. Sie trug sein Mal, wie ein Pferd mit einem Brandzeichen. Jetzt besaß sie zwei, eins auf dem Kopf, eins auf der Schulter, wenn es so weiterging, erhielt sie noch eins auf den Hintern.
Sie widersprach nicht, wusste, es wäre ein Fehler. Sie wollte dem Rat keine Gelegenheit geben, sie mitzunehmen. Ihre Antwort war ehrlich. Sie hatte sich dem Nasgadh freiwillig hingegeben, Kendrick hatte lediglich vergessen, sie über die Konsequenzen aufzuklären.
Mistkerl!
Sie hauchte einen Kuss auf seine Handfläche. Er bekam eine Gänsehaut und sie gab der Versuchung nach und kostete seine Haut mit der Zunge. Er sprang beinahe von dem Stuhl, zog seine Hand fast gewaltsam zurück. Sie lächelte ihn zuckersüß an. Er zitterte.
Sie erstarrte unter den Gedanken. Sie saß vor einem verdammten Rat und alles, woran sie dachte, war Kendrick. Das Nasgadh vernichtete ihren Verstand. Erst jetzt sah sie, dass Nosferat und Lior sie ansahen. Beide grinsten lüstern.
Perverslinge!
„Du wusstest nicht, dass du eine Armanach bist?" Kurgis Stimme troff vor Misstrauen.
„Nö, jungfräulich in dieser Hinsicht."
Norganas Blick bohrte sich nahezu physisch in sie.
„Du willst uns erzählen, du hast nicht gespürt, dass du anders bist? Niemals hast du Ungewöhnliches getan, das dich verwundert hat?" Der Tonfall von Norgana konnte nicht vorwurfsvoller sein und ihre Körperhaltung drückte ihre Verachtung aus.
„Nein, meine Teure. Ich hielt mich nie für eine Besonderheit. Täte dir auch ganz gut."
Schlange!
Gabar und Kurgis tauschten einen Blick aus. Gabar sprach weiter.
„Da du jetzt zu den Lugus gehörst und mit Kendrick eine unwiderrufliche Verbindung eingegangen bist, untersagen wir den Angelus, dich anzugreifen.

Sie können keine Ansprüche auf dich erheben."
Er stand auf, beugte sich zu ihr.
„Die Lugus unterrichten dich in den Kräften einer Armanach. Du verhältst dich neutral. Du weist die Engel der Finsternis nicht ab, wenn du Rüstungen für sie herstellen sollst und sie ihre Bitte begründen."
Sein Blick bohrte sich durch ihren Körper und sie unterdrückte den Reiz, vor ihm zurückzuweichen.
„Du bist verpflichtet, Kendrick in jeder Hinsicht Gehorsam zu zollen, ihn zu nähren und zu befriedigen."
Nur über ihre nackte Leiche. Was meinte er mit nähren? Kochen oder stellte sie das Essen dar? Aß Kendrick wie ein Vampir? Sie schluckte hart. Vielleicht war das der Grund, warum er sich zurückhielt.
Sie krampfte ihre Hände zu Fäusten, drückte die Zungenspitze gegen die Zähne. Es hielt sie davon ab, in Schreie auszubrechen.
„Bei unserem nächsten Treffen verhältst du dich angemessen und respektvoll. Wenn du es nicht tust, wirst du bestraft."
Ein unangenehmes Lächeln umspielte Gabars Mundwinkel. Er kam noch näher, sein Atem streifte ihr Gesicht.
„Bei dir übernehme ich die Bestrafung persönlich."
Er grinste sie süffisant an, schmierig. In seinem Kopf ging in keiner Weise etwas Jungfräuliches vor.
„Du darfst jetzt gehen, Morven Wemyss."
„Nichts lieber als das, Sir."
Kendrick umfasste ihren Oberarm und zerrte sie aus der Halle.
Sein gedachtes *Sei still* kommentierte sie mit einem *Leck mich.*

Er löste den Griff erst in seinem Schlafzimmer. Voller Wut drehte sie sich zu ihm.
„Dir gehorchen!" Sie stampfte mit dem Fuß auf. „Der Befriedigung deines Hungers dienen, wie ein verdammtes Buffet."
Er stand viel zu dicht vor ihr und seine ruhige Haltung betonte die gefährliche Ausstrahlung. Sie schubste ihn, ein Geröllbrocken hätte sich mehr bewegt.
„Morven!" Seine Stimme war so bedrohlich, so beunruhigend, so verflucht sexy. Er packte sie, sah ihr in die Augen.
„Wenn du nicht als mein *Buffet* enden möchtest, halte besser deine Klappe, sonst trägst du die Konsequenzen."
Er erteilte ihr Sprechverbot. Sie versuchte, ihm gegen das Schienbein zu treten.
Ein Griff, und sie lag mit dem Bauch nach unten auf dem Bett. Er atmete schwer, nicht weil er sich anstrengte. Das Tattoo auf ihrer Schulter pulsierte, schickte Wellen der Erregung durch ihren Körper, die ihr nicht gefielen und

sie unbeschreiblich lockten.

„Du weißt nicht, wie gefährlich ich bin. Reiz mich nie wieder auf diese Weise oder es wird dir leidtun."

Wenn sie gekonnt hätte, hätte sie ihn getreten, ihn gebissen, ihn herausgefordert.

Bedrohlicher konnte eine Stimme nicht sein. Was war los mit ihm? Wovor verspürte er Angst? Er knurrte wie Tumble, die Tür knallte ins Schloss. Sie blieb zurück mit ihren Gefühlen, ihrer Wut, ihrer Verwirrung.

Kaum war er weg, fühlte sie sich augenblicklich verloren. Er war von ihr gesprungen, als wäre sie ekelerregend. Sie war fast bereit gewesen, ihn anzubetteln, sie zu nehmen, all die unanständigen Dinge mit ihr zu tun, die sie im Sinn hatte. Vom allerersten Kontakt an hatte sie erfolglos versucht, seine Wirkung zu unterdrücken. Er musste genauso fühlen. Das verdammte Tattoo trieb sie in den Wahnsinn. Sie führte sich auf wie eine Furie und litt an schwerer PMS, einem Persönlichkeitsverwirrenden-Morven-Syndrom. Zu allem Überfluss meldete sich ihr Magen mit einem lauten Knurren.

Anders als früher misslang es ihr, es zu ignorieren. Sie musste essen. Seit sie Anfang zwanzig war, befolgte sie eine strikte Diät, ignorierte ihren Hunger und die Lust nach Eiscreme. Nun hoffte sie, dass Kendra eine Familienpackung aufbewahrte.

Eine kleine Unterhaltung zwischen Frauen, das brauchte sie jetzt.

Ihre Nase zeigte ihr den Weg. Ein Hund konnte keinen besseren Geruchssinn besitzen.

Auf dem Weg bewunderte sie das Schloss. Es demonstrierte den Reichtum der Lugus. Wandteppiche zierten die Wände, gepflegte Holz- und Steinböden, eine Fußbodenheizung wärmte ihre Füße durch die roten Noppensocken.

Kendra stand mit dem Rücken zur Tür. „Komm rein." Sie ging zu ihr an den Herd. Eine eng sitzende Jeans schmückte den knackigen Hintern. Die Eltern mussten makellos sein.

„Auf dem Tisch steht Kartoffelbrot. Du findest Schinken und Käse im Kühlschrank. Das Abendessen ist noch nicht fertig." Sie lächelte Morven an. „Oder verspürst du den Drang nach Eiscreme?"

Morven belegte drei Scheiben von dem knusprigen Brot. Das hatte sie früher über den Tag verteilt gegessen. Sie nahm an dem Holztisch Platz und schloss die Lider bei dem ersten Bissen. Köstlich.

Ihre Schwägerin kam mit zwei Tassen Tee zum Tisch und setzte sich ihr gegenüber.

„Ein wenig viel für dich in der letzten Zeit?"

Ihre Augen erinnerten sie an Kendricks, ungewollt überkam Morven ein Gefühl von Einsamkeit und Traurigkeit.

„Ich habe mich schlimmer als ein Elefant im Porzellanladen benommen."

Sie weigerte sich, die Schuld allein zu übernehmen. „Warum hat er mich nicht vorher aufgeklärt, was das Ritual bedeutet?"

„Bei einer vorherigen Aufklärung hättest du nicht eingewilligt."

Sie wollte es abstreiten, verstummte aber bei Kendras Ausdruck, denn es stimmte.

„Der Rat hätte dich mitgenommen. Glaube mir, du möchtest denen nicht ausgeliefert sein. Du weißt nicht, was sie dir antun können. Erachte eine Blinddarmentfernung ohne Betäubung als angenehme Erfahrung. Dein Schicksal lag auf Messers Schneide. Falls es ihnen gelungen wäre, dich mitzunehmen, würden die Angelus dich innerhalb von Tagen in eine leere Hülle verwandeln wie Betty. Aber du wärst nicht komatös, sondern würdest spüren, was sie dir angedeihen lassen."

Morven schluckte schwer. Langsam realisierte sie, dass ihr Leben nicht mehr in ihren Händen lag. Was für ein hässliches Gefühl. Erst jetzt wurde es ihr richtig bewusst. Wäre Kendrick nicht in ihr Leben getreten, würde sie nicht in einer Küche mit weißen Lackoberflächen und einem Mosaikboden sitzen. Sie wäre tot oder Schlimmeres.

Sie aß noch einen Bissen, um ihre Gedanken zu sortieren. Verdammt, liebte sie Kendrick etwa? Sie spürte es in sich. Sollte sie es zulassen? Er versuchte alles, um sie auf Abstand zu halten. Jedes Mal, wenn Nähe entstand, stieß er sie von sich. Dabei sah er sie an, als stellte sie eine Monstrosität dar, ein Ding, das man loswerden wollte, ein Kaugummi, das unter dem Schuh klebte.

„Kendrick erweckt meine Wut und verwirrt mich gleichzeitig. Er macht mich wahnsinnig."

Kendra lächelte sie an.

„Ich fühle mich zu ihm hingezogen. Er verachtet mich, findet mich unattraktiv. Ich passe kaum in sein Beuteschema."

Kendra spuckte den Tee fast über den Tisch.

„Er verachtet dich nicht. Die Situation ist ... heikel. Mir steht es nicht zu, dich aufzuklären."

Morven verbiss sich einen Seufzer. Diese ausweichenden Bemerkungen und Rätsel frustrierten sie. Kendra umfasste ihre Hand mit festem Griff, eine Amazone, die den Kochlöffel genauso geschickt führte wie ein Schwert.

„Nosferat hat jedem eine harte Bestrafung angedroht, der ein Wort darüber verliert. Du wirst wissen, was du tun musst, wenn die Zeit kommt, kleine Schwester." Kendras helles Lachen füllte den Raum.

„Ich höre mich an wie das Orakel. Liebe ist verzwickt."

Liebe?

„Genau, Süße. Nur bei Zuneigung funktioniert das Nasgadh."

Oh.

„Nosferat hat mich reingelegt. Die andere Wahl wäre Taran gewesen." Ein Schauder rann ihr über den Rücken bei dem Gedanken, dass dieser Unmensch sie berührte. Erneut lachte Kendra.

„Du solltest nicht vorschnell urteilen. Taran ist auch ... kompliziert.“

Morven beschloss, noch bei Betty vorbeizusehen. Vielleicht gab es eine Änderung und sie untersagte sich, die Hoffnung aufzugeben.

Sie blieb wie angewurzelt im Eingang stehen. Taran saß an Bettys Bett, umfasste ihre Hand. Der Furcht einflößende Söldner warf Morven einen barbarischen Blick zu. Falls er glaubte, das verjagte sie, kannte er sie schlecht. Sie wich seinen Augen nicht aus und stellte sich neben den glatzköpfigen Lugus. Er war mit Narben übersät, die zu seiner wilden Ausstrahlung beitrugen. Bettys Hand sah winzig in seiner Pranke aus. Wortlos ging er. Morven fühlte sich wie ein Eindringling.

Betroffen musterte sie das Gesicht ihrer Freundin und Vertrauten. Vorwürfe pressten ihren Brustkorb zusammen. Sie hatte die Veränderungen in ihrem Verhalten ignoriert, nichts Radikales. Die leidenschaftliche Teetrinkerin bevorzugte aus heiterem Himmel Kaffee, kaufte ein lilafarbenes Shirt. Betty hasste diese Farbe.

Sie strich ihr über die bleichen Wangen, stand sie doch ratlos der Schuld gegenüber.

Sie musste ein paar klärende Worte mit Kendrick wechseln, wenn er zurückkam. Sie mussten lernen, miteinander auszukommen.

Sie sah auf ihre Gesichtszüge, die sich in der Fensterscheibe spiegelten. Wie wäre es, seine Gefährtin zu sein? Der Gedanke jagte ihr eine Heidenangst ein, denn er gefiel ihr. Sehr sogar.

Kapitel 9

Sorcha, Druidin und Besitzerin des *Sugar and Chili* bedachte ihn mit einem genervten Ausdruck.

„Endlich zufrieden, Söldner?“

Kendrick betrachtete die Dunkelhaarige, die vor ihm stand.

„Dreh dich.“

Die Frau gehorchte mit einem leichten Zittern. Üppige Kurven, genau das, was er wollte. Das rote Hemd lag eng genug, um ihren Körper verführerisch zu präsentieren. Es bedeckte gerade noch den fantastischen Po. Als sie sich zurückdrehte, konnte er einen Blick auf ihre haarlose Scham werfen.

Was immer sie in seinem Gesicht sah, verstärkte das Beben. Verängstigt observierte sie den Boden.

„Sieh mich an.“

Sie hob den Kopf, grüne Augen starrten ihn an, aufgerissen vor erregender Furcht. Das gab den Ausschlag.

„Sie ist ausreichend.“

Sorcha seufzte laut, rollte sogar mit den Augen.

„Bei allem, was mir heilig ist. Du hast meine Kapazitäten fast ausgereizt, die deinen Bedürfnissen entsprechen.“

Kendrick konnte es ihr nicht verdenken. Er hatte fünf Masochistinnen abgelehnt, die sie ihm vor Fiona anbot. Normalerweise bevorzugte er schlanke Frauen mit kleinen Brüsten. Sorcha bildete Frauen aus, die auf ihn zugeschnitten waren.

Er stand vor der Dunkelhaarigen und bedachte sie mit einem einschüchternden Blick. Wie erwartet beschleunigte sich ihr Herzschlag und seine Gier wuchs.

Sie war neu im *Sugar and Chili,* aber gut ausgebildet. Die Druidin legte ihm eine Hand auf den Brustkorb.

„Alles in Ordnung, Söldner? Du erinnerst mich an einen Eisdrachen kurz vor dem Angriff.“

Er verstand die unausgesprochene Drohung. Sogar eine trainierte Frau ertrug nicht jeden Schmerz. Wenn er zu weit ging, würde Sorcha ihn jagen und langsam töten.

„Ich lasse dich allein mit ihr. Du kannst sie hart anpacken. Sie mag das.“ Ihre leuchtend blauen Haare umflossen ihren Körper bis zur Taille. Die orangefarbenen Augen leuchteten in dem dämmrigen Licht, bevor sie sich umdrehte und den Raum verließ.

„Heb deine Arme.“

Fiona gehorchte und er fixierte die ledernen Handschellen. Mit sanftem Druck zwang er sie, die Beine zu spreizen, fesselte ihre Fußgelenke an Ringe, die im Boden eingelassen waren. Er zog an dem Seil, das mit dem Leder befestigt war, so weit, dass sie gerade noch stehen konnte. Er benutzte gepolstertes Leder. Seine Gespielin sollte nicht durch die Fesselung verletzt werden. Die ganze Zeit hatte er Morven vor Augen, alles in ihm schrie danach, sich die Erfüllung von ihr zu holen.

Mühsam unterdrückte er sein Zittern. Das Biest in ihm lungerte nahe an der Oberfläche. Vorhin mit Morven hätte es ihn fast überwältigt. Er hoffte, dass Fiona seinen Hunger vollkommen stillte und das Verlangen besänftigte.

Er verfluchte Nosferat.

Kendricks Hand folgte den Konturen seines Opfers. Vom Gesicht angefangen glitten seine Fingerkuppen ihren Körper entlang. Sie versuchte, das Beben zu unterdrücken und versagte kläglich.

„Bin ich dein erster Kunde?"

Zu seinem Horror nickte sie. War er nicht ein Glückspilz? Wenn er eine von den Mageren gewählt hätte, die weitaus mehr Erfahrung besaßen, könnte er grausamer sein.

Sie wird ausreichend sein, redete er sich ein. Er bekam Morven nicht aus dem Kopf. Die Frau war wie ein Steppenbrand über ihn hereingebrochen, von der allerersten Sekunde an.

Er packte Fionas Hüften, sie reagierte mit einem köstlichen Aufschrei. Ihre Weichheit lag warm und verführerisch unter seinen Fingerspitzen. Aber sie erreichte nicht sein Herz. Er schnaubte. Sie sollte nicht sein Herz erreichen. Fiona diente nur einem Zweck, seine Bedürfnisse zu stillen. Sie war menschlich und sein Hunger raste durch seinen Körper.

Sorcha manipulierte die Gehirne ihrer Mitarbeiterinnen, sie wussten nicht, dass ihre Arbeitgeberin nicht der humanoiden Rasse angehörte, ebenso wenig die Kunden. Sie entlohnte sie großzügig, behandelte Verletzungen mit Sorgfalt, darauf bedacht, dass sie keinen psychischen Schaden nahmen.

Fionas Duft intensivierte sein Verlangen und er fasste den Ausschnitt des Hemdes. Der Stoff hatte seiner Stärke nichts entgegenzusetzen. Fiona keuchte auf, er sah die Gier in ihrem Blick. Kendrick besaß einen Ruf im *Sugar and Chili*. Es war bekannt, dass er seinen Gespielinnen nicht nur lustvollen Schmerz zufügte, sondern sicherstellte, dass sie vorher zum Zug kamen. Er war ein Monster, kein Unmensch.

Er befahl ihr, ihn anzusehen. Mit geschickten Händen lockte er die Lust der Frau, ihre grünen Augen blickten ihn scheu an, erinnerten ihn an Morven. Als Feuchtigkeit ihre Schenkel benetzte, stimulierte er die Klitoris, bis sie einen Wimpernschlag vom Orgasmus entfernt war. Er hasste sich für das, was er ihr gleich antun musste, nicht die Schläge, die sie in die Lust trieben, sondern die finalen Hiebe und das Blut, denn nur das beruhigte die Bestie.

Vor einem Jahr hatte er versucht, das Biest in sich zu ignorieren. Er verwandelte sich in ein Risiko, unberechenbar, eine Gefahr für jeden, der ihm über den Weg lief. Beinahe tötete er einen der Vampire des Lichts, der ihn angerempelt hatte. Nosferat war unglaublich sauer gewesen. Er packte Kendrick fast am Hosenboden, schleppte ihn zu Sorcha. Er hatte eine von Sorchas Frauen persönlich an einen Balken gebunden, sie in Ekstase versetzt, und Kendrick auf sie losgelassen.

Er entrollte die Peitsche. Der Fluch genoss ihren schnellen Herzschlag, die Feuchtigkeit zwischen ihren Schenkeln, die Schweißtropfen, die den Leib tränkten und der Rundung des Bauches folgten. Er weidete sich an ihrer Angst, sie dämmte die Gier ein.

Die ersten Schläge führte er mit Bedacht aus, gab ihr Zeit, sich an die schneidende Pein zu gewöhnen. Zwischendurch vergewisserte er sich, dass sie es aushielt, es ihr trotz der Agonie Lust bereitete. Mit jedem Hieb wuchs die Verachtung auf sich, doch die Bestie verlangte Erfüllung und kannte kein Erbarmen. Die letzten Schläge hinterließen offene Striemen. Er kostete von ihrem Blut und nahm sie. Das Tosen verstummte, seine Seele erwachte zum Leben. Niemals würde er seinen Hunger an Morven stillen können, und genau das war es, was er wollte. Er verzehrte sich nach ihr. Er löste die Fesseln, hob Fiona auf die Arme. Sie war unfähig zu stehen. Er platzierte sie auf das Bett und deckte sie zu. Sorcha besaß Personal, das sich um die Wunden kümmern würde.

„Ich danke dir", murmelte er und legte das Geld neben ihr auf die Matratze. Ein Lächeln umspielte ihre Mundwinkel.

„Ich danke dir, Söldner."

Morven stand am Fenster seines Schlafzimmers und schaute in die Nacht hinaus. Sie drehte sich um mit einem traurigen Lächeln auf den Lippen. Er fühlte sich erschöpft. Gefühle, die er erfolgreich vergraben hatte, erwachten schmerzvoll zum Leben. Als er Morven sah, ergriff ihn ein neuer Hunger, das Verlangen nach Zärtlichkeit und Liebe. Das Tattoo leuchtete kobaltblau auf ihrer Schulter. Auch seine Tätowierung war nicht mehr schwarz, sie besaß ihre Augenfarbe. Er wusste, was es bedeutete, ein weiterer Schritt Richtung Verdammnis.

Er stellte sich zu ihr, betrachtete für einen Moment die Wolken, die am Himmel entlangjagten und seine Unruhe spiegelten. Für heute hatte er genug vom Kämpfen.

„Morven, hast du dein Cottage ganz durchsucht?"

Sie schüttelte den Kopf.

„Der Dachboden quillt mit Unas Dingen über."

„Wir durchforsten ihn schnellstmöglich. Sie muss etwas gewusst haben, bereits eine Ahnung könnte uns helfen. Vielleicht entdecken wir einen Hinweis auf deine Herkunft."

Sie nickte, stand so dicht, dass sie ihn fast berührte, schaute ihn verloren an und legte die Handflächen auf seinen Brustkorb. Die Tränen in ihren Augen zerstörten seine Barrieren. Das Tattoo flammte bei der Berührung auf.

„Wir müssen zueinanderfinden“, sagte sie weich.

Sie schluckte und sah ihn an, ihre Pupillen waren dunkles Grün. Er erstarrte. Er hatte nicht bedacht, dass sie riechen könnte, dass er bei einer anderen Frau gewesen war. Nächstes Mal sollte er besser duschen. Sie blinzelte, lehnte ihre Stirn gegen seine Brust. Lächelnd sah sie zu ihm hoch, denn sie bemerkte offensichtlich den beschleunigten Herzschlag.

„Wie geht es mit uns weiter, Kendrick?“

„Ich ziehe zu dir in das Cottage und helfe dir bei der Eröffnung deines Geschäftes.“

Außerdem nehme ich dich, bis du schreist, und liebe dich zu Tode, genau das würde geschehen.

Sie sah ihn an, als hätte er ihr gerade mitgeteilt, dass er einen Säugling zum Abendessen eingerollt in Kohlblätter essen wollte.

„Du willst mit mir zusammenziehen?“

„Was dachtest du? Wir sind ein Paar, ob es dir passt oder nicht.“

Sie seufzte dermaßen tief, dass er ihr zu gern den Hintern versohlt hätte, aus reiner Freude an den Schlägen. Sie legte den Kopf gegen seine Brust, er brachte es nicht über sich, sie davonzustoßen, denn er badete in dieser Empfindung. Verdammnis lauerte und er wusste es, sie beide waren verloren. Er stieß sie nicht weg, stattdessen drückte er sie enger an sich.

Verdammter Nosferat!

Morven erwiderte Kendricks Raubtierblick. Sie schüttelte das einschüchternde Gefühl ab. Wut kroch über ihre Haut, vermischte sich mit dem Schmerz ihres Körpers. Es war seine Schuld.

Der Ausdruck auf seinem Gesicht machte sie wahnsinnig. Amüsiert, gefährlich und sexy. Sie wünschte, sie könnte ihm das überhebliche Grinsen aus der Visage wischen.

Ihre Arme und Beine zitterten, besaßen so viel Wucht wie Watte. Dennoch verspürte sie Triumph, als sie einen Treffer auf seinen angespannten Bizeps landete. Auch wenn sie wusste, er hatte sie gelassen. Zu ihrem Verdruss war der armlange Stock mit weichem Material umwickelt, sie vermutete, er steckte Schläge einer Eisenkeule mit einem Zucken seines Angeberkörpers weg.

Das Funkeln in Kendricks Augen änderte sich. Auf einmal verfügte er über die Haltung eines Löwen, kurz bevor er auf eine Antilope sprang. Obwohl sie sah, dass er sie angreifen wollte, konnte sie nicht verhindern, dass sie von der Heftigkeit seines Angriffes stolperte.

Daingit! Nicht nur, dass es schmerzte, es gelang ihr nicht, den Fall abzufangen. Mit einem Schrei prallte sie auf die Matte, die sich wie Asphalt anfühlte. Beinahe wäre sie in Tränen ausgebrochen.

Ehe sie Gelegenheit bekam, sich zu bemitleiden, brüllte der Höllenfürst sie an.

„Verdammt noch mal, was habe ich dir gesagt?“

Rasend vor Wut versuchte sie, auf die Füße zu springen, doch Kendrick gab ihr einen Stoß und sie landete erneut auf dem Hintern. Wenn sie etwas hasste, dann war es ein Kerl, der sie anbrüllte.

„Du sollst auf dein Gleichgewicht achten, so schwer kann das nicht sein, Mädchen!“

„Sag nie wieder Mädchen zu mir.“ Sie funkelte den Männerberg an, der über ihr türmte.

So schwer konnte das nicht sein? Sie warf ihm den giftigsten Blick zu, den sie zustande brachte.

Sie schlug nach seiner Hand, als er ihr aufhelfen wollte. Bevor sie blinzelte, packte er ihre Oberarme, hob sie mühelos auf die Füße.

„Falls dir diese Behandlung nicht gefällt, streng dich gefälligst an.“

Sie spielte mit dem Gedanken, zu gehen. Zur Hölle mit dem Training. Ein bedrohliches Lächeln umspielte seine Mundwinkel.

„Versuch, den Raum zu verlassen, und du bereust es bitterlich.“

Sie verspürte den Drang, zu schreien oder sich weinend in eine Ecke zu drücken. Sie besaß keine Chance, dem Prinzen der Dunkelheit auf seinem Spielfeld zu entkommen, war ihm auf Gedeih und Verderb ausgeliefert. Es war erst beendet, wenn er es sagte.

Bevor sie die Ausgangsposition einnahm, traf sie ein Schlag auf den Hintern.

„Die Quittung für das, was du gerade gedacht hast.“

Sein Ausdruck wurde gefährlicher, sinnlicher und weckte einen Instinkt tief in ihr. Sie versuchte, nicht auf die Verlockung zu reagieren. Aber sie tat es und es vergrößerte ihren Zorn. Von einem Moment zum anderen tauchte blaues Licht die Umgebung in einen sanften Schimmer. Kendrick hob den Arm und sie sprang rückwärts. Nur, dass sie nicht in ihrer normalen Reichweite zurücksprang, sondern drei Meter entfernt landete.

Er grinste sie an.

„Das, kleine Flùr, sind die Kräfte einer Armanach.“

Dann sollte sie die Kräfte nutzen, um dem Quälgeist zu entkommen. Leider besaß auch er Kräfte. Bevor sie die Tür erreichte, stand er sardonisch grinsend im Türrahmen.

Mit scharfen Treffern trieb er sie in die Mitte der Halle. So sehr sie sich bemühte, das blaue Licht kehrte nicht zurück. Fast empfand sie Furcht.

„Und deswegen hast du die Kraft nicht.“ Ein weiterer Schlag beförderte den Stab aus ihren Händen.

„Warum so ängstlich?“

Zornig musterte sie seine breite Brust. Sie musste den Kopf in den Nacken legen, um in seine Augen zu sehen.

„Wegen meiner Größe und meiner Überlegenheit? Du weißt, dass ich dir nicht ernsthaft schaden werde. Egal wie hart wir trainieren, es kostet dich weder das Leben noch verletzt es dich dauerhaft."

Jeder Muskel schmerzte. Sie hasste ihn inbrünstig. Selbst wenn sie wollte, sie konnte ihre Arme nicht mehr heben. Was stellte er mit ihr an, wenn er sie ernsthaft verletzte? Vielleicht trennte er den Kopf von ihrem Hals? Oder riss ihr die Arme aus den Gelenken?

Ihr Magen knurrte nachhaltig. Das Hungergefühl attackierte sie, es intensivierte die Schmerzen in ihrem Körper. Er blockierte ihren Weg. Das blaue Schimmern setzte sofort ein, intensiver als vorher.

Mit einem Sprung brachte sie sich aus seiner Reichweite.

Der eigene Schwung überraschte sie, sie ging wie ein Stein zu Boden und die Wucht trieb ihr die Luft aus den Lungen. Bevor ihr Hinterkopf auf der Matte aufschlug, umfasste Kendrick ihren Nacken. Zärtlich strichen seine Fingerspitzen über ihre Wange, folgten der Linie ihres Kinns.

„Du solltest essen und dich ausruhen."

Seine weichen Lippen unterbrachen ihre konfusen Empfindungen. Er zerriss ihr T-Shirt, als würde es aus dünner Seide bestehen, knurrte, weil ihm der BH im Weg war. Sie lag atemlos unter ihm. Er hielt seinen Dolch zwischen den Fingern und zerschnitt den Steg.

Sie war überrascht, wie heftig sie darauf reagierte. Lust überrannte sie, ihre Nippel waren geschwollen, ihr Geschlecht heiß. Er biss leicht in ihre rechte Brustwarze und saugte so hart daran, dass sie aufschrie. Sie verlangte mehr von ihm, sie wollte, dass er ihr Schmerzen zufügte.

„Kendrick bitte, ich möchte, dass du mich über deine Knie legst und mir den Arsch versohlst."

Er sah sie mit einem wilden Ausdruck an, und sie strampelte unter ihm, genoss seine Stärke, die sie mühelos hielt.

„Du weißt nicht, was du von mir verlangst." Er keuchte die Worte mehr, als dass er sie sagte.

„Ich habe ständig diese Träume von dir, dass du mich auspeitschst, sie hinterlassen Lust in mir." Sie blickte in seine Augen. „Ich will es."

Er packte sie, setzte sich auf eine Bank und zwang sie auf seinen Schoß, ihre Hose hatte sie unterwegs verloren.

Ihr Mut raste durch ihren Körper, beschleunigte das Blut in den Adern, ließ sie keuchen. Sie spürte, dass er versuchte, sich zurückzuhalten. Sie wollte es nicht. Das Anspannen der Oberschenkelmuskulatur verriet ihn, der erste köstliche Schlag landete auf ihrer Pobacke, verteilte sich prickelnd, löschte ihre Bedenken aus. Er überzog ihr Hinterteil mit Hitze, sie reagierte mit Feuchtigkeit und Gier. Sie wollte, dass er sie nahm, sie fickte, ihr gab, was sie verlangte. Er durchbrach ihre Barrieren, schlug zu, bis sie weinte. Gleichzeitig umkreisten seine Fingerspitzen ihre Klitoris, sie wollte nicht auf diese Art kommen, sie wollte seinen Schwanz. Aber wieder war es nur seine Hand, die ihr schenkte, was sie forderte.

Morven begutachtete nachdenklich ihren Bauch. Herausstehende Beckenknochen hatte sie noch nie besessen. Sah er nicht dicker aus als vorher? Dennoch hielt es sie nicht ab, einen Riesenberg Kartoffelgratin zu verspeisen. Sobald die Aromen des Auflaufs ihre Nase erreicht hatten, kam sie erst zu sich, als gähnende Leere auf dem Teller herrschte. Der knusprigen Schicht Parmesankäse könnte auch Twiggy nicht widerstehen, frischer Parmesan, der mehrere Jahre gereift war. Ihr stiegen Tränen in die Augen, bei dem Gedanken an die Kohlenhydrate und das Fett.

Kendra brach bei ihrem Anblick in schallendes Gelächter aus. Sie fasste sich an die Seiten und ihre Pupillen funkelten genau wie Kendricks, wenn er amüsiert war.

„Hör auf, dich anzustellen. Du nimmst nicht zu. Falls du nicht genug isst, klappst du zusammen." Ein sinnlicher Ausdruck lag auf ihrem Gesicht. „Du benötigst deine gesamte Kraft für meinen Bruder. Er verlangt eine Menge."

Kendra überzeugte sie nicht, dennoch liebäugelte sie mit dem Eis. Sie schloss entzückt die Lider, Orangenlikör und herbe Schokoladenstückchen durchzogen es.

Morven leckte mit geschlossenen Augen den Löffel ab, als sie Kendrick spürte. Sie hörte nicht, dass er den Raum betrat, aber sie fühlte ihn, eine warme Woge, die ihr Inneres berührte, körperlich und anhaltend. Sie lächelte bei der Erinnerung an den Kuss und wie er ihr den Po versohlt hatte. Gott, hatte es ihr gefallen. Er hatte sich schwer atmend von ihr losgerissen. Als sie vorhin trainierten, erinnerte er sie an einen Taktgeber, der nicht schwitzte. Er hatte sie verzweifelt angesehen, bevor er sich hastig zurückzog. Sie hatte auf dem Boden gelegen, tief verletzt. Was war los mit dem Typ?

„Wir sollten uns zu deinem Cottage aufmachen und den Dachboden durchsuchen." Seine zärtliche Stimme nagte an ihr. Er starrte gebannt auf ihre Lippen und ein gehetzter Ausdruck lag auf seinem Gesicht.

Mit einem erleichterten Seufzer griff sie Kendricks Hand, als er ihr vom Speedboat half. Endlich fester Grund unter den Füßen. Sie hasste Bootsfahrten, das geringste Schaukeln verursachte Übelkeit. Ihre Erleichterung währte nur kurz, denn vor ihr thronte ein Ungetüm von Pferd.

„Das ist Roven."

Sie sah von dem Rappen zu seinem Besitzer, die Ähnlichkeit war klar erkennbar, beide waren groß, dunkel und strotzten vor Kraft.

Zaghaft hielt sie ihm die Handfläche vor die Nüster. Der Hengst atmete tief ein und wieherte leise, dann strich er mit seinem Maul über ihren Kopf, pustete in ihre Haare und sie verliebte sich vom Fleck weg.

Ein weißer Stern zierte die Stirn, seine Augen blickten intelligent und sanft.

„Er mag dich."

„Ein wunderschönes Tier." Morven gab der Versuchung nach und rieb ihre Wange an der samtigen Nase entlang.

„Ein Shire Horse?"

„Er besitzt eine Menge von der Rasse. Er ist kein reines Pferd, er ist ein Ainmhidh, eine übernatürliche Lebensform aus den alten Legenden. Wenn er einen Reiter akzeptiert, bewacht und beschützt er ihn mit seinem Leben."

Er lächelte sie an. „Ich zeige dir nachher ein paar Bücher, dann kannst du dein Wissen auffrischen."

Sie hatte noch nie auf einem Pferd gesessen. Warum war es nicht etwas Kleineres, ein Shetland Pony? Er unterband weitere Grübeleien, indem er sie aufforderte, ihren Fuß in seine Handflächen zu stellen.

„Halte dich an seiner Mähne fest. Er bleibt ruhig stehen." Roven drehte ihr aufmunternd schnaubend den Kopf zu.

Kendrick hievte sie mit einem Ruck hoch. Fast fiel sie von dem Schwung auf der anderen Seite runter, doch er bekam ihr Bein zu fassen.

Verdammt, es war höher, als sie gedacht hatte. Sie spürte die Wärme des Tieres zwischen ihren Schenkeln, fühlte die Muskeln, obwohl er sich nicht bewegte. Geduldig wartete er, bis sein Herr hinter ihr auf seinen Rücken sprang. Beruhigend legte Kendrick seine Arme um sie.

„Keine Angst. Du fällst nicht. Ich bringe dir schnellstmöglich das Reiten bei. Entspann dich."

Als ob das möglich wäre bei der Wirkung, die er auf sie ausübte, denn seine Körpertemperatur glich einem Backofen und sie spürte seine Wärme überall.

Das Pferd fiel in einen leichten Trab. Sie versuchte nicht, auf seinem Widerrist herumzuhoppeln.

„Du musst lockerlassen. Du arbeitest gegen ihn an. Geh mit dem Rhythmus mit, fühle ihn. Schließ deine Augen, trau dich, Flùr."

Sie tat es und löste ihre Hände von der Mähne. Sie wusste, sie war in Kendricks Armen in Sicherheit. Sobald sie nichts mehr sah, spürte sie den Takt der Bewegungen. Allmählich gelang es ihr, die Muskeln zu entspannen. Roven änderte die Gangart in einen weichen Galopp, es war angenehmer als der Trab, gleichmäßiger und fließender. Morven öffnete die Augen, lachte vor Freude auf. Ein herrliches Gefühl, ein kraftvolles Tier unter sich zu haben und dabei von kräftigen Armen umschlungen zu werden. Für den Moment genoss sie es, keine Angst oder Sorgen zu spüren.

Viel zu schnell erreichten sie ihr Cottage. Kendrick half ihr von dem Ainmhidh, stützte sie, bis ihre wackligen Beine sie trugen. Seine blauen Augen blickten tief und er hielt sie wie ein Liebhaber, bevor er sie losließ. Sein Ausdruck wechselte in den eines Gehetzten. Es trieb sie in den Wahnsinn.

Er befreite Roven von dem Zaumzeug und das Shire Horse fiel über ihren kleinen Garten her. Sie betrachtete ihn mit offenem Mund, er trank aus ihrem Teich, fraß ihre Tulpen, ihr Kräuterbeet gehörte der Vergangenheit an. Die tiefroten Blütenblätter hingen dekorativ aus dem schwarzen Maul.

Kendrick grinste sie an. „Genauso verfressen wie du." Sie machte sich nicht die Mühe, ihre Antwort auszusprechen. Er brach in lautes Lachen aus.

„Ich erinnere mich nicht, dass mich jemals jemand mit einem stachligen Warzenschwein mit schlechtem Benehmen verglichen hätte."

Als Morven die Tür aufschloss, wurde ihr bewusst, wie sehr sich ihr Leben verändert hatte, seitdem sie das letzte Mal in ihrem Cottage war. Für einen Moment fühlte sie sich wie ein Eindringling.

Sie bereitete eine Kanne Tee zu, noch nicht bereit für den Dachboden. Kendrick gewährte ihr den Aufschub und sie tranken in angenehmer Stille.

Als er gestern davongestürmt war und sie allein ließ, nachdem sie gestritten hatten, roch er seltsam bei seiner Rückkehr. Sie konnte den Geruch nicht identifizieren. Ihr verstärkter Geruchssinn musste mit dem Nasgadh oder ihren Armanachkräften zusammenhängen. Sie sah ihn unsicher an und war unfähig, ihn einzuschätzen.

Wieso jagte ihr die Vorstellung, Informationen über ihre Herkunft herauszufinden, Angst ein? Ihr ganzes Leben hatte sie sich ausgemalt, wie ihre Eltern wären. Vielleicht gab es lebende Verwandte? Oder ihre Eltern lebten? Jetzt verspürte sie Furcht vor dem, was sie herausfanden.

Kendrick überraschte sie erneut.

„Was wir auch herausfinden, du bist nicht allein. Ich beschütze dich, Flùr."

Er machte sie verrückt. Den einen Moment stieß er sie weg, den Nächsten sorgte er sich um sie wie niemand zuvor. Sie war verloren.

Kendrick stieg vor ihr die schmale Treppe hinauf. Der vollgestopfte Dachboden spiegelte Unas Leben - abgelegte Kleider, Fotos, Erinnerungsstücke und ausrangierte Möbel. Sie würden ewig brauchen, um alles durchzusehen. Kendrick legte mehrere dicke Wälzer zur Seite.

„Sie sind kostbar, du solltest sie studieren, es sind Lehrbücher der Armanach." Dann grinste er. „Du kannst unsere Computer benutzen, falls du ein moderneres Medium bevorzugst oder das Netzwerk Haze Book. Ich zeig es dir später."

Er stand mitten auf dem Dachboden und sah sich konzentriert um. Sie fühlte sich nutzlos, weil sie nicht wusste, was sie suchten.

„Una, das darf nicht wahr sein."

Er ging breit grinsend zu einem Stapel aufgerollter Teppiche und zog den ersten auf den Boden. Mit einem Tritt rollte er ihn aus. Sie erschauerte, eine große Spinne kroch hervor, verschwand zwischen den Bodendielen. Sie hasste Spinnen. Kendrick offensichtlich auch, denn sie bemerkte eine leichte Änderung in seiner Körperhaltung. Er sah beunruhigt aus.

Sie konnte nichts Ungewöhnliches an dem Läufer erkennen, außer, dass er hässlich war, mintgrüne florale Motive zierten die lilafarbene Oberfläche. Kendrick legte die vier gleichen Teppiche nebeneinander aus.

„Gib mir deine Hand, Morven."

Sie steckte sie instinktiv in den Bund ihrer Jeanshose und schüttelte den Kopf. Er musterte sie mit einem amüsierten Ausdruck.

„Hast du immer noch Angst vor mir, Flùr?" Sein Blick erhitzte ihren Körper. Sie keuchte, denn er hielt ihr Handgelenk in einem eisernen Griff und drückte sie gegen einen der Holzpfeiler mit einem verführerischen Lächeln auf den Lippen.

Ehe sie realisierte, was er vorhatte, schnitt er mit einem Messer in die Kuppe ihres Ringfingers. Ihr empörter Aufschrei endete abrupt, als sie sah, was geschah.

Ein Tropfen Blut fiel auf den ersten Flor und er veränderte seine Oberfläche. Anstelle der Blüten erschien ein schockierend pornografisches Motiv. Ein Dämon mit einer mächtigen Erektion grinste lüstern auf eine Frau herab, die mit gespreizten Beinen vor ihm lag. Morven kniff die Augen zusammen. Bewegte er sich gerade? Wozu bewahrte Una so ein hässliches Ding auf? Sie konnte nur raten. Er schien sie direkt anzusehen und mit Mühe löste sie den Kontakt.

Kendrick drückte ihren Finger und die nächste Oberfläche zeigte zwei Dämonen, die dermaßen Furcht einflößend aussahen, dass sie einen Schritt zurückwich. Ihre roten Pupillen blickten sie geradewegs an, die gebleckten spitzen Zähne ließen sie nach Kendrick greifen.

„Hab keine Angst. Sie können ihre Welt nicht verlassen. Babylonus, der König der Dämonen, hat sie in die Parallelwelt verbannt, die den wahrhaft Bösen ohne Moral vorbehalten ist."

Der nächste Teppich.

„Stonehenge?"

Er schüttelte den Kopf.

„Nein, das sind die Standing Stones of Stenness in Orkney."

Die Oberfläche wirkte lebendig und sie spürte die kalte Luft auf ihrer Haut. Das Motiv zog sie an.

Der Letzte zeigte eine opulente Marmorhalle mit Säulen aus hellem Alabaster mit blutroten Mustern und einer gewölbten Decke. Auf einem Thron saß ein attraktives Wesen. Er sah zwar wie ein Mann aus, aber sie wusste, das war kein Mensch, er war zu perfekt, der Körper zu gestählt, die Augen zu leuchtend - bernsteinfarbene Löwenaugen.

Zu seinen Füßen lag eine nackte Frau. Er beugte sich zu ihr hinunter mit einem besitzergreifenden und hungrigen Blick. Sie sah ängstlich und angeekelt zu ihm hoch.

Kendrick bewahrte Morven davor, zu Boden zu gehen. Die Frau war kurvig, hatte grüne Augen und honigfarbenes Haar, Morven starrte auf sich selbst.

Kendrick zog sie mit einem Ruck zurück, denn sie verspürte das Verlangen, die Oberfläche zu berühren.

„Hol eine warme Jacke. Wir unternehmen einen kleinen Ausflug nach Orkney."

Sie atmete tief durch. Als sie wieder die Treppe zum Dachboden hochjagte, suchte sie Halt an den Wänden. Die eigenen Gedanken erschreckten sie. Die Teppiche waren Portale. War der Dämon ihr Vater?

Luke, ich bin dein Vater.

Am liebsten hätte sie geschrien, wusste sie doch, dass ihre Vermutungen der Wahrheit entsprachen - ihr Vater war ein dämonischer Vergewaltiger.

Kendrick zog sie in seine Arme und gewährte ihr einen Moment. Das Herz hämmerte hart in ihrer Brust.

„Was auch passiert, du darfst mich nicht loslassen. Erst wenn ich es dir sage." Bevor sie reagierte, stand sie mit Kendrick auf dem Portal mit den Standing Stones of Stenness. Ein Strudel erfasste sie, verursachte Übelkeit und Schwindel, derart heftig, dass sie beinahe das Bewusstsein verlor. Ihre Augen waren fest geschlossen, als sie einen Luftzug verspürte und ein schrilles Geräusch hörte - Möwen. Fast hatte sie Angst, die Lider zu öffnen, doch die Neugierde siegte.

Sie standen inmitten der Steine, die wie Riesen über ihnen aufragten. Es regnete, der Temperaturunterschied war gewaltig.

Der Wind wirbelte ihre Haare auf, die nach wenigen Sekunden an ihrem Kopf klebten. Kendrick zog die Kapuze über ihren Kopf. Noch immer umklammerte sie ihn.

„Du kannst mich jetzt loslassen." Amüsement klang in seiner Stimme.

Sie ließ ihn los, als wäre er eine heiße Kartoffel. Sie war verloren. Sobald er sie berührte, vergaß sie alles um sich herum. Sie saugte die Stärke seiner Berührung, die Wärme und seinen Duft auf ihrer Haut auf. Das Tattoo pulsierte auf ihrer Schulter im Rhythmus mit den Schmetterlingen, die in ihrem Körper herumschwirrten. Es traf sie bis ins Mark. Äußerst widerwillig löste sie sich von ihm und um sich nicht zu verraten, tat sie es abrupt.

Sein Grinsen ließ sie erstarren. Er wusste es, anscheinend sagte es ihm zu.

Sie waren gerade durch ein Portal gereist und ihre Beine knickten weg. Kendrick fing sie auf.

„Du brauchst nicht bewusstlos zu werden, nur um in meinen Armen zu liegen", raunte er neckend. Sein Ausdruck verriet ihn. Er fühlte genauso wie sie, unnötig, seine Gedanken zu lesen.

Sie funkelte ihn an, er presste seine Lippen kurz auf ihre und unterband den Versuch, ihm einen unflätigen Tiernamen an den Kopf zu werfen.

„Wir müssen die Steine absuchen. Halt Ausschau nach einem Zeichen, das in die Oberfläche eingebrannt ist. Fass nichts an, schaffst du das?"

Morven warf ihm einen dunklen Blick zu.
Sie nickte und beschloss, keine Schwäche zu zeigen. Sie musste lernen, sich nicht durch seltsame Dinge sprichwörtlich in die Knie zwingen zu lassen. Ihr Vater war ein Dämon, na und? Oh Gott. Wenn das alles vorbei war, brauchte sie eine Therapie.
Sie betrachtete den ersten Stein. Ein lautes Kreischen ließ sie zusammenzucken.
„Du!" Noch nie hatte sie eine unangenehmere Stimme gehört, so schrill, dass ihre Ohren schmerzten. Kendrick stand neben ihr, seine unmenschlich schnellen Bewegungen erschreckten sie.
„Du traust dich hierher?"
Die Worte brandeten über sie, übertönten den Wind. Sie blinzelte mehrere Male, bevor sie überzeugt war, dass ihre Augen sie nicht trogen.
„Ein roter Zwerg", flüsterte sie.
Sie überragte ihn um eine Haupteslänge. Zwei Hörner ragten aus seiner Stirn und leuchtend gelbe Pupillen starrten sie an, zudem war er nackt.
„Ich bin kein Zwerg, sondern ein Dämon. Bonitos, der Dritte." Er funkelte Morven beleidigt an. In einer Hand hielt er eine Sprühflasche und einen grün glitzernden Schwamm. Er seufzte deutlich.
„Jetzt kann ich von vorn anfangen. Es hat mich Jahre gekostet, unsere heilige Stätte von deinem Schmutz zu befreien." Er versuchte, ihr mit einem Finger gegen die Brust zu tippen, sein Handgelenk fand sich in Kendricks Griff wieder. Er kreischte auf, der Ton noch schlimmer, als wenn er sprach.
„Oh du, Kendrick der Söldner, der mit dem Fluch belegt ist." Ein weinerliches Geräusch kam aus seiner Kehle. „Bitte füge mir keinen Schmerz zu. Ich eigne mich ..."
Seine Worte erstarben unter Kendricks Kraft.
„Tritt einen Schritt zurück, beweg dich nicht oder ich füge dir Qualen zu, die deine Vorstellungskraft sprengen." Kendrick sah ihn dermaßen furchterregend an, dass sie befürchtete, er würde einen Herzinfarkt erleiden. Bekamen Dämonen Herzinfarkte?
„Was für ein Fluch?", wollte sie wissen. Bonitos starrte intensiv auf den Boden, als nähme das karge Gras seine gesamte Aufmerksamkeit in Anspruch.
„Was weißt du von Morven? Mäßige deine Stimme."
Während der Dämon sein Handgelenk rieb, warf er dem Lugus einen vorwurfsvollen und ängstlichen Blick zu. Er hatte etwas Wichtiges über Kendrick sagen wollen, jetzt traute er sich nicht mehr. Stattdessen betätigte er die Sprühflasche und eine rote Wolke hüllte sie ein, die entsetzlich nach Pilzen roch. Ihre Augen tränten dermaßen, dass sie nicht sehen konnte, was ihr Gefährte tat, aber sie hörte die Auswirkung. Zuerst ein dumpfes Geräusch, begleitet von einem Laut puren Schmerzes. Sie entkam hustend aus dem Ge-

stank. Bonitos lag auf dem Boden und Kendrick platzierte seinen Wanderstiefel auf dem Brustkorb.

„Bitte, tu mir nicht weh“, drang es unter Tränen aus Bonitos’ Mund. Die kleinen Finger umklammerten Kendricks Knöchel. Erst jetzt bemerkte sie, dass er sechs Finger besaß.

Morven streckte ihre Hand aus, um ihm aufzuhelfen und er kreischte erneut auf.

„Fass mich nicht an, du Gefäß des Schmutzes und der Ausdünstungen.“

Sie rümpfte die Nase. Wenn jemand stank, dann nicht sie. Er roch noch schlimmer als seine Sprühflasche, sein Geruch erinnerte an verwesende Kartoffeln.

Kendrick zog seinen Gürtel aus der Hose, ein effektives Geräusch. Bonitos dachte offensichtlich das Gleiche, er weinte heftiger. Sie warf Kendrick einen unsicheren Blick zu. Er plante doch nicht, den Dämon zu schlagen? Bonitos war zwar unfreundlich und feindselig, aber sie wollte nicht, dass ihm Schmerzen zugefügt wurden, gab zu, dass sie ihn niedlich fand.

Kendrick beugte sich zu ihm, legte das Leder wie eine Schlinge um den kurzen Hals und zog ihn auf die Füße. Auf seinem Gesicht lag ein belustigter Ausdruck. Seine Nasenspitze berührte fast Bonitos. Der Dämon zitterte, sogar sein breiter Nasenrücken bebte.

„Meine letzte Warnung.“ Kendrick packte fester zu. Bonitos wimmerte eifrig nickend. Kendricks Stimme war ein drohender Hauch. Wenn sie an seiner Stelle wäre, hätte sie kooperiert.

„Die Stinkende wurde dort gezeugt.“ Seine Handbewegung deutete auf eine Fläche zwischen zwei Steinen.

„Ich heiße Morven. Wenn du mich noch mal so nennst, berühre ich dich. Ich reibe meine Handflächen über deine Visage. Du wirst den Geruch auf Dauer tragen.“ Sie beugte sich hinunter, sodass sie ihn beinahe berührte.

Der kleine Dämon versuchte, kreischend auszuweichen. Seine kurzen Beine traten wild um sich, doch Kendrick hielt ihn mühelos in Schach.

Gut gemacht, meine Gefährtin.

Bonitos erbleichte bei ihrer Drohung, sein Teint wurde hellrosa. Sie fasste es nicht. Von ihr angefasst zu werden, empfand er schrecklicher als eine Misshandlung von Kendrick. Er stellte gerade klar, wer von ihnen die Rolle des bösen Cops übernahm.

Kendrick zerrte ihn hinter sich her. Als sie die Fläche erreichte, sah sie, dass an einer Seite des hohen Steines ein hüfthoher Felsbrocken lag. Moos überdeckte ihn. An diesem Ort hatte der Dämon ihre Mutter vergewaltigt. Sie hatte es bildlich vor Augen, wie er sie darüber warf, sie mit Gewalt nahm, ihre Schreie aufsaugte, da er es genoss, dass sie litt.

„Mephistopheles ist der Vater?“, fragte Kendrick.

Bonitos nickte dermaßen heftig, dass die gespaltenen Ohrläppchen seine

Schultern berührten. Ein tiefes Seufzen kam aus seiner Kehle.

„Die Ungläubige entweihte die heilige Stätte, schlimmer wäre es nur in Stonehenge. Was für ein Sakrileg."

Der Dämon zog ein Gesicht.

„Besonders grässlich war es dort mit dem Gestank und Dreck." Er zeigte auf eine kahle Stelle im Gras.

„Hier kam *Es* auf die Welt."

Morven warf Bonitos einen bösen Blick zu. Sie hob den Arm, als plante sie, seine gummiartige Haut zu reiben. Er suchte hinter Kendrick Schutz.

Morven starrte auf den Ort ihrer Geburt. Sie musste ihre Geburtsurkunde ändern lassen, gleich am nächsten Morgen. Kendrick sah sie an und legte ihr beruhigend eine Hand gegen die Wange, folgte leicht den Konturen. Sie fühlte die vibrierenden Fingerspitzen. Die Berührung weckte eine Sehnsucht, die sie nicht zulassen wollte, dennoch hielt sie still und genoss den Augenblick. Ein seltsamer Ausdruck lag auf seinem Gesicht. Sie wünschte, sie könnte seine Gedanken lesen.

„Was weißt du über meine Mutter?", fragte sie Bonitos. Der Dämon presste seine Lippen aufeinander, schüttelte den Kopf. Nackter Terror stand in seinen Augen. Morven berührte das Moos und ein heftiger Sog erfasste sie. Kendrick packte sie.

Er hatte ihr verboten, etwas anzufassen.

Stures Weib.

Beinahe wäre sie ohne ihn in der Dämonenhalle gelandet. Sie benötigte eine Unterweisung in Gehorsam. Er spürte Kendras bohrenden Blick. Sie würde ihm ihn den Hintern treten, wenn sie diesen Gedanken hörte, nachdem sie ihm eine Bratpfanne über den Kopf gezogen hatte.

Das Zeichen war unter dem Moos verborgen gewesen, ein kleines Portal, das die Dämonenwelt mit der heiligen Stätte verband.

Morvens Herz schlug so rasend in ihrer Brust, dass er befürchtete, sie würde in Schreie ausbrechen. Dass sie ihn umklammerte, gefiel ihm mehr, als er zugeben wollte. Sie beruhigte sich schnell, ihr Puls nahm einen normalen Rhythmus an. Die Aura ihrer Haut leuchtete bei Aufregung in einem goldenen Schimmer.

Als ob sie es nötig hätte, noch verführerischer auszusehen. Selbst das grässliche Nachthemd hatte seine Gier nach ihr nicht eindämmen können.

Sie ließ ihn abrupt los, doch Kendrick wollte sie sicher in den Armen halten. Er drehte sie, sodass er sie in einer stählernen Umklammerung hielt.

Sei vernünftig, ich muss dich berühren, damit sie dich nicht fortbringen. Erst stecken wir das Terrain ab.

Sie hörte auf, gegen ihn anzukämpfen, aber die Anspannung wich nicht aus ihrem Körper. Sie fürchtete die Begegnung mit dem Monster, der ihr Vater war.

Die Halle von Mephistopheles, der Tempel des Vampirdämons. Sie starrte auf den Thron. Er bemerkte ihren Schweißausbruch, denn sie erkannte, aus was er bestand. Er drückte beschwichtigend ihre Schultern. Wenigstens lagen keine Opfer auf den Altären. Er schnaubte, anscheinend wollte Mephistopheles, dass seine Beute es bequem hatte, bevor er sie tötete. Roter Samt verdeckte die Oberflächen, drapiert mit elfenbeinfarbenen Kissen. War das etwa Mr. Noodles, halb versteckt unter einem Kissen?

„Beruhige dich, dir geschieht nichts." Wenn der Dämon es darauf angelegt hätte, würde sie bereits auf einem Altar liegen.

Wahrscheinlich wurde sie von einem den niederen Dämonen gebrandmarkt und jemand hatte ihn dabei gestört. Mephistopheles hätte sie nicht hilflos in einem Graben zurückgelassen. Wenn Mephistopheles folterte, tat er es mit eigenen Händen.

Sie zitterte in seinen Armen, er spürte ihre Beunruhigung und das Biest in ihm erhob sein hässliches Haupt.

Die große geschnitzte Flügeltür, bedeckt mit obszönen Szenen, flog auf. Mephistopheles schritt mit seinem Gefolge in die Halle. Seine kniehohen schwarzen Stiefel klickten auf dem Marmorboden. Er trug das blütenweiße Hemd bis zum Bauchnabel aufgeknöpft. Enger konnte eine Lederhose nicht sitzen.

Morven, bitte beherrsche dich.

Zwei Donas begleiteten ihn. Die silbernen Haare reichten bis an ihre Hüften und verdeckten die Brüste. Alles, was ansonsten ihre Körper zierte, waren eisblaue Tätowierungen, die ihre Haut mit einem komplizierten Muster überzogen. Druidische Schriftzeichen. Auf den ersten Blick sahen sie nicht nackt aus. Wunderschöne Killer.

Der übliche Schnickschnack an niederen Dämonen schlich hinter ihm her.

„Tochter." Seine tiefe Stimme hallte durch den Saal. Dämonen waren mit herrlichen Stimmen gesegnet, hypnotisierend und ausgewogen, mit Ausnahme von Bonitos. Seine Stimme war eine Bestrafung, er hatte Babylonus verärgert. Die schwarzen Haare bewegten sich in einem nicht vorhandenen Wind. Er verzog die ägyptischen Gesichtszüge zu einem Lächeln, das seiner Gefährtin eine Gänsehaut über den Körper jagte. Kendrick spürte es unter den Fingerspitzen.

Das Gefolge blieb ein paar Meter vor ihnen stehen. Mephistopheles breitete die Arme aus, beendete den Auftritt, kurz bevor er Morven berührte.

„Schwör mir, dass du mich nicht von Kendrick trennst, während wir in deiner Welt verweilen."

Ein belustigter Zug hellte Mephistopheles' Züge auf. Es milderte die Grausamkeit, die in seinen Augen lauerte. Aber da war noch eine andere Empfindung, Zuneigung.

Unmöglich. Absolut unmöglich. Kendrick konnte es nicht fassen.

Mit einer theatralischen Bewegung legte Mephistopheles die Hand auf seine Brust.

„Ich trenne dich nicht von deinem Gefährten, Tochter, ich schwöre es auf Stonehenge."

Kendrick ließ Morven zögernd los. Der Schachzug war geschickt von ihr gewählt, jetzt hatte er seine Hände frei und dennoch wollte er sie nicht loslassen.

Verdammt!

Mephistopheles' bernsteinfarbene Augen bohrten sich kurz in Kendricks. Er spürte das Tasten in seinem Kopf, wie Ameisen, die in seinem Schädel herumirrten. Mit einem entschuldigenden Ausdruck beendete der Vampirdämon die Bemühungen. Er konnte seine Barrieren nicht durchbrechen.

„Kendrick, der erste Söldner der Lugus, hat sich mit meiner Tochter verbunden. Ihr habt mich nicht zu eurer Vermählung eingeladen."

Kendrick bereute, dass er Morven nicht in seinem Griff hatte, sie holte aus, in der Absicht, ihrem Vater mit der flachen Hand ins Gesicht zu schlagen. Der Dämon packte ihr Handgelenk einen Millimeter, ehe sie ihn berührte. Kendrick sah, dass er seine Kraft im Zaum hielt und ihr nicht wehtun wollte. Er musste sein Gefolge instruiert haben, sie unternahmen keinen Versuch, einzuschreiten. Einzig die fliederfarbenen Augen der Donas bewegten sich. Mephistopheles küsste das Handgelenk seiner Tochter, bevor er sie losließ. Seine Eskorte drehte sich um und verließ die Halle. Seine ganze Haltung änderte sich, die Grausamkeit verschwand. Er musterte Morven, erneut sah Kendrick die Zuneigung in seiner Mimik.

Was für eine überraschende Wendung.

„Steck den Dolch weg, Söldner. Ich werde meiner Tochter nicht schaden und dir auch nicht." Die letzten Worte klangen erheitert.

Sein Tonfall sagte klar aus, wenn er es wollte, wären sie beide auf seinen Altären. Kendrick wusste nicht, warum, aber er glaubte ihm. Etwas stimmte nicht, etwas, was über die Geburt von Morven hinausging. Mit einem Seufzen zeigte der Vampirdämon auf eine weiße Sitzgruppe, die an dem Kamin stand. Eine Handbewegung erweckte Feuer zum Leben. Die Flammen sprühten rubinrot mit goldenen Funken. Kendrick umfasste Morvens Oberarm und drückte sie auf einen der Sessel. Er musste mehr Druck anwenden, als er beabsichtigte.

„Du verdammter Vergewaltiger", zischte sie. Ihre Haltung glühte vor Hass.

Mephistopheles saß gegenüber von ihnen. Ein humorloses Lachen füllte die Halle.

„Vergewaltiger?" Ein eindringlicher Blick traf seine Tochter. „Ich habe es nicht nötig, Gewalt anzuwenden, um meinen sexuellen Appetit zu stillen. Die Damen stehen freiwillig Schlange. Diese Erklärung wäre am einfachsten für dich. Du würdest einen Dämon bevorzugen, der eine arme menschliche Frau vergewaltigt hat, mit ihr ein Kind zeugte und sie sich selbst überließ, schutzlos und innerlich zerstört.“ Mephistopheles‘ bernsteinfarbene Augen richteten sich auf Kendrick.

„Söldner, vielleicht solltest du sie aufklären, dass Schwangerschaften zwischen Dämonen und Menschen unmöglich sind.“

Ein schlagkräftiges Argument. Noch bevor er weitersprach, fiel es ihm wie die sprichwörtlichen Schuppen von den Augen.

„Hör dir an, was er zu sagen hat.“ Er sagte es sanft. Die Vergewaltigung ausgeführt durch den männlichen Part wäre bequemer. Unsicherheit breitete sich in seiner Gefährtin aus und sie tastete nach seiner Hand.

Halt suchend umschlossen ihre eiskalten Finger seine. Sie wappnete sich gegen Mephistopheles’ Worte.

„Deine Mutter hat mich vergewaltigt.“ Der Dämon hob den Arm, als Morven protestieren wollte. „Sie hat mich mit einem Ritual beschworen, lockte mich zu den Standing Stones of Stenness. Sie belegte mich mit einem Bann und ich musste erdulden, dass sie mich ... bestieg, während ich auf dem Stein lag.“

Kendrick unterdrückte ein Stöhnen, denn sie umklammerte ihn dermaßen stark, dass er um seine Knochen fürchtete. Ein roter Schimmer bedeckte ihre Haut, die Energie der Armanach drohte, an die Oberfläche zu brechen.

Das durfte nicht geschehen. Die gesamte Dämonenwelt würde bemerken, dass sie sich in Mephistopheles Halle aufhielten. Sie konnte die Kräfte nicht kontrollieren. Er tat das Einzige, was ihm in den Sinn kam und küsste sie.

Die Wut auf ihren Vater trat in den Hintergrund. Heiß und fordernd lagen Kendricks Lippen auf ihren. Sie öffnete willig den Mund und seine Zunge strich über ihre Unterlippe. Bevor er sie küsste, fühlte sie sich merkwürdig, gleich einem Raubtier.

Tiefes Verlangen löste das beunruhigende Gefühl ab. Sie versuchte, es zu unterdrücken, als hätte sie nicht genügend Sorgen.

Was immer er mit dem Kuss bezweckt hatte, es gelang ihm. Morven war Herrin ihrer Sinne, wenigstens die, die ihren dämonischen Vater angingen.

Er sah kaum älter aus als Kendrick. Morven starrte auf Mephistopheles’ gebräunte muskulöse Brust. Sie sah in seine Augen und fand darin nicht das, womit sie gerechnet hatte. Sein Blick lag zärtlich auf ihr. Schlagartig realisierte sie, dass er nicht log. Ihre Mutter nahm den Platz des Miststückes ein.

Luke, ich bin deine Mutter.

„Rede weiter, bitte.“ Sie wollte es schnell hinter sich bringen.

„Sie erzwang den Akt, brachte mich ...“

Er strich mit den Händen durch seine Haare, sah sie verzweifelt an.

„Sie hat mehrere Rituale verwendet, nur mein Samen verursacht keine

Schwangerschaft."

Mephistopheles bewegte sich und Morven sah die breite Narbe über seinem Herzen. Ein eiskaltes Band umklammerte sie. Immer, wenn sie dachte, es ging nicht schlimmer ...

„Sie hat versucht, dich umzubringen." Die Worte auszusprechen, schmerzte. Ihre Mutter war eine Vergewaltigerin, eine Killerin, ein Monster. Verloren suchte sie Halt bei Kendrick. Seine Finger umschlossen ihre, gaben ihr Sicherheit und halfen ihr, die Schreie hinunterzuschlucken.

„Unter normalen Umständen kann mir eine Sterbliche keinen Kratzer zufügen. Sie ist eine gefährliche Person und nicht ganz menschlich."

Mephistopheles lehnte sich zu ihr, streckte zögerlich die Hände aus. Morven sah in seine Löwenaugen und sie berührte ihn als Vater.

„Ich wusste nichts von ihrer Schwangerschaft. Erst vor Kurzem tauchtest du plötzlich in meiner Wahrnehmung auf. Es tut mir leid, was im Wald geschah. Du solltest zu mir gebracht werden, ohne eine Verletzung. Die beauftragte Dämonin ist spurlos verschwunden."

„Sie ließ mich bewusstlos mit einem verdammten Brandzeichen auf meinem Kopf zurück."

Sie versuchte, sich aus seinem Griff zu befreien, aber er hielt sie.

„Bitte, Morven."

Sie seufzte innerlich, sie konnte dem Welpenblick nicht widerstehen. Sie zerschmolz wie Schnee in der Sonne. Er belohnte sie mit einem Lächeln, welches sich in seinen Augen spiegelte. Waren Dämonen nicht böse und hinterhältig?

„Sakra versah dich mit dem Brandzeichen, um dich zu schützen. Wer immer euch angegriffen hat, wollte dich entführen oder töten. Mein Zeichen hat dich mit einer Glyphe geschützt. Ich vermute, dass Sakra nicht mehr lebt."

Ein weiteres Leben, das sie auf dem Gewissen hatte.

„Wieso hast du Morven nicht später zu dir geholt?"

„Bevor ich einschreiten konnte, hast du sie dir geschnappt und bandest sie an dich. Ich habe die Puzzleteile erst kürzlich zusammengefügt. Zuerst hielt ich es für einen Trick einer meiner Feinde."

Mephistopheles berührte sie zärtlich an der Wange, als rechnete er damit, dass sie ihn zurückwies. Sie verlor den Kampf gegen die Tränen. Ihr Leben lang hatte sie sich nach der Zuneigung ihrer Eltern verzehrt. Sie lehnte sich in die Berührung. Er lächelte. Ohne Lächeln sah er unglaublich aus. Mit einem Lächeln ...

Kein Wunder, dass Frauen bei seinem Anblick feuchte Handflächen bekamen.

„Dein Brandzeichen hat Aufmerksamkeit erregt. Nicht nur wir erfuhren von ihr. Die Angelus hätten sie beinahe überwältigt. Von der Meduris fange ich erst gar nicht an."

Kendricks Blick stand seiner vorwurfsvollen Körpersprache in keiner Weise nach. Sie funkelten sich an. Morven spürte die Temperamente beider Männer fast körperlich auf ihrer Haut. Sie erstarrte, sie spürte es, kribbelnd und machtvoll bahnte es sich seinen Weg, erst auf der Oberfläche, dann tiefer.

Das fehlte ihr noch.

„Hört sofort auf." Sie sprang dermaßen heftig von dem Sessel, dass er durch die Luft flog, bevor er gegen die Wand prallte. Ihr Körper leuchtete blau. Die Aktion überraschte Morven und unsanft landete sie auf dem Hintern.

Shit! Diese dämlichen Armanachkräfte waren unberechenbar. Zumindest beendeten sie das Blickduell. Kendrick zog sie auf die Füße. Mephistopheles' Blick wanderte zwischen ihnen hin und her, ein leises Lächeln umspielte seine Mundwinkel.

„Du hast gut gewählt, Morven. Kendrick ist der perfekte Gefährte für dich."

Sie konnte ein zynisches Lachen kaum unterdrücken, er war weit davon entfernt, ein perfekter Gefährte zu sein. Ein perfekter Gefährte wies sie nicht zurück, wäre kleiner und hässlicher, nicht das Ebenbild von sexy auf zwei Beinen, dominant und stark wie die Hölle selbst.

Wirklich? Wenigstens findest du mich attraktiv, Gefährtin.

Sie dachte ein Schnauben. Seine blauen Augen drangen tief und ihr Widerstand zerbröckelte. In den Armen dieses Mannes zu liegen, seine ganze Aufmerksamkeit zu erhalten, musste mehr sein, als eine Frau ertragen konnte. Und er versagte es ihr.

Mephistopheles' Körperhaltung änderte sich, strahlte grausame Arroganz aus.

„Ihr müsst sofort zurück. Babylonus ist auf dem Weg hierher."

Bevor sie reagierte, zerrte Kendrick sie zu einer Marmorfliese mit einer Rune und das schwindelerregende Gefühl ergriff sie. Als sie die Augen öffnete, stand sie mit Kendrick auf dem Dachboden ihres Cottages.

Er umarmte sie und bohrte seinen Blick in ihren. Seine zerzausten dunklen Haare trugen zu dem wilden Aussehen bei, in den Tiefen seiner Pupillen bemerkte sie silberne Einschlüsse. Er atmete schwer, das Silber wurde präsenter. Diesmal war sie sicher, es entsprang nicht ihrer Einbildung.

„Flùr, hör auf zu strampeln. Du weckst einen Hunger in mir, den du nicht stillen möchtest."

„Lass mich sofort runter."

Er ignorierte sie, knurrte, dass sie stillhalten sollte. Mehr denn je erinnerte er sie an einen Löwen. Sie erstarrte, hielt sogar die Luft an. Er stellte sie langsam auf die Füße.

„Ich rufe Dàn an, er soll bei dir bleiben. Ich muss eine Angelegenheit erledigen."

Morven funkelte ihn an, drehte sich wortlos um. Innerlich schluckte sie, denn die Zurückweisung schmerzte tief. Sollte er sich doch seine Angelegenheiten in den knackigen Arsch stecken. Bevor sie einen Schritt auf die steile Holztreppe setzte, riss er sie zurück, erstickte ihren Schrei mit einer Hand.

Wir sind nicht allein. Bleib hinter mir.

Seine Körperhaltung zeigte ihr, was Kendrick war. Ein Söldner der Dunkelheit, der erste Leutnant der Lugus, eine tödliche, skrupellose Waffe.

Er schlich die Treppe hinab, und obwohl er um einiges schwerer war als sie, gab nicht eine der Dielen ein Geräusch von sich. Morven fühlte sich wie ein Trampel, jede Stufe knarrte unter ihren Füßen. Er warf ihr einen vorwurfsvollen Blick zu.

Aus der Innenseite seiner Lederjacke zog er ein Schwert, die Klinge erschien und blitzte bläulich, Runen zierten den Stahl.

Ein seltsamer Geruch drang an ihre Nase, Übelkeit stieg in ihr auf und eine Erkenntnis rammte sie. Es roch wie in einem Schlachthaus, ein Meer von Blut. Es benetzte ihre Kehle und sie würgte, noch ehe sie sah, woher es kam.

Sie erreichten den Fuß der Treppe. Kendrick lief Richtung Wohnzimmer. Er befahl ihr mental, hinter ihm zu bleiben. Sein breiter Rücken versperrte ihr die Sicht in das Zimmer, aber dennoch sah sie die rote Lache, die ihren honigfarbenen Parkettboden verunzierte. Die Ausdünstungen löschten ihre anderen Sinne aus.

Der Angreifer fiel von der Decke. Bevor er Kendrick traf, katapultierte Kendrick sie mit einem Stoß rückwärts. Sie prallte gegen die Wand im Flur, schrie mehr vor Schreck, denn vor Schmerz auf. Mühsam blieb sie auf den Füßen. Das Ding zischte kreischend in dem Versuch, Kendrick zu beißen. Mit einer fließenden Bewegung sprang er zur Seite und rammte die Klinge durch die Kreatur. Morven hatte einen ungehinderten Panoramablick. Ihr Verstand wusste nicht, womit er sich zuerst beschäftigen sollte, mit dem hüfthohen Echsenwesen oder mit ihrem Postboten, der verteilt im Wohnzimmer lag.

Die Klinge spießte die graue Echse auf den Parkettboden. Noch immer schnappte sein Maul, aus dem gelbe Tropfen flogen. Die roten Augen loderten vor Wahnsinn, bevor sie erloschen. Kendrick zog das Schwert aus dem Körper, drehte sich zu ihr, als er ihr Würgen hörte. Sie schaffte es nicht ins Bad.

Er stützte ihren Kopf, drückte gleichzeitig die Kurzwahltaste auf seinem Mobiltelefon.

Dàn meldete sich nach dem ersten Klingeln.

„Ins Cottage, sofort, bring Lior und ein Reinigungsset mit.“

Sie wohnten in einem kleinen Hotel in Kirkcaldy und müssten in spätestens fünfzehn Minuten da sein.

Er unterbrach die Verbindung und hob sie hoch. Ihre grünen Augen sahen durch ihn hindurch. Blut klebte überall an ihr. Er trug sie ins Badezimmer, stellte sie unter die Dusche. Wie war der Luachrach ins Haus gelangt? Unas' Schutzglyphen hätten die bösartige Kreatur aufhalten müssen. Es sei denn, ein freundlich gesinnter Mensch hatte ihn hereingebeten. Vielleicht der Postbote? Dann die Größe von der Echse.

Morven sackte zusammen. Kendrick zog ihre Kleidung aus. Sie war in dem Blut ausgerutscht, das den Boden des Flurs bedeckte, und rührte sich nicht. Ein leises Wimmern kam aus ihrer Kehle. Es traf ihn bis ins Mark.

Er drehte heißes Wasser auf und ihr Blick wurde klarer. Er rechnete damit, dass sie ihn anschrie, stattdessen umklammerte sie ihn weinend. Er fluchte, sein Widerstand bröckelte. Sie presste die Nase in seine Halsbeuge und er spürte das Zittern ihres Körpers.

„Lass mich nicht allein." Sie hielt ihn dermaßen fest, dass er sich nur mit Gewalt aus ihren Armen hätte befreien können. Das warme Gefühl in ihm wuchs von Minute zu Minute. Er streichelte über ihren Kopf und murmelte beruhigend. Er verspürte das Bedürfnis, Nosferat zu schlagen. Morven und er waren verloren. Kendrick tat das Einzige, was ihm einfiel, er nahm die Seife und wusch sie. Unauffällig entfernte er das Stück Hirnmasse, das in ihren langen Haaren klebte. Erleichtert atmete er auf, seine Bemühungen zeigten den gewünschten Effekt. Ihr Blick wurde klarer, die Atmung ruhiger. Er wickelte sie in ein großes Handtuch und hörte Lior und Dàn, die den Flur betraten. Er stellte sie ans Waschbecken, weil er wusste, sie wollte sich die Zähne putzen.

Er spürte den Schock der beiden Männer, als sie das Schlachtfest begutachteten.

Morven schrubbte ihre Zähne so hart, dass er ihre Hand festhielt und die Zahnbürste mit Gewalt aus ihren Fingern löste. Erneut lehnte sie an seinen Brustkorb, atmete hastig, presste ihre Nase dagegen.

Oh, verdammt.

„Du kannst im Bad bleiben, wenn du möchtest, Ulaidh."

Sie schüttelte den Kopf und sah ihn an. Er hatte sie Liebling genannt.

„Das macht es nicht ungeschehen. Ich muss wissen, was passiert ist." Sie zog den grünen Bademantel über, sah dermaßen verletzlich aus, dass er kurz die Lider schloss. Er musste seinen Hunger stillen, um die Gefühle zu bekämpfen, die ihn überwältigten. Falls er es zuließ, Morven zu lieben, konnte er sein grausames Verlangen nur bei ihr befriedigen. Und das würde er ihr nie antun. Er suchte die Kälte, die in ihm wütete, und klammerte sich daran.

„Kendrick." Morven sagte seinen Namen so zärtlich, dass er zusammenfuhr. „Danke." Sie lächelte ihn an und es vertrieb die Kälte, hinterließ Verlorenheit, denn er ahnte, was es bedeutete.

Lior stand in der Badezimmertür, seine grünen Augen waren fast schwarz, ebenso wie seine Aura. Beunruhigung strahlte von ihm aus, das wiederum war kein beruhigender Zustand. Ihn brachte nichts leicht aus der Ruhe.

„Alles in Ordnung?“ Er streckte die Hand aus, hob ihr Kinn an, und betrachtete sie intensiv. Sie brach erneut in Tränen aus.

Lior sah ihn fragend an. Kendrick zuckte mit den Achseln. Lior zog sie in die Arme, wartete, bis sie sich beruhigte.

„Du solltest im Bad bleiben, Kleines.“ Lior warf Kendrick einen trockenen Blick zu. Wahrscheinlich sog er seine Emotionen wie ein Schwamm auf.

„Für immer?“

Kendrick zog sie gegen sich. „Nein, Flùr, so lange, bis wir den *Zwischenfall* beseitigt haben.“

„Er heißt Randy und wir haben oft zusammen eine Tasse Tee getrunken. Er mochte meinen Zitronenkuchen.“ Sie unterdrückte weitere Tränen, krallte die Hände in den Morgenmantel. Ihre Augenfarbe änderte sich und er sah, dass Wut den Schock verdrängte.

„Okay, ich warte ein paar Minuten.“

Sie plumpste auf den Badewannenrand und fiel beinahe hinein. Kendrick und Lior fassten sie im gleichen Moment.

Sie war weiß wie ein Schneedrache. Bevor er sich davon abhalten konnte, küsste er sie leicht auf die Stirn. Ein selbstgefälliger Ausdruck trat auf Liors Gesicht.

Als sie das Wohnzimmer betraten, erwartete ein bleicher Dàn sie, mehr als nur ein wenig besorgt. „Ein verdammter Mutantenluachrach! Gut sechsmal so groß wie normal.“

Lior betrachtete die Gehirnmasse auf der Couch.

„Schwärze durchzieht das Gehirn. Jemand spielt mit dem Urchaid herum.“

Die Echsenwesen hielten sich normalerweise im Hintergrund auf, Aasfresser, die nachts aus den Höhlen krochen, auf der anderen Seite der menschlichen Welt. Der Postbote hatte keine Chance gegen die verfluchte Kreatur gehabt.

„Shit. Nicht die Angelus haben Morvens Ex getötet, sondern das hier. Bethana hat die Wahrheit gesagt.“ Kendrick fühlte eine dunkle Ahnung, dass es Morvens Mutter war, die hinter den Kulissen die Fäden zog. Sie erlangte Gewalt über das Urchaid. Eine Bedrohung für sämtliche Wesen, die sich die Erde teilten.

Dàn unterbrach seine schreckliche Tätigkeit und rieb die Hände an dem Overall ab. „Der ganze Mist reicht weiter, als uns bewusst ist. Verglichen mit diesem Scheiß sind die Angelus Waisenknaben.“

Dàn begann den Flur zu säubern.

Er wischte das Blut auf und streute Bannpulver auf die Flecken, es löste die Überreste aus dem Parkettboden.

„Alles in Ordnung mit Morven?“ Dàn schaute mit einem angefressenen Gesichtsausdruck hoch. Lior und Nosferat hatten Dàn offensichtlich nicht in die

Einzelheiten eingeweiht.

„Ich bin mir nicht sicher." Kendrick hoffte es. Sie war stark, aber das hätte sie nicht sehen dürfen. Vorsichtig hob er die Reste des Kopfes auf. Seltsamerweise waren die Augen unbeschädigt, der Terror war deutlich in ihnen zu erkennen. Sanft schloss er die Augenlider.

Lior zuckte zusammen und ließ fast den Oberschenkelknochen fallen.

Daingit! Constable Morris.

„Mrs. Wemyss!" Er hämmerte an die Tür.

Morven stand auf wackligen Beinen im Türrahmen und drückte die Schultern durch. Sie sah mit einem erstaunten Gesichtsausdruck auf den makellosen Boden. Lior und Dàn gingen ins Wohnzimmer, zogen die Wohnzimmertür zu.

Schaffst du es?

Mit einem energischen Ausdruck nickte sie.

„Moment, Constable, ich muss mich anziehen, ich komme aus der Dusche."

Kendrick wandelte sich in die Gestalt des Madras, verweilte kniehoch neben ihr, wartete gespannt, was Morris wirklich wollte.

Sie stopfte seine Lederjacke, Jeans und Hikingboots in die hässliche Truhe, die im Flur thronte.

„Ich liebe dein Fell", sagte sie und berührte ihn mit den Fingerspitzen. Dann tätschelte sie seinen Kopf und öffnete entschlossen die Tür.

„Chief Morris", sie unterbrach ihre Worte mit einem Schluchzen, „es tut mir leid, der Tod von Brian ..." Sie trat nicht zur Seite. Auch Kendrick rührte sich nicht von der Stelle.

„Kann ich reinkommen?"

Morris rückte nah an Morven heran, starrte auf sie herab in dem vergeblichen Versuch, sie einzuschüchtern. Sie funkelte ihn an. Morris seufzte tief.

„Sie können mich auf das Revier begleiten." Er warf Kendrick einen trockenen Blick zu.

„Ich werde verdächtigt? Sie glauben, ich hätte Brian in Stücke zerrissen?" Sie hielt sich am Türrahmen fest und ballte die Hände zu Fäusten. Sie genoss den Gedanken, Morris zu schlagen, mitten ins Gesicht, um ihm sein dümmliches Grinsen auszutreiben. Sie war zutiefst empört, dass er sie verdächtigte.

„Nein, ich habe ein paar Fragen. Brian ist nicht der einzige Tote."

Morven drehte sich um und lief Richtung Küche. Sie zeigte auf einen der gepolsterten dunkelroten Stühle.

Morris holte witternd Luft, musterte kurz die Wohnzimmertür und ein goldenes Funkeln trat in seine Augen, bevor er es unterdrückte. Kendrick fragte sich, wie lange er die Maske aufrecht hielt.

„Tee?"

Morris verneinte. Morven goss sich mit zitternden Händen eine Tasse ein und nahm gegenüber von ihm an dem quadratischen Ahorntisch Platz.

„Wir haben mehrere Überreste gefunden. Nicht nur im Raith Estate, auch im Umland, auf dem Feld neben der Torbain Road, in dem Grüngürtel an der Oriel Road."

Morven erstarrte, umklammerte die Tasse, dass er befürchtete, sie würde zerbrechen.

Kendrick legte seine Vorderbeine auf ihre Knie. Der Constable beugte sich vor und seine intelligenten grauen Augen blickten neutral. Der Kerl war gut. Äußerlich entspannt sah er kurz auf ihren Hals.

Verdammt!

„Du hast in letzter Zeit in keiner Weise ungewöhnliche Vorfälle bemerkt, die du nicht erklären kannst, Morven? Kreaturen mit langen Zähnen, die durch die Nacht schleichen."

Morven war es jetzt, was geschah mit Mrs. Wemyss?

Sie schüttelte den Kopf.

„Ich kann mich des Gefühls nicht erwehren, dass du mich anlügst."

Im gleichen Moment griff er nach dem Morgenmantel und schob die Kapuze zur Seite, ignorierte ihren erbosten Kommentar.

Kendrick brach in ein Knurren aus. Morris blieb unbeeindruckt. Seine Fingerspitzen berührten die Narbe, die über ihren Hals lief.

„Ruf ihn zur Ordnung oder ich bringe den *Hund* in die Dog Rescue nach Edinburgh."

Morris packte seinen Nacken. Ein rotes Schimmern erfasste Morvens Haut. Sie ergriff Morris mit einem Arm und hob ihn hoch. Er flog wie eine Stoffpuppe gegen den Küchenschrank.

Lior und Dàn stürmten mit blutbesudelten Händen in die Küche.

Morris starrte auf die Söldner der Dunkelheit und griff nach seiner Waffe, die er im Bund der Hose trug. Seine Augen sprühten goldene Funken. Er bleckte spitze, lange und mörderische Zähne. Liors Schwertspitze berührte die Kehle und der Constable hob die Hände.

„Nun Werwolf, ich würde sagen, genug der Scharade." Liors Stimme war so tödlich wie das Gebiss des Wolfes.

„Werwolf", platzte es aus Morven. Jetzt fehlte Graf Dracula. Sie ertappte sich dabei, wie sie die Hintertür beäugte, die von der Küche in den Garten führte.

Kendrick schob sie hinter sich. Sie starrte auf die Mauer von breiten Rücken, die sie vor dem bösen Wolf beschützten. Ihre Augen wanderten weiter zu Kendricks nacktem Po, sie betrachtete ihn und begutachtete den Rest. Zur Hölle mit ihm, selbst seine Waden waren ansehnlich. Das Tattoo leuchtete grün auf seinem Schulterblatt. Die Farbe schien sich zu vertiefen.

Sie versuchte, um Dàn herum zu kommen, doch er streckte den Arm aus.

„Verdammt, das ist mein Haus. Ich schlage vor, wir setzen uns wie vernünftige ... Menschen."

Sie fiel auf einen der Küchenstühle, packte die Tasse und hielt sich daran fest.

„Wir sollten der Lady den Wunsch erfüllen." Morris klang erstickt.

„Lass deine Hände oben, damit ich sie sehen kann." Liors Stimme kroch wie eine Drohung durch den Raum. Er entfernte die Schwertspitze nicht von dem Hals des Werwolfs, als er sich setzte. Morven warf ihm einen vorwurfsvollen Blick zu und er zog das Schwert zurück. Mit einem Zischen verschwand die bläulich glänzende Klinge, bevor er das Schwert in die Innenseite seiner Lederjacke steckte, die über dem Stuhl hing.

„Danke, Morven." Morris lächelte sie an, der Ausdruck war warm. „Ich bin dir wohlgesinnt." Er tauschte einen Blick mit den Lugus aus. „Jemand hat die Schutzglyphen zerbrochen." Er schüttelte sich. „Ich spüre eine dunkle Präsenz."

Sie warteten, bis Kendrick angezogen in die Küche kam. Er saß so dicht neben Morven, dass sein Oberschenkel ihren berührte. Seine Hitze erfasste ihren Körper. Zusätzlich legte er seine Hand auf ihr nacktes Bein. Das Gefühl breitete sich aus. Ihr Tattoo erwärmte sich leicht und beide Sinne vermischten sich. Mühsam blieb sie ruhig sitzen, denn die Anziehung, die er auf sie ausübte, nahm zu.

„Ich bin nicht als Constable hier." Ernst sah er Morven an. „Mir scheint, die kleine Morven hat eine interessante Wandlung durchzogen, seitdem ich sie das letzte Mal gesehen habe. Sie ist eine Armanach mit einer verdammt starken Aura. Ich spürte nie eine intensivere." Er lachte. „Und das, obwohl sie untrainiert ist."

Morven starrte ihn an und dachte etwas von Wolverine.

„Es tut mir leid, dass ich nicht sofort mit offenen Karten gespielt habe. Eine unbekannte Bedrohung greift um sich. Ich gebe zu, ich misstraute euch."

Er beobachtete Lior und Dàn, die die Overalls in einen Müllbeutel aus schwarz schimmerndem Material stopften.

„Ein Mordproblem an die Armanach gerichtet?"

Morven hatte endgültig genug davon, dass alle über sie redeten, als wenn sie nicht im Raum wäre. Ein bläulicher Schimmer überzog ihre Arme.

„Sorry, Morven. Mein Name ist Pete und ich fungiere als der Regent der Werwölfe im County Fife."

Kendrick rückte näher, bis sein Oberarm ihren berührte. Seine Hand rutschte höher auf ihrem Oberschenkel. Sie benötigte ihre ganze Willensstärke, um nicht aufzuspringen.

Lass das.

Verzeih.

Kendrick entfernte seine Hand zwar nicht, aber sie glitt Richtung Knie. Sie konnte das erleichterte Ausatmen nicht unterdrücken. Dàn und Lior grinsten sie an und mit Mühe unterdrückte sie den Reiz, ihnen gegen die Schienbeine zu treten. Dann lächelte sie, ging auf den Versuch ein, sie abzulenken, damit sie nicht mehr an die Körperteile dachte, die in dem Beutel waren.

„Wie hast du bemerkt, was ich bin?“, fragte Kendrick.

Morris lachte. „Du hättest dich nicht in einen Lugus zurückwandeln sollen, dein Geruch haftete an ihr. Du hast sie in deiner wahren Form berührt.“

Morven sah Kendrick stirnrunzelnd an. Wann hatte er sie berührt?

„Wie kommen wir zu der Ehre deines Besuches, Wolf?“, fragte Kendrick.

„Das Ausmaß der Mordwelle nimmt zu. Wir schaffen es nicht, alle Überreste verschwinden zu lassen. Die Menschen werden langsam aufmerksam.“

„Warum hast du uns nicht um Hilfe gebeten?“ Liors Augen gaben nicht preis, was er empfand.

Pete schnaubte. „Du weißt, zwischen uns herrscht nicht unbedingt ein Vertrauensverhältnis. Außerdem vermuten wir, dass der Verrat bis in die obersten Ebenen reicht.“

Der verdammte Rat. Sie hatte den Mitgliedern, die von den Tuatha Dé Danann abstammten und auch als Rat so hießen, von Anfang an nicht getraut. Wer konnte schon Wesen vertrauen, die als die High Kings von Ireland bekannt waren. Könige hatten Großbritannien für Jahrhunderte mit ihren Machtspielchen in Kriege gestürzt. Wenn sie an Norgana dachte, kroch ihr eine Gänsehaut den Körper entlang.

„Anfangs dachten wir, die Angelus stecken dahinter.“ Dàns Stimme verriet seine Beunruhigung und sein nachdenklicher Blick ruhte auf Morven.

„Randy ist verheiratet und hat zwei Kinder. Ihr könnt ihn nicht einfach beseitigen und seine Familie über sein Schicksal im Ungewissen lassen.“ Sie versuchte, die brennenden Tränen zurückzuhalten. Die Ereignisse raubten ihr die Zeit, um zusammenzubrechen.

„Es geht nicht anders, Flùr.“ Sie wusste, Kendrick hatte recht, das machte es nicht leichter. Sie konnten die kleinen Einzelteile nicht seiner Frau präsentieren. Das Schuldgefühl drohte sie zu ersticken.

Lior sah sie an. „Du weißt, dass dich keine Schuld trifft. Fang erst gar nicht damit an.“ Die Worte waren scharf, sein Tonfall sanft.

„Wir vermuteten anfangs, dass die Angelus in die Sache verwickelt sind, aber jetzt nicht mehr.“ Morris fuhr durch seine Haare.

„Ich habe das Urchaid in einem der Opfer gewittert.“

„Morris, wir erwarten dich morgen auf der Isle of Lugus. Wir tragen alle Informationen zusammen, über die wir verfügen. Leider hast du recht mit dem Urchaid. Jemand hat es rausgelassen.“ Lior stand auf. Dàn und Pete begleiteten ihn in das Wohnzimmer.

„Du frierst.“

Kendrick bedachte sie mit einem Blick, der ihr sprichwörtlich den Boden unter den Füßen wegriss. Sie musste sich an ihm festhalten. Die silbernen Einschlüsse in seinen Augen verstärkten sich und er schob sie mit einem

Knurren von sich.
„Zieh dich an."
Er krampfte seine Hände zusammen, als würde er sich abhalten, etwas Schlimmes zu tun. Seine Ablehnung schmerzte. Morven drehte sich wortlos um und ging in ihr Schlafzimmer. Jedes Mal, wenn Nähe entstand, wies er sie zurück. Sie hasste es. Sie zog einen schwarzen Fleecepullover und eine Workout Hose über. Ihr Magen meldete sich mit einem lauten Grummeln und sie seufzte. Nur eine herzlose Person verspürte in dieser Situation Hunger. Sie würde gleich im Krankenhaus aus einem Koma aufwachen, hatte bei dem Radunfall schwere Verletzungen davongetragen und fantasierte. Es gab keine Werwölfe, Lugus oder Echsen, die ihren Postboten in kleine Häppchen zerlegt hatten, um ihn zu fressen. Sie stieß sich den Zeh an dem Pfosten ihres Bettes, der Schmerz trieb ihr Tränen in die Augen.
Sie stand mitten in der Realität!
Sie zögerte, aber sie musste sich dem Grauen stellen. Es zu ignorieren, machte es nicht besser. Als Erstes bemerkte sie den fehlenden Gestank. Morven blieb im Türrahmen ihres Wohnzimmers stehen. Die Sitzgruppe mit ihrem blau-weißen Karobezug sah aus wie neu, auf dem Parkettboden war kein einziger Blutstropfen zu sehen. Die abgetrennte Hand fehlte auf dem Sideboard. Sie stopften gerade den aufgespießten Luachrach mit Kendricks Hilfe in einen schwarzen Plastiksack.
Lior entfernte den Beutel aus ihrem Staubsauger und deponierte ihn bei dem Luachrach. Der Blick von Kendrick lag schwer auf ihr. Seine Augen leuchteten in unheimlichem Silber.
„Kendrick, du musst deinen Bedürfnissen nachgehen", knurrte Lior.
„Ich will sie nicht allein lassen."
„Dann solltest du das Naheliegende tun. Sie kann dich mehr als ausreichend zufriedenstellen."
„Du weißt, das ist unmöglich."
Morven hatte keine Ahnung, wovon sie redeten und verspürte den Wunsch, ihm zu helfen. Bevor sie etwas sagte, hob Kendrick seine Hände.
„Nicht. Berühr mich nicht." Er trat zurück.
„Ich bleibe bei ihr." Dàn legte seinen Arm um sie und hinderte sie, Kendrick zu folgen.
Lior und Pete verabschiedeten sich und nahmen die grausame Fracht mit. Sie blieb zurück mit Dàn und ihren verletzten Gefühlen.
„Was hältst du von Pizza?" Seine Augen und Stimme waren warm.
„Ich weiß, du darfst mich nicht über seinen Zustand aufklären."
Was tat er, um seinen Hunger zu stillen? Er war doch kein Vampir. Sie riss sich von der Vorstellung los, wie Kendrick an dem Oberschenkel einer Frau saugte. Eifersucht konnte sie ebenso wenig gebrauchen wie Leichen, die ihren Weg pflasterten.

„Ist es für den Pizzaboten sicher, Pizza zu liefern? Kann ich eine für mich allein haben?"

„Jetzt ja. Dein Cottage steht unter schwerer Bewachung. Pete schickt ein paar Wölfe zur Verstärkung." Er lächelte. „Du bekommst eine Pizza nur für dich."

Er sah ihr in die Augen, es beruhigte sie, denn sie kämpfte mit dem Wissen, dass Werwölfe sie beschützten.

Zum Glück hatte sie fast keine Freunde, das könnte sie niemandem erzählen.

Kapitel 10

Kendrick stand zitternd im *Sugar and Chili*. Sein heftiger Hunger bewirkte Rage.

Sorcha sah ihn misstrauisch an.

„Söldner, beherrsche dich. Ich schicke Fiona zu dir. Ihre Angst ist stark, genauso wie ihre Lust und ihr Schmerz. Sie sollte dich ausreichend besänftigen."

Er lehnte an der Wand, als Fiona den Raum betrat. Ihre Emotionen umflossen sie. Er trat an sie heran und sie wich wimmernd zurück.

„Komm her." Sie verharrte regungslos. Mit einem Satz erreichte er sie und zerrte sie in die Arme. Ihr Herz schlug hart in ihrer Brust, köstlicher Angstschweiß benetzte ihre Haut. Mit einem Ruck zerriss er das Hemdchen. Sein Mund nahm gierig von ihren Brustwarzen Besitz und sie stöhnte auf. Er beschloss, sie nur an den Armen an der Decke zu befestigen. Er wollte, dass sie zappelte. Sie versuchte, sich zu wehren und das steigerte sein Bedürfnis. Normalerweise hätte ihre Furcht seinen Hunger eingedämmt. Aber Kendrick absorbierte in keiner Weise etwas von ihr.

Ihr *Bitte nicht* ging in ein lautes Stöhnen über, als er von ihrer Scham Besitz nahm. Gekonnt reizte seine Zunge sie, bis sie sich in den Fesseln wand.

Angst und Lust hielten sich bei ihr die Waage. Er packte die lange Gerte. Ihr Herzschlag beschleunigte sich, und wieder gab es ihm - Nichts.

Er schlug zu, leicht, um es auszukosten, beruhigte sie mit sanften Worten. Als sie bereit war, härtere Schläge zu empfangen, tat er es. Er konnte ihre Essenz nicht aufnehmen. Stattdessen stieg sein Hunger, das Tattoo auf seiner Schulter brannte und schickte Wellen durch seinen Körper, die sich flammend in seinem Innersten festsetzten.

Er holte aus, fügte ihr die finalen Schmerzen zu. Das Blut, durchsetzt mit ihrer Angst und Lust, dämmte das Biest ein, aber Kendrick wusste, es hielt nicht an. Schon als er zur Tür ging, erwachte es erneut und stärker als jemals zuvor.

Sorcha fing ihn auf dem Weg nach draußen ab.

„Söldner, du hast ein Problem, bei dem ich dir nicht mehr helfen kann." Die Druidin hob ihre Hand, um ihm über die Wange zu streicheln. Kendrick packte ihr Gelenk mit einem eisernen Griff, bevor sie ihn berührte.

Mitleid! Eine Empfindung für Schwache.

Sie winselte unter seiner Kraft. Schnaubend ließ er sie los. Die Symbole auf ihrer Haut schimmerten. Er verdankte es seiner langen Freundschaft zu ihr, dass sie ihn nicht an die Wand schmetterte.

Er murmelte ein paar entschuldigende Worte und verließ den Club. Die Essenz, die er aus der Frau gezogen hatte, war nicht mehr als ein Tropfen. Er hatte Fiona die doppelte Summe zugesteckt, bezweifelte, dass sie ihn in angenehmer Erinnerung behielt.

Fluchend dachte er an Morven. Nichts hielt die Gefühle, die er für sie empfand, auf. Er liebte sie. Auch wenn er es verleugnete, der Beweis lag klar auf der Hand.

Warum zur Hölle zwang Nosferat ihn zu diesem Mist? Er sollte besser über einen triftigen Grund verfügen. Kendrick war nahe dran, seine Manieren zu vergessen und die Konsequenzen in Kauf zu nehmen.

Sie zog ihn unwiderstehlich an. Selbst ihr Geruch lockte ihn. Es war nicht nur eine Auswirkung des verdammten Nasgadh. Er war verloren und Morven mit ihm. Er brauchte einen guten Kampf. Ein paar Abtrünnige, denen er die Köpfe abschlagen könnte, nachdem er sie verprügelt hatte. Er schnaubte, fürchtete sich, Morven zu sehen. Eine unschuldige und warme Frau.

Morven war der Schlüssel, um den Killer zu fassen. Alles führte zu ihr. Armes Mädchen. Entweder zog der Killer Nutzen aus ihren Kräften oder er wollte sie auf eine andere Weise ausbeuten. Ihre Abstammung war noch rätselhaft. Kendrick hatte eine Ahnung, dass Mephistopheles nicht die einzige Überraschung war. Vielleicht brachte ihre Blutprobe, die Nosferat entnommen hatte, Licht in das tiefe Dunkle. Dass die Werwölfe mitmischten, war ein glücklicher Zufall, denn sie brauchten jede Hilfe, die sie kriegen konnten.

Constable Pete Morris, der Regent der Werwölfe im County Fife verfolgte seine eigenen Interessen. Es war niemandem damit gedient, wenn die Menschheit erfuhr, was genau da unter ihnen weilte, bis in die obersten Regierungsebenen.

Kendrick strich sich über die Haare und Verzweiflung drohte, ihn zu überwältigen. Er wusste nicht, was er tun sollte. Gegen den Hunger kam er nicht an, und er konnte ihn nur bei Morven stillen. Ihm war bewusst, dass sie leichten Schmerz genoss, ihm vertraute.

Es gab einen anderen Weg, ein Sprung von den Klippen und Katha in den Tod folgen, eine feige Lösung.

In der Schlacht, die lange zurücklag, hatte er den Gefährten von Chara in einem fairen Kampf getötet. Ihm wäre viel erspart geblieben, hätte er den Tod gefunden. Katha würde leben. Kälte packte ihn, verursacht durch Angst, dass Morven das gleiche Schicksal widerfuhr.

Ein Suizid stand außer Frage. Vor allem musste er überzeugt sein, dass Morven in Sicherheit war. Er sah sie vor sich, in ihrem froschgrünen Morgenmantel, den roten Noppensocken, die Haare zerzaust, grüne Augen, die ihn wütend anblitzten. Tiefes Verlangen durchzog ihn und er konnte es nicht mehr aufschieben. Er musste ihr gegenübertreten. Aber zuerst wartete eine dringende Angelegenheit auf ihn, ein Kerl bekam unerwarteten Besuch, der letzte seines erbärmlichen Daseins. Als er ihr Gehirn abtastete, hatte er den Namen des Dreckskerls erfasst, der ihr die Zigarette auf dem Rücken ausgedrückt hatte, wusste, was geschehen war. Lior hatte ihn aufgespürt und ihm vorhin die Adresse zugesteckt.

Kendrick betrat das Haus durch die Hintertür. In seiner Hosentasche befand sich eine Packung Zigaretten. Mutter und Tochter versetzte er in Trance, den Abschaum nicht. Sie lagen oben im Schlafzimmer und würden keine Erinnerung an ihn haben. Im Kopf der Zwölfjährigen fand er Furcht vor ihrem Vater, noch hatte das Schwein es nicht durchgezogen, stand dicht davor. Die Mutter ahnte etwas, ignorierte es geflissentlich. Kurz spielte er mit dem Gedanken, sie zu töten. Aber dann wäre die Tochter eine Waise.

Der Scheißkerl lag nackt auf dem Küchentisch, geknebelt und mit Plastikbindern an die Tischbeine gefesselt, die Augen waren weit aufgerissen, sie sprangen fast aus den Höhlen, als Kendrick sich über ihn beugte. Er zündete die erste Zigarette an.

Der Geruch von Pizza stieg in seine Nase. Seine Gefährtin lächelte den Pizzaboten an und legte eine Hand auf seinen Unterarm. Der Mistkerl starrte ihr in den Ausschnitt. Eifersucht überrannte Kendrick. Die kleine südländische Ratte wich einen Schritt zurück, denn er stürmte auf ihn zu. Kendrick schob Morven zur Seite. Gott, sie konnte meisterhaft dunkle Blicke austeilen.

Luigi stand auf dem Namensschild. Er trat näher, nahm Luigi jede Gelegenheit, auszuweichen, da er den Küchentisch im Rücken hatte.

Gigante Idiota, entnahm er seinem Hirn.

„Was hast du gesagt?"

Bist du verrückt? Wenn du ihn anrührst, zerschmelze ich dein Gesicht!

Kendrick griff langsam in die Innenseite seiner Lederjacke, eines musste er der Knoblauchzehe lassen, feige war er nicht, kaum größer als Morven, aber er starrte Kendrick geradewegs in die Augen.

„Reicht das?" Er drückte Luigi einen Schein in die Hand.

Luigi nickte, zog seine Jacke gerade, warf Morven noch einen Blick zu und ging die Hüften schwingend zur Tür. Die Jeanshose klebte an seinem Hintern.

„Ciao, Morven."

Cretino!

Morven baute sich vor Kendrick auf, atmetet tief ein und aus. Die Röte der Wangen setzte sich auf ihrem Hals fort, breitete sich bis zu ihrem Dekolleté aus. Sie sah entzückend aus. Sie stach ihm einen Finger zwischen die Rippen.

„Du!"

In diesem Moment betrat Dàn die Küche.

„Ich könnte ein Pferd essen." Er öffnete einen der Pizzakartons. Ihr Magen reagierte mit einem lauten Grollen und peinlich berührt sah sie ihn an.

„Morven, sei ein Schatz. Bitte deck den Tisch, ich muss eine kleine Unterredung mit Kendrick führen", sagte Dàn ruhig. Er legte den Arm um Kendricks Schultern und schob ihn fast mit Gewalt ins Wohnzimmer.

„Warst du nicht im Club? Ich spüre deinen Hunger, du hast dich nicht unter Kontrolle."

Kendrick warf ihm einen giftigen Blick zu.

„Ich war da, vergeblich."

Dàn grinste ihn blöd an. Er unterdrückte den Reiz, ihm auf die Nase zu schlagen. Dàn grinste noch blöder, forderte ihn stumm auf, es zu versuchen.

„Du kennst die einzige Lösung für das Problem. Du liebst sie."

Kendrick schnaubte. Dàn sprach unbeeindruckt weiter.

„Die Bestie in dir gewinnt. Bring die Angelegenheit in Ordnung, ehe Nosferat dich zwingt. Er denkt nicht zweimal darüber nach, Morven nackt an eine Stange zu binden, dich zusammen mit ihr in den Raum einzusperren."

„Sie verachtet mich."

Dàns Augenbrauen schossen nach oben. Ein Ausdruck äußerster Belustigung lag auf seinem Gesicht.

„Diese Art der Verachtung nehme ich jederzeit in Kauf. Das glaubst du doch nicht, was du da von dir gibst. Sie hat dich begehrt, noch bevor wir sie mit dem Tattoo versahen. Und jetzt gehen ihre Gefühle über pures Verlangen hinaus. Du solltest sie nicht unterschätzen." Er sah ihn beschwichtigend an. „Sie ist anders als Katha. Sie mag es, wenn du ihr den Arsch versohlst. Warum riskierst du es nicht und findest heraus, wie weit du gehen kannst."

Das mochte sein, aber falls er ihr antat, was er tun musste, würde sie ihn hassen und daran zerbrechen. Genau wie Katha.

Morven starrte ihm nach. Er trieb sie in den Wahnsinn mit seiner dunklen Aura, seinem verruchten Lächeln. Die silbernen Funken in seinen Augen zogen sie an. Dann lächelte sie. Er war eifersüchtig, das hatte er nicht verbergen können. Ein Plan reifte in ihrem Gehirn.

Sie spürte ihn, ausgehend von dem Tattoo. Es füllte sie von innen heraus, als bildete er einen Teil ihrer Emotionen.

Die Männer betraten den Raum. Der seltsame Glanz in Kendricks Pupillen war klar sichtbar. Er starrte sie an, als wäre Morven die Pizza.

Kendrick setzte sich weit von ihr entfernt und sie sah ihn verletzt an.

Gut, wenn er sie mit Verachtung strafen wollte, das Spiel beherrschte sie auch. Dann drang ein Geruch an ihre Nase durch die Aromen des Essens.

Bevor sie die Worte zurückhalten konnte, kamen sie aus ihrem Mund.

„Du mieses Warzenschwein warst bei einer Frau." Ihre Haut erstrahlte in einem hellen Rot. Sie sprang quer über den Tisch und landete auf ihm. Sie gingen zu Boden, seine Augen reinstes Silber. Eine Hand hielt ihren Nacken, die andere lag auf ihrer Taille. Sie seufzte, denn er küsste sie. Sie fuhr mit den Händen unter sein T-Shirt, berührte die heiße Haut. Das Tattoo auf ihrer

Schulter pulsierte und vermischte sich mit dem intensiven Gefühl von Kendricks Haut auf ihrer. Er streichelte ihren Rücken und sie stöhnte gegen seine Lippen, saugte das Empfinden auf. Wollte mehr. Sie nahm ein Ziehen in ihrem Inneren wahr, der Sinnesreiz intensivierte ihre Lust. Das Kobaltblau seiner Pupillen verdrängte das Silber. Sein Ausdruck ließ sie stillhalten. Für einen Moment blieb die Zeit stehen. Sie hörte auf zu existieren, fühlte ihn als Streicheln auf ihrer Seele, als Klang in ihrem Herzen. Silberne Tropfen fielen auf seine Wangen. Gebannt sah sie, dass seine Haut sie absorbierte.

Verwirrt fasste sie an ihr Gesicht, es waren ihre Tränen, die ihn trafen. Dàns Räuspern riss sie aus der Starre. Ihr Gefährte löste seine Hände von ihrem Körper und es war ein unangenehmer Eindruck, als wenn ihr jemand die Wärme stahl. Sie wollte sich aufrichten, doch sank auf ihn zurück, ihre Glieder waren gummigleich.

„Dàn", flüsterte er. Sie spürte Dàns Arme um sich, als er sie von Kendrick zog. Er setzte sie auf den Stuhl.

„Was war das?" Fasziniert sah sie auf die Tränen, die diamantengleich ihre Fingerspitzen benetzten und selbst im sanften Licht der Küche schimmerten.

„Ulaidh", seine Stimme glich einer zärtlichen Berührung. „Das sind die Silbertränen der Armanach. Sie entstehen durch starke Emotionen." Kendrick fiel es nicht leicht, aufzustehen und er suchte Halt an der Tischplatte. Diesmal nahm er neben ihr Platz. Der Drang, ihn zu fühlen, überwältigte sie. Sie legte die Hand auf seinen Oberschenkel, die Eifersucht war vergessen. Morven war zu verwirrt und tief erschüttert, um das unangenehme Gefühl aufleben zu lassen.

„Ich weiß zwar nicht, wie es euch geht, Jungs, ich sterbe vor Hunger."

Ihre Worte lösten die Anspannung und sie brachen in Gelächter aus. Endlich stillte Morven den Hunger in ihrem Magen. Ein weiteres Bedürfnis wütete in ihr. Sie wollte Kendrick, nackt auf sich und in ihr.

Nie im Leben konnte es allein von dem Nasgadh herführen. Wenn sie darüber nachdachte, hatte sie sich zu ihm hingezogen gefühlt, als er sie das erste Mal berührte. Es zu leugnen, war feige, er kam, sah und siegte.

Sie schnaubte innerlich, gekommen war er noch nicht, aber er würde. Ihr Verlangen ging über das Körperliche hinaus, sie wollte ihn als Gefährten.

Ihr Kopf barst unter den Geschehnissen der letzten Tage. Es gab Werwölfe, wahrscheinlich Vampire und sonstige Kreaturen.

Sie leerte das Glas Rotwein in einem Zug.

„Ich drehe draußen eine Runde, um zu sehen, ob alles in Ordnung ist."

Morven sah Kendricks großer Gestalt nach, als er durch die Hintertür verschwand.

„Was soll ich tun?" Hilfe suchend sah sie Dàn an. Er musterte sie mit ernsten bernsteinfarbenen Augen.

„Du brauchst nicht mich, um es dir zu sagen. Tu das, was dein Körper und

dein Herz wollen.“ Er lächelte sie an. „Hör auf, dir etwas vorzumachen.“
Sie sah Dàn abschätzend an.
„Ich weiß, Nosferat hat dich zum Stillschweigen verdonnert. Will er in meine Kehle beißen?“
Dàn brach in Gelächter aus.
„Ich könnte das tun“, setzte sie nach.
Dàn schwieg beharrlich. Dann würde sie Kendrick ihr Blut anbieten. Vielleicht waren die Lugus vampirähnlich. Sie starrte gebannt auf Dàns Lippen und er lachte erneut.
„Was ist in dem Kutscherhaus?“, wollte er wissen.
„Nichts.“
„Zeigst du es mir?“
Als Morven das erste Mal die Scheune betreten hatte, schloss sie sie sofort in ihr Herz, denn sie wäre ideal für ein vernünftiges Atelier. Für den Umbau besaß sie kein Geld. Ein luftiges Gebäude mit Deckenbalken und Steinbruchfliesen, allerdings renovierungsbedürftig. Das Dach brauchte eine Erneuerung, Strom und Wasseranschluss fehlten. Es verfügte lediglich über eine alte Pumpe. Sie quartierten Roven dort ein.
Das Ainmhidh wieherte bei ihrem Eintritt. Kendrick hatte ihm ein Lager aus Stroh in einer der Boxen bereitet. Er fraß gerade ein Bündel Möhren. Der Hengst lief zu ihnen und legte seine Nüster auf Morvens Kopf, ganz sanft atmete er aus.
„Er mag dich.“ Dàn brach in lautes Lachen aus. Roven schnaubte. „Er hasst Lior, jagte ihn letzte Woche und biss ihm in den Hintern.“
Dàns Züge wurden weicher, als er lachte und er streichelte den glänzenden Hals.
„Der perfekte Ort für das *Kit Out*. Eine Armanach braucht Platz.“
„Mir fehlen die Mittel für eine Renovierung. Ich kann kaum die Stoffe bezahlen. Mit der Bank stehe ich in Kreditverhandlungen, sie haben ihn noch nicht bewilligt. Ich fand einen Laden auf der High Street, den ich gern mieten würde.“
Dàn schüttelte den Kopf.
„Unmöglich, einen Laden inmitten von Kirkcaldy zu eröffnen. Es wäre viel zu auffällig. Deine Kunden sind nicht menschlich. Um Geld brauchst du dich nicht zu sorgen, Kendrick wird dich unterstützen.“
Als ob sie Hilfe von einem Mann akzeptierte, der sie zurückwies. Nur über ihre Leiche.
„Ich möchte keine finanzielle Unterstützung von ihm.“
„Ich habe alles in die Wege geleitet, Flùr. Morgen fängt die Renovierung an.“ Kendricks tiefe Stimme vibrierte durch den Raum.
„Ich will das nicht. Ich schaffe es allein.“
„Ich habe dich nicht um Erlaubnis gebeten. Außerdem wirst du bald mehr

als ausreichend verdienen." Er stand direkt vor ihr und sah auf sie herab. Sie musste den Kopf in den Nacken legen, um seinen Blick zu treffen. Roven schubste sie mit seiner Nüster und sie fiel in Kendricks Arme.

Hinterhältiges Monster!

Bevor sie reagierte, bauten die beiden Krieger sich mit gezückten Schwertern vor ihr auf. Selbst Roven sah bedrohlich aus, er stand mit angelegten Ohren neben ihr und bleckte die Zähne. Sie hatte nicht gewusst, dass Pferde ihr Fell sträuben konnten.

„Vielleicht willst du meine Hilfe, Armanach?" Die wunderschöne Stimme wisperte auf sie zu. Morven trat instinktiv einen Schritt zurück. Sie konnte nicht feststellen, woher es kam, es umfloss sie von allen Seiten wie dunkler Samt. Die Tür flog auf und der Dämon der Teppichobszönität weilte im Türrahmen.

Mit einem Schnappen schloss sie den Mund. Er schimmerte wie ein Edelstein, da glänzendes Türkisblau den imposanten Körper bedeckte, kombiniert mit gelben Schuhen. Der Anzug war perfekt geschneidert, doch die Farbkombination ließ sie innerlich zusammenzucken. Zwei weibliche Wesen begleiteten ihn, groß gewachsen, smaragdgrüne Haut, tiefrotes kurzes Haar, bekleidet in einem Hauch von Nichts, farblich abgestimmt auf die Haare. Unmöglich weiße und spitze Zähne blitzten zwischen den Lippen hervor. Ihre Glieder waren mit roten Schriftzeichen überzogen.

Morven wusste instinktiv, dass von ihnen Gefahr drohte. Sie bewegten sich mit der Sicherheit von Kämpfern, schleichend und fließend, tödlich.

Der Dämon blieb in der Tür stehen und die dunklen Augen schienen direkt in Morven hineinzublicken.

Das fehlt uns gerade noch.

Beide Lugus dachten das Gleiche und sie hörte sie deutlich in ihrem Kopf. Roven schnaubte, ein bedrohliches Geräusch, eine Warnung. Er spannte seine Muskeln an, bereit anzugreifen.

Der Dämon hob die Hände.

„Ich komme in Frieden." Er zeigte lächelnd seine weißen Zähne. „Ich wünsche der Armanach, ein Angebot zu unterbreiten. Ihr benötigt jede Hilfe, die ihr kriegen könnt."

Seine Stimme nahm an Schärfe zu.

„Nehmt die Waffen runter und zügelt das Ainmhidh. Ich würde das prachtvolle Pferd ungern töten."

Die Körperhaltung der Frauen änderte sich, zwei Pfeile, die auf dem gespannten Bogen lagen.

Wieder spürte sie seine Augen auf ihrer Haut, heiß und körperlich. Als sie aufseufzte, wurde ihr bewusst, dass Fingerspitzen sie berührten, unsichtbar und fürchterlich irritierend. Sie strichen über ihren Leib, reizten ihre Nippel, fassten zwischen ihre Schamlippen und rieben die Klitoris. Das Gefühl war

dermaßen intensiv, dass sie sich an Kendrick festhielt.
„Babylonus", knurrte ihr Gefährte.
Dieser Perversling! Ein rotes Schimmern lief ihre Arme entlang, bündelte sich in einem Blitz, der ihren Fingerkuppen entwich. Es traf den Dämon mitten auf die Brust. Er flog aus der Tür.

Daingit!
Morven, bist du verrückt?
Ich tat es nicht absichtlich.
Sie hörte sich gleichzeitig stolz und beschämt an. Einzig das sanfte Schnauben von Roven unterbrach die Stille. Kendrick bereitete sich auf einen Angriff der beiden Donas vor, stattdessen füllte Babylonus' tiefes Lachen das Kutscherhaus. Der König der Dämonen bot ihr seine Hilfe an. Sie übte eine ungeheure Anziehungskraft auf die gesamte zweite Macht aus. Seine Gefährtin war immer für eine Überraschung gut, Gefahr der Langeweile drohte nicht.
Sie umschlang seine Hüfte und hielt sich an ihm fest. Er spürte ihre Unruhe und Verwirrung. Er wusste nicht, wie viel sie noch aushielt.
Babylonus warf seine dunklen, mit roten Strähnen durchsetzten Haare aus der Stirn und kam sein Jackett zurechtziehend auf sie zu. Mit einem anrüchigen Grinsen blieb er ein paar Meter vor ihnen stehen.
„Söldner, ich sage es nicht erneut freundlich, steckt die Schwerter weg."
Er trat einen Schritt vor. Kendrick missfiel der hungrige Blick, den er seiner Gefährtin zuwarf.
„Wenn ich feindliche Absichten hegte, könnte ich dieses Gebäude nicht betreten."
Es stimmte. Dàn deaktivierte zeitgleich mit Kendrick seine Waffe.
„Als Zeichen meiner friedlichen Intentionen bleiben meine Begleiterinnen draußen vor der Tür."
Er kam näher.
„Es gibt vielleicht den einen oder anderen Wolf, der ärztlicher Hilfe bedarf. Aber aus Wertschätzung der Armanach gegenüber, töteten meine Kinder niemanden im Raith Estate."
Babylonus blieb fünf Schritte vor ihnen stehen. Kendrick bemerkte, dass Morvens Nervosität stieg. Ein Beben lief über ihren Körper.
Beruhige dich, Flùr, er wird dir nichts antun.
„Du wähltest gut, Armanach. Dein Gefährte besitzt Stärke und sollte dich ausreichend zufriedenstellen."
Babylonus Blick lag schwer auf Kendrick.
„Es stellt sich mir die Frage, wieso er deinen Honig nicht kostet? Warum du nicht schreiend unter ihm liegst? Das Nasgadh habt ihr vollzogen, das reicht keinesfalls."

Morven sog hörbar die Luft ein, bereit, ihm ins Gesicht zu schlagen. Kendrick zog sie näher. So beleidigend die Worte klangen, sie enthielten eine Warnung. Babylonus beugte sich vor. „Ihre Gestalt ist weiblich, appetitlich. Welchen Grund hast du, Kendrick von den Lugus, sie zu verschmähen?"

Morven versteifte sich. Kendrick verhinderte, dass sie ihm in die Kronjuwelen trat, ihr Gedanke, nicht seiner.

„Ihr wollt doch nicht, dass die Abkömmlinge des Tuatha Dé Danann von dieser Köstlichkeit erfahren, Söldner? Wie ich hörte, hat unsere kleine Morven eine mächtige Feindin im Rat."

Babylonus wusste offensichtlich mehr als sie. Seine Drohung wog schwer.

Er kam noch zwei Schritte näher und streckte die Hand aus.

„Binde sie vernünftig an dich, oder ich zwinge dich. Ich riskiere keinesfalls, dass sie den anderen in die Hände fällt. Das Urchaid wartet auf diese Gelegenheit. Eure Verbindung muss stark und echt sein."

„Fass mich nicht an", zischte Morven neben ihm. Babylonus zog seine Fingerspitzen zurück, kurz bevor er sie berührte.

„Du weißt nicht, was du verpasst."

Kendrick konnte förmlich spüren, dass sie mit den Augen rollte.

„Das Einzige, was ich verpasse, ist die Erfahrung, in die Hinterlassenschaft eines Dinosauriers zu treten. Wahrscheinlich riechst du wie einer."

Morven!

Der König der Dämonen warf den Kopf in den Nacken. Sein lautes Lachen donnerte durch das Kutscherhaus.

„Wir werden sehen, Armanach."

Sein dunkler Blick bohrte sich in Kendricks.

„Und dir, Söldner, ist klar, dass niemand die Armanach über deine Unpässlichkeit aufklären darf. Nicht ein Wort."

Bot Babylonus ihm einen Ausweg an? Aber wie? Nur Chara konnte den Fluch von ihm lösen, daran zu denken grenzte an Wahnsinn. Ihr Tod erlöste ihn nicht. Sollte sie vor ihm sterben, lag der Fluch für die Ewigkeit auf ihm. Babylonus' Ausdruck war blank und Kendrick unterdrückte den Hoffnungsschimmer, der in ihm keimte.

Babylonus richtete seine Aufmerksamkeit auf Morven.

„Ihr habt doch sicherlich eine Blutprobe von Morven genommen und ihre DNA untersucht?"

Jeder wusste, dass er gerne Spielchen spielte. Ein offenes Grinsen lag auf den Zügen.

Morven stöhnte verärgert neben ihm auf, wischte sich über Wange und Lippen. Sie warf Babylonus einen dunklen Blick zu. Ein weiteres Lachen füllte die Scheune. Der Dämon wackelte mit den Augenbrauen, bevor er durch die Tür verschwand.

Dàn seufzte tief und schüttelte den Kopf.

„Ich hoffe, ich sehe ihn nie wieder", platzte es aus Morven.

Das war unwahrscheinlich. Der König der Dämonen zeigte starkes Interesse an ihr, heckte stundenlang düstere Pläne aus, schob sie herum wie Schachfiguren. Wahrscheinlich steckte er mit Nosferat unter einer Decke.

„Hinter deiner Herkunft steckt mehr als Mephistopheles. Wir müssen herausfinden, wer deine Mutter ist." Dàn verbarg seine Unruhe nur schwer. „Er wies euch auf eine Gefahr hin, tut etwas dagegen."

Dàns Mimik wurde weicher, als er Morven ansah. „Ich halte heute Nacht draußen Wache."

Kendrick hätte fast zynisch aufgelacht, als würde Privatsphäre seine Situation erleichtern. Sie zwangen ihn, ihr wehzutun. Die Tränen der Armanach dämmten den Fluch ein, aber er spürte ihn deutlich. Er wusste nicht, ob er das Monster beherrschen konnte, wenn er seiner Lust nachgab.

„Ist noch ein Stück Pizza da?" Morven lächelte ihn an.

Er nahm nicht den Arm von ihr, als sie ins Haus zurückgingen. Roven begleitete sie zur Tür und schnaubte in ihre Haare.

„Gute Nacht, Pferd." Morven blies in seine Nüstern. In den Augen des Ainmhidh lag ein Ausdruck purer Glückseligkeit. „Wir brauchen einen Platz für ihn, wenn das Kutscherhaus umgebaut wird."

Das unterdrückte Verlangen und ihre offene Zuneigung trafen ihn bis ins Mark. Ihre bebenden Nasenflügel erinnerten ihn, dass er duschen musste.

„Ich gehe duschen und verbringe die Nacht in deinem Wohnzimmer."

Morven warf ihm einen seltsamen Blick zu und machte sich über die restliche Pizza her.

Kendrick legte seufzend seine Hände gegen den Kachelspiegel und entspannte sich unter dem heißen Wasser. Zusätzliche Runen schützten das Badezimmer und hielten unerwünschte Magie davon ab, auf dem Wasserweg ins Haus zu gelangen.

Er spürte Morven, bevor er sie sah. Sie stand nackt ein paar Schritte hinter ihm und sein Hunger erwachte so stark, dass ihm fast die Beine wegknickten.

Was für ein Anblick, wert eines zweiten und auch eines dritten Blickes, ein Mann, kein dürrer Junge aus einer Parfümwerbung. Mousse au Chocolate, verführerisch wie dunkle, fließende Seide. Seine Muskeln spielten bei jeder Bewegung. Das Tattoo strahlte in einem brillanten Grün auf seiner Schulter. Der Spiegel bestätigte ihr, dass ihr stilisiertes K in seinem Blau dem Grün in nichts nachstand. Wenn er das Gleiche fühlte wie sie, musste sein Körper innerlich kribbeln und pulsieren.

Er drehte sich um und sie glaubte, Panik in seinem Ausdruck zu erkennen. Lächerlich, er überragte sie deutlich.

Sie ging näher. Sein Blick streichelte ihre Haut, heiß und verlangend. Er mochte, was er sah, der Beweis war unübersehbar. Sein geschwollener

Schwanz stand von seinem Körper ab. Sie blieb vor ihm stehen, bis sie ihn fast berührte. Seine Fingerspitzen folgten der Spur der Augen, sanft und flüsternd strichen seine Hände über ihren Körper, erkundeten die Konturen und hinterließen Wärme und Sehnsucht.

Wenn er sie abwies, würde sie es nicht kampflos akzeptieren.

„Morven, du weißt nicht, in welche Gefahr du dich begibst, ich kann nicht." Seine Stimme war rau vor Begierde. Seine Pupillen zeigten die ersten silbernen Funken.

Sie sah auf seine Erektion.

„Und ob du kannst." Sie lächelte ihn an. „Ich bestehe darauf."

Bevor sie der Mut verließ, presste sie sich an ihn. Weiche Kurven trafen harte Muskeln. Ein verzweifeltes Geräusch kam aus seiner Kehle, ehe seine Lippen sich auf ihre senkten. Seine Hitze drückte sie an die Wand, sein Mund fand ihre Brustwarzen. Er saugte scharf, genau, wie sie es erhoffte. Besitzergreifend knetete er ihre Pobacken, ihre Brüste. Sie liebte es, dass er fest zupackte. Sie mochte das Gefühl der eigenen Verletzbarkeit, seine Kraft. Seine Hände rutschten tiefer, berührten ihre Scham, rieben leicht ihre Klitoris.

„Wie Seide", flüsterte er gegen ihre Lippen. Sie stöhnte auf, als er sie teilte, ihre pulsierende Perle mit dem Daumen umkreiste und gleichzeitig einen Finger in ihr Geschlecht schob. Sie war so nass, dass er es mühelos konnte. Silberne Tränen rannen ihr Gesicht entlang, als sie den Höhepunkt erreichte.

„Fick mich", zischte sie ihm zu. Er hob sie an, presste sie an die Fliesen, und endlich war sein Schwanz in ihr. Sie biss in seine Schulter und er stöhnte auf. Er vögelte sie rücksichtslos, stieß schnell in sie hinein. Kendrick nahm sie, die Tränen und ihren Körper. Noch nie hatte Morven beim Liebesspiel eine dermaßen unglaubliche Nähe gefühlt. Seine Lust brandete über sie, ihr ganzes Bewusstsein war in Aufruhr. Er schrie, als er seinen Orgasmus erzielte. Sie klammerte sich an ihn, unfähig, stehen zu bleiben.

Sie fiel lieber tot um, ehe sie jemandem erlaubte, sie von ihm zu trennen. Und schon gar nicht diese Schlange Norgana.

Mit einem Knurren trug er sie zu dem Bett und warf sie darauf. Er rutschte tiefer, bis seine Zunge ihre Klitoris berührte.

„Rosenblüte", sagte er lächelnd, „so nennst du deine empfindlichste Stelle?" Bevor sie antwortete, setzte seine Zunge da an, wo seine Hände aufgehört hatten. Er leckte ihre Perle, teilte die äußeren Schamlippen mit Daumen und Mittelfinger, um besseren Zugriff zu haben. Dann hob er ihren Po an und berührte ihren Anus. Der zusätzliche Reiz bäumte sie auf. Sie hörte auf zu denken, alles, was noch zählte, war das unglaubliche Gefühl, das sie zerschmolz.

„Bitte, Kendrick." Sie umfasste sein Gesicht. Er sah zu ihr hoch, mit einem sündigen Ausdruck.

„Möchtest du mich beißen?“

„Vielleicht ein wenig.“ Sanft saugte er an ihrer Klitoris, eine neue Welle der Befriedigung spülte sie fort. Er hielt sie, indem er eine Hand auf ihren Bauch legte, als sie sich rekelnd der Erfüllung ergab, dabei seinen Namen schrie.

Sie schmeckte sich selbst, als sie seinen Schwanz leckte und ihm ein Keuchen entlockte. Vorsichtig umfasste sie die rasierten Hoden, saugte an der Eichel. Kendrick zog ihren Kopf an den Haaren in den Nacken, befahl ihr, sich auf das Bett zu knien. Sie hörte, wie er seinen Gürtel aus der Jeans zog, die über dem Stuhl hing, bebte in Erwartung des Schmerzes, der gleich folgen würde. Er schlug fast vorsichtig zu, hielt sich zurück, und dennoch erfasste sie pure Lust. Ihr Po brannte und Kendrick nahm sie von hinten, zog ihren Oberkörper hoch und reizte ihre Nippel mit einer Hand, während die andere ihren Kitzler rieb. Er biss sanft in ihren Hals und er kam wenige Sekunden nach ihr.

Morven erwachte dermaßen abrupt, dass ihr für einen Moment schwarz vor Augen wurde.

„Dàn!“

Sie brauchte einen Augenblick, um Kendricks Stimme verzerrt mit Verzweiflung zu erkennen.

Das Brüllen war nicht das Schlimmste, seine Pupillen glitzerten in purem Silber, die Zähne waren verlängert. Er stand in die Ecke gedrückt. Erneut brüllte er verzweifelt.

Der Lugus stürmte in das Zimmer, packte Morven, die erstarrt im Bett saß, ignorierte ihr Strampeln und zog sie Richtung Tür.

„Morven, höre auf mit dem Treten, bitte!“

„Kendrick.“ Sie wollte seinen Namen schreien, aus ihrer Kehle kam ein Flüstern. Sie strampelte weiter gegen seine Arme an, er festigte den Griff, trug sie fast zur Tür. Sie sah, dass Kendrick aus dem Fenster sprang.

„Lass mich, ich will ihm helfen.“

„Das geht nicht.“

„Was geschieht mit ihm?“ Sie drehte sich um, starrte in Dàns bernsteinfarbene Augen. Kendrick ähnelte einem wilden Tier, dennoch fühlte sie sich zu ihm hingezogen. Ihre Angst verweilte für einen Sekundenbruchteil und löste sich auf.

„Was ist mit ihm passiert?“ Sie brüllte die Frage fast.

„Das kann ich dir nicht sagen. Wenn ich es tue, rauben wir ihm jede Chance, dass es jemals aufhört. Babylonus hat uns gewarnt. Der König der Dämonen warf ihm ein Seil zu, zerstöre es nicht.“

Als sie aufschluchzte, lockerte Dàn seinen Griff. Sein Blick war sanft.

„Uuuhh“, sagte sie beschämt, spürte, dass ihr Gesicht erhitzte, vielmehr brannte. Sie war nackt, ihr Busen presste sich gegen seinen Brustkorb und seine Hände lagen auf ihren Pobacken. Eines musste sie dem Lugus lassen, er bestand aus einer Festung der Anständigkeit. In seinen Augenwinkeln blitzte Amüsement.

„Keine Dummheiten. Ziehe dich an. Vergiss die Idee, ihm zu folgen."

Für eine Zehntelsekunde spielte sie mit dem Gedanken, aus dem Fenster zu springen.

Führe mich nicht in Versuchung.

Shit!

Dàns bernsteinfarbene Augen verdunkelten sich und sie gab auf. Er fasste an ihre Wangen. Silberne Tränen benetzten seine Fingerspitzen.

„Oh." Er seufzte, als seine Haut sie absorbierte. Ein Schaudern lief über seinen Körper. „Ich warte vor der Tür." Seine Pupillen glühten wie die eines Löwen und sie wich vor ihm zurück.

Was war mit Kendrick los? Er hatte beängstigend und zugleich bedauernswert ausgesehen. Es schmerzte, von ihm getrennt zu sein.

In guten wie in schlechten Zeiten, für ihn war das eindeutig eine schlechte Zeit. Warum nahm er sich nicht einfach von ihr, was er brauchte?

Weil er dich liebt und Angst hat, dass du es nicht ertragen kannst. Deswegen hat er sich auch bei den Schlägen zurückgehalten.

Sie schaffte es nicht, die Knöpfe von Kendricks Hemd zu schließen.

Dàn kniete vor ihr und mit ruhigen Händen knöpfte er es zu. Sie atmete tief ein. Kendricks Geruch umgab sie. Verzweifelt schluchzte sie und rief sich zur Ordnung. Gerade hatte sie den besten Sex ihres Lebens gehabt. Ihr Gefährte sah danach wie ein Wesen aus einem Horrorfilm aus, es war ihr egal. Jetzt wusste sie es, sie liebte ihn.

„Ich weiß." Dàn strich ihr über den Kopf. „Wenn du möchtest, bleibe ich bei dir."

Sie klopfte auf die Matratze. Kendrick würde heute Nacht nicht zurückkommen, der Gedanke schnürte ihre Kehle zu. Dàn deckte sie zu und legte seine Hand auf ihre Stirn.

„Du bist nicht allein. Babylonus belästigt mit Sicherheit jemanden in diesem Moment auf der Suche für eine Lösung des Problems." Er legte sich angezogen auf die Decke.

Morven verstand Dàns letzte Worte kaum, sie fiel in einen tiefen Schlaf, und ihr Kopf lag auf seiner Schulter.

Kapitel 11

Als sie die Augen aufschlug, saß Kendrick neben ihrem Bett. Seine Pupillen waren kobaltblau und sahen sie liebevoll an.

„Flùr. Es tut mir leid." Sie setzte sich auf die Knie und umarmte ihn.

„Was immer du brauchst, Kendrick. Ich bin mehr als bereit, es dir zu geben, ohne einen zweiten Gedanken daran zu verschwenden. Ich bin nicht so zerbrechlich, wie du denkst."

Kendrick fasste sie um die Schultern. „Du weißt nicht, was du mir anbietest. Ich kann nicht bei dir bleiben, wenn dieser Zustand mich ereilt, es ist zu gefährlich." Seine Finger bohrten sich dermaßen schmerzhaft in ihre Haut, dass sie zusammenzuckte.

„Glaubst du, dass ich so schwach bin?" Es schmerzte mehr, als sie zugeben wollte. Der innere Kampf, der sich in ihm abspielte, war nicht auf seinem Gesicht zu sehen. Sie sah in das harte Antlitz des Söldners, spürte seine Unruhe, seine Verzweiflung mit jeder Faser ihres Körpers.

Einen Pakt mit dem König der Dämonen einzugehen, beunruhigte sie bis ins Mark. Ein Pakt mit dem Teufel, nicht sprichwörtlich, sondern das wahre Ding. Irgendwann würde er die Schulden eintreiben. Es war ihr egal, wenn es Kendrick half, würde sie es tun.

Dàn klopfte gegen den Türrahmen.

„Nosferat wartet in der Küche mit Neuigkeiten."

Morven klammerte sich an Kendrick, sog seine Stärke auf und versuchte, die Angst zu unterdrücken. Sie straffte ihre Schultern. Was immer es war, in die Knie ging sie davon nicht, nicht nach dem, was ihr in den letzten Tagen passiert war.

„Ich hoffe, du hast recht, Gefährtin."

Kendricks Aufgewühltheit nahm zu, sowie seine Beunruhigung. Gefühle überrannten ihn, die er seit Jahrzehnten erfolgreich unterdrückt hatte. Sie ängstigten ihn wie die Hölle selbst. Seine Frustration hatte er an dem Arschloch ausgelassen.

Er hatte ihm die Seele aus dem Leib geprügelt, im wahrsten Sinne des Wortes, nach den Zigaretten.

Vor all den Jahren hatte dieser Abschaum Morven als Jugendlicher aufgelauert. Als sie ihn abwies, hatte er sie geschlagen und ihr die Brandwunde zugefügt. Jetzt war er unfähig, seine Tochter zu belästigen. Kendrick hatte es sichergestellt, in mehr als einer Weise. Noch vor ein paar Tagen hätte er keinen zweiten Gedanken daran verschwendet. Morven kam aus dem Badezimmer mit Haaren, die in alle Richtungen abstanden. Das Mädchen wusste, sich in anschmiegsamem Jersey zu bewegen, im Ton passend zu ihrer Augenfarbe.

Zu seinem Erstaunen saß nicht nur Nosferat am Küchentisch. Mephistopheles lehnte an der Küchenzeile und hielt eine Shrektasse. Kendrick vermutete, dass der Vampirdämon zwei Seiten besaß.

Gepolsterte Altäre!

Ein lautes Kreischen ertönte von draußen. Lior stürzte in die Küche, als wäre der Teufel persönlich hinter ihm her.

„Verdammt, dein Höllenpferd hat mich durch den Garten gejagt. Es hasst mich."

Er warf Kendrick einen bösen Blick, bevor er mit zitternden Händen eine Tasse Kaffee nahm.

Kendrick konnte sich kaum ein Lachen verkneifen. Die gefährlichsten Männer der zweiten Macht tranken aus lustigen Bechern. Kendrick hatte die Wahl zwischen dem Grinch und Snoopy, er entschied sich für den Ersteren.

Morven kam in die Küche. Liors Augenbrauen schossen nach oben, denn Kendrick versteifte sich, als er es wagte, sie zu umarmen.

Kendrick bemerkte ihre Nervosität und zog sie auf den Stuhl neben sich, nachdem sie Mephistopheles auf die Wange geküsst hatte. Dàn reichte ihr lächelnd Tee.

Sie verwandelten sich in eine Horde Softies.

„Ich habe deine Blutprobe untersucht." Nosferat holte tief Luft, schien zu überlegen, wie er ihr die Nachricht am behutsamsten beibrachte. „Mephistopheles ist nicht dein einziger Vater. Du hast zwei."

Morven stellte langsam die Teetasse auf den Tisch, verschluckte sich und erstickte fast.

Sie stand kurz davor, durchzudrehen.

Ihr Vater umfasste ihre Hände.

„Deine Mutter empfing meinen Samen am 29. Februar. Sie war zu diesem Zeitpunkt bereits schwanger. Sie muss einen Zauber oder ein Ritual abgehalten haben, damit meine Kräfte in dich fließen."

Das machte Sinn. In Schaltjahren erreichte Magie den Höhepunkt, der 29. Februar war das mächtigste Datum. Wieso hatte ihre Mutter Morven weggegeben? Sie hatte große Pläne mit ihr vorgehabt. Das erschien unlogisch, es sei denn, jemand nahm ihr die Tochter und versteckte sie.

Ihre Gedanken gingen anfangs in die falsche Richtung. Wer immer das tat, brachte Morven nicht vor Mephistopheles in Sicherheit, sondern vor ihrer Mutter. Diese Person wusste, wie gefährlich sie war, oder hatte es zumindest vermutet. Aber wieso übergab sie Morven nicht einfach dem Rat? Stattdessen hatte sie die Fähigkeiten in dem Säugling unterdrückt und sie auf die Neugeborenenstation eines Krankenhauses gelegt, sie dem Risiko ausgesetzt, dem Wahnsinn zu verfallen. Das passierte mit Armanachs, in denen die Kräfte im Verborgenen lagen und nicht geweckt wurden.

Die Zuneigung, die der Vampirdämon für seine Tochter empfand, war klar wie Eis. Morven lächelte ihren Vater an, umarmte ihn und er küsste sie auf die Stirn, dabei sah er tief in ihre Augen. Wenn er anfing zu heulen, würde Kendrick schreiend aus dem Raum flüchten.

„Habt ihr Informationen über die Mutter?", fragte Kendrick. Es war eine Frage der Zeit, bis sie die mörderische Schlange schnappten. Er plante, ihr einen langsamen Tod zu gewähren.

Zu seinem Erstaunen nickte Nosferat. „Wir kennen ihren Namen, April Wind."

„Wo ist sie?", fragte Morven. Ihr Herz sprang fast aus der Brust. Sein Tattoo reagierte stark auf ihre Emotionen. „Wir wissen es nicht. Sie verschwand vor deiner Geburt aus allen Registern, ein Schatten, der niemals existiert hat."

„Was ist mit anderen Verwandten?" Kendrick hörte die Hoffnung in ihrer Stimme.

Nosferat schüttelte den Kopf. „Es tut mir leid."

„Und mein ... zweiter Vater?"

„Die Spur verläuft ins Leere."

Nosferat warf ihm einen warnenden Blick zu.

Sie hat die ganze Familie abgeschlachtet. Morven sollte es nie erfahren. Dieser Zweig der Carsons ist ausgerottet.

Mephistopheles sah sie an. „Du hast eine Familie, Kendrick und mich."

Eine Spur von der Schlampe?

Nichts, aber wir werden April Wind finden. Sie ist bösartig bis ins Mark und hinterlässt immer deutlichere Spuren. Wahrscheinlich wird sie wahnsinniger und unvorsichtiger.

Nosferats gedachte Worte jagten eine Gänsehaut über Kendricks Körper. Der Oberste der Lugus war nicht leicht zu beeindrucken. Morven spürte seine Anspannung, sie sah ihn fragend an und lehnte ihren Kopf gegen seine Brust.

Stumm wiederholte er Babylonus' Worte, ein Weg aus dem Fluch. Die Hoffnung, die er hegte, erschreckte ihn.

Von draußen drangen hämmernde und sägende Geräusche an ihre Ohren. Anscheinend war die Erschaffung des *Kit Out* in vollem Gange.

„Wenn du für die Renovierung bezahlst, darf ich wenigstens bei dem Design mitentscheiden?"

Kendrick räusperte sich. Wie sollte er seine Gefährtin auf Godalf vorbereiten? Sie sah ihn misstrauisch an.

„Am besten machst du dir selbst ein Bild." Er würde sich nicht mit Godalf anlegen, dabei konnte er nur verlieren. Unübersehbar ragte er aus der Gruppe Arbeiter, die knallroten Haare mit viel Gel in eine stachlige Form gebracht, zeigten den Weg. Der Unterkörper steckte in einer Hüftjeans, die in den USA in einigen Bundesstaaten zu einer Verhaftung geführt hätte. Ansonsten zierte eine Lederweste den muskulösen Oberkörper. Seine Muskeln spielten bei jeder Bewegung, ein Werwolf durch und durch. Sein weiches Gehabe diente als Fassade, nur Narren unterschätzten ihn.

Morven blieb im Tor des Kutscherhauses stehen.

Ein schwuler Werwolf ist der Innenarchitekt?

Er hörte ihr Amüsement in seinem Kopf.

Es wäre ein Fehler, sich mit ihm anzulegen, fügte sie mental hinzu.

Ja, Flùr.

Gut aussehend, eingebildet, lässt sich nichts sagen.

Der beste Innenarchitekt im ganzen Königreich. Er arbeitet umsonst für dich.

Die Kräfte der Armanach stiegen von Tag zu Tag. Am Geruch erkannte sie den Wolf, ein Blick reichte, um das Ego zu durchschauen. Obwohl, das hätte sie vielleicht auch so geschafft. Er war erleichterter, als er zugeben wollte. Ein verbaler Schlagabtausch überstieg seine Geduld. Einer von beiden wäre in Tränen ausgebrochen, welcher von ihnen stand in den Sternen.

Morven ging auf Godalf zu, lächelte engelsgleich, sah dermaßen unschuldig aus, dass Kendrick mit den Augen rollte. Sie küsste den Wolf links und rechts auf die Wange. Er erklärte ihr sein Konzept, sie nickte euphorisch, lobte seine Ideen überschwänglich und lachte glockenhell.

„Darf ich eine Anmerkung machen?“

Der Werwolf bejahte großzügig.

„Wir brauchen Platz für mindestens zwei Pferde.“

„Bereits in Arbeit, Honey. Ein Anbau mit einer großen Box.“

In diesem Moment vibrierte sein Mobiltelefon. Sein altes Nokia Phone war das Opfer von Gespött bei den Lugus. Es erfüllte seinen Zweck. Liors I-Phone plärrte los, *I can't get no satisfaction*, von den Rolling Stones.

Auch Nosferat hielt sein Telefon in der Hand, die Titelmelodie von der Weiße Hai.

Der Alarm auf der Isle of Lugus war ausgelöst worden.

„Ich bleibe bei ihr.“ Dàn stand neben Morven und die drei Lugus sprangen auf ihre Pferde.

„Die Insel der Lugus wird attackiert. Und jemand muss den Angreifern vom Inneren der Insel helfen.“ Nosferats Wangenmuskel zuckte, seine Knöchel schimmerten weiß, als er die Zügel seiner Clydesdales Stute umfasste. Ròs spürte seine Unruhe und wieherte laut. Roven fiel in das Wiehern ein.

Das Speedboat erwartete sie.

Ein unerklärliches Unbehagen nagte an ihr. Sie sah den Lugus nach. Etwas stimmte nicht und angespannt sah sie zum Wald hinüber. Sie hörte das Wispern der Blätter, das Rauschen des Grases.

Der Wind nahm leicht zu. Wahrscheinlich reagierte sie überempfindlich.

„Ihnen geschieht nichts.“ Dàn lächelte sie bei seinen Worten an, es beruhigte sie in keiner Weise. Godalf fuhr sich mit einer femininen Geste über seine Haare.

Morven sah zum Himmel. Hitze lief durch ihre Muskeln und ein grünes Schimmern überzog sie, eine Schutzglyphe dehnte sich auf die beiden Männer aus.

Dàn packte sein aktiviertes Schwert. Der Werwolf legte seine weibliche Maske ab. In der Hand hielt er ein Messer, dessen Anblick ihr kalte Schauder entlockte. Damit konnte man Elefanten zerteilen. Seine Pupillen glühten in einem unheimlichen Orange, das Gebiss noch bedrohlicher als die Klinge. Entsetzt sah sie Körper auf die Glyphe aufschlagen.

„Was ist das?" Sie erkannte Mäuler voller spitzer Zähne, Flügel und flammend rote Augen. Es waren Dutzende. Sie kreischten und zirpten, ihre Krallen hinterließen ein durchdringendes Surren auf der Schutzglyphe. Ihre Körper waren von einem dunklen Rot, das fast schwarz wirkte.

„Trodhan, Piranhas der Lüfte." Dàn war schockiert, sie sah es in der gesamten Körperhaltung. Gedämpfte Schreie drangen aus dem Wald, begleitet von dem reißenden Geräusch von Fleisch. Dàn hielt sie fest, und sie spürte das Zittern seiner Hände. „Du kannst nichts tun, um zu helfen. Wenn du die Glyphe loslässt, sind wir verloren."

Godalfs Wut und Hilflosigkeit sah sie ihm deutlich an. Ein Werwolf rannte auf sie zu, kurz hinter ihm ein zweiter. Der Erste schaffte es, die Glyphe weitete sich auf ihn aus. Der Andere brach unter dem Ansturm zusammen. Dàn presste ihr Gesicht gegen seinen Brustkorb. Dennoch brannte sich der Anblick fest, der Moment, als das Leben erlosch, abgelöst durch Zähne, die Muskeln auseinanderrissen.

Ein letztes Kreischen. Sekundenbruchteile von absoluter Stille und die Trodhan verschwanden so plötzlich, wie sie gekommen waren. Die Schutzglyphe löste sich mit einem Schimmern auf. Sie wusste weder wie sie es bewältigt hatte, eine zu errichten noch wie sie die Glyphe deaktiviert hatte.

Godalf beugte sich zu den Überresten und Tränen schimmerten in seinen Augen. Der Wolf, der es geschafft hatte, sank auf die Knie. Das Würgen ließ sie zu ihm eilen. Sie hielt ihm die blonden Haare aus dem Gesicht, zog ihn in die Arme, als gequälte Laute seinen Körper schüttelten.

„Mein Bruder." Immer wieder sagte er die Worte. Sie klammerte sich an ihn, so wie er sich an sie. Hilfe suchend sah sie Dàn an.

„Kendrick", flüsterte sie. Der Gedanke, dass er von diesen Kreaturen zerfetzt wurde, verursachte eine nie gekannte Angst in ihr.

Dàn hämmerte auf die Kurzwahltaste seines Telefons.

„Nosferat, bei euch alles in Ordnung?"

Er nickte ihr zu. Ihr war fast übel vor Erleichterung.

„Trodhan haben uns angegriffen. Es gab Tote."

Nach einer kurzen Pause sprach er weiter.

„Sie ist okay. Ich melde mich später." Dàn hockte sich zu ihr. „Er kommt

zurück."
„Was sind das für Kreaturen?"
Godalf bedeckte die Überreste mit einer Plane.
„Sie leben hinter einem Portal in Wales, niedere Lebensformen, die Aas fressen und Ratten jagen. Ich habe noch nie gehört, dass sie die Grenzen überquerten. Normalerweise sind sie scheu."
Godalf zog den Wolf hoch.
„Komm, William, wir kümmern uns um die Verletzten."
Sie krümmte sich unter der Erkenntnis zusammen. Es war ihre Schuld, ihre Mutter tat das, um an sie ranzukommen.
Sie beklagten drei Verluste, zwei Lugus und den jungen Wolf. Sein Name war Lesis.
Sie brachten die Verwundeten in das Kutscherhaus. Dàn drückte ihr Nadel und Faden in die Hand.
„Wir brauchen jede Hilfe. Du musst uns beim Nähen der Verletzungen helfen."
Sie fand Halt in dem Blickkontakt mit Dàn. Die kleineren Wunden schlossen sich bei den Wölfen und Lugus von allein. Taran lag auf dem Boden, eine schwere Bisswunde verunstaltete den Oberarm. Er warf einen trockenen Blick auf ihre zitternden Hände.
„Armanach, reiß dich zusammen. Du hast Kraft und Mut in dir." Ein humorloses Lächeln lag auf seinem Gesicht. „Stell dir einfach vor, du nähst eine Lederjacke."
Dàn zeigte ihr die ersten Stiche. Sie atmete durch, tastete nach dem Mut, den sie benötigte. Mit ruhiger Hand versorgte sie die Verletzung. Sie wusste nicht, wie er es schaffte. Taran zuckte nicht, stattdessen redete er beruhigend auf sie ein. Er drückte ihr Bein, gab ihr Stärke. Ihr fielen Kendras Worte ein und sie lächelte ihn warm an.
„Übertreib es nicht, Armanach."
Nach der ersten Naht gingen die anderen leichter. Die Söldner und Werwölfe waren verdammt harte Kerle. Nicht einer gab einen Laut von sich. Sie hätte am liebsten ihren Schmerz hinausgeschrien.
Lesis. Brian. Randy.
„Flùr." Seine sanfte Stimme ließ sie zusammenbrechen. Kendrick stand hinter ihr. Silberne Tropfen liefen ihr über das Gesicht. Er hob sie hoch und legte sie auf ihr Bett.
Ohne ein weiteres Wort bettete er ihren Kopf auf seiner Schulter. Irgendwann hörten die Tränen auf. Er küsste sie zart auf die Lippen, und sie sah ihm in die Augen, als er in sie eindrang und sie viel zu behutsam nahm.

Morven wusste, dass sie schlief. Aber etwas war anders. Sie spürte im Schlaf die Trauer, die sie empfand. Kendrick lag neben ihr, das Tattoo warm, wie immer, wenn er sich in ihrer Nähe aufhielt. Ein zaghaftes Tasten in ihrem Bewusstsein jagte einen Furcht einflößenden Impuls durch ihre Nervenbahnen. Sie musste aufwachen, sofort.

Gib dir keine Mühe, Tochter, du wachst auf, sofern ich es erlaube.

Die Stimme war hart wie Granit und durchzogen mit Wahnsinn. Die zaghafte Berührung entwickelte sich zu einem eisernen Griff um ihre Seele, schmerzhaft, und entlockte ihr einen Schrei.

Sie fühlte, dass Kendrick sie schüttelte. Für einen Moment hegte sie die Hoffnung, sie würde dem kalten Tasten in ihrem Inneren entkommen, aber es erwachte schlimmer. Wie kleine Haken bohrten sich die unsichtbaren Finger in sie.

Deine Fähigkeiten sind heute gewachsen, so wie ich es plante, nur deshalb schickte ich die Trodhan zu dir. Du bist eine mächtige Armanach. Bald hole ich dich zu mir.

Die Stimme ihrer Mutter wanderte durch ihren Körper, setzte sich in den Zellen fest und sie zerbarst von innen heraus.

Sie wehrte sich mit ganzer Kraft, hörte, dass Kendrick nach Dàn brüllte.

Eher sterbe ich, als mich mit dir zu verbinden.

Morven tastete mental nach ihrem Gefährten. Seine Stärke und Wärme vertrieben das kalte Grauen, das schmerzhafte Eis. Zurück blieb Vertrauen.

Endlich konnte sie sich bewegen, starrte direkt in Kendricks Augen und umklammerte ihn. Er versuchte die Besorgnis zu unterdrücken, sie sah es, es misslang ihm.

Er schüttelte sich, denn er spürte den Schmerz und die bösartige Präsenz in ihrem Körper, ein beängstigendes Gefühl. Todesangst war eine Empfindung, die er letztes Mal bei Charas Fluch empfunden hatte.

Die normale grüne Farbe ihrer Pupillen verdrängte das rote Schimmern. Wenn Morvens Mutter Macht über sie erlangte, blieben sie dauerhaft rot. Dann hätte das Böse, das Urchaid, sie in seinen Klauen und sie wäre unwiderruflich verloren.

Zu allem Überfluss drohte sein Hunger, an die Oberfläche zu brechen. Obwohl er es gewusst hatte, hatte er nicht widerstanden und sie zärtlich geliebt. Die Bestie verübelte es ihm und verlangte Erfüllung.

Dàn stand in der Tür, seine Mimik spiegelte seine Besorgnis.

„Lior ist eingetroffen. Bethana ist es gelungen, zu flüchten."

Keiner verschwand von der Isle of Lugus, ein unmögliches Unterfangen. Aus ihren Kerkern flüchtete niemand, es sei denn, sie wollten es. Der Plan nahm Gestalt an.

Morven schwankte, als sie sich aufsetzte.

„In der Küche steht etwas zu essen." Dàn warf einen besorgten Blick auf Morven.

Was hält sie noch aus?

Kendrick löste sich vorsichtig von ihr. Trauer zeichnete ihr Gesicht, aber entschlossene Wut breitete sich in ihr aus. So leicht ging sie nicht in die Knie.

„Wir müssen diese herzlose Schlampe finden." Sie griff nach einem ihrer Stofftiere, einer Giraffe und drückte sie an sich. Er wusste, sie meinte nicht Bethana, sondern ihre Mutter.

Ihre Mutter war verdammt gefährlich, viel gefährlicher als es ein Mensch sein konnte. Sie mussten herausfinden, wie sie ihre Macht erlangt hatte.

Ihm fiel nur eine Person ein, die ihnen helfen könnte. Draehda, die Monarchin der Druidinnen. Bei dem Gedanken an sie lief ihm eine Gänsehaut über den Körper. Sie war eine der unheimlichsten Frauen, die er kannte.

Morven erholte sich erstaunlich schnell. Nach dem Essen wich die weiße Farbe ihres Gesichtes ihrem normalen Teint.

Lior und Dàn wollten sie in das Rannoch Moor, dem Sitz von Draehda, begleiten.

Ein Klopfen an der Küchentür kündigte Morris an.

„Besteht Bedarf an einem weiteren Soldaten?" Der Regent der Werwölfe lächelte verhalten, es trug zu seiner stillen Wut bei. Er war ein guter Anführer, besonnen, aber wenn man ihn reizte, besaß er den Ruf, gnadenlos zu sein.

Lior nickte ihm zu.

„Wir wären dankbar. Nosferat begrüßt eine enge Zusammenarbeit mit den Wölfen."

„Wir nehmen meinen Jeep." Morris hielt den Autoschlüssel in der Hand.

Lior zog einen Dolch aus der Innenseite seiner Wanderjacke.

„Morven, nimm ihn. Wir haben ihn für dich angefertigt."

Er zog ihn aus der Scheide, rubinrote Runen glitzerten auf der Klinge. Balchor, ihr Meisterschmied, hatte ihn hergestellt.

Kendrick umfasste Morvens Schultern, da er wusste, was jetzt geschehen würde.

In dem Moment, als sie den Griff berührte, leuchtete der Dolch silbern auf. Sie wäre vor Pein in die Knie gegangen, wenn er sie nicht gestützt hätte. Sie verbiss sich das Schreien, schluchzte gequält auf, denn die Waffe verband sich mit ihr. Eine silberne Rune brannte sich in ihren Unterarm, die allmählich verblasste. Nutzte sie den Dolch, war die Rune sichtbar.

„Atme tief durch, Flùr. Es ist gleich vorbei."

Sie drehte den Kopf.

„Warum habt ihr mich nicht vorgewarnt."

Kendrick hauchte einen Kuss auf ihren Scheitel.

„Du wirst ihn ohne Ausnahme bei dir tragen. Wenn du ihn ziehst, sei bereit, ihn zu benutzen."

Er hätte gern mit ihr geübt, aber dazu war keine Zeit mehr. Die Ereignisse überschlugen sich. Sie mussten handeln, sofort. Jede Verzögerung könnte weitere Tote mit sich bringen. Der Einfluss ihrer Mutter wurde bedrohlicher, der Griff um Morven präsenter.

Morris fuhr und Lior saß neben ihm. Morven saß zwischen ihm und Dàn. Sie alle trugen wetterfeste Hikingkleidung, denn das Wetter im Rannoch Moor war unberechenbar. Morven fror, obwohl schwarzes Fleece sie kleidete. Er zog sie enger an sich. Seinen Hunger spürte er als dumpfen Laut in seinen Eingeweiden. Vorhin hatte ein starker Schmerz ihn in die Knie gezwungen, kurz bevor die Gier drohte, ihn zu überwältigen. Er hatte die Peitsche schon in der Hand gehalten, plante, Morven zu überwältigen. Es hatte den Hunger in den Hintergrund gedrängt. Er vermutete, dass Babylonus mit Chara in Verhandlungen stand. Wahrscheinlich zielte Nosferat von Anfang an darauf ab.

Durch das Moor führten eine einzelne Straße, die A 82 und ein Gleis, welches Wanderer zur abgelegenen Rannoch Station brachte.

Morvens Erschöpfung ließ sie einschlafen. Kendrick genoss es viel zu sehr, sie neben sich zu fühlen. Er registrierte Dàns Blick. Das Tattoo pulsierte warm auf seiner Schulter, gab ihm einen Vorgeschmack, wie es sein könnte, die Kälte nicht mehr in sich zu spüren.

Je weiter sie auf der A 82 vordrangen, desto unwirklicher wirkte die Landschaft. Unzählige Lochs und Lochans durchzogen das Gebiet. Bäche verliefen wie ein Zickzackmuster, unterbrochen von Heidekraut. An diesem Ort präsentierte sich Schottland in seiner ursprünglichsten Form. Im Hintergrund schimmerten Berge, die höchsten eintausend Meter hoch.

Er schmunzelte bei der Erinnerung an Draehdas Zorn, als der Westhighland-Trial eröffnet wurde. Auf ihm trampelten jedes Jahr Scharen von Wanderern.

Draehdas Sitz auf dem Gipfel blieb ihnen verborgen, mächtige Glyphen schützten ihn. Sie lehnte Mobiltelefone ab, die Frau besaß noch nicht einmal einen Fernseher.

Morris rollte den Jeep auf dem Parkplatz des Städtchens Glencoe aus. Sie überquerten die Ballachulish Bridge und sahen auf den Glen Coe hinab. Die Wasseroberfläche glitzerte in der Sonne, die kurz die Wolkendecke unterbrach.

Bezwingen konnte man das Gelände nur zu Fuß. Ein mehrstündiger Marsch lag vor ihnen. Draehda verbot Portale in ihrem Reich.

Ohne ein Wort zu sagen, drückte Lior Morven einen Schokoladenriegel in die Hand. Sie lächelte ihn dankbar an, bevor sie hineinbiss.

So ein Bananenpürier.

Morven betrachtete die Kerle, die sie umrundeten. Alle Blicke der Touristen und Einheimischen lagen auf ihnen. Eine Gruppe junger Mädchen brach in lautes Kichern aus, als sie vorbeiliefen, eine mutig genug, zu pfeifen. Morven verstand sie. Sie war unterwegs mit einem Werwolf und drei Lugus, die dermaßen männlich aussahen, dass es verboten gehörte. Keine Jungs für eine Boyband. Jeder der sie ansah ahnte, dass sie gefährlich waren. Frauen sprachen auf den Reiz an.

Sie schob sich das letzte Stück des Riegels in den Mund, schloss verzückt die Augen, das Karamell zerging auf der Zunge.

Die vier Männer beobachteten sie grinsend. Nicht nur, dass ständig Hunger Morven quälte, jetzt musste sie mit den Neckereien zurechtkommen. Es gefiel ihr.

Sie trug als Einzige keinen Rucksack. Kendrick hatte ihren ausgepackt und das Gepäck auf die Männer verteilt.

Ihre Proteste ignorierte er. Morven wusste, wann ein Kampf verloren war. Er zog eine schwarze Fleecemütze aus der Jackentasche und stülpte sie ihr auf den Kopf.

„Es fängt gleich an, zu regnen." Dann grinste er. „Außerdem steht sie dir."

Die unwirklich karge Landschaft zog sie sofort in den Bann.

Sie nutzte den Marsch, um zur Ruhe zu kommen. Sie würde nachher ein weiteres übernatürliches Geschöpf treffen. Bedenklich, dass es sie nicht mehr erstaunte. Innerlich akzeptierte sie die Fantastik, die über sie hereinbrach. Sie hoffte, dass Draehda ihnen helfen konnte. Die gebrochenen Augen des jungen Werwolfes und die vielen Körperteile von Randy verfolgten sie. Sie wusste nicht, wie sie die Schuldgefühle bewältigen sollte.

Sie konzentrierte ihre Wut auf April Wind, das gab ihr die nötige Kraft.

Sie hasste jemanden, den sie nicht kannte. Eine andere Befürchtung nagte schleichend an ihr. Hatte sie das Böse geerbt? Lauerte es in ihren Zellen, wartete darauf, auszubrechen? Als ihre Mutter in ihren Körper eingedrungen war, durchdrang die Bösartigkeit sie. Sie wurde das Gefühl nicht los, dass etwas davon noch in ihr steckte, vielleicht schon immer gesteckt hatte. Der Gedanke zwang sie fast in die Knie.

Dàn legte ihr einen Arm um die Schultern und erinnerte sie daran, dass ihr Gehirn nicht mehr ihr allein gehörte.

Er warf ihr einen entschuldigenden Blick zu.

„Deine Gedanken sind so intensiv, dass wir es nicht schaffen, sie abzublocken. Kendrick zeigt dir bald, wie es funktioniert." Dann flüsterte er in ihr Ohr. „Du findest meinen Po knackiger als den von Morris?"

Kendrick schlug ihm dermaßen hart auf den Rücken, dass er nach vorn stolperte.

Lior drehte sich zu ihr, Hitze überwältigte sie.

Shit! Hatte sie nicht vorhin gedacht, ausgestattet wie ein Shire Horse?

Von einer Sekunde zur nächsten prasselte Regen auf sie herab. Der Boden des schmalen Pfades verwandelte sich in eine gefährliche Rutschbahn. Kendrick bewahrte sie mehrmals davor, hinzufallen.

Morven stand vor dem Bach, der sie mit seinem Gluckern zu verhöhnen schien. Sie sah zweifelnd auf die weit entfernte Seite, die in einem dichten Nebel lag. Das schaffte sie niemals. Erfolglos versuchte sie, die Armanachkraft zu aktivieren. Frustriert gab sie auf. Lior und Morris sprangen mit Leichtigkeit darüber, waren in dem wabernden Grau kaum noch auszumachen. Der Nebelschleier wirkte irreal, hüllte sie von einem Moment zum anderen ein. Wenn sie sprang, würde sie im Wasser landen. Sie wusste es.

Kendrick und Dàn zogen sie ein paar Meter zurück.

„Wir tun es zusammen." Kendricks Tonfall zeigte ihr deutlich, dass er keinerlei Skrupel besaß, sie durch den Bach zu treiben.

Sie gewährten ihr keine Zeit für Bedenken, packten ihre Handgelenke und rannten los. Mit einem Satz überquerten sie das Wasser. Sobald ihre Füße auf den Boden prallten, löste sich der Nebel flimmernd auf. Auf einem der Gipfel thronte ein dunkles Gebäude mit vier Türmen. Seltsamerweise regnete es nicht, die Sonne schien auf sie herab. Üppiges Grün beherrschte die Landschaft. Als Morven sich umdrehte, sah sie auf eine undurchdringliche Nebelwand. Die Seiten hatten sich gedreht. Es war verrückt.

„Wir befinden uns in dem Königreich von Draehda. Menschen vermögen nicht, auf diese Seite zu gelangen." Kendrick zog ihr bei seinen Worten die Mütze vom Kopf. „Wir sollten kurz rasten."

Sie lächelte ihn dankbar an, der lange Marsch im Regen hatte an ihren Kräften gezehrt. Er drückte ihr trockene Sachen in die Hand. Grinsend hielt er ihr schwarze Spitzenunterwäsche aus Baumwolle vor die Nase, praktisch und hübsch.

„Soll ich dir beim Umziehen helfen, Flùr?"

Wie wahre Gentlemen drehten sie ihr den Rücken zu. Es stellte sich heraus, dass sie kein Gentleman war, sie riskierte einen Blick.

Bei den Heiligen! Vielleicht sollte sie Morris' Hintern noch mal in Erwägung ziehen.

Gefährtin.

Morvens Anspannung wuchs. Einerseits wollte sie alles über April Wind erfahren, andererseits wusste sie nicht, wie viel sie an Bösartigkeit noch verkraften konnte. Eines wusste sie definitiv: Nie wieder durfte ihre Mutter sie kontrollieren. Der Hass auf sie steigerte sich mit jedem Schritt. Kendrick griff nach ihrer Hand.

„Flùr, lass nicht zu, dass Hass dein Leben bestimmt."

„Schon gut, Obi-Wan. Ich versuche, zu widerstehen." Sie lächelte halbherzig. „Du weißt nicht, wie es sich angefühlt hat, dieses Ding in mir zu spüren."

„Doch, Flùr, ich fühlte es in sämtlichen Fasern meines Körpers."

Schweigend setzten sie den Weg fort. Sie brauchte jeden Atemzug, um den steilen Aufstieg zu bewältigen.

Erwähnte sie, dass sie an Höhenangst litt? Unter normalen Umständen wäre sie nicht in der Lage, den Berg zu bezwingen. „Wir sichern dich mit Seilen. Du wirst nicht abstürzen. Sieh mich an, Morven.“ Kendrick sah ihr in die Augen, durchbrach ihre Furcht, dennoch verlangte es viel von ihr. Sie legten ihr einen Klettergurt um. Auch wenn eiserne Schellen und Stahlseile das Klettern erleichterten, drohte der Schwindel sie zu überwältigen. Sie klammerte sich mit zusammengekniffenen Lidern an eine Halterung, nicht fähig, sich zu rühren.

„Lass mich es versuchen.“ Lior schwebte an einem Seil neben ihr. „Wenn du mich nicht ansiehst, küsse ich dich.“

In dem Moment, als sie gehorchte, versank sie in seiner Aura.

Sie kam zu sich, als sie das Gipfelplateau erreichte.

Kendrick zog sie in seine Arme und Morven sah in die schwindelerregende Tiefe, spürte die Höhenangst, als würde jemand mit Gewalt ihren Herzschlag beschleunigen, das Blut durch ihre Adern treiben. Sie glaubte kaum, dass sie den steilen Aufstieg bewältigt hatte. Sie fasste den Entschluss, nie mehr in Liors Augen zu sehen.

„Etwas stimmt nicht.“ Liors angespannter Ton entlockte ihr ein Seufzen. Wie könnte es anders sein?

„Normalerweise wären wir von Draehdas Assesinnen empfangen worden“, klärte Kendrick sie auf.

Petes Augen glänzten quecksilbergleich, er sah starr auf die massive Holzbrücke.

„Die Gargoyles sind zerstört.“ Fassungslosigkeit war in Liors Stimme zu hören, er bückte sich und strich über die steinernen Überreste, die zerbrochen am Anfang der Brücke lagen. Ein lähmendes Angstgefühl beschlich sie. Kendrick berührte sie an den Schläfen.

„Lass dich nicht von deiner Angst besiegen. Such deine Kräfte in dir, halte dich daran fest. Du bist die Armanach, keine wehrlose Frau. Konzentriere dich.“

Morven atmete durch. Ein warmes Gefühl breitete sich in ihr aus, ausgehend von dem Tattoo. Ihre Haut schimmerte bläulich.

Dann lachte sie trocken auf. Dass es Gargoyles gab, überraschte sie nicht im Mindesten.

„Du bleibst zwischen uns.“ Kendrick und Lior liefen vor ihr, Pete und Dàn hinter ihr.

Sie hörte das zischende Geräusch, als sie ihre Schwerter aktivierten.

„Eine Axt?“, fragte Dàn. Sie drehte sich um. Pete Morris hielt eine Streitaxt in der Hand, die Klinge blitzte und war mit roten Runen verziert.

„Morris, du machst mir Angst.“ Dàn zwinkerte ihr zu.

Sie dachte an ihren Dolch, der winzig im Vergleich zu den Waffen der Männer aussah. Ob sie es fertigbrachte, ihn zu benutzen? Sich vorzustellen, jemanden zu töten war leicht, sie bezweifelte, dass sie es durchführen könnte.

Die Holzbrücke wurde zu einer Terrasse, die um das Gebäude herumführte. Die Holztür stand offen. Ein saugendes Gefühl erfasste sie, als sie hindurchlief.

„Die Überreste der Schutzglyphen“, sagte Dàn. Er legte seine Hand auf ihre Schulter und schob sie weiter. Keiner sprach es aus, aber Morven wusste, dass eigentlich nichts sie hätte zerstören dürfen.

Mit was hatten sie es zu tun?

„Verdammt, ist das unheimlich.“ Morven hielt mühevoll den Impuls zurück, zu flüchten. Die trostlose Halle verströmte Befremdlichkeit. Es resultierte nicht von der Leere, der fehlenden Wärme, es war das Grauen, als hätten die Steine Entsetzliches gespeichert. Irgendwo klapperte es laut. Sie fuhr beinahe aus den Wanderschuhen. Kendrick zuckte ebenso zusammen, da sie seine Hüfte umklammerte und ihm fast in den Nacken sprang.

„Gefährtin.“ Er drehte sich zu ihr und sie ließ ihn widerwillig los.

Sie starrte zu ihren Füßen, schluckte hart, sie stand auf getrocknetem Blut.

Die Flecken übersäten den Fliesenboden, Zeugnis eines Massakers. Seltsamerweise lagen keine Überreste auf dem Boden.

„Luachrach.“ Lior richtete sich auf und hielt eine graue Hautschuppe in der Hand.

„Sie können nicht alle tot sein“, sagte Dàn. „Dies ist der Sitz der mächtigsten Druidin, bewacht von den Assesinnen.“

Morris zeigte auf die Treppe, die in das Kellergewölbe führte.

„Dort finden wir die Antworten.“

„Vielleicht sollte Morven mit dem Wolf in der Halle warten.“

„Bist du verrückt, Kendrick? Nie im Leben bleibe ich allein mit ihm.“ Sie sah ihn scharf an. „Hast du noch nie einen Horrorfilm gesehen? Wenn die Darsteller sich trennen, sterben sie. Ich stehe inmitten von einem.“

Ihre mickrige Schutzglyphe wäre kaum in der Lage, sie zu schützen.

Kendrick drückte ihr eine Taschenlampe in die Hand.

Auf dem Weg in die Tiefe bereute sie ihre Entscheidung. Eine lange unebene Steintreppe führte in den Abgrund, zerrte an ihren Nerven. Je weiter sie hinabstiegen, desto unwohler fühlte sie sich. Und der Geruch, sie bemerkte ihn nicht nur in ihren Atemwegen, sie hatte das Gefühl, der Gestank überzöge ihre Haut, würde in sie eindringen und sie von innen heraus verpesten.

Endlich erreichten sie den Fuß der Treppe. Sie starrte blinzelnd auf zwei massakrierte weibliche Körper, die an einer Holztür hingen. Ihnen waren unglaubliche Qualen zugefügt worden. Sie sah gebrochene Knochen und Wunden, die sie sich nicht erklären konnte.

Kendrick drückte Morven mit einem Arm an sich. Sie spürte ein Schaudern, das über seine Wirbelsäule wanderte. Anscheinend war dieser Anblick für die Söldner der Dunkelheit kein alltäglicher. Erst jetzt bemerkte sie, dass die armen Wesen wie festgeleimt wirkten.

„Lasst sie uns runterholen. Morven, lehn dich an die Wand.“ Sie tat, was Kendrick verlangte, denn ansonsten wäre sie zu Boden gesunken. Sie unterdrückte ihre Übelkeit. Wenn sie ihr nachgab, würde sie zusammenbrechen. Sie musste es durchstehen. Später war Zeit, zu weinen.

Ein Seufzen lief durch den Raum, ausgehend von den beiden Körpern. Sie legten sie vorsichtig auf den Boden. Dàn zog eine Plastikplane aus seinem Rucksack und bedeckte sie.

„Sie haben die Tür mit ihrem Leben beschützt. Nur sie selbst oder ein Verbündeter dürfen die Tür öffnen.“ Kendrick zog Morven zu sich, schenkte ihr Halt, den sie dringend benötigte. Trotz der furchtbaren Situation starrte sie fasziniert auf die Tür. Die Oberfläche zierten zwei schimmernde eingebrannte Glyphen. Kleine goldene Funken suchten sich den Weg zu den toten Frauen. Ein schillernder Nebel lag auf der Plane, ehe es verschwand.

Ein Wispern lag über dem Raum.

„Ihre Seelen sind mit den Körpern vereint“, sagte Kendrick weich.

Die Tür öffnete sich mit einem saugenden Geräusch, knarrte, bevor sie aufflog.

Die beeindruckendste Frau, die Morven jemals gesehen hatte, stand mitten im Raum.

Silberne Haare umflossen ein ovales Gesicht. Silberne Runen und Verletzungen überzogen die dunkle Haut. Als ihr Blick auf die Söldner fiel, kam ein Laut purer Verzweiflung aus ihrer Kehle. Lior fing sie auf.

Kendrick hatte nicht damit gerechnet, dass Draehda noch lebte. Nicht nach dem, was den Assesinnen angetan wurde. Die beiden Kriegerinnen waren die mächtigsten in Draehdas Zirkel gewesen, ausgebildet in den Künsten des Kampfes und der Magie. Die einzigen Körper, die die Luachrach nicht verspeisen konnten. Sie hatten es versucht, doch es gelang ihnen nicht, sie von der Tür zu entfernen, um die Glyphen zu deaktivieren. Er hatte viel in seinem Leben gesehen, selbst ihm war ein solcher Anblick bisher erspart geblieben.

Die Folterung hatte Tage gedauert. Derjenige hatte Draehdas Schutzmechanismen in Grund und Boden gestampft. Es gab zwei Möglichkeiten. Der Angreifer hatte sich als Freund getarnt und Draehda kannte ihn persönlich oder der Feind war dermaßen gewaltig, dass Glyphen keinerlei Schutz boten.

In dem Raum lagen weitere Überlebende.

„Sind das alle, die überlebten? Zehn, mehr nicht?“, fragte Dàn fassungslos.

„Wieso habt ihr nicht um Hilfe gerufen?“ Morven hielt eine Flasche mit Wasser an Draehdas Lippen. Die Druidin hustete bei den ersten Schlucken.

„Wir haben es versucht, allerdings legte sich das Urchaid, das Böse, auf uns.“ Sogar ihre Stimme klang verwundet.

„Du bist die Armanach." Sie berührte Morvens Wange, als glaubte sie nicht, dass Morven neben ihr kniete.

„Du befindest dich in großer Gefahr, Kind." Sie lächelte zaghaft. „Ich sehe, du besitzt mächtige Verbündete und einen würdigen Gefährten."

Ein Zittern lief über ihren Körper. Morvens Tränen tropften auf Draehdas Gesicht. Die Druidin seufzte, ehe sie in die Bewusstlosigkeit sank.

„Wir sollten sie nach oben schaffen und Hilfe anfordern." Morris' Augen funkelten golden. Morven schluckte und Kendrick verstand sie. Seine Zähne wirkten beeindruckend.

Nur zwei der Verletzten waren in der Lage, auf eigenen Beinen zu stehen. Die Assesinnen hatten bis zum Äußersten gekämpft, die stärksten Kämpferinnen, die es gab. Stolze und ausgebildete Frauen. Sie würden diese Niederlage niemals vergessen. April Wind hatte sich einen mächtigen Feind erschaffen.

Lior brachte Schutzglyphen an allen Türen und Fenstern der großen Halle an.

Der blonde Hüne drehte sich zu Morven.

„Morven ..."

Sie hielt ihre Hand vor Liors Nase.

„Ich vertraue dir, dass du mir nicht unnötig wehtust." Sie kniff die Augen zu. „Ich will nicht sehen, womit du mich schneidest."

Sie lehnte sich gegen Kendrick und er konnte der Liebe, die er für seine Gefährtin empfand, nichts mehr entgegensetzen.

Ihre Hand sah winzig in der Pranke von Lior aus. Er warf ihm einen dunklen Blick zu und Lior grinste ihn breit an. Der Lugus fügte ihr einen kleinen Schnitt in der Fingerkuppe zu. Sobald ein Tropfen ihres Blutes auf die Glyphen traf, erwachten sie mit einem roten Schimmern. Ohne ihre Zustimmung konnte kein Wesen, von dem er wusste, die Halle betreten. Er hoffte es zumindest.

Sie legten die Verwundeten vor den großen Kamin und allmählich erwärmte ein Feuer den Raum.

Lior sprach mit Nosferat und forderte Unterstützung an.

Sie versorgten notdürftig die Wunden. Kendrick seufzte erleichtert auf, als Morven es endlich aufgab, darüber zu rätseln, was die Verletzungen verursacht hatte.

Dàn entdeckte Kartoffeln und Schinken in einem Vorratsschrank und mit Morris' Hilfe bereitete Morven eine Suppe zu.

Sogar die Verletzten schafften es, zu essen.

Kendrick spürte Morvens Unruhe, als es nichts mehr zu tun gab, außer zu schlafen.

„Morven." Die Druidin setzte sich auf.

Sie umfasste Morvens Hände. Die Haut seiner Gefährtin schimmerte in einem sanften Orange.

„Du birgst starke Kräfte, Kind. Ein weiter und gefährlicher Weg liegt vor dir. Deine Mutter will dich auf ihre Seite ziehen."

„Das wird ihr nicht gelingen." Morven war ihre Wut und ihr Entsetzen anzumerken.

„Sie wird dich in Versuchung führen."

Draehdas Gesicht verlor jegliche Farbe und Kendrick drückte sie auf die Decken zurück.

„Das hat Zeit bis Morgen. Du solltest schlafen."

Der Anblick, wie zerbrechlich die mächtige Druidin wirkte, erschütterte ihn tief. Er konnte kaum glauben, dass er diese Gedanken führte. Draehda griff nach seiner Hand.

„Söldner, für dich gibt es einen Ausweg. Hab Vertrauen."

Sie rechneten frühestens im Morgengrauen mit Hilfe.

Kendrick lag mit Morven in einem Schlafsack. Als sie dachte, dass alle schliefen, weinte sie stille Tränen. Seine Handflächen absorbierten die kostbare Flüssigkeit.

Er würde diese Rabenmutter in die Hölle schicken und das nicht nur symbolisch.

Das erste Licht des neuen Tages gewann den Kampf gegen die Dunkelheit. Kendrick fühlte Erleichterung, denn Nosferat lief mit schnellen Schritten über die Brücke auf ihn zu. Im Schlepptau Babylonus und Mephistopheles. Der Oberste der Lugus war außer sich, eine stumme Wut, die bedrohlicher wirkte als offene Feindseligkeit. Es überraschte Kendrick, das der König der Dämonen Nosferat begleitete. Druiden und Dämonen gingen sich aus dem Weg. Babylonus trug den Zorn auf dem Gesicht. Eine weitere Emotion verwunderte ihn, Besorgnis. Die Verwundeten hatten die Nacht überstanden, einige mit Mühe. Draehdas Zustand war stabil.

„Dürfen wir eintreten, Monarchin?" Babylonus Stimme füllte die Halle.

Draehda nickte und Tränen traten in ihre Augen. Kendrick hatte nicht gewusst, dass sie weinen konnte. Der König der Dämonen erbleichte bei ihrem Anblick und fiel neben ihr auf die Knie. Kendrick kamen Gerüchte in den Sinn, die er als Blödsinn abgetan hatte. Die Druidin brach in Tränen aus. Babylonus zog sie sanft in die Arme. Ein Liebespaar, kein Gerücht.

Babylonus ließ es sich nicht nehmen, Nosferat bei der Versorgung zu helfen.

Mephistopheles umarmte seine Tochter, während er kritisch ihr angespanntes Gesicht betrachtete. Für einen Moment befürchtete Kendrick, sie würde zusammenbrechen.

„Morven", murmelte Mephistopheles zärtlich. Er konnte in ihm nicht den bösartigen Vampirdämon erkennen. Er fing seinen Blick auf, erkannte das zweigeteilte Wesen, nicht unähnlich seinem eigenen. Mephistopheles Härte schimmerte für einen Augenblick in seinen Gesichtszügen. Er sah aus, als plante er, April in Scheibchen auseinanderzunehmen.

Nosferats geschickte Heilkunst stabilisierte Draehda und sie rief nach Morven.

„Das Urchaid bricht über uns herein." Die Druidin umfasste ihre Hand. „Deine Mutter strebt nach der Macht auf der Erde. Sie will die Menschheit versklaven und über die restlichen Lebensformen regieren. Sie hat sich vor all den Jahren bei uns eingeschlichen und legte schon damals das Fundament für ihren Plan."

Wenn Kendrick nicht mit eigenen Ohren die Worte aus Draehdas Mund gehört hätte, hätte er es nicht glauben können. Welches Wesen schaffte es, die Monarchin der Druiden zu täuschen?

„Sie hat einen geringen Teil altes Blut in sich und konnte auf unsere Seite des Baches gelangen."

Das Tattoo auf seiner Schulter pulsierte unter Morvens Anspannung.

„Wir fanden sie blutend ein paar Meter hinter der Wasserlinie. Sie behauptete, ein Dämon hätte sie vergewaltigt und gefoltert, ein Ritual ausgeführt und sie geschwängert."

„Das hast du geglaubt?", fragte Babylonus vorwurfsvoll.

Ein harter Blick traf ihn.

„Wie du weißt, Babylonus, gibt es noch das andere Dämonenreich. Euer Exil, wo ihr die Bösartigen, nicht Kontrollierbaren aufbewahrt." Sie hob ihre Hand, als er etwas sagen wollte. „Spar dir deine Ausflüchte, wir alle wissen, dass es hin und wieder einer schafft, zu flüchten. Außerdem waren ihre Verletzungen dermaßen schwer, dass sie ihnen beinahe erlag. Ich schenkte ihr Glauben." Ihre Augen füllten sich mit Tränen.

„Sie wusste genau, wo meine Schwäche liegt."

Ihre jüngste Schwester war nach einer Vergewaltigung in ihren Armen gestorben.

„Kurz vor Morvens Geburt verschwand sie. Ich bemerkte erst dann, dass sie unsere alten Chroniken studiert hatte, auch das Buch des Urchaids. Sie installierte ihre eigenen Glyphen, unbemerkt von uns. Daher gelang es ihr, uns anzugreifen und fast alle zu töten. Sie ist unglaublich stark."

Die Chronik des Urchaids war das Buch der Schwärze, der magischen Schatten und des Todes. Draehdas Pupillen funkelten in einem unheimlichen Grau.

„Sie hat es geschafft, Menschen mit Luachrach zu kreuzen."

Nosferat legte eine Hand auf Kendricks Schulter, als suchte er Halt. Diese Geste beunruhigte Kendrick bis in die letzte Körperzelle. Totenstille lag über der Halle. „Sie hat Morven im Mutterleib mit Ritualen traktiert, änderte die DNA und steigerte ihre Kräfte. Sie will mit Morven die Erde übernehmen."

„Warum hast du nichts unternommen?" Babylonus vorwurfsvolle Stimme verlor den Effekt, denn er hielt sie zärtlich in den Armen.

Draehda lächelte kalt. „Ich erfuhr es erst, als April Wind mich folterte. Sie rechnete nicht mit meinem Überleben und war äußerst gesprächig."

Morven wimmerte auf, schlug schluchzend die Hand vor den Mund.

„Sie pflanzte das Urchaid in Morven."

Morven sprang auf und rannte zur Tür, getragen von ihren Armanachkräften.

Kendrick sah den Abgrund vor sich.

Morven wollte raus aus der Halle, sie konnte kein einziges Wort mehr ertragen. Sie war das Böse, es lauerte in ihr, zerfraß sie von innen heraus. Das kalte Gefühl würde sie überwältigen, jegliche Wärme und Menschlichkeit aus ihr saugen.

Bevor sie das Ende der Brücke erreichte, warf Kendrick sie zu Boden. Schwer atmend lag er auf ihr und presste sie flach auf den Boden.

Sie verzehrte sich danach, zu schreien, um sich zu schlagen. Er flüsterte ihren Namen derart schmerzerfüllt, dass sämtliche Wut und Angst sie verließen.

Er drehte sie um und öffnete den Mund.

Babylonus tauchte neben ihnen auf.

„Kein Wort, Söldner, du darfst nichts sagen, ich habe eine Einigung für dich erzielt."

In Kendricks Augen schimmerten Tränen, er unterdrückte sie mit Wut. Ihr Tattoo erwachte zum Leben.

„Was hattest du vor, Morven? Wolltest du dich von den Klippen stürzen?" Das Entsetzen in seiner Stimme ließ sie schlucken.

Hatte sie das? Sie wusste es nicht.

Er packte sie bei den Schultern und schüttelte sie. „Dafür sollte ich dich über die Knie legen."

„Die Idee ist nicht schlecht, Söldner." Babylonus Augen glänzten gierig. Ein rotes Schimmern überzog ihre Haut. „Beherrsche dich, Gefährtin oder ich schwöre dir, ich setze es in die Tat um." Jetzt schüttelte er sie nicht mehr, er drückte sie so fest an sich, dass sie nur mit Mühe atmen konnte.

„Kendrick, versprich mir, dass du mich tötest, wenn das Urchaid mich überwältigt." Silber schimmerte wie ein Hauch in seinen Augen. „Schwör es!"

„Ich werde es tun." Liors sanfte Stimme. „Dein Gefährte kann dich nicht umbringen." Sein Blick lag schwer auf ihr, und Morven wusste, er sprach keine leeren Worte. Er würde sie töten, ohne mit der Wimper zu zucken.

„Es tut mir leid, ich sollte nicht feige sein und mir den Rest anhören." Sie holte Luft, viel zu schnell, und bekam einen Schluckauf. „Das Böse und Dunkle befindet sich in mir. Ich weiß nicht, ob ich über genügend Kraft verfüge." Sie presste ihr Gesicht gegen Kendricks Brust, hörte sein rasendes

Herz. „Bis vor wenigen Tagen dachte ich, ich wäre eine ganz normale Frau und jetzt bin ich schlimmer als Darth Vader."

Kendrick zog sie hoch und seine Furcht war deutlich spürbar. Etwas war in seiner Vergangenheit geschehen, das ihn tief prägte, ihn erschütterte, ihn veränderte. Er hatte kurz davorgestanden, es ihr zu sagen. Ihr Blick fiel auf Babylonus. Er besaß die Lösung für das Problem. Es gefiel ihm. Er unternahm nicht den Versuch, es zu verbergen.

„Was willst du von mir?"

Ein Lächeln umspielte seine Mundwinkel. Sogar ihre Augenbrauen standen zu Berge, sie saß mittendrin in seiner Falle.

„Du brauchst nicht zu tun, was er von dir verlangt." Kendrick sah sie beschwörend an, doch sie sah die Hoffnung in seinen Augen.

„Ich will, muss und werde es tun."

„Verbringe Zeit mit mir. Gestehe mir jeden zweiten Freitag im Monat drei Stunden zu."

Sie wollte keine Zeit mit diesem Dämon verbringen. Er jagte ihr kalte Schauder über den Rücken und gleichzeitig spürte sie seine sexuelle Anziehungskraft, die mit seinen dämonischen Kräften zusammenhing. Wenn sie ablehnte, stürzte es Kendrick ins Verderben.

„Ich gewähre dir den ersten Montag im Monat, für vier Stunden, begrenzt auf ein Jahr. Und du darfst mich nicht unsittlich berühren." Sie funkelte ihn an, um ihren Worten Nachdruck zu verleihen.

„Ich sagte es dir bereits, du weißt nicht, was du verpasst, kleine Morven."

Ein Knurren von Kendrick.

„Und ich sagte dir, diese Erfahrung reizt mich wie Sand zwischen den Pobacken."

Wie er sie angrinste, wusste, dass sie nicht anders konnte, als sich ihm auszuliefern. Sie ahnte es schon jetzt, die Treffen würden ihr viel abverlangen. Er würde jedes Mal seine Verführungskünste an ihr ausprobieren. Babylonus streckte die Hand aus. In dem Moment, als er zugriff, spürte sie ein Prickeln auf der Handfläche, der Pakt war besiegelt. Kendrick krümmte sich neben ihr zusammen. Was ihn auch belastete, erwachte gerade zum Leben und hob den Stillstand auf.

„Würdet ihr uns einen Augenblick allein lassen?" Sie berührte seine Wange und zog die Fingerspitzen zurück, denn das silbrige Glänzen in seinen Augen nahm zu.

Was immer sie für Kendrick tun musste, sie tat es mit ganzem Herzen.

Er atmete schwer und seine Haut fühlte sich fiebrig an. Hungrig und verlangend starrte er sie an.

„Lass uns reingehen, Morven, bitte." Er hob seine Hand und strich ihr über das Haar. „Berühre mich nicht." Gleichzeitig drückte er sie an sich.

Draehdas Aufmerksamkeit richtete sich sofort auf sie. Kendrick stand weit von ihr entfernt, als wäre ihr Geruch zu viel für ihn. Mit Mühe konzentrierte sie sich auf die Druidin.

„Sie versucht, dich zu verführen, dich zu kontrollieren, sich deiner vollständig zu bemächtigen. Passt gut auf sie auf." Draehda holte tief Luft, sammelte Stärke für die nächsten Worte. Morven lehnte sich gegen Mephistopheles, seine Anwesenheit gab ihr Kraft, die sie bitter benötigte.

„Wenn die Zeit kommt, musst du dich von deinem Gefährten retten lassen. Vertraue dir und ihm."

Die Druidin hegte keinen Zweifel, dass April sie angreifen würde. Jetzt hatte sie die Wahl, ein Leben in ständiger Angst oder die offene Konfrontation. Morven bevorzugte das Zweite, denn sie hatte genug von diesem Spiel.

Kendrick versuchte sich zu beruhigen, aber in dem Moment, als der Pakt besiegelt wurde, erwachte der Fluch zu neuer Stärke. Jeder Atemzug erwies sich als Qual, angeheizt durch Morvens Duft.

Wie sollte er seiner Gefährtin nutzen und sie in diesem Zustand beschützen? Er konnte kaum noch einen klaren Gedanken fassen.

Babylonus zog ihn zur Seite.

„Du musst deinen Hunger bei ihr stillen, und zwar kompromisslos." Mehr sagte er nicht und drehte sich mit einem Lächeln auf den Lippen um.

Nosferat trat an ihn heran, packte ihn eisern an den Schultern. „Wir kehren auf die Isle of Lugus zurück. Draehda und ihre verbliebenen Assesinnen bleiben bei uns, bis sie zu Kräften kommen. Du tust, was nötig ist, sonst zwinge ich dich eigenhändig. Wage es nicht, meinen Befehl zu verweigern, Söldner."

Kendrick unterdrückte die Antwort, die er ihm entgegenschreien wollte. Wenn er sich nicht unterwarf, würde der Mächtigste der Lugus nicht zögern, ihn zu fesseln, ihn auf die Insel zu bringen, ihn zu reizen, bis das Biest aus ihm brach. Dann konnte Morven niemand helfen. Nosferat zwinkerte ihm zu. Kendrick blieb der Mund offen stehen.

Die stürmischen grünblauen Augen von Morven spiegelten ihren Zustand.

Sie trat auf Kendrick zu, legte ihm mit einem süßen Lächeln auf den Lippen die Hände gegen den Brustkorb.

„Wage es nicht, eine andere Frau aufzusuchen, um deinen Hunger zu stillen, von dem ich nicht weiß, was genau er darstellt. Wir erledigen diese Angelegenheit noch heute. Meine Geduld schießt bereits über das Ende hinaus." Der rote Schimmer auf ihrer Haut begleitete die Worte.

Sie ging an ihm vorbei, schlug ihm hart auf den Hintern. Kendricks Hunger wuchs ins Unermessliche, auch wenn er wollte, jetzt gab es kein Zurück.

Morven stemmte ihre Füße auf den Boden, in dem vergeblichen Versuch, sich seiner Kraft entgegenzusetzen. Ihre Furcht überwältigte sie, sodass sie die Armanachkräfte nicht nutzen konnte.

„Ich möchte das nicht tun." Ihr Mut verflüchtigte sich. Sie zitterte, dass ihre Zähne aufeinander klapperten.

Er sog ihre Angst in sich auf, folgte den Konturen ihrer Wangen, die Fingerspitzen absorbierten die Silbertränen. Das half ihm, klarer zu denken, es überhaupt zu ertragen, dass sie ihn berührte.

Lior überprüfte sorgfältig die Haken und Seile, während er Morven belustigt anfunkelte.

„Mistkerle", brüllte sie. Sie versuchte, Lior zu treten, murmelte etwas davon, dass sie plante, Roven auf ihn zu hetzen, jetzt verstand, weshalb die Ainmhidhs ihn hassten. Lior lächelte sie zuckersüß an.

„Morven, schließ deine Augen und entspann dich, dir geschieht nichts." Wenn sie nicht an Kendrick festgezurrt wäre, wäre sie geflüchtet. Kendrick spürte, dass sie die Muskeln anspannte.

Lior stand immer noch grinsend vor ihr, unbeeindruckt von dem wütenden Blick, der ihn mit Sicherheit traf. Ein Laut purer Frustration kam aus ihrer Kehle.

„Ich hasse euch, alle beide."

Lior rieb sich über den Oberschenkel. Sie hatte ihn hart erwischt, als er ihren strampelnden Körper mit Kendricks verband. Sie hatte ihn sogar in den Unterarm gebissen.

Sie wollten den schnellsten Weg ins Tal nutzen, per Gleitschirm. Draehda und die Assesinnen waren kaum in der Lage zu stehen, geschweige denn zu klettern.

„Bitte." Sie schluchzte herzerweichend.

Soll ich ihr eine Augenbinde anlegen?

Kendrick schüttelte den Kopf.

Lior trat zur Seite. Sie versuchte erfolglos, ihre kleinen Füße auf den Boden zu stemmen und ihr Schrei gellte in seinen Ohren, als er mit Anlauf in den Abgrund sprang.

Das werde ich dir niemals verzeihen. Und diesem hinterhältigen Wikingerverschnitt auch nicht.

Jetzt hing sie schlaff in den Gurten. Ihr Herz schlug im Rhythmus seines eigenen.

„Morven, du befindest dich in Sicherheit. Komm, Flùr, sei mutig, öffne deine Augen. Du möchtest diese atemberaubende Sicht nicht verpassen."

Ein Laut purer Faszination kam aus ihrem Mund, drängte die Panik in den Hintergrund. Kendrick umfasste ihre Hand, es graute ihm davor, was er gleich tun musste.

Eine leise Furcht, dass es nicht funktionierte, beschlich ihn. Eine hämmernde Furcht, dass er sie für immer verlor.

Von hier oben sahen sie die gesamte Schönheit des Rannoch Moores. Die

Landschaft wirkte fast unwirklich, als flögen sie über einen fremden Planeten. Er bemerkte, dass ihre Freude ihn beruhigte. Er absorbierte sie.

Der orangefarbene Gleitschirm trug sie der Erde entgegen. Er drosselte die Geschwindigkeit gleichmäßig mit der Höhe. Sie landeten gekonnt auf dem Boden und rannten die letzten Meter mit dem Schirm im Rücken.

Taran und Diskar lehnten an der Motorhaube eines Jeeps. Taran half ihnen aus dem Geschirr. Kendrick redete beruhigend auf Morven ein und stützte sie.

Der Glatzkopf warf ihm einen kurzen Blick zu.

„Söldner, ich habe dein Schlafzimmer persönlich vorbereitet."

Kendrick fluchte in sich hinein, wahrscheinlich hatte er Ketten und Eisenhandschellen in seinem Zimmer angebracht, suchte eine Peitsche aus, die Morven auch mit leichten Schlägen verletzte.

Sie warteten, bis alle den Boden erreichten. Babylonus trug Draehda, einen Ausdruck auf dem Gesicht, den Kendrick nie bei ihm gesehen hatte. Selten, dass er die Maske ablegte. Diesmal spielte Babylonus keine Spielchen. Kendrick verspürte Erleichterung, dass er auf ihrer Seite stand.

Bis an die Zähne bewaffnete Lugus und Wölfe begleiteten den Konvoi. Runen glitzerten auf den Wagenoberflächen und Reifen. Glyphen schützten die Scheiben.

Lior lief übertrieben humpelnd auf sie zu. Ächzend nahm er neben Morven auf der Rücksitzbank Platz.

Sie zischte eine Beleidigung, saß stocksteif zwischen ihnen. Lior zwinkerte ihr zu, rückte näher an sie heran, brach in Lachen aus. Morven stellte sich gerade vor, dass sie seinen haarigen Hintern mit ihrem Epilierer enthaarte.

Kapitel 12

Kendrick half ihr von dem Speedboat und sie fiel stolpernd gegen ihn. Seine letzten Barrieren versagten, der ungezügelte Hunger raste schmerzhaft durch seinen Leib.

Er wollte ihre Angst, ihre schmerzvolle Lust. Jetzt. Sie zuckte nicht zurück, als sie in sein Gesicht schaute, stattdessen sah sie ihn vertrauensvoll an.

Sie wusste nicht, was er gleich tun musste. Ihr Vertrauen zerriss ihn.

Sie sprach nicht auf dem Weg in sein Zimmer, würde flüchten, wenn sie die Ketten sah.

„Ich will zuerst duschen. Bitte, Kendrick."

Der Vorrichtung schenkte sie keinen Blick.

Sie bekämpfte ihre Furcht mit Entschlossenheit. Morven liebte ihn. Diese Emotion trommelte an sein Herz, drang viel zu leicht ein.

Er ballte die Hände zu Fäusten, es kostete ihn eine Menge, nur eine Sekunde zu warten. Der Fluch riss und zerrte an ihm. Die Bestie lauerte direkt unter der Oberfläche. Er wusste, Morven brauchte die Dusche, um sich zu beruhigen und Mut zu sammeln.

Er trat in die Mitte des Schlafzimmers, sah erstaunt auf Tarans Installationen, denn es waren gepolsterte Hand- und Fußmanschetten. Ein geschmeidiges Baumwollseil verband die Handfesseln mit der Öse an der Decke. Die schwarze Peitsche war nicht dazu gedacht, das Opfer schwer zu verletzen, der Riemen eher weich und kurz, aber lang genug, um sich um ihre Hüfte zu wickeln.

Sie kam aus dem Badezimmer und trug ein rotes Hemdchen mit schmalen Trägern, was ihr bis zu der Hälfte der Oberschenkel reichte. Ihre Nippel drängten sich dem Stoff entgegen, der ihre Kurven umschmiegte, die Weichheit betonte. Sein Tattoo erwachte mit einem Pulsieren, das seinem Hunger in keinster Weise nachstand.

Ein sinnliches Lächeln lag auf ihrem Gesicht, Angst glomm in ihren Augen und eine stählerne Entschlossenheit. Sie wollte es durchziehen.

Sie drückte sich von der Wand ab, blieb direkt vor ihm stehen und warf einen Blick auf ihren Busen, der sich unter den schnellen Atemzügen bewegte. Es wäre ein sinnloses Unterfangen, es zu unterdrücken. Die eigene Courage erschreckte sie. Seine Körperwärme drang durch das dünne Hemd, die Augen waren reines Silber, die Körperhaltung die eines Panthers.

Sie legte die Handfläche auf seinen Brustkorb, ignorierte sein Zusammenzucken. Sie sollte diejenige sein, die Angst verspürte. Aber so war es nicht. Der Söldner der Dunkelheit war verängstigt.

Daingit! Sein Herz schlug genauso rasend wie ihres.

„Du wirst mich hassen, Flùr." Der Tonfall war verzweifelt und sie spürte, er konnte sich nicht zurückhalten. Genau darauf zielte sie ab. Er strich verlangend über ihren Leib, reizte ihre Brustspitzen. Die Hand in ihrem Nacken packte fest zu, hielt sie, wie er es brauchte. Heiße Spuren überzogen sie. Seine Wärme blieb auf ihrer Haut, auch wenn seine Handfläche nicht mehr auf ihrem Körper lag.

Er atmete schnell. Sie wollte nicht, dass er sich zurückhielt, verzehrte sich nach ihm. Was immer auf ihm lag, es endete jetzt. Sie liebte ihn dermaßen, dass es schmerzte. Alles, was er ihr antat, würde sie bereitwillig ertragen.

Sie presste sich enger an ihn, sodass ihr Becken gegen seines rieb. Ein Geräusch kam aus seiner Kehle, sinnlich, verheißungsvoll, gefährlich. Erneut versuchte er, sich von ihr zu lösen. Morven legte ihre Hand auf seinen Schritt, streichelte seine Erektion durch die Jeans. Es reichte ihr nicht, sie wollte die samtene Haut und seine Härte unter den Fingerspitzen fühlen. Ihr Tattoo flammte auf. Sein Keuchen verriet ihr, dass er das Gleiche spürte. Sie würde nicht zulassen, dass er sich beherrschte. Er griff in ihr Haar, zog ihren Kopf in den Nacken. Seine Lippen strichen über ihren Hals, an ihrer Kehle entlang, bis sie ihre Brüste erreichten. Ungeduldig schob er den Stoff zur Seite, entblößte ihre geschwollenen Nippel. Fordernd und hart biss er in die Brustwarze. Das Gefühl seines saugenden heißen Mundes setzte sich in ihrer Scham fort. Er stützte sie, da ihre Knie nachgaben, und zog sie in die Mitte des Raumes.

Er sah in ihre Augen und umfasste ihr Kinn.

„Jetzt gibt es kein Zurück mehr."

Er befestigte weiche Manschetten um ihre Handgelenke und tat es mit einer Sicherheit, die ihr verriet, dass er wusste, was er tat.

Oh Gott, er fesselte sie für das, was er mit ihr vorhatte. Ängstliche Erregung breitete sich in ihr aus. Ein Schweißfilm überzog ihre Haut und Kendrick stöhnte auf. Seine Zunge zog eine glühende Spur über ihren Hals, gefolgt von seinen Händen, die einen Klang in ihrem zitternden Leib erzeugten, der Erfüllung verlangte.

Er lehnte seine Stirn gegen ihre und seine flüsternde raue Stimme reizte ihre Sinne.

„Bitte hasse mich nicht."

„Wenn du nicht endlich weitermachst, werde ich dich hassen." Ihre Stimme war ebenso rau wie seine. Mit einem Ruck zerriss er die dünnen Träger des Hemdes. Der Stoff fiel schimmernd auf den Boden, nur die Fesselung bewahrte sie davor, das gleiche Schicksal zu erleiden.

Er sah ihr prüfend in die Augen, als wollte er ein letztes Mal mit eigenen Augen sehen, dass sie nicht aufgab.

Feuchtigkeit und Lust wallten in ihr auf, kämpften mit der Erregung und Angst. Nicht zu wissen, was genau er tun würde, war fast unerträglich. Ihr Vertrauen war ungebrochen. Er mutete ihr nicht mehr zu, als sie ertragen

konnte.
Er fesselte ihre Fußgelenke in Manschetten und zog das Seil an, welches an den Handgelenksmanschetten befestigt war. Sie konnte noch auf den Fußflächen stehen.
Ihre Hilflosigkeit steigerte ihre Leidenschaft. Kendrick sank vor ihr auf die Knie, lehnte seine Stirn gegen ihren bebenden Bauch, knetete die Pobacken, spreizte ihre Scham. Heiß fand seine Zunge ihre Klitoris und ihr Tattoo pulsierte ebenso wie ihre empfindlichste Stelle.
Zuerst waren die Berührungen kaum spürbar, und sie drängte sich ihm entgegen, soweit es die Fesselung zuließ. Dann packte er härter zu und sie spürte an seinen zitternden Fingerkuppen, wie sehr er versuchte, sich zu beherrschen. Die Zunge und die Lippen wurden fordernder, raubten ihr die Kontrolle.
Kurz bevor sie den Höhepunkt erreichte, löste er sich von ihr. Sie hatte die Augen geschlossen.
„Sieh mich an, Morven."
Keuchend öffnete sie die Lider.
„Du darfst sie nicht schließen."
Sein Blick gab ihr den Halt, den ihre Beine ihr nicht gaben. Er hielt eine Peitsche in der Hand.
„Ich vertraue dir, Gefährte, aber bitte tue es endlich." Sie konnte es nicht mehr aushalten.
„Ich gebe dir Zeit, dich an den Schmerz zu gewöhnen. Versuch, ihn zu empfangen und loszulassen."
Ein Beben lief über ihren Körper, nicht nur aus Furcht.
Er blieb hinter ihr stehen, sie spürte, dass er den Abstand abschätzte.
Sie hörte die Schnur, wie sie sich ihr näherte, und fühlte sie, als sie auf der rechten Pobacke landete. Heißer Schmerz erfasste sie und Schweiß brach ihr aus sämtlichen Poren. Der zweite Treffer folgte kurz auf den ersten, diesmal auf die linke Seite. Fast wurde es zu viel, dann berührte Kendrick sie, zog ihren Kopf sanft in den Nacken, küsste ihren Hals, lockte ihre Erregung, bis sie wimmernd weitere Pein herbeisehnte.
Sie hielt die Luft an, als er ausholte, schrie, als das Leder sie erwischte, sich um ihre Hüfte wickelte, und Feuer erweckte.
Der nächste Schlag traf ihren Rücken und sie schluchzte auf, bemerkte irritiert, wie sehr es sie erregte. Ihre Klitoris pulsierte und sie hielt ihre Schreie nicht zurück, sie ahnte, er brauchte es. Ihr Po stand in Flammen, und sie erreichte das Ende ihrer Kräfte. Genau in diesem Augenblick hörten die Schläge auf, er wusste es.
Kendrick umrundete sie, blieb vor ihr stehen.
Er holte aus und sie sah in seine silbrigen Pupillen, der Riemen schlang sich um ihre Hüfte, hinterließ einen weichen Schmerz auf der Pobacke.

Drei weitere leichte Treffer folgten. Er trat an sie heran, lockte ihre Erregung erneut mit erfahrenen Händen, bis das Verlangen gierig in ihrem Körper tobte.

Nochmals setzte er ein paar Schritte zurück, und als er ausholte, wusste sie, dass dieser Hieb pure Agonie bedeutete. Es war egal, sie liebte ihn.

Ich liebe dich, Kendrick.

Bevor die Peitsche sie traf, glühten seine Augen in einem hellen Grün. Er stürzte auf die Knie. Das Schlaginstrument fiel zu Boden. Ein grünes Schimmern befreite sich aus seiner Haut und funkengleich umschwebte es ihn.

„Ich gebe dich frei, Söldner, deine Schuld ist beglichen." Die weibliche Stimme wisperte durch den Raum und verschwand mit dem letzten Funkeln.

„Kendrick."

Er hob seinen Kopf und Tränen liefen seine Wangen entlang.

„Wenn du mich jetzt nicht nimmst ..."

Mit einem Satz erreichte er sie, löste die Manschetten, warf sie über seine Schulter und sie fand sich auf dem Bett wieder.

Endlich konnte sie ihre Hände einsetzen, seine Haut erkunden, ihn schmecken und spüren. Die Knöpfe seines blauen Hemdes flogen zu Boden, als sie es aufriss. Seine Hose folgte ihnen. Sie richtete sich auf, um sein Glied mit den Lippen zu umfassen.

„Nicht, Morven", stöhnte er.

Sie lächelte ihn frech an. „Beherrsche dich, Söldner oder ich fessele dich an den Bettrahmen." Ihre Lippen umschlossen die seidige Fülle. Seine Handfläche fuhr an ihrem Bauch entlang und er rieb ihre eigene Nässe und Hitze über ihre Scham, bis sie sich unter ihrem Höhepunkt aufbäumte. Silberne Tränen liefen ihr Gesicht hinunter. Mit einem Stoß vergrub er sich in ihr. Er liebte sie langsam, seine Tränen vermischten sich mit ihren. Zitternd und nach Atem ringend blieb er auf ihr liegen. Sie fragte sich, wieso er es nicht längst getan hatte, sie genoss jede Sekunde davon, jeden Schlag und jeden Schweißtropfen. Sie vertraute ihm und dieses Gefühl verwandelte Agonie in pure Lust.

Er sah ihr tief in die Augen.

„Morven, hätte ich die letzten Schläge durchziehen müssen, glaube mir, du hättest es nicht ausgehalten." Er lächelte traurig. „Ich hätte es immer wieder tun müssen und irgendwann hättest du mich gehasst." Er berührte sanft ihren Po und das Brennen erwachte zu neuem Leben. „Aber milden Schmerz kann ich dir schenken, wenn du danach verlangst."

Morven lag vor ihm in der Badewanne, umspült von heißem, schaumigen Wasser, das nach Zimt duftete. Sie lag an Kendrick gelehnt, vollkommen zufrieden.

Er erzählte ihr von Katha, wie massiv er sie verletzt hatte mit seinen Schlägen.

„Ich konnte mich nicht beherrschen. Ihre Schreie erregten mich so sehr, dass ich mich völlig gehen ließ. Sie sprang von den Klippen."

Sie verstand die Schuld, die auf ihm lastete, ihr ging es genauso wegen Brian. „Die Rache der Dämonin, die dir das angetan hat, ist erfüllt?"

„Ja, sonst wäre es Babylonus nicht gelungen, einen Deal mit Chara auszuhandeln. Deine Liebe und dein Vertrauen besiegten den Fluch, ebenso, dass ich mich der Gefahr stellte, dass du mich hassen könntest."

„Ob sie ihren Gefährten noch vermisst?"

„Vielleicht gelingt es ihr endlich, einen Schlussstrich zu ziehen."

Seine Lippen strichen zärtlich über ihren Nacken.

„Jetzt, Gefährtin, wirst du deine Pflicht erfüllen und meine Lust befriedigen." Er erstickte ihre empörten Geräusche mit seinem Lächeln, seiner Zunge und den Händen.

Eine große Wanne besaß eindeutig ein paar Vorteile. Ihr letzter logischer Gedanke, den sie in der nächsten Stunde fassen konnte.

Morven stand in eine dünne Decke gewickelt am bodentiefen Fenster seines Schlafzimmers, seufzte begeistert auf, als die Sonne aufging. Kendrick drehte sich auf die Seite. Er würde es nie zugeben, aber er fühlte sich erschöpfter als nach einer Schlacht.

Die Kälte, die sein dauerhafter Begleiter gewesen war, existierte nicht mehr. Wärme füllte seine hinterste Blutzelle.

Morven wandte sich ihm zu, mit unterdrückten Tränen in den Augen. Sie grübelte zu viel. Mit zwei großen Schritten erreichte er sie und zog sie in die Arme.

„Was, wenn ich es nicht schaffe, das Urchaid zu besiegen? Wenn es mich fortlaufend herausfordert und ich müde werde?"

„Deine Mutter hat nicht mit mir gerechnet, den Lugus und den Wölfen. Sie konnte nicht wissen, dass du das Nasgadh mit mir eingehst. Unterschätze nicht unsere Verbindung." Er lachte. „Und mit Sicherheit rechnete sie nicht mit Babylonus. Ich habe ihn noch nie dermaßen wütend gesehen."

Sie sah ihn verunsichert an, dachte an die Zeit, die sie mit dem König der Dämonen verbringen musste.

„Du brauchst keine Furcht zu haben. Babylonus wird dich mit Sicherheit zur Weißglut treiben, aber er wagt es nicht, deine Grenzen zu überschreiten. Für ihn ist es Unterhaltung." Er sah sie ernst an. „Er würde dich mit seinem Leben beschützen. Mephistopheles ist wie ein Sohn für ihn."

„Wie geht es jetzt weiter? Warten wir, bis sie erneut zuschlägt? Ich verspüre keine Lust, ständig hinter meinen Rücken zu blicken, voller Angst, dass sie alle umbringt, die mir nahestehen, um zu bekommen, was sie will."

Eine Träne rollte ihre Wange hinunter und gleichzeitig rann Wut durch ihr Bewusstsein.

Sie hatten Bethana ziehen lassen, in der Hoffnung, dass sie die Lugus auf die Spur von April Wind brachte. Sie hatten einen Bruch in ihrer Hülle zugelassen, sodass die Meduris Kontakt mit April aufnehmen konnte.

Baodan stritt ab, dass er Bethanas Schwester entführt hatte. Nosferat glaubte ihm. In dieser Sache traf die Angelus keine Schuld.

Im Moment blieb ihnen nur, zu warten.

„Wir arbeiten daran, Morven. Lass uns frühstücken. Dann sehen wir weiter."

Sie lächelte ihn sinnlich an.

„Zuerst Gefährte, gibst du mir das, was du mir viel zu lange vorenthalten hast." Sie löste das Handtuch, das um seine Hüften geknotet war und sank vor ihm auf die Knie. Sie sah zu ihm auf, verrucht lächelnd, umfasste seinen Schwanz mit den Lippen und saugte und leckte, bis er vor dem Höhepunkt stand.

Er packte ihre Haare und zog ihren Kopf in den Nacken.

„Deine Frechheit verlangt nach Maßnahmen." Er warf sie auf das Bett, fesselte ihre Handgelenke an den Bettrahmen, lutschte hart an ihren Nippeln, bis sie sich aufbäumte. Er öffnete die Schublade der Kommode und holte Nippelklemmen heraus. Als er sie anbrachte, wimmerte sie auf, keuchte, denn er wandelte die Pein in Lust. Sie drängte sich seiner Handfläche entgegen, die über ihr Geschlecht rieb. Sie war so nass, so bereit. Er reizte ihre Klitoris, bis sie ihren Orgasmus herausschrie, dann nahm er sie. Hitze und Feuchtigkeit umfassten ihn, er löste die Klemmen und sie bäumte sich unter dem Schmerz auf, nur um erneut zu kommen.

Kendrick konnte sich ein Grinsen nicht verkneifen, als sie in das Frühstückszimmer traten.

Lior stand auf, klopfte auf den Stuhl neben sich.

„Heute schon jemanden gebissen, Morven?"

„Ich tat es auf eine Weise, die Kendrick gefiel, sehr sogar." Ihre roten Wangen dezimierten ihre anrüchigen Worte.

Lior legte ihr mehrere Pfannkuchen auf den Teller. Sie schnaufte, er glich einer Servierplatte. Lior genoss es, sie zu necken. Selbst wenn sie glaubte, er würde sie ohne mit der Wimper zu zucken töten, wie er es geschworen hatte, wusste Kendrick, dass es dem Söldner nicht leichtfallen würde. Er sah die offene Zuneigung in den Augen des Lugus. Er kämpfte mit seinen eigenen Dämonen aus der Vergangenheit.

„Versuche nicht, dich aus dem Fenster zu stürzen oder in einer Pfütze zu ertrinken, während ich fort bin." Morven streckte ihm die Zunge raus und er verabschiedete sich schweren Herzens. Mephistopheles wollte ihn sehen. Die Insel bot größtmöglichen Schutz. Es sei denn, April schaffte es, den Schutzwall zu knacken. Das war noch nie geschehen. Nur schwer bekam Kendrick den Anblick der beiden zerbrochenen Assesinnen aus dem Kopf.

„Dàn erwartet dich zu einer Trainingseinheit und wird dich nicht zimperlich behandeln, Flùr."

Sie grinste ihn an. „Ich ihn auch nicht." So mutig die Worte klangen, er wusste, dass sie ihren Kräften nicht vertraute und es ihr nicht gelang, sie zu kontrollieren. Dennoch war sie die mächtigste Armanach, von der er gehört hatte. Ohne Training eine Schutzglyphe zu errichten, war eigentlich unmöglich. Vielleicht sollte er sich eher um Dàn sorgen.

Zu seinem Erstaunen wartete Nosferat im Portalraum auf ihn.

„Ich begleite dich. Wir rührten viel zu lange in unserem eigenen Süppchen. April Wind stellt eine noch nie da gewesene Bedrohung dar." Ein Lächeln milderte die harten Züge. „Du hast den Fluch besiegt und siehst erschöpft aus." Ein lautes Lachen kam aus seiner Kehle. Kendrick fragte sich, wo der grüblerische Nosferat geblieben war, der nicht einmal über Shrek lachte.

Das Portal schimmerte in einem goldenen Licht. Nosferat aktivierte die Glyphe, die sie ins Imperium der Dämonen brachte.

Sie landeten in Mephistopheles Halle. Morvens Vater schickte gerade ein Opfer auf einem seiner Altäre ins Reich der Lust.

Die dunkelhäutige Frau war festgebunden, aber nicht, damit er ihr Schmerzen zufügte. Seine Zunge und Zähne stimulierten ihre Scham in einer Weise, die ihr alles abverlangte. Er führte ihr einen Analplug ein, die spitzen Schreie drangen direkt in Kendricks Schoß. Sie kam in dem Moment zum Höhepunkt, als Nosferat ihre Anwesenheit durch ein Räuspern kundtat.

Der Vampirdämon deckte sie mit einem Laken zu und versprach ihr, gleich zurückzukommen. Vorher gab er ihr noch eine golden schimmernde Flüssigkeit zu trinken. Sie sank in den Schlaf.

Kendrick schüttelte den Kopf. Er wusste, Mephistopheles konnte grausam sein, es schien nicht seine liebste Art der Beschäftigung zu sein.

Er trug nur eine Jeans und warf sich ein weißes Hemd über.

„Wie geht es meiner Tochter? Ich sehe, du bist von dem Fluch befreit, Sohn." Er deutete auf die Sitzgruppe vor dem Kamin.

„Ich hoffe, du hast Morven zufriedengestellt."

Er sparte sich eine Antwort, er diskutierte nicht mit dem Vater seiner Gefährtin seine sexuellen Aktivitäten.

Mephistopheles wurde schlagartig ernst.

„Ich fand heraus, wer Morven vor ihrer Mutter gerettet hat, eine Angelus."

Nosferat und Kendrick tauschten einen Blick aus, diese Information war überraschend. Wieso sollte ein Engel der Finsternis sie retten? Was bezweckte sie mit ihrer Tat?

Nosferat hatte Kendrick heute Morgen in alles eingeweiht. Wie Babylonus ihn kontaktiert hatte, ihm einen Ausweg für Kendrick anbot. Er hatte Gerüchte gehört, das jemand das Urchaid befreit hatte. Der Dämon spürte Morven in dem Moment, als Mephistopheles von ihr erfuhr. Bis jetzt war sein Plan in Erfüllung gegangen.

„Es gibt keinen Zweifel?", fragte Nosferat.

„Bonitos hat ihre Geburt beobachtet. Bevor er wusste, wie ihm geschah, wurden er und April Wind von einer starken Energie getroffen. Da er hinter einem der Steine lauerte, erwischte es ihn nicht so schwer wie April. Daher wachte er auf, als die Angelus sie wegbrachte."

„Sie tat ihr nicht weh?"

„Nein, Kendrick, Bonitos schwor", Mephistopheles unterbrach seine Worte mit einem leisen Lächeln, „auf seinen Schwamm, dass sie Morven liebevoll behandelt hat, sie in eine Decke wickelte und sie mit Milch fütterte."

„Er hat nicht erkannt, um welche Angelus es sich handelte?" In Nosferats Stimme klang Hoffnung. Der Vampirdämon schüttelte den Kopf. „Es war eine Angelus von hohem Stand."

Mephistopheles rieb sich abwesend die Narbe auf seiner Brust.

„Ich habe euch nicht alles erzählt. Als sie mich überwältigte, tötete sie meine damaligen Gespielinnen. Sie ließ sich Zeit."

Der Schmerz in seiner Mimik erstaunte Kendrick nicht mehr.

„Die Rituale, die sie durchführte, trieben sie in den Wahnsinn. Ich möchte mir nicht ausmalen, in welchem Zustand sie jetzt ist."

Nosferat seufzte tief. „Wir sollten Baodan um eine Audienz ersuchen. Obwohl ich bezweifele, dass er uns hilft."

„Ich bin mir da nicht sicher. Das Urchaid bedroht auch die Angelus. Finden die Menschen heraus, dass wir unter ihnen weilen, bräche ein Krieg aus, der zu ihrer Ausrottung führen könnte. Das entspricht nicht den Wünschen der Angelus. Ohne Menschen verwirken sie ihre Existenz." Kendrick verabscheute die Engel der Finsternis, aber sie waren nicht dumm.

„Du könntest recht haben. Ich könnte Babylonus bitten, als Vermittler zu agieren." Mephistopheles grinste Kendrick an. „Er hat einen Narren an Morven gefressen. Er wird nicht wollen, dass ihr Böses geschieht."

„Vielleicht erreicht Morven, was wir jahrhundertelang nicht schafften, eine Zusammenarbeit der zweiten Macht, wie damals, als das Urchaid verbannt wurde." Nosferat bedachte beide Männer mit einem harten Blick. „Ihr wisst, dass ich die Abkömmlinge der Tuatha Dé Danann verdächtige, nicht neutral zu sein. Möglicherweise hängen sie mehr mit drin, als uns lieb sein kann."

Entsprach das der Wahrheit, waren die Auswirkungen nicht abzusehen. Kendrick wusste nicht, ob Korruption den gesamten Rat betraf oder nur eine Person. Ein Einzelner war fähig, Millionen zu vernichten. In Zusammenhang mit April Wind stand das Leben auf der Erde auf dem Spiel. Kendricks Unruhe flammte auf, er wollte schnellstmöglich zurück zu seiner Gefährtin. Aber er konnte sie nicht vierundzwanzig Stunden am Tag bewachen. Sie würde durchdrehen.

Mephistopheles sprang zur gleichen Zeit auf wie er.

„Morven ist in Gefahr", brüllte der Dämon.

Dàn grinste sie an, doch sein freundliches Gesicht täuschte sie nicht. Im Moment hasste sie ihn aus tiefster Seele. Er zog ihr den Stock drei Mal hintereinander über den Po, als wäre sie ein unartiges Kind. Die Peitschenschläge erwachten zu neuem Leben, obwohl Kendrick sie mit einer kühlenden Lotion eingerieben hatte. Sein Angebot, dass Nosferat sie behandeln könnte, hatte sie vorhin entrüstet abgelehnt, sah sich in Gedanken über Nosferats Schoß liegen, während seine Hände auf ihrem Po lagen und er irgendeine Beschwörung murmelte.

„Wenn dir meine Behandlung nicht gefällt, Armanach, dann wehr dich." Dàn grinste sinnlich. „Du scheinst lustvollem Schmerz nicht abgeneigt zu sein." Er lachte lauthals über ihr empörtes Gesicht.

So ein Mistkerl! Ihre Wangen entflammten. Hatten die Lugus alles gehört?

Dàns Ausdruck schrie ihr entgegen - sie hatten.

Morven versuchte den nächsten Schlag abzufangen, doch er schlug dermaßen mitleidlos gegen den Stab, den sie mit beiden Händen umklammerte, dass sie zu Boden ging. Er grinste breiter, murmelte etwas von unbeholfen und stand breitbeinig über ihr.

„Versuch es ruhig." Sie trat nach ihm. Lässig wich er aus und ihre Fußgelenke befanden sich in einem eisernen Griff. Ein Ruck und sie lag auf dem Bauch. Absolute Hilflosigkeit überflutete sie gleich einer eisigen Welle. Hitze ersetzte die Kälte, ihre Stärke kämpfte dagegen an. Das allererste Mal war es ein bewusstes Gefühl. Es gelang ihr, es zu umfassen. Mit einem triumphierenden Schrei bäumte sie sich auf und ihre Haut schimmerte rot. Leider flog nicht nur Dàn von ihr, sie landete unsanft auf dem Po, drei Meter von der Stelle, an der sie gerade gelegen hatte. Dàn kam langsam näher, schleichend und mit dem Söldnerausdruck auf dem Gesicht. Sein Blick bohrte sich in ihren in dem Versuch, sie zu verunsichern.

Daingit, er sah wirklich Angst einflößend aus. Bevor er sie erreichte, stand sie auf den Füßen, umgeben von einer Schutzglyphe, die bläulich aufleuchtete. Sie fühlte nicht ausschließlich ihre Energie, das Urchaid lauerte in ihr, seine Präsenz frostklirrend. Sie brach auf die Knie, sogar diese Haltung konnte sie nicht beibehalten. Die Kälte entwickelte sich zu einer alles auslöschenden Kraft. Ihre Glyphe schimmerte an den Rändern dunkel, es schmerzte, biss in ihr Bewusstsein und unterdrückte ihre Gegenwehr mit schneidender Agonie. Es lockte ihr Nachgeben, denn dann würde die Pein stoppen. Sie lag zusammengerollt auf dem Boden, hilflos spürte sie ihre

Mutter, die nach ihr rief. Morven wusste nicht, wie sie widerstehen sollte. Die Hoffnungslosigkeit würde aufhören, wenn sie aufgab. Das schwarze Schimmern dehnte sich aus, ein auf grausige Weise faszinierender Anblick. Schatten und Fratzen glitten in der Glyphe und ihre Konzentration schwand.

Dàn brüllte und sie versuchte seine Stimme zu erfassen, die weit weg schwebte.

„Shit! Morven, lass die Schutzglyphe los, sofort!"

Das Tattoo überzog ihre Schulter mit Wärme. Kendrick trat in ihr Sichtfeld, verdrängte das Eis, sodass die Glyphe mit einem Klirren zu Boden fiel.

Sobald seine Arme sie umschlossen, war sie in der Lage zu atmen, sich zu bewegen, zu fühlen und zu weinen.

„Ich hörte auf zu leben. Jegliches Gefühl, was mich ausmacht, verschwand. Zurück blieben Hass, Angst und Leere."

Kendrick hielt ihre zitternden Hände, bis seine Stärke beruhigend auf sie übergriff.

„Es war das erste Mal, dass ich meine Kräfte bewusst eingesetzt habe. Was soll ich tun, Kendrick? Sie greift auf mich zu, wenn ich die Armanachkräfte nutze."

Sie grinste ihn zynisch an. „Ich fühlte mich wie ein Zombie. Gibt es die auch?"

Zu ihrer grenzenlosen Erleichterung verneinte er die Frage und zog sie auf die Füße.

Lior fing sie auf dem Weg zu Kendricks Zimmer ab. Morven warf innerlich seufzend einen Blick in sein Gesicht.

„Baodan erweist uns die Ehre seines Besuchs."

„Ich bringe Morven in mein Zimmer."

Lior schüttelte den Kopf.

„Er verlangte ausdrücklich nach der Armanach."

Für einen Sekundenbruchteil spielte sie mit dem Gedanken, sich zu verstecken.

„Deine Entscheidung, Morven. Wenn du ihm nicht gegenübertreten möchtest ...", sagte Lior.

„Keine Angst, Flùr. Er kann dir nichts anhaben. Sollte er dich nur schief ansehen, töte ich ihn." Kendrick äußerte den Satz derart beiläufig, dass es sie erschreckte. Bis jetzt hatten sie keine Zeit gefunden, Informationen über die Vergangenheit auszutauschen. Sie verspürte eine leichte Unruhe, ob sie alles von ihm wissen wollte.

Lior schnaubte. „Bevor du mit der Wimper zuckst, erledigt Nosferat ihn."

„Was will er? Ich dachte, ihr seid Feinde. Stecken nicht die Angelus hinter den Morden oder haben zumindest eine Mitschuld?" Eine Eiseskälte erfasste sie. Konnte sie dem Monster gegenübertreten, das Brian getötet hatte? Was, wenn Hass und das Urchaid sie überwältigten? Wenn sie jeden umbrachte, der sich im Raum mit ihr aufhielt?

Kendrick umfasste ihre Schultern.

„Das geschieht nicht“, sagte er sanft. „Wir sollten uns anhören, was er zu sagen hat. Ich glaube nicht, dass er Brian ermordet hat.“

Er nahm ihre Hand und hielt sie besänftigend.

Sie gingen in die Bibliothek. Baodan stand bei ihrem Eintreten auf und ein Lächeln lag auf seinem Gesicht, das ihr ein Schaudern über die Kopfhaut jagte. Ein weißer Hai blieb ein Hai, selbst in einem Maßanzug und handgefertigten Schuhen.

„Morven, es freut mich, dich wohlbehalten zu sehen.“

Sie spürte, dass Kendrick seine Muskeln anspannte. Baodan trat einen Schritt näher, unternahm Anstalten, sie auf die Wange zu küssen.

Kendrick stand vor ihr und sie starrte auf seinen breiten Rücken. „Wenn du sie berührst, töte ich dich.“ Seine Stimme war ein bedrohliches Flüstern. Aus den Augenwinkeln sah sie, dass Liors Hand auf seinem Dolch ruhte. Nosferat lehnte entspannt an dem Tisch. Es täuschte sie nicht. Er war der Tödlichste von allen.

„Schon gut, Söldner. Ich respektiere deinen Wunsch.“ Ein trockenes Lachen. „Ich verstehe dich.“

Erleichtert hörte sie, dass er sich hinsetzte. Kendrick küsste Morven auf die Stirn und sah sie prüfend an.

Ich schaffe das.

Kendrick und Lior saßen neben ihr, sie kam sich wie ein Bild vor, abgeschirmt durch einen schützenden Rahmen. Nosferat und Baodan nahmen ihr gegenüber Platz. Die Miene von Nosferat verriet ihr so viel wie ein unbeschriebenes Blatt Papier. Dàn schlenderte in die Bibliothek, warf dem Anführer der Angelus einen Blick unverhohlener Verachtung zu. Er lehnte sich an die Wand hinter Baodan, die Fingerspitzen lagen auf den Kurzschwertern.

„Ich komme, um eure Hilfe zu ersuchen.“

Er sah ihr direkt in die Augen. Hunger lag in dem hellen Blick, der sie an Eissplitter erinnerte und etwas anderes - Angst. Der Angelus verspürte Furcht, nicht vor den Lugus, sondern vor ihrer Mutter.

„Wobei können wir den Engeln der Finsternis behilflich sein? Wieso wendest du dich nicht an die Tuatha Dé Danann?“ Nosferats Tonfall war zu ruhig, es ängstigte sie.

„An den Rat?“ Baodan schnaubte missbilligend. „Das taten wir, als die Morde anfingen.“

„Du behauptest, ihr seid nicht für die Massaker verantwortlich?“ Morven erschreckte sich vor dem Klang der eigenen Stimme, denn Hass und Verzweiflung tränkten sie.

Baodan lächelte zynisch.

„Wir lassen unsere Leichen nicht in der Öffentlichkeit herumliegen. Wir töten, das leugne ich nicht, jedoch nur die, die uns zugeteilt werden. Die Menschheit sprudelt vor Abschaum, eine niemals versiegende Quelle.“

Unsicherheit stieg auf. Alles in ihr verlangte, dieses Monster schuldig zu sehen. In ihrem Inneren wusste sie, er sprach die Wahrheit, hatte weder Brian noch Randy getötet.

„Hast du dich nie gefragt, wie du unsere Aufmerksamkeit erregt hast?“

Baodan fasste in die Innenseite seiner Jacke, erstarrte unter den fünf Klingen, die auf ihn zeigten. „Jungs, beruhigt euch. Die beiden Glatzköpfe haben mich gründlich gefilzt. Besitzt ihr so wenig Vertrauen in eure eigenen Sicherheitsmaßnahmen?“

„Leg die Handflächen auf den Tisch.“ Nosferat nickte Dàn zu. Der Lugus griff in die Jacke und hielt einen Chip zwischen den Fingern.

„Auf ihm sind Fotos von der Armanach sowie von ein paar Leichen, die wir aufgespürt haben, bevor jemand sie entdeckte.“

Dàn holte ein Notebook.

Morven rutschte auf dem Stuhl hin und her. Sowohl Lior als auch Kendrick legten ihr beruhigend eine Hand auf den Arm. Dàn steckte den Chip nicht sofort in das Notebook, sondern in ein Gerät, das einem Palmtop ähnelte. Es leuchtete grün.

Baodan verdrehte die Augen.

„Alles in Ordnung.“ Dàn steckte den Chip in das Notebook.

Baodan suchte erneut ihren Blick. „Die Bilder der Getöteten sind schlimm. Vielleicht sollte Morven sie nicht sehen.“

Wenn es nach ihr ging, konnte er sich seine Besorgnis sonst wo hin stecken. Sie beherrschte die Kunst, eine neutrale Mimik zu bewahren, in keinster Weise.

„Ob du es mir glaubst oder nicht, Armanach. Es tut mir leid, was geschehen ist.“

Sie glaubte ihm nicht. Wenn sie ihn ansah, spürte sie die Bösartigkeit, die in ihm lauerte, körperlich und anhaltend.

Dàn sah auf den Bildschirm und warf ihr einen besorgten Blick zu.

Ehe sie es sich anders überlegte, nickte sie ihm zu.

Sobald sie erfasste, was sie sah, wünschte sie sich, sie könnte den Anblick sofort vergessen. Solche Bilder vergaß man nie. Sie blieben einem für die Ewigkeit. Morven starrte auf die junge Frau, die unglaublich gelitten hatte, bevor sie starb.

Nosferat biss die Zähne dermaßen hart aufeinander, dass sie dachte, sein Kiefer würde brechen.

„Selbst wir sind zu diesen Grausamkeiten nicht imstande.“

Diesmal glaubte sie Baodan. Kendrick hielt sie umschlungen, seine Stärke gab ihr die Kraft, nicht wegzusehen. Um diesen Feind zu besiegen, musste sie wissen, wozu er fähig war.

Baodan klickte auf den nächsten Ordner. Sie sah eine Ansammlung von Fotos, die sie zeigten, als Kind, als Teenager, als Frau. Sie schluckte. Jemand hatte sie beobachtet, ein Leben lang.

„Der USB-Stick kam mit der Post. Keine Fingerabdrücke, keine DNA. Zusammen mit einem Tropfen Blut von dir. Nur dieser eine Tropfen ..." Er redete nicht weiter, es war unnötig, der Glanz in seinen Augen verriet ihn.

Baodan stand auf, trat an Nosferat heran und reichte ihm die Hand.

„In dieser Angelegenheit sollten wir zusammenarbeiten."

Nosferat beäugte die Hand, als wenn eine Schlange vor ihm aufragte. Dann packte er sie. Beide Männer zuckten zusammen, denn ein Schimmern besiegelte den Pakt. Sie wusste aus eigener Erfahrung, dass es schmerzte.

Nachdem Baodan den Raum verlassen hatte, sprach Kendrick aus, was sie dachte.

„Er verheimlicht uns etwas. Ich glaube mit dem USB-Stick hat es mehr auf sich, nicht mit den Bildern der Opfer, sondern mit Morvens."

Sie lächelte traurig.

„Sie sehen aus wie Erinnerungsstücke in einem Album. Die Fotos, die liebende Eltern aufbewahren." Gegen den Kloß in ihrer Kehle war sie machtlos.

Kapitel 13

Kendrick zog Morven auf den Sitz neben sich und hielt sie fest. Für einen Moment kämpfte sie gegen ihn an, aber sie wusste, dass es sinnlos war, begnügte sich stattdessen mit einem zornigen Ausdruck. Er liebte es, wenn sie ihre Wut auf ihn richtete. Sexy. Er konnte nicht umhin sich vorzustellen, dass ihre Nippel sich gegen das Shirt drängten. Die dicke Jacke verhinderte die Sicht. Sie fror, gleichzeitig strömte sie eine sinnliche Hitze aus.

„Du fällst noch über Bord, wenn du so weitermachst. In ein paar Minuten erreichen wir das Festland.“

Nur ungern verließ er die schützende Insel. Sich auf Dauer zu verstecken bot keine Lösung, sie wollten April Wind aus der Deckung locken.

Morvens Cottage stand unter Bewachung.

„Ist es nötig, dass sie uns begleiten?“ Mit ‚sie‘ meinte sie die schwer bewaffneten Söldner.

Sie sind unheimlich.

„Ist auch unsere Absicht.“ Gordon, der Captain der Lugus, raunte die Worte. Als Morven ihn anfunkelte, hob er die Hände. Kendrick kannte ihn lange genug, um zu wissen, dass sie ihn amüsierte. Seine braunen Augen funkelten. „Nicht meine Schuld, dass du deine Gedanken laut herausschreist.“

Kendrick hatte versucht, ihr beizubringen, ihre Gedanken zu schützen, aber sie konnte sich nicht konzentrieren. Frustriert seufzte sie und kaute auf ihrer Unterlippe herum, das tat sie immer, wenn sie beschämt war.

„Das ist unhöflich.“

Gordon schnaubte. „Es ist unhöflich zu denken, dass ich deinen Schlüpfer fressen soll.“

„Das habe ich nicht ...“

„Hast du doch.“

Die restlichen Söldner nickten ihre Zustimmung. Morven begnügte sich mit einem Geräusch, das sich wie Roven anhörte.

Hilf mir, Gefährte.

Er schüttelte den Kopf, er ahnte, insgeheim liebte sie die Neckereien, genauso wie die harten Kerle, ihre Worte nicht seine. Dennoch warf sie Kendrick einen vorwurfsvollen Blick zu.

Sie betrachtete den silbernen Ring, den er ihr heute Morgen an den Ringfinger gesteckt hatte, und lächelte ihn an.

„Er gefällt mir.“

Die Oberfläche des Ringes zierten Runen. Er trug den gleichen am kleinen Finger seiner rechten Hand. Was sie nicht wusste, war, dass er sie mit dem Ring orten konnte. Er traute ihr zu, dass sie die Angelegenheit in ihre eigenen Hände nahm, falls sich die Gelegenheit bot oder die Umstände es er-

forderten.
„Es geht Betty nicht besser."
„Sie braucht Zeit, Flùr."
Sie sah ihn starr an. „Und wenn sie nicht mehr aufwacht?" Sie drehte sich dem dunklen Wasser zu. Sie kannte die Antwort.
Godalf erwartete sie am Cottage. Der eitle Werwolf ging ganz in seiner Rolle als tuntiger Inneneinrichter auf. Er trug Orange. Die Hose saß dermaßen eng, dass Gordon prustete, als er ihn sah.
„Er soll mich nicht anfassen und möglichst nicht ansprechen", murmelte er.
Kendrick grinste, Männer taten sich schwer mit homosexuellen Männern. Dass Godalf Gordon lüstern anstarrte, erleichterte die Dinge nicht gerade.
Godalf begrüßte Morven überschwänglich und schlug Kendrick auf den Rücken. Er spürte die gezügelte Kraft in den Armen des Wolfes. Bei einem Zweikampf zwischen Gordon und Godalf würde er nicht unbedingt auf den Captain der Lugus setzen.
Der Wolf zwinkerte Kendrick zu, bevor er sich Gordon zudrehte.
„Warum so schüchtern?"
Der Humor verschwand aus Godalfs Augen.
„Sie haben uns nicht offen angegriffen, aber die Präsenz des Urchaids fühlten wir mehrmals. Sie kundschaften uns aus, darauf bedacht, dass wir sie nicht sehen."
Godalf winkte Taran heran. „Zeig den Lugus die Spuren, die wir fanden. Ich präsentiere Morven das *Kit Out*." Stolz und Erwartung klangen in der Stimme.
Er legte ihr einen Arm um die Schultern und führte sie in Richtung des ehemaligen Kutscherhauses.
Tarans Ausdruck auf dem harten Gesicht trug nicht zu Kendricks Beruhigung bei.
Nach ein paar Schritten erreichten sie einen Trampelpfad. Ein Fußabdruck prangte auf dem lehmigen Boden neben einer Pfütze, fünf Zehen mit langen Krallen, geformt wie ein Reptilienfuß.
„Ich schätze Schuhgröße 14." Kendrick lief ein Schauder über den Rücken. Das Werk von April Wind, einer der Echsenmenschen, die sie erschaffen hatte. Wahrscheinlich wuchsen sie schneller als Humanoide. Ihre Größe erschreckte ihn. Eine Lebensform mit der Intelligenz des Menschen, gepaart mit der Grausamkeit einer Echse. Kendrick konnte sich schwerlich eine schlimmere Kreatur vorstellen.
„Sie häuten sich wie Schlangen. Daher waren wir imstande, ihre Körperlänge zu bestimmen. 2,10 Meter", sagte Taran.
„Sie hat geplant, dass wir es finden, und will uns einschüchtern." Kendrick tauschte einen Blick mit Taran aus. In den Augen des Folterers sah er Entschlossenheit.

„Bekamt ihr eines der Wesen zu Gesicht?"
Taran verneinte.
„Sie bewegen sich wie verdammte Schatten." Mit der nächsten Frage verwunderte er ihn. „Wie geht es Betty?" Dabei sah er Kendrick hoffnungsvoll an. Kendrick wäre nicht überraschter, wenn Taran seidene Strümpfe tragen würde.
Kendrick schüttelte den Kopf und der harte Folterer drehte sich um. Der Schmerz in seinem Ausdruck blieb niemandem verborgen.
Kendrick betrachtete intensiv den einzelnen Abdruck und schaute zu den Baumwipfeln hoch.
„Entweder kommen sie über die Bäume oder sie verbergen sich in der Erde."
Taran umfasste den Griff seines Messers.
„Sollen sie kommen, ich warte."
Kendrick verharrte vor dem ehemaligen Kutscherhaus, dessen Eingangsbereich ein geschmackvolles Schild zierte. *Kit Out* prangte in geschlungenen roten Buchstaben auf einem weißen Grund, umrahmt von schwarzen Rosen mit silbernen Tropfen.
Godalf hatte hervorragende Arbeit geleistet. Seine Gefährtin strahlte über das ganze Gesicht. Wenigstens für den Moment vergaß sie ihre Sorgen.
Sie berührte fast liebevoll den großen Zuschneidetisch. Godalf hatte die Pferdeboxen zu Ankleidekabinen umgestaltet, mit einer vernünftigen Beleuchtung. Sie hatte die Männer intensiv angestarrt.
„Ihr glaubt nicht, wie viele Frauen in Depressionen gestürzt werden, weil die Beleuchtung sie grässlich aussehen lässt. Sie gehen fröhlich in die Umkleidekabine und kommen gebrochen heraus."
Schiebetüren trennten den Arbeitsbereich vom Verkaufsraum ab und Lior hatte Glyphen an den Türen angebracht, die das Böse abwehrten. Das *Kit Out* war neutrales Territorium, egal ob Angelus, Dämonen oder Werwölfe, sie mussten das Gesetz befolgen.
Aber bei April Wind konnten sie nicht sicher sein. Sie hielt sich nicht an ihre Regularien. Morvens Albträume nahmen zu. Seine Gefährtin war blass und müde, denn die Angst, einzuschlafen, beherrschte sie. Nosferat hatte ihren Willen letzte Nacht beeinflusst und sie in einen tranceähnlichen Schlaf gezwungen. Kendrick spürte das Dunkle in ihr. Es wuchs, und er ahnte, dass Morven langsam ihre Kräfte verließen. Auf Dauer konnte sie nicht standhalten.
Er dachte an das Gespräch mit Nosferat zurück.
„Sie muss sich dem Urchaid stellen, anderenfalls zerbricht sie. Bring sie in ihr Cottage. Es ist Zeit, die Schlange aus der Reserve zu locken." Nosferats Ausdruck hatte ihm einen Schauder über den Rücken gejagt.
Und wenn Morven nicht stark genug war und er versagte? Wenn ihr Bund

nicht reichte, um sie zu retten?

Morven sah ihn an. Der Anblick brannte sich tief in ihm ein, ihre zerzausten Haare. Auf ihrem blassen Gesicht lag ein Hauch Farbe und ihre Augen spiegelten ihre Liebe zu ihm wider.

Würde er sie verlieren, fände er den Tod am Fuß der Klippen. Niemand würde ihn davon abhalten.

Morven umarmte Godalf und küsste ihn auf beide Wangen.

Der Wolf hatte ein *Kit Out* erschaffen, das ihre kühnsten Träume übertraf. Sie sah in die geräumigen Schubladen, in denen Garne, Knöpfe, Spulen und Krimskrams untergebracht waren, alles ordentlich nach Farben sortiert. Beschämt dachte sie an das Chaos in ihrem alten Atelier.

Ihr Blick fiel auf die Stoffballen und sie blinzelte mehrmals.

Godalf grinste sie an. „Habe ich deinen Geschmack getroffen?“

Morven zog einen Ballen feinster italienischer blutroter Seide aus dem Regal. Diese Kostbarkeit sprengte ihren Geldbeutel.

Sie brauchte sich nicht umzudrehen, Kendrick stand hinter ihr.

„Du wirst dich vor Aufträgen nicht retten können und daher habe ich mir erlaubt, dich mit weiteren Stoffen auszustatten.“

Wenn sie nur an ihren Erfolg glauben könnte. Sie war eine unbekannte Designerin mit einem Atelier im Nirgendwo. Wer sollte sich hierher verirren?

Lederhäute lagen aufgerollt auf dem Tisch. Sie zog eine indigofarbene Rolle aus dem Stapel. Unglaublich weiches elastisches Leder umschmeichelte ihre Handfläche.

„Die Haut eines Eisdrachens“, beantwortete Kendrick ihre unausgesprochene Frage. „Bei einem lebenden Tier ist sie schneeweiß.“

Sie sparte sich eine Antwort. Es war zu verrückt.

„Das Fell eines Yetis finde ich hoffentlich nicht.“ Sie ertappte sich, dass sie die Regale mit ihren Blicken absuchte.

„Nein, Flùr. Yetis existieren nicht und Eisdrachen nur auf der anderen Seite eurer Welt.“

Andere Seite eurer Welt. Morven dachte an die ganzen Legenden und Märchen, die es gab. Wahrscheinlich entsprangen viel mehr der Wahrheit, als einem lieb sein konnte.

Sie nahm einen der Knöpfe auf, die sofort die Farbe ihrer Kleidung annahm.

„Was ist das für ein Material?“

„Das sind die Knochen einer Dona.“ Kendrick sagte es lächelnd.

Sie ließ den Knopf fallen, dachte entsetzt, dass sie schon mehrere verwendet hatte.

Godalf schob eine junge Frau in ihre Richtung.

„Morven, darf ich dir Dari vorstellen?“

Eine Elfe?

Die hochgewachsene biegsame Frau lief auf sie zu. Der Gang war sinnlich und anmutig. Ihre Haut leuchtete in einem zarten Grün. Dann lächelte sie und zeigte spitze Zähne. Die Orangefärbung in ihren Pupillen nahm zu, eine Dämonin.

„Mephistopheles schickt mich zu dir. Ich helfe dir beim Verkauf und bei der Anfertigung der Kleidung." Dari besaß die schönste Stimmfarbe, die sie jemals gehört hatte, weich und sahnig.

„Ich verfüge weder über Geldmittel noch über Kunden."

„Oh, sei dir sicher, Armanach, von beidem hast du bald genug."

Morven hatte noch das sanfte Timbre von Dari im Ohr, als alles um sie verblasste. Es ging nicht schnell, das *Kit Out* zerfloss in den Hintergrund. Kendrick war weit entfernt, seine Arme, die sie stützten, ein ferner Klang auf ihrem Körper.

„Fürchte dich nicht, Morven." Sie konnte die weibliche Stimme nicht orten und blinzelte gegen das unwirkliche Gefühl an. Morven stand auf einem Holzsteg, umgeben von klarem Wasser, in dem Wasserpflanzen dem Spiel der Strömung nachgaben. Wärme umfloss ihre Haut, sie seufzte, denn die Klangfarbe streichelte erneut ihr Bewusstsein. Ein Schemen kam auf sie zu. Sie wollte erst vor der Angelus zurückweichen, aber anders als der dunkle Schatten, den sie kannte, umhüllte ein weißes Leuchten den engelhaften Umriss.

„Du kennst mich, Morven."

Die Erkenntnis traf sie wie ein Schlag. Die Frau hatte sie vor ihrer Mutter gerettet und ihr das Medaillon geschenkt. „Kämpfe nicht gegen mich an, sonst zerbricht der Spiegel."

Der Schatten nahm Gestalt an.

„Ich bin Niora." Rubinrotes Haar umspielte ein zartes Gesicht. Ihre Augen spiegelten schweres Leid.

„Du musst uns helfen, du bist der Schlüssel."

„Ich verstehe nicht."

„Du besitzt die Stärke, uns aus dem Dunkel zu holen, uns unsere Gütigkeit zurückzugeben, uns Mitleid und Gefühle spüren zu lassen. Noch ist es nicht zu spät für uns."

Niora sah gehetzt nach hinten.

„Du befindest dich in großer Gefahr."

Als ob sie das nicht wüsste. Im Vergleich zu ihrer Mutter war Hannibal Lecter ein Schaf.

„Die Wesen, die zu tief im Dunklen weilen, werden alles versuchen, dass das Urchaid dich überwältigt. Nimm dich in Acht, Armanach. Der Rat ..." Ein klirrendes Geräusch ertönte. Niora verblasste. Morven lag in Kendricks Armen und er sah ernst auf sie herunter.

„Flùr, ist alles in Ordnung?"
„Ich weiß es nicht, das war ..." Sie suchte nach den richtigen Worten. „Merkwürdig berührend."

„Glaubst du, Lior findet etwas über Niora heraus?" Morven sah ihn hoffnungsvoll an.
„Da habe ich keine Bedenken. Lior ist einer unserer besten Söldner, wenn es um das Aufspüren von Identitäten geht."
Kendrick betrachtete seine Gefährtin, die eine Tasse Tee in der rechten Hand hielt und mit der linken Rovens Nüster streichelte, die er durch das Küchenfenster streckte. Gemächlich hatte er sich Kresse von ihrer Fensterbank schmecken lassen. Sobald Morven einen Schritt nach draußen setzte, verfolgte Roven sie wie ein Hund. Kendrick war fast ein wenig eifersüchtig. Der Hengst ließ den Kopf entzückt hängen, als sie ihm sanft in die Nüstern blies.
„Ich nähe ihm eine rote Satteldecke", verkündete sie. Das Ainmhidh schnaubte seine Zustimmung.
Sie wandte sich Kendrick zu. „Hoffentlich ist Niora unverletzt."
Morven hatte die Umgebung detailliert beschrieben - die andere Seite. Die Welt der Wesen, die nicht auf der Erde lebten. Menschen durften sie nicht betreten, es sei denn, sie erhielten eine Freigabe durch die Tuatha Dé Danann. Soweit er wusste, konnten die Ausnahmen an einer Hand abgezählt werden. Ob April sich darunter befand?
Er versuchte, seine Ungeduld zu verbergen und endlich vibrierte sein Mobiltelefon. Mit viel Glück führte die Spur nicht ins Leere.
Er lächelte ihr zu und atmete erleichtert auf, als Lior bestätigte, dass er den letzten Aufenthaltsort von Niora ausgemacht hatte.
„Wir treffen uns in einer halben Stunde in Mephistopheles' Halle. Sieh zu, dass Morven gut bewacht wird. Sie sollte in ihrem Cottage bleiben."
Das würde seiner Gefährtin nicht gefallen, aber die andere Seite barg Gefahren. Zum größten Teil war sie ein Mensch, und für die meisten Wesen war sie einfach ein Hamburger auf zwei Beinen, ein Mitternachtssnack. Diese Situation änderte sich nur, wenn sie vollständige Kontrolle über ihre Kräfte erlangte. Außerdem wussten sie nicht, wie das Urchaid reagierte, wenn sie die Welt der Menschen verließ.
„Lior hat etwas herausgefunden? Ich ziehe mir eine Jacke an."
„Du bleibst hier."
Sie warf ihm einen Blick zu, als hätte er ihr mitgeteilt, dass er zum Abendessen einen Pferdebraten wolle, bestehend aus Rovens Fohlen. „Ohne dich kommen wir schneller voran." Kaum verließen die Worte seine Lippen, verfluchte er seine Dummheit.
„Du denkst, ich behindere euch!" Ihr Blick verschlang ihn. Sie spielte mit

dem Gedanken, ihm gegen das Schienbein zu treten. Vorsichtshalber trat er einen Schritt zurück.

„Was willst du tun, mich festbinden?"

Kendrick drückte sie an die Fensterbank.

„Fordere mich nicht heraus, Morven."

Sie ballte ihre Hände zu Fäusten und schluckte ihre Antwort hinunter.

Steinzeitmensch.

„Dàn passt während meiner Abwesenheit auf dich auf." Er wollte ihr einen Kuss auf die Wange geben, doch sie drehte den Kopf zur Seite, dickköpfig wie ein schottischer Esel. Die Tränen, die in ihren Augen schimmerten, hielten ihn davon ab, einfach zu gehen.

„Tha gaol agam ort, Morven."

Sie blinzelte ihn an. Roven fand ihre Reaktion anscheinend nicht angemessen und schubste sie unsanft mit seiner Nüster, sodass sie gegen Kendrick flog.

„Du liebst mich?"

„Sagte ich gerade."

„Ich warte, bis du zurückkommst, ehe ich deine Worte erwidere." Sie sah zu ihm auf, diesmal drehte sie nicht den Kopf, als seine Lippen sich auf ihre senkten.

„Pass gut auf sie auf." Er schlug Dàn auf die Schulter, bevor er sich auf das Portal stellte, das ihn direkt in die Halle des Vampirdämons führte. Lior und Mephistopheles warteten auf ihn und ihre grimmigen Haltungen reflektierten seinen eigenen Zustand. Nach einer kurzen Begrüßung klärte Lior sie darüber auf, was er herausgefunden hatte.

„Niora war ganz oben in den Rängen der Angelus, die Hüterin des Seehauses, eine der wenigen Angelus mit rotem Haar. Daher konnte ich sie so schnell lokalisieren. Sie ist vor zwei Jahren von allen Ämtern enthoben worden, da sie sich mit Baodan verwarf."

Kendrick wunderte sich, dass sie noch lebte.

„Sie ist seine Halbschwester. Wenn er gewagt hätte, sie zu töten, hätte seine Mutter ihn verbannt. So begnügte er sich damit, sie ins Exil zu schicken. Sie lebt auf einer Insel in den See-Ebenen."

„Weißt du, wieso sie sich mit ihrer Familie verworfen hat?"

Lior lachte trocken.

„Sie verliebte sich in einen Menschen und versuchte, ihn vor dem Tod zu bewahren. Die Tuatha Dé Danann stellen den Angelus ein bestimmtes Kontingent an Opfern zur Verfügung, sodass sie den Blutdurst stillen und sich nicht auffällig auf der Erde an der Menschheit vergreifen. Niora wollte ihn retten. Und wie ich hörte, prangerte sie schon vorher die Grausamkeit ihrer Rasse an."

„Sie hat behauptet, Morven wäre der Schlüssel, um die Angelus aus der Dunkelheit zu ziehen.“ Kendrick konnte kaum glauben, dass es der Wahrheit entsprach. Dennoch, seine Gefährtin überraschte ihn immer wieder.

„Nosferat kontaktierte den Rat heute Morgen. Sie verweigern uns ihre Hilfe und wollen zuerst Beweise.“ Lior merkte man den Zorn deutlich an.

Was anderes hätte Kendrick verwundert. Vom Rat brauchten sie sich keine Unterstützung zu erhoffen. Früher hatten die Tuatha Dé Danann eine agierende, neutrale Instanz dargestellt. Diese Zeiten waren lange vorbei.

Mephistopheles Blick lag schwer auf ihm, jetzt war er ganz der grausame Vampirdämon, bereit, alles zu tun, um seiner Tochter zu helfen.

„Hat April Wind sich meiner Tochter noch einmal bemächtigt?“

„Im Moment hält sie sich zurück, aber Morvens Unruhe steigt. Das Urchaid breitet sich in ihr aus. Ich spüre es.“ Kendrick schluckte. „Ein grauenvolles Gefühl, gleich einem lebenden Tod.“

„Lasst uns auf die andere Seite reisen.“ Der Dämon sprang auf die Füße, die langen Messer, die in den Innenseiten seiner Jacke steckten, blitzten kurz auf. Im Bund seiner Jeans befand sich eine 45er.

„Saphirkugeln“, kommentierte er Kendricks Beobachtungen. Diese Munition tötete fast alles.

Lior und er waren ebenso schwer bewaffnet. Bevor sie Niora suchten, unternahmen sie noch eine Rettungsmission. Falls sie klappte wie geplant, konnten sie den nächsten Schritt unternehmen.

Das schwarze Portal brachte sie direkt auf die andere Seite. Sie entschieden sich gegen ein Gefolge und wollten möglichst unauffällig reisen.

Sie entfernten sich sofort von dem Nebenportal, welches in einer abgelegenen Gegend lag, auch wenn sie gern einen Augenblick verweilt hätten, um sich an das geänderte Licht und den veränderten Sauerstoffgehalt zu gewöhnen.

Ihr Kontaktdämon, von Babylonus persönlich beauftragt, trat aus den Schatten hervor.

„Ich bin Artair.“ Seine Haut war von einem dunklen Blau, das ihn nahezu schwarz wirken ließ. Sein kahler Schädel unterstrich die klare Struktur seines Gesichtes. In den Händen hielt er jeweils zwei Zügel. Vier Ainmhidh, Rappen von unwirklicher Schönheit mit eisblauen Augen begleiteten ihn. Sie schnaubten sanft zur Begrüßung.

„Wir müssen uns beeilen, bevor wir Aufmerksamkeit erregen. Die Dunkelheit bricht gleich ein, dann sollten wir unterwegs sein.“ Er besaß die faszinierende Stimme eines Dämons, ausgewogen im Klang.

Auf der anderen Seite war die Dunkelheit fast vollkommen. Es gab keine Highways, Industrieanlagen oder hellerleuchtete Städte. Die Beleuchtung war auf Kerzen und Leuchtperlen begrenzt, Elektrizität funktionierte nicht.

An diesem Ort sah es aus wie vor Tausenden von Jahren auf der Erde.

Artair teilte ihnen die Namen der Ainmhidh mit. Kendricks Pferd hieß Rasar. Das Pferd, auf das Lior stieg, schnappte nach dem blonden Lugus. Er konnte gerade noch den Zähnen ausweichen, hatte Mühe, in den Sattel zu gelangen, denn das Ainmhidh tänzelte. Danach versuchte er halbherzig, ihn abzuwerfen.

„Anscheinend hegen sie einen Groll gegen dich, Söldner", sagte Mephistopheles mit Amüsement in der Stimme.

Lior schnaubte. „Nachtragende Biester." Seine Worte hatten zur Folge, dass er fast auf dem Boden landete.

„Wir müssen nach Caledonien Forrest", sagte Artair. Die Pferde setzten sich in einem kräfteschonenden und für den Reiter bequemen Tölt in Bewegung. Man munkelte, dass in den Adern der kleinen Islandpferde Ainmhidhblut floss, sie daher einige der wenigen Pferde auf der Erde waren, die die Gangart Tölt beherrschten. Pinien, Birken und Weiden ragten hoch hinaus. Die Bäume wuchsen höher und wilder, verglichen mit der Erde. Schwärme von Scottish Crossbills flogen durch die Baumwipfel. Die bunten Papageien fand man auch in Schottland. Sie waren direkte Abkömmlinge von dieser Seite.

Kendrick sah die Anspannung in seinen Begleitern, er verstand sie. Überall konnte Böses lauern und versuchen, sie anzugreifen.

Es würde sie aufhalten. Kendrick spürte den Druck der Zeit. April plante, bald zuzuschlagen, und er wollte auf jeden Fall bei Morven sein, wenn es soweit war.

Der dichte Wald bedeckte sanfte Hügel und die Pferde wirbelten Piniennadeln auf. Kendrick ritt hinter Mephistopheles. Lior bildete das Schlusslicht. Ab und zu hörte er ihn leise fluchen, als er mit dem unwilligen Ainmhidh kämpfte. Ein Blick verriet ihm, dass das Tier haarscharf an den Bäumen vorbeilief. Lior musste seine Knie mehrmals in Sicherheit bringen.

Caledonien Forrest war der Schauplatz einer großen Schlacht und trug seinen Namen zu Recht, denn es war ein hartes, undurchdringliches Gebiet. An diesem Ort hatte er den Gefährten von Chara getötet.

Die Dunkelheit fiel über das Land, sie kam plötzlich, gleich einem schwarzen Vorhang. Auf dieser Seite gab es keine Sterne. Die Ainmhidh sahen im Dunklen, ihre Augen glänzten hell und Leuchtperlen bestückten die Trensen, die den Reitern den Weg mit ihrem sanften Schimmern zeigten. Hoffentlich rückten sie heute der Bedrohung näher. Kendrick juckte es in den Fingern, April seine ganze Wut spüren zu lassen.

Nicht nur er brauchte dringend Luft zum Durchatmen, er sollte mit Morven in Urlaub fahren. So könnten sie ihre komplizierte Beziehung in die richtigen Bahnen leiten. Morven war niedlich, wenn sie wütend war und sie war ständig niedlich. Er musste an seinen Umgangsformen feilen. Ihre zornigen Worte mit seinen Lippen zu ersticken war zwar anregend, jedoch keine dauerhafte Lösung.

Sie begegnete seinem Urzeitgehabe, wie sie es nannte, mit viel Geduld. Sie verstand, dass er sich erst an sie als Partnerin gewöhnen musste, teilte ihm aber mit, dass ihre Nachsicht nicht ewig anhielt. Sie sagte die Worte mit einem sinnlichen Lächeln auf dem Gesicht, das ihm einen Schauder entlockte.

Sie trat aus den Schatten hervor, gekleidet in enges Leder.

„Söldner, Mephistopheles." Bethana legte ihre Hand auf das Knie des Dämons. Sie senkte den Kopf. „Ich stehe tief in eurer Schuld. Ich tue alles für euch, egal was ihr verlangt." Ihre Hand wanderte an Mephistopheles Schenkel nach oben. Ganz gelang es ihr nicht, ihre Natur zu unterdrücken.

Der Vampirdämon schnaubte im Einklang mit dem Ainmhidh und zog Bethana mit einem Ruck hinter sich.

Die Meduris würde auf einem seiner Altäre landen, aber wer von beiden in Fesseln liegen würde, wer wusste das schon.

Kendricks Augen gewöhnten sich an die Dunkelheit und er konnte seine Umgebung schemenhaft erkennen. Alles, was lebte, sah er als sanftes Schimmern. Die Dämonen sahen im Dunkeln genauso gut wie im Hellen. Bethana fluchte in diesem Moment, weil sie fast auf dem Boden landete, als das Ainmhidh über einen Baumstamm sprang. Offensichtlich stand es mit ihrer Sicht nicht zum Besten.

„Halte dich gefälligst besser fest", zischte Mephistopheles.

Je tiefer sie vordrangen, desto weniger Lebewesen kreuzten ihren Weg. Sogar die Laute der nachtaktiven Vögel verstummten allmählich. Die Waldbewohner mieden diesen Teil des Waldes oder sie existierten nicht mehr.

Kendrick unterdrückte die plötzliche Sorge, die ihn erfasste. Er musste aufhören, an Morven zu denken und sich konzentrieren. Zuviel hing von dem Erfolg der Mission ab. Er wollte nicht an einem Misslingen schuld sein oder den Tod von jemandem verantworten. Morven wurde gut bewacht. Niemals würde Morven an Dàn und Gordon vorbeikommen, und sollte sie es versuchen, besaßen seine Freunde keine Hemmungen, Morvens Gehorsam zu erzwingen. Dennoch verblieb ein ungutes Gefühl.

Artair hob seine Hand und die Männer sprangen von den Pferden. Lior half Bethana und hielt sie in einem eisernen Griff.

„Falls du uns hintergehst, sorge ich persönlich dafür, dass du und deine Schwester lange leidet, bevor ihr sterbt." Er drückte fester zu. Die Meduris hatte sich unter Kontrolle, sie zuckte nicht zusammen. „Ich gewähre dir das Vergnügen, dabei zuzusehen, wie Siala stirbt." Er ließ Bethana los. Sie taumelte zurück, ein Ausdruck puren Entsetzens auf dem Gesicht.

„Glaube mir, Söldner, ich habe genauso viel Interesse daran, diese Abnormität zu vernichten wie du. Du weißt nicht, was sie Siala angetan hat."

Das erste Mal in seinem Leben sah Kendrick eine Meduris weinen, und es berührte ihn. Bethana wischte die Tränen mit einer wütenden Handbewegung fort.

Mephistopheles trat neben sie.

„Sie hintergeht uns nicht." Der Vampirdämon lächelte und jagte ihm einen Schauder über den Rücken. Diesmal zuckte Bethana zusammen, als Mephistopheles mit einer Hand an ihrem Oberarm entlangfuhr.

„April hat versucht, eines der Echsenwesen mit Siala zu kreuzen und zwang mich, dabei zuzusehen. Steckt euch eure Drohungen sonst wo hin." Bethana drehte sich um. Ihr entging die Betroffenheit der Männer.

Kendrick tauschte mit den Männern einen Blick aus und sah stählerne Entschlossenheit in ihren Mienen. Sie verabschiedeten sich von den Ainmhidh. Die Pferde würden auf sie warten.

Artair übernahm die Führung. Bethana stolperte nach wenigen Schritten und Mephistopheles packte ihren Arm. Er konnte es nicht lassen und tätschelte ihren Po auf eine sehr unanständige Weise.

Nach einigen Hundert Metern trat das Wesen aus den Schatten. Bethana hatte sie vorgewarnt, dennoch stand Kendrick dem Grauen und Mitleid hilflos gegenüber, als er es erblickte.

Das Echsenwesen blieb vor ihnen stehen, die gelben Augen mit Schmerz erfüllt.

„Ich Randor", zischte es mühevoll. Seine Augen tränten und die Haut platzte an vielen Stellen auf. Er atmete stoßweise.

„Ihr helfen", er umfasste Liors Hand und der Lugus blickte Randor tief in die Augen.

„Wir tun alles, um das Leiden zu lindern."

Die Kreatur senkte den Kopf und ein Zittern lief durch seine Glieder, da die Muskeln seiner Beine verkrampften. Kendrick hatte noch nie eine mitleiderregendere Kreatur gesehen. April Winds Experiment war gründlich schiefgegangen.

„Schwöre, auch töten."

Wie sehr musste ein Lebewesen sich quälen, um den Tod dem Leben vorzuziehen.

„Ich schwöre es, wenn es eurem Willen entspricht, erlösen wir euch von der Tortur, so sanft wir können."

Die Echse nickte und schlurfte voran. Er führte sie zu einer Ansammlung von Hütten, die in einem Halbkreis auf einer kleinen von Fackeln beleuchteten Lichtung standen.

Bethana riss sich von Mephistopheles los, als sie Siala erblickte. Die Schwestern fielen sich in die Arme.

Baodan trat an sie heran. Der Engel der Finsternis betrachtete Randor mit purem Ekel.

„Wir haben die Luachrach abgeschlachtet. Dennoch müssen wir uns beeilen. Sie wird eure Anwesenheit spüren."

Kendrick, Lior und Mephistopheles blieben neben dem Erdloch stehen. Menschliche Überreste bedeckten den Boden, manche waren sehr klein.

„Dein Entschluss steht fest, mein Freund?“, fragte Lior.

„Wir haben keine andere Wahl.“ Der Vampirdämon grinste wollüstig. „Bevor ich leide, werde ich erst pure Lust empfinden.“

Sie sahen zu Siala hinüber. Sie stand ihrer Schwester in Nichts nach. Die pechschwarzen Haare reichten bis an ihre Schultern und bildeten einen starken Kontrast zu ihren hellgrauen Augen. Ihr Gesicht wirkte fast kindlich, ihr Körper der Inbegriff von verrucht. Eine Kombination, die Männer in die Knie zwang.

Siala trat auf sie zu und begutachtete die drei Männer und blieb vor Kendrick stehen.

„Schade, dass du es nicht bist.“

Sie drehte sich zu Mephistopheles und legte die Arme um ihn.

„Dich, mein Schöner, stoße ich nicht von mir. Ich schlage vor, du ziehst dein enges Höschen aus, damit ich dich beißen kann.“

Sie drängte ihn zu einer der Hütten, bewegte ihre Hüften derart aufreizend, dass Kendrick die Augen abwenden musste, nur um erneut hinzusehen.

Mephistopheles keuchte auf, als sie vor ihm auf die Knie sank und dabei den Reißverschluss seiner Hose löste.

Mephistopheles musste sich an die Hüttenwand lehnen, sonst wäre er zu Boden gesunken. In dem Moment, als er seinen Orgasmus erreichte, biss sie ihm in die Innenseite seines Oberschenkels.

Morven stand mitten im *Kit Out* und Unwirklichkeit und Leere beschlichen sie. Gleichzeitig empfand sie ungeheure Freude. Sie besaß etwas Formvollendetes, durch ihren Gefährten finanziert. Widersprüchliche Gefühle überrollten sie. Sie hatte nach Unabhängigkeit gestrebt, finanziell und persönlich, stattdessen war sie rettungslos verloren. Sie liebte Kendrick in einer Weise, die ihr unbekannt war. Es nagte an ihr, dass er über sie bestimmte, einfach alles bezahlte, sie herumkommandierte, sie reizte, sich durchsetzte.

Sie seufzte frustriert. Sie sollte der helfenden Hand nicht in die Finger beißen, sondern sie dankbar annehmen und ihr vertrauen. Wenn sie irgendwann diese Armanachkräfte im Griff hatte, würde sie Kendrick fesseln, wenn er sie nervte und ihm gründlich den Hintern versohlen. Verdient hätte er es.

Genug gegrübelt, endlich allein.

Sie betrachtete die angefertigte Kleidung. Lior wollte bald eine Armanach zu ihr schicken, die ihr zeigen sollte, die Kleidungsstücke mit Kraft zu schützen anstatt mit Blut. Er murmelte etwas davon, sie sei eine Armanach der vierten Stufe, weit unter Morven angesiedelt. Sie war in Lachen ausgebrochen, sie empfand sich als dumm, mehr wie eine Armanach auf der letztmöglichen Stufe.

Sie hatte Lior umarmt und ihn auf beide Wangen geküsst. Ständig ihre Fingerspitzen mit Nadeln zu traktieren, war nicht angenehm.

Wenn er sich unbeobachtet fühlte, bemerkte sie in seinen Augen eine tiefe Sehnsucht. Auch er hütete Geheimnisse.

So sehr sie ihre Arbeit in den letzten Tagen vermisst hatte, jetzt konnte sie sich nicht konzentrieren. Uninspiriert starrte sie Löcher in den Fliesenboden. Vielleicht lag es daran, dass sie keine Ahnung hatte, was auf sie zukam. Was wollten mystische Wesen anziehen?

Kendrick trieb sie in den Wahnsinn. Ständig lungerte er um sie herum und bestimmte über sie.

„Was erwartest du, Morven?“, hatte Kendra sie vorhin gescholten, als sie sich über seine dominante Art beschwerte. „Er ist ein Söldner, der erste Leutnant der Lugus, gewohnt, zu handeln und nicht zu reden.“ Ein Lächeln umspielte ihre Mundwinkel, als sie weiterredete. „Außerdem weckt deine Statur seinen Beschützerinstinkt. Aber alles, was zählt, ist, dass ihr euch liebt.“ Sie sah auf Morven herab. „Und du magst es, dass er dich dominiert.“

Morvens flammend rote Wangen hatten sie verraten.

Leider hatte Kendra auf die Isle of Lugus zurück gemusst und Morven blieb allein mit ihren Sorgen.

Wenn es so einfach wäre. Der Tag war wie im Flug vergangen, es dämmerte. Sie entrollte das Leder des Eisdrachens und die Tür des *Kit Out* flog auf.

Verdammt, sie schrie vor Schreck auf, angeblich kamen keine feindlich gesonnenen Individuen durch die Tür. Dennoch sprang sie einen Schritt rückwärts. Erleichtert bemerkte sie, dass Dàn hinter den Gestalten in das Atelier kam.

Was ist das, Dàn?

Sie erinnerten an Haie, denn sie bewegten sich gleitend, betrachteten sie abschätzend durch die getönten Gläser ihrer Brillen. Sie spürte es wie Nadelstiche auf der Haut und sah sich auf einem Silberteller liegen, mit einem Apfel im Mund und Petersilie in den Ohren. Wenn sie freundlich waren, was verblieb draußen vor der Tür? Verzweifelt sah sie zu Dàn hinüber.

„Sie können deine Gedanken lesen. Vampire des Lichts.“

Schwarzes Leder kleidete sie, die knielangen Mäntel waren Maßanfertigungen von höchster Qualität. Verglichen mit Dàn wirkte ihre Statur allerdings harmlos. Sie unterschätzte die gefährliche Ausstrahlung nicht, atmete erleichtert aus, als Dàn neben ihr stand. Sie nahmen ihre Brillen ab. Unheimlich helle Pupillen musterten sie. Ihre kurz geschnittenen schwarzen Haare verschluckten die Helligkeit. Überhaupt wirkte die Umgebung um sie herum dunkler. Als sie näher kamen, sah sie, dass es nicht ihrer Einbildung entsprang. Sie sogen das Licht auf. Sie waren Zwillinge.

„Ich bin Sarul.“ Er hielt ihr die Hand mit einem Lächeln hin, das kein Lächeln war. Sein Bruder stupste ihn an.

„Jetzt hör auf mit dem Schauspiel, sonst hat die Armanach noch Angst vor uns. Ich bin Anrol.“ Er grinste Morven an, und das Lachen erreichte seine Augen. Auf einmal sahen sie nicht mehr bedrohlich aus und die gefährliche Ausstrahlung fiel von ihnen wie ein Schleier.

„Wir nähren uns von willigen Opfern, denen es gut gefällt, was wir mit ihnen anstellen. Wir sind hier, da wir um Schutzkleidung bitten möchten, die uns erlaubt, bei Tageslicht durch die menschliche Welt zu streifen. Wir besitzen eine Tierpension und es ist hinderlich, ausschließlich in der Dunkelheit nach draußen gehen zu können.“

Wieso suchen sie nicht eine andere Armanach auf?

„Weil das ihre Kräfte übersteigt, dazu muss man nicht eine Armanach sein, sondern die Armanach“, beantwortete Anrol ihre Frage.

Sie rollte mit den Augen, war es leid, wie ein offenes Buch in der Gegend herumzurennen. Anrol lächelte sie entschuldigend an. „Ich weiß, ziemlich unhöflich, doch deine Gedanken schreien durch den Raum, und sie sind zu verführerisch, als dass wir sie abschirmen könnten.“

Sie hatte Schwierigkeiten, sich die Vampire mit Welpen und Katzen vorzustellen.

Lior hatte sie darüber aufgeklärt, dass sie viel Verantwortung trug. Sie musste sich Gesuche genau anhören und abwägen, ob sie sie moralisch vertreten konnte. Jetzt sahen sie harmlos aus, doch vor wenigen Sekunden entsprachen sie zwei Wesen aus einem Albtraum. Eine Fehlentscheidung zog Konsequenzen nach sich, bis zum Tod möglicher Opfer.

Was wurde aus ihrem Wunsch, Frauen zu verschönern?

„Ich erfülle den Auftrag, wenn ich sicher sein kann, dass ihr die Kleidung ausschließlich dazu benutzt, um eurer Arbeit nachzugehen. Ihr dürft nicht darin jagen.“

Jagten sie überhaupt? Sie hätte die Bücher von Una lesen sollen, eines handelte von den Arten und was sie auszeichnete. Existierten Vampire der Dunkelheit?

„Die möchtest du nicht kennenlernen.“ Dàn sah sie ernst an.

Sie hoffte, dass Kendrick an ihrer Seite war, falls einer der dunklen Sorte in ihr Atelier trat. Jetzt bedauerte sie, dass Kendrick nicht in ihrer Nähe herumlungerte. Verdammt, sie vermisste ihn.

„Setze einen Vertrag auf, wir halten uns an die Bedingungen.“ Sarul lachte trocken. „Verletzen wir ihn, töten die Lugus uns.“

Anrol nahm ihre Hand in seine und sah tief in ihre Augen. Das Miststück tastete sie mental ab. Sie spürte heftigen Widerwillen, zuckte zusammen und fühlte die Barriere, die einrastete. Das Tasten hörte auf und sie grinste triumphierend. Der Vampir war nicht aus Neugierde in ihren Kopf gedrungen, er hatte gezielt nach Informationen gesucht.

„Versuchst du das noch mal, vergesse ich meine guten Manieren.“ Morvens

Stimme war ein drohender Hauch. Der Vampir wich vor ihr zurück.
„Ich entschuldige mich in aller Form."
Erneut traf sie das unschuldige Lächeln.
„Ich bedaure, dass die Dunkelheit in dir weilt." Anrol umfasste ihre Hand. „Ich sehe eine unglaubliche Stärke in dir."
Die Anspannung wich aus ihr. Die Vampire des Lichts wirkten erleichtert. Morven musste sich an den Gedanken gewöhnen, dass sie eine Bedrohung darstellte. Irgendwann einmal.
Sarul begutachtete ihre Entwürfe.
„Du hast großes Talent, deine handwerklichen Fähigkeiten scheinen ausreichend zu sein. Wir erwarten das Beste, jeder Stich muss sitzen."
Sie sparte sich eine Antwort, die Frechheiten wollte sie in die Rechnung einfließen lassen.
Gierig beäugte er das Leder des Eisdrachens. Shit, sie wusste nicht, was der Meter kostete. In diesem Moment betrat Dari den Raum und Morven lächelte die Dämonin dankbar an.
„Den Preis kannst du ihnen mitteilen, nachdem wir alles durchkalkuliert haben. Sie werden ihn akzeptieren." Sie warf den Vampiren eisige Blicke zu. Dari zog ein Pad aus der bunten Stofftasche, die über ihre schmalen Schultern hing, lächelte die Zwillingsbrüder an und zeigte die Reihe ihrer spitzen Zähne. Ein harmlos aussehendes Äußeres sagte bei diesen Wesen nichts aus. Dari strahlte eine gefährliche Ruhe aus. Mephistopheles hatte sie nicht nur wegen der handwerklichen Qualitäten ausgesucht, sie war ein Bodyguard.
„Dann lasst uns wissen, was ihr euch vorstellt, Jungs." Sie tippte zuckersüß grinsend auf das Pad.
„Der erste Posten deckt die Unverschämtheiten." Sie lächelte wie Honig. „Der zweite Posten erinnert sie daran, es nie wieder zu tun."
Die Zwillinge wagten es nicht, zu protestieren.
Die Vampire lenkten Morven kurzfristig von ihren Sorgen ab und sie bestellten Wanderhosen, T-Shirts und Fleecejacken.
Sie verließen das *Kit Out* und das Licht kehrte zurück. Morven traf Daris Blick.
„Keine Angst, Morven, sie würden es nicht wagen, dir zu schaden." Sie lachte hell. „Würden sie es versuchen, wären die Konsequenzen jahrelanger Schmerz in Mephistopheles Kammer. Dein Vater würde Kendrick nicht erlauben, sie schnell zu töten."
Das mit der Kammer vergaß sie am besten sofort.
Sie starrte entgeistert auf Daris Kalkulation.
„Sie willigen ein, diese Summe zu bezahlen?"
„Darauf kannst du deinen entzückenden Hintern verwetten."
Dari legte die Hände auf ihre Schultern. „Ich mag dich, Morven, nicht nur,

weil dein Vater mir befohlen hat, über dich zu wachen.“ Sie küsste Morven leicht auf die Stirn und lief elegant in die Dunkelheit. Nur einmal würde sie sich gern derart fließend bewegen können.

Morven blickte von dem Notebook mit brennenden Augen und einem schmerzenden Kopf auf. Einen Vertrag zu entwerfen, erwies sich als schwierig, er durfte keine Schlupflöcher aufweisen. Unvorstellbare Auswirkungen lungerten über ihrem Haupt.

Die Buchstaben verschwammen und sie klappte das Notebook zu. In dieser Nacht schlief sie traumlos.

Von draußen hörte sie die Stimmen von Gordon und Dàn, Privatsphäre gehörte der Vergangenheit an. Allmählich erdrückte es sie.

Unruhig umrundete sie den Küchentisch. Sie brauchte Bewegung, die ihr die nötige Luft zum Atmen verschaffte. Sehnsüchtig dachte sie an eine Joggingrunde. Gordon und Dàn könnten sie begleiten.

Zu ihrem Erstaunen stimmte Dàn ihrer Bitte sofort zu. Sie hätte sogar Tränen eingesetzt, um zum Ziel zu kommen. Mit ihnen erreichte sie bei Dàn mehr als mit Zorn. Sie beäugte Gordon und er zog die Augenbrauen hoch.

„Bei mir könntest du heulen wie ein Wolf aus dem Eismoor. Wenn ich nicht will, gehst du ohne meine Erlaubnis keinen Zentimeter.“ Er trat nah an sie heran. „Noch besitzt du ungenügende Kenntnisse über deine Kräfte.“ Seine fast schwarzen Augen und die scharfen Züge starrten sie in Grund und Boden.

Machorilla!

Er lachte, es stand ihm gut zu Gesicht.

Sie lief los und die vertrauten Geräusche des Waldes beruhigten ihre aufgebrachten Nerven. Leichten Schrittes erklomm sie den steilen Pfad, zeigte doch das harte Training Erfolge. Sie joggte viel schneller als früher. Die Lugus hielten Abstand, spürten anscheinend, dass sie kurz davor war, durchzudrehen.

Sie erhöhte die Geschwindigkeit und bog nach rechts ab. Nach wenigen Metern beschlich sie ein ungutes Gefühl. Hinter der Kurve lauerten Schwierigkeiten. Sie blieb schlitternd stehen. Pickel, zuzüglich seiner Kompagnons versperrte ihr den Weg, wieder einmal. Das durfte doch nicht wahr sein.

„Heute ohne deinen Köter unterwegs, Schlampe.“ Pickel, der Boss der Bekloppten, unterstrich seine Worte mit einem bösartigen Lächeln.

Wo waren Dàn und Gordon?

„Jetzt erscheinst du nicht mehr so mutig, allein und hilflos.“ Der Kräftigere der beiden versuchte, hinter sie zu gelangen. Morven zuckte unter ihren Gedanken zusammen. Klar hörte sie in ihrem Kopf, was die Drei mit ihr vorhatten.

„Dazu seid ihr nicht Manns genug“, zischte sie. Ein schwarzes Schimmern erschien auf ihrer Haut, packte sie wie das Gebiss eines Löwen, drang tief in sie ein. Das Urchaid brach an die Oberfläche. Sie hielt Pickel an der Gurgel und schleuderte den Kräftigeren der beiden anderen gegen eine Tanne, wo er bewusstlos auf dem Waldboden liegen blieb. Mordlust brandete durch ihren Körper.

Pickel starrte sie mit weit aufgerissenen Augen an, unfähig, einen Ton von sich zu geben. Er wusste es, der Tod hielt ihn in den Klauen. Dàn vereitelte die Flucht des Hageren. Er tauchte plötzlich vor ihm auf, versetzte ihm einen Stoß, sodass er auf dem Hosenboden landete.

Morven drückte fester zu, kämpfte mit ihrem Inneren, das aufschrie, sie von dem Verbrechen abhalten wollte. Sie versuchte ihre Hände zu lösen, fühlte die Tränen, die ihre Wangen hinunterliefen. Sie wollte es nicht tun, und doch tat sie es. Spürte Genugtuung, denn das Leben wich aus ihm. Ein harter Schlag traf sie und rammte sie zu Boden.

Stöhnend fasste sie an ihren Kopf, sah verwirrt in die bersteinfarbenen Augen von Dàn. Sie lag in seinen Armen auf dem Waldboden.

Erkenntnis durchfuhr sie mit grauenvoller Intensität. Sie hatte den Pickligen umgebracht, es genossen, ihn zu töten. Sie drehte sich zur Seite und erbrach.

Erst jetzt bemerkte sie Gordon, der neben ihr kniete.

„Keine Angst, er lebt noch.“ Ein trockenes Lächeln traf sie. „So gerade eben.“

„Ich wollte das nicht.“

„Das wissen wir, Kind.“ Die Stimme war eine zärtliche Berührung, die sie einhüllte.

Zwischen den Bäumen trat eine Frau hervor.

„Ich bin Rovella, die Herrscherin der Ainmhidh. Fürchte dich nicht. Vertraue denen, die dich lieben.“ Sie warf das lange vanillefarbene Haar mit einer sinnlichen Geste zurück. Die Bewegungen glichen der Eleganz eines tänzelnden Pferdes, denn sie schien über der Erde zu schweben. Die Augen ähnelten purpurfarbenem Samt.

„Sie wollten dir Bestialisches antun. Mitleid haben sie verwirkt.“

Sanft berührte sie Morven an der Wange.

„Ich möchte nicht zu einem Geschöpf des Bösen werden.“

„Das ängstigt dich am meisten, es verursacht Schwäche, lähmt dich. Du musst das Urchaid akzeptieren, nur so wirst du es besiegen können.“ Rovella lächelte sie an. „Du hast ihnen gegeben, was sie verdienten.“

Morven sah zu den drei Gestalten, die regungslos auf dem Boden lagen. „Ich zeige dir, was sie dir zumuten wollten. Ohne deine Kräfte hätten sie ihr Ziel mit Leichtigkeit erreicht. Und du bist nicht die Erste, der sie das angetan hätten.“

Die Bilder, die ihren Kopf durchdrangen, erfüllten sie mit Entsetzen, so intensiv, dass sie in Tränen ausbrach. Hilfe suchend umklammerte sie Dàn.

„Sie verdienen ihr Schicksal. Ich nehme sie mit in mein Reich." In Rovellas samtigen Augen lauerte Grausamkeit. „Ihr Menschen strebt danach, das Böse zu verstehen. Ihr sucht nach Motiven für Abscheulichkeiten, tut euch schwer, einfach zu akzeptieren, dass manche Geschöpfe herzlos sind und der Mensch am allermeisten. Ihr fahndet nach Ausflüchten in der Umgebung, in der Erziehung. Bei diesen Dreien gibt es keinen Grund, sie sind, was sie sind." Rovella beugte sich tiefer, flüsterte ihr den Plan zu.

Kendrick war nervös und Mephistopheles umfasste seine Schultern.

„Reiß dich zusammen, Sohn."

Kendrick gab es widerwillig zu, er mochte den Vampirdämon, es gab schlechtere Väter.

Kendrick krümmte sich, konnte kaum einen Schrei unterdrücken. Er spürte, wie das Urchaid in Morven biss, sich ausbreitete und seine Gefährtin mit kaltem Entsetzen füllte. Wie sollte sie es schaffen, zu widerstehen? Nachzugeben versprach Erleichterung. Übelkeit stieg in ihm hoch, heftig, und Lior fasste nach ihm, da er drohte, zu Boden zu gehen.

Ein schallendes Lachen durchfuhr ihn - April Wind.

Sie gehört mir, Söldner. Bald verschlinge ich dein Herz. Aber vielleicht will Morven es verspeisen, das Urchaid mag es blutig.

Mephistopheles sah ihn ernst an. „Es ist Zeit für den Rückweg." Kendrick schaute zu den Meduren, mit ihnen misslang oder gelang der Plan.

Lior half ihm auf das Ainmhidh, die grünen Pupillen dunkel vor Anspannung. Nebenbei wich er den schnappenden Zähnen aus. Das Pferd peilte Liors Hintern an, schnaubte erbost, als er das Ziel verfehlte.

Die Umgebung verschwamm vor seinen Augen. Wenn er sich so fühlte, wie musste es Morven ergehen? Mephistopheles umklammerte die Mähne des Ainmhidhs, strich sich mit einer femininen Geste die Haare aus der Stirn.

Rasar fiel in einen Galopp und Kendrick spürte die Nervosität der beiden Männer. Gleich durchquerten sie die kleine Schlucht, der perfekte Ort für einen Hinterhalt. Den ursprünglichen Plan hatten sie geändert. Sie kehrten nicht auf die Erde zurück. Sie vertrauten Baodan. Kendrick fasste es nicht.

Ein kaum wahrnehmbares Verkrampfen der Muskeln von Rasar verriet, dass sie da waren. Ein Pfeil traf seinen Hals, durchbrach mit der Nadel seine Haut. Kendrick stürzte von Rasar. Die Ainmhidhs gingen zu Boden, blieben zuckend liegen und kämpften gegen die Betäubung an. Er lag auf dem Rücken, unfähig, sich zu bewegen. Lior lieferte sich einen Kampf mit einer Handvoll Angelus. Er hätte sie besiegt, wenn nicht ein Pfeil ihn in den Oberschenkel getroffen hätte. Fluchend sackte er zusammen.

Mephistopheles war umzingelt von den Echsenwesen. Sie brachten ihn durch ihre pure Zahl zu Fall, schnürten ihn wie ein Paket. Erst jetzt trat April Wind aus den Schatten. Sie trat Mephistopheles ins Gesicht. Kendrick konnte nicht ausweichen, als sie sich neben ihn hockte, ihn an der Wange berührte und den Konturen folgte. Die Hand blieb auf seinem Brustkorb liegen.

„Dein Herz rast, Söldner. Dich werde ich besonders leiden lassen, da du es gewagt hast, meine Tochter zu entehren. Wegen dir bereitete sie mir ungeahnte Schwierigkeiten. Es hat ihr wenig genutzt. Das Urchaid hat sie fast überwältigt." Ihr Atem traf sein Gesicht, denn sie beugte sich näher. Wahnsinn leuchtete in den Augen. „Aber das weißt du längst, da es dich schwächt." Sie lachte schrill. „Dein Herz wird köstlich sein, es ist mit Angst durchströmt."

Sie leckte sich die Lippen. „Das, was ich nicht kosten will, gebe ich meiner Schöpfung, fressen sie doch alles."

Sie richtete sich auf.

„Bringt sie ins Lager. Die Ainmhidhs könnt ihr später fressen, wenn die Angelegenheit erledigt ist."

Ein harter Schlag traf Kendrick.

Ein kleiner Schatten huschte den Küchentisch entlang.

Oh, bitte nicht.

Der Stuhl landete krachend auf dem Boden. In ihrer Hast vor dem ekligen Viech zu flüchten, stolperte sie über den Stuhl und fiel fluchend auf das Parkett. Die Spinne sprang auf ihren Arm, das widerliche, handtellergroße Ding, das aus den Teppichen gekrochen war. Behaarte Beine, der Körper die Größe einer Fifty Pence Münze, die schrecklichste Kreatur auf der Erde. Ihr Schrei vermischte sich mit dem Biss. Das Gift wirkte sofort und bewegungslos starrte sie dem Monster hinterher.

Ein fremder Wille drängte das Bewusstsein aus ihrem Kopf, ersetzt von den Gedanken ihrer Mutter. Sie kämpfte dagegen an, die Sinnlosigkeit ließ sie mental schreien. Vor ihren Augen sah sie Kendrick, ihren Vater und Lior in Fesseln hängen. Sie bluteten aus unzähligen Wunden. Ein Luachrach schlug seine Zähne in Mephistopheles Schenkel, er spannte sämtliche Muskeln an, versuchte, nicht zu brüllen, es gelang ihm nicht. Der Ausdruck seiner Augen zerriss sie, Hoffnungslosigkeit und Aufgabe.

Bitte, gib nicht auf.

„Siehst du das, Tochter?" Aprils grausame Stimme zerrte an ihr. „Du kommst zu mir, allein, oder ich töte sie, grauenvoll langsam." Sie kicherte. „Zwischendurch gewähre ich ihnen genügend Zeit, um ein wenig zu heilen. Du benutzt das Portal in den Ruinen von Ravenscraig Castle. Es bringt dich direkt auf die andere Seite zu mir. Nur ich besitze das Gegengift für den Biss der Spidra, falls du dich widersetzt, wird es deine Innereien verflüssigen."

Das Urchaid bäumte sich in ihrem Körper auf und hinterließ tiefe Spuren.

„Ich brauche nicht zu betonen, dass du zu niemandem ein Wort sagen darfst."

Pure Agonie raste in ihren Adern, ein letzter Versuch, zu widerstehen. „Ein sinnloses Unterfangen, Morven. Lass los, dann hört es auf."

Die Pein stieg brennend in ihrem Inneren an, verätzte ihre Organe, und sie konnte noch nicht einmal durch einen Schrei Linderung finden. Die Leere siegte, der Kampf war beendet. Das Urchaid brach an die Oberfläche.

Von einem Moment zum anderen erlangte sie das Gefühl über ihre Glieder. Balsamgleich verdrängte Hass den Schmerz, das Leid, Freude und Leben. Selbst er verging, zurück blieb kühle Leere, die nichts forderte.

Dàn und Gordon betraten die Küche.

„Alles in Ordnung?" Dàn sah sie durchdringend an. Gordon stand einen Schritt hinter ihm. „Wir hörten dich schreien."

Sie nickte lächelnd.

„Ich brauche mehr Schlaf." Sie sah ihn scheu an. „Am Küchentisch einzunicken, gehört nicht zu meinen Gewohnheiten. Ich hatte einen Albtraum und gehe zu Bett."

„Soll ich deine Bettdecke zurückschlagen?"

„Das hättest du wohl gerne, Dàn." Sie grinste ihn an. Ein rotes Schimmern überzog ihren Körper, durchzogen von schwarzen Funken. Dàn schrie eine Warnung, doch es war zu spät und beide Söldner sanken leblos zu Boden. Sie verschwendete keinen Blick, um sich zu vergewissern, dass sie noch lebten, und öffnete leise die Hintertür.

Eisige Nachtluft schlug ihr entgegen. Selbst die Sterne konnte sie kaum ausmachen, sie lagen verborgen hinter dunklen Wolken. Ihre Mutter zeigte ihr den Weg und unbemerkt von den Wachen schlich sie Richtung Ravenscraig durch den Wald. Das Urchaid wütete in ihr, diesmal begrüßte sie seine Kälte, denn es drang lindernd in ihr Inneres.

Sie fand das Portal in den Ruinen der Burg. Als sie auf ihm stand, durchfuhr Schmerz ihre Schulter. Eine Nadel steckte in ihr.

Etwas Warmes, Nasses leckte ihre Wange entlang. Morven öffnete widerwillig die Lider. Den Schrei schluckte sie hinunter, war es doch kein Monster, das über ihr aufragte, sondern Roven. Jetzt erinnerte sie sich, die Spidra hatte sie gebissen.

Sie versuchte, auf die Füße zu kommen, es erwies sich als unmöglich. Schwindel erfasste sie und ihr Kopf sank zurück auf den weichen Boden. Dem Geruch nach lag sie auf Piniennadeln. Nur Rovens Augen und sein Zaumzeug spendeten Helligkeit. Er schnaubte sanft in ihr Gesicht und seine raue Zunge strich über die Einstichstelle. Sie prickelte und das Gefühl verschwand.

Das Urchaid verblasste in den Hintergrund.

Ein leises Hüsteln zeigte ihr, dass sie nicht allein mit Roven war. Als sie erkannte, wer aus der Dunkelheit trat, sprang sie auf die Füße. Bethana fing sie auf, denn sie strauchelte.

„Bleib ruhig, Morven. Alles läuft fast nach Plan." Sie legte ihre Hand auf Morvens Mund und hinderte sie daran, zu sprechen. Morven spürte eine ziehende Kraft. Eine Glyphe umhüllte sie und die Meduris.

„Jetzt können wir frei reden. Andere Dinge beschäftigen deine Mutter im Moment. Sie fühlt sich siegessicher. Du musst mir vertrauen." Ihre violetten Augen schimmerten schmerzerfüllt. „Ich habe Brian geliebt, mochte Betty und wollte meine Schwester retten. Niemand sollte ernsthaft zu Schaden kommen."

Morvens Verstand versuchte, sich auf die Ereignisse einzustellen, die seltsamen Moralvorstellungen zu verstehen. Rovella hatte recht, der Mensch strebte danach zu begreifen, tat sich schwer damit, einfach zu akzeptieren.

„Glaubst du, dein Gefährte würde dein Leben riskieren?" Bethana lachte zynisch. „Falls ich dich nur schief ansehe, prügeln er und dein Vater sich um die Ehre, wer von ihnen mich grausamer töten darf."

Sie sah der Meduris in die Augen und nickte. Jetzt war nicht die Zeit für Misstrauen. Sie betete, dass die Schutzkleidung Dàn und Gordon vor ihrem Angriff gerettet hatte. Sie vertrauten Morvens Kräften mehr als sie selbst.

„Wirf mich bitte nicht ab." Sie starrte gebannt auf ihre Knöchel, die sie wegen der Dunkelheit kaum sah. Sie umklammerte den Sattel und Roven bewegte sich vorsichtig unter ihr, zu ihrer Bestürzung wimmerte sie. Morven schüttelte den Kopf, sie musste aufhören, zu zweifeln und ihren Kräften vertrauen. Sie war nicht der schwache Mensch, der sie einst war, sie war die Armanach. Roven schnaubte seine Zustimmung. Warum fühlte sie sich nicht mächtig? Wie sehr verlangte es sie nach Kendrick, nicht nur nach seiner physischen Stärke, sondern auch nach seiner Nähe, seiner Wärme, dem Gesamtpaket einschließlich der Dominanz. Ihre Angst um die drei Männer zerriss sie. Zudem konnte sie der Kälte in ihrem Inneren nicht mehr lange standhalten. Das Urchaid nutzte die Gelegenheit und krallte sich in ihr fest, bereit, sie ganz zu ergreifen. Das Gegengift verlor an Wirkung.

Sie musterte Bethana. Die überirdisch schöne Kreatur saß auf einem Vollblut. Sogar ihr Umriss wirkte anmutig, sie zerschmolz mit der Fuchsstute. Morven saß dermaßen verkrampft auf Roven, dass sie gegen seine Bewegungen arbeitete. Dann erinnerte sie sich an Kendricks Worte und sie schloss ihre Augen, nahm Rovens Rhythmus auf und erlaubte sich, an Kendrick zu denken, bevor sie jeden Gedanken an ihn aus ihrem Kopf verbannte.

Kapitel 14

Kendrick spürte Morvens Anwesenheit auf dieser Seite der Welt, als sie durch das Portal trat. Endlich kam es zu einem Ende. Die Verzweiflung in seiner Gefährtin drohte sie zu übermächtigen. Sie schlief kaum noch, aus Angst, dass April sie in ihren Träumen heimsuchte. Die Kälte in ihr wurde präsenter und Nosferat hatte ihm die Entscheidung aus den Händen genommen.

„Wir fangen die Schlampe in unserer Falle. Morven darf nicht länger leiden."

April auf der Stelle zu töten, stand nicht zur Debatte. Sie mussten das Urchaid erst aus Morven locken, um es dann zu verbannen. Töteten sie April zuerst, bestand die Gefahr, dass es Morven ins Verderben riss. Sie brauchten April als Fokus.

Auch wenn er, Lior und Mephistopheles freiwillig in dieser Lage hingen, nicht nur sprichwörtlich, verlangte es viel von ihnen. Um es in ganz simplen Worten zu sagen, April Wind als völlig durchgeknallt zu bezeichnen, traf es nicht annähernd.

Sie sah seiner Gefährtin ähnlich, bei einem flüchtigen Blick. Alles, was Morven ausmachte, fehlte ihr. Leben und Wärme schimmerten aus jeder Pore von Morven, bei April Wind gab es dagegen Hass und Wahnsinn, massiv in den Zügen eingegraben und es verzerrte ihr Gesicht zu einer Fratze. Kendrick betete, dass er seine Gefährtin befreien konnte, die einzige Alternative wäre ihr Tod. Sollte das erforderlich sein, würde Nosferat sie beide töten. Der Mächtigste der Lugus hatte es ihm geschworen.

„Nicht nötig, dass du von den Klippen springst, Söldner." Ein dunkler Ausdruck war in Nosferats Gesicht getreten. „Denk noch nicht einmal dran. Ich verliere keine Söldner durch Suizid."

Mephistopheles genoss gerade Aprils gesamte Aufmerksamkeit und er beneidete den Vampirdämon nicht. Die Peitsche hinterließ bei jedem Schlag tiefe Wunden auf der Haut und er hörte auf zu schreien.

Morven kam näher, gleich hatte das Leiden ein Ende.

„Mutter", ihre Stimme kam aus der Dunkelheit. Er sah das sanfte Schimmern von Rovens Augen und dem Zaumzeug. Das Ainmhidh liebte Morven und tat alles für sie.

Kendrick sah auf das Gefolge, das April umgab. Die Luachrach stellten die größte Bedrohung dar. Sie folgten nur ihrem Instinkt und Hunderte lauerten in der Umgebung. Er hoffte, dass die Angelus es schafften, sie zu überwältigen. Ein paar Exildämonen standen wie verfluchte Schachfiguren in einer Ecke. Die Echsenwesen jagten ihm mit ihrem Anblick Schauder des Mitleids über den Rücken.

Eines von ihnen half Morven von Roven und sie ließ sich nichts anmerken.

Weder zuckte sie bei der Berührung zusammen, als die schuppigen Hände sich um ihre Taille legten noch bei dem stinkenden Atem, der ihr Gesicht traf. Die gelben Augen tränten und das Sprechen bereitete dem Wesen Schwierigkeiten. Es zischte sie an und Speichel flog aus seinem Maul.

Aprils Schöpfung dürfte nicht existieren.

Morven blickte nicht zu Kendrick, sie fixierte ihre Aufmerksamkeit auf ihre Mutter. Sie trat mit hölzernen Bewegungen an April heran, senkte ergeben den Kopf, sank auf die Knie und küsste die Hand der Schlange.

„Steh auf, Kind. Arbeit wartet auf dich. Dinge müssen erledigt werden, Leute getötet, die Erde muss übernommen werden und ich habe nicht zu Abend gegessen. Ich hörte, es gibt Herz." April lachte schrill. Selbst die Luachrach zuckten unter dem Laut zusammen und bewegten sich nervös.

„Ich sehe, du heißt das Urchaid willkommen. Es schenkt dir eine unglaubliche Macht."

Morven drehte sich ihnen zu, die Augen helles Rot, durchzogen von schwarzen Schlieren.

Shit!

Am meisten ängstigte ihn das Muster, das wie ein Geflecht aus dunklem Blut auf ihrer Haut schimmerte. Das Urchaid schien weitaus kräftiger, als sie gedacht hatten, zu spät, um sie zu retten.

Morven lächelte in einer Weise, die er bisher nie bei ihr gesehen hatte. Erbarmungslos, gebrochen.

„Ich brauche das Gegengift nicht mehr. Ich habe mein Schicksal akzeptiert." Sie sah ihm direkt in die Augen. „Ich erweise mich als ein würdiges Gefäß für das Urchaid. Findest du nicht, Gefährte?"

Ein lüsternes Lächeln lag auf ihrem Gesicht.

„Mutter, du musst mir das Ritual zeigen, mit dem du diesen unwürdigen Dämon unterworfen hast." Morven legte die Fingerspitzen unter Mephistopheles' Kinn und hob es an. „Ich hoffe, es befindet sich noch ein Fünkchen Leben in ihm. Ich wollte auch meinen Spaß." Ein kalter Zug lag auf ihren Lippen und sie trat an Lior. „In diesem hier steckt genug Kraft, um ihn zum Schreien zu bringen." Sie streichelte Liors nackten Oberkörper, die Handfläche über seinem Herz. Sie hörte am Bund seiner Hose auf, tätschelte seine Wange, als er versuchte, auszuweichen. Kendricks Tattoo pulsierte, erwachte glühend. Morven drehte sich zu ihrer Mutter.

„Wie bekomme ich dieses verfluchte Nasgadh von meiner Schulter?"

„Indem du ihn tötest, Tochter."

Morven lief an Kendrick vorbei, fuhr mit der Fingerspitze an seinem Brustkorb entlang, umkreiste ihn wie eine Hyäne. Er widerstand dem Drang, sich zu winden, um der eiskalten Berührung zu entgehen. Sie blieb vor ihm stehen, presste die eisigen Lippen auf seinen Mund.

„Eigentlich schade, in mancher Hinsicht war er nützlich."

Bethana bewegte sich langsam rückwärts. Kendrick sah Schatten in der Dunkelheit, die näher rückten und die Lichtung umzingelten.

Kendrick hatte noch immer Siala vor Augen, wie sie Mephistopheles in die Innenseite des Oberschenkels gebissen hatte, sein Blut aufnahm, um die Gestaltwandelung zu erzwingen. Aus der Kehle des Vampirdämons war ein Geräusch äußersten Genusses gekommen. Sie hatte die Gerüchte erfüllt, die er von den Meduren hörte.

Kendrick trug als einziger Kleidung. Sie konnten Morvens Jacke nicht entfernen, wenn er es nicht zuließ.

Morven.

Seine Gefährtin traf seinen Blick. Ein gequälter Ausdruck lag auf ihrem Gesicht.

Es tut so weh. Ich ertrage es nicht. Wenn ich nicht dagegen ankämpfe, stoppt der Schmerz, du hast es geschworen.

Er fühlte ihr Leid und die Pein ergriff ihn ungefiltert, Klauen, die sich durch ihre Eingeweide fraßen, eine brennende Unbarmherzigkeit, die sie von innen heraus zerfraß. Verlangten sie zu viel von ihr? Er bekämpfte die Zweifel, die ihn plagten. Es gab keine andere Lösung, das Urchaid musste an die Oberfläche brechen.

Lass es zu, Morven.

Er biss sich auf die Unterlippe, als sie nachgab und das Böse sie überwältigte. Das Gefühl war so intensiv, dass er seinen Schrei nicht unterdrückte. Sie umklammerte ihn, ihre Hände lagen um seine Taille. Sein Tattoo pulsierte und kämpfte gegen die Kälte an, die sein Körper aufsog.

Sie brach auf die Knie, lehnte für einen Moment die Stirn an seinen Oberschenkel und schaute zu ihm auf. Dunkle Tränen liefen über ihr Gesicht, ihre Augen waren ein gefühlloses Schwarz mit roten Schlieren. April Wind trat hinter sie und lächelte das beängstigendste Lächeln, das er jemals gesehen hatte.

Die Echsenwesen zischten mit wippenden Köpfen. Die Echse, die Morven von Roven geholfen hatte, fing seinen Blick auf. Kendrick sah unerwartetes Mitleid. Konnte die Kreatur Morvens Schmerz spüren? Der Ausdruck der Echse änderte sich zu nacktem Hass, als er April Wind ansah, gepaart mit tiefer Verzweiflung.

Morven rieb sich wimmernd die Haut, das finale Aufbäumen ihrer Menschlichkeit.

„Und jetzt Tochter, töte ihn mit deinem Dolch, der durch das Ritual an dich gebunden wurde. Er besitzt die nötige Macht, dich von deinem Gefährten zu befreien."

Morven zog sich an ihm auf die Füße. Die Schatten verharrten still. Die Luachrach drehten sich fauchend den Bäumen zu.

„Nicht so hastig, Mutter, er soll keinen schnellen Tod finden. Ich will ihn quälen, seine Essenz langsam in mich aufnehmen."

Sie nahm den Dolch. Er spürte fast so etwas wie Angst, tastete mental nach ihr, erreichte nur Leere.

Sie holte aus, zielte auf seinen Hals und im letzten Moment drehte sie sich zur Seite. April schrie vor Zorn auf, schlug zu. Siala stand hinter April, ein Ausdruck purer Wut verzerrte ihre Züge.

Die Schemen lösten sich aus dem Wald und fielen über die Luachrach her.

Ehe die Schlange es schaffte, Morven zu berühren, schlug ihr Siala so hart auf den Arm, dass er brach. Siala schimmerte und Mephistopheles ragte über April auf. Er umklammerte ein Messer, dass Morvens Dolch wie einen Zahnstocher aussehen ließ. Er rammte die Klinge in April Wind, direkt in ihr Herz. Sie stürzte röchelnd auf die Knie. Unverständnis lag auf ihrem Gesicht. Er zog ein weiteres schimmerndes Messer und mit einer Bewegung durchtrennte er die Ketten, die sie hielten. Lior gelang es, sich auf den Beinen zu halten. Er beugte sich zu Siala hinunter, die die Gestalt des Vampirdämons angenommen hatte. Er murmelte eine Beschwörung und Siala lag in seinen Armen. Die Gestaltwandlung bewahrte sie davor, die Schmerzen vollständig zu spüren, aber auch so war es schlimm genug.

Morven brüllte, die Stimme nicht erkennbar, die Fratze des Urchaids überzog sie. Er fasste nach ihr und zog sie eng gegen sich, benötigte seine gesamte Kraft, um sie zu bändigen. Mephistopheles packte ihre Beine, dennoch schlug Morven wild um sich, traf Kendrick mit der Faust auf den Wangenknochen.

Im Hintergrund erledigten die Angelus die Luachrach mit einer Härte, die nichts von ihnen übrig ließ.

Nosferat trat aus den Schatten des Waldes, an ihm klebten Überreste der Exildämonen.

Lior half Kendrick aus der Jacke. Nosferat zerriss Morvens T-Shirt an der Schulter und legte seine Hände auf die Tattoos.

Er spürte, dass die Nacht aus seinem Bewusstsein wich und er gab die Wärme an Morven weiter. Sie schrie noch immer. Silberne Tränen rannen ihre Wangen hinunter und ihre Haut absorbierte sie.

Spuren von Grün schimmerten in ihren Augen, ihr Schrei erstarb. Das Urchaid fuhr aus ihrem Körper direkt in April Wind. Nicht Mephistopheles zog das Messer aus ihrem Herzen, sondern die Echse, die Morven von Roven geholfen hatte.

Die Kreaturen zerfetzten April Wind und mit ihr das Böse.

„Lass sie los, sonst kann ich ihr nicht helfen." Ein Déjà Vu. Nosferats eindringliche Stimme riss ihn aus der Starre. Leblos lag sie in seinen Armen. Er fühlte sie nicht. Sie war tot. Das konnte nicht sein, das durfte nicht sein. Er suchte in ihrem Bewusstsein nach einen Hauch von Leben, nur kalte mitleidlose Leere schlug ihm entgegen. Er brüllte und seine Tränen fielen auf ihr Gesicht. Er blinzelte, sie waren silberfarben. Die Kräfte der Armanach waren auf ihn übergegangen und das Nasgadh sog sie auf, gab sie an Morven zurück.

Leicht wie ein Schmetterlingsflügel pulsierte ihr Herzschlag.

Nosferat legte seine Hand auf ihren Brustkorb, murmelte Worte in der alten Sprache. Noch nie hatte er einen Anblick so herbeigesehnt wie die grünen Pupillen, die ihn ansahen. Kendrick traf den Blick ihres Vaters und sah den eigenen Schmerz in den Augen des Dämons.

Morven blickte in das tränenüberströmte Gesicht von Kendrick. Sie holte röchelnd Luft, wusste, dass sie für wenige Wimpernschläge tot gewesen war. Alles hatte aufgehört, die Agonie, ihr Leid, die Kälte.

Sie hatte Kendrick in ihrem Geist gespürt, zuerst weit entfernt, seine Wärme war mit Mühe spürbar gewesen. Dann wandelte sich die Wärme in Hitze, zog sie von dem dunklen Ort an die Oberfläche.

Er weinte. Mephistopheles weinte. Sogar in Liors Augen standen Tränen. Nosferat wischte sich unauffällig über die Wange.

Die gesamte Szenerie trieb Morven Tränen in die Augen. Die härtesten Kerle, die sie kannte, weinten wegen ihr.

„Flùr." Mehr brauchte Kendrick nicht zu sagen, die Betonung reichte.

„Ich kann das Böse nicht orten."

„Du hast es geschafft."

Wo war April? Sie konnte sie weder in lebender Form noch in toter Form finden. Einzig eine Blutlache war auf dem Boden.

„Habt ihr sie weggebracht?"

Nosferat legte eine Hand auf ihren Arm und die Berührung beruhigte sie weiter. Seine Aura umschmiegte sie und schützte sie davor, zu schreien.

„Ihre Schöpfung hat sie beseitigt. Es ist nichts von ihr übrig, was wir den Flammen übergeben könnten." Er lächelte sie warm an. „Um ganz sicher zu sein, verbrennen wir die Erde und versiegeln die Brandstelle mit Schutzglyphen."

Mephistopheles kniete neben ihr, sah Kendrick fast bettelnd an und Kendrick ließ ihren Vater sie in seine Arme ziehen. Sie vergrub das Gesicht in seiner Halsbeuge, akzeptierte ihn als ihren Vater. Er mochte ein Dämon sein, aber er war weitaus menschlicher im Vergleich zu vielen Menschen, die sie kannte.

Und er war ihr Vater, verdammt. Verglichen mit ihrer Mutter wirkte er wie ein wahrer Engel.

Baodan trat an sie heran.

„Ich hoffe, damit ist unsere Schuld beglichen, Armanach." Zögernd streckte er die Hand nach ihrer Wange aus.

Sie wich nicht zurück. Mit einem Seufzen nahm er eine Träne auf und ein Schaudern lief über seinen Körper. Für einen Moment sah sie Wärme in seinen Augen, bevor die Grausamkeit sie verdrängte.

Ohne ein weiteres Wort drehte er sich um und verschmolz mit den Schatten des Waldes.

Das Urchaid in ihrer Mutter war besiegt. Aber Frieden herrschte nicht, nur ein vorübergehender Waffenstillstand. Die Angelus wollten noch immer mehr Freiheit und würden zuschlagen. Eine Splittergruppe, die sich von Baodan abgewandt hatte, machte selbst dem Anführer der Angelus zu schaffen.

Morven saß vor Kendrick auf Roven, lehnte sich gegen ihn, schloss die Augen und genoss das warme pulsierende Gefühl des Nasgadhs. Die Angst war fort, für den Augenblick.

Morven betrachtete das durchsichtige rote Negligé, das Kendrick ihr vor zehn Minuten in die Hände gedrückt hatte. Es kam ihr seltsam bekannt vor. Sie zog es lächelnd über, es war fast so, als wenn sie es entworfen hätte. Hatte sie aber nicht.

Sie saß auf dem Bettrand und stand auf, als Kendrick aus dem Badezimmer trat. Ihre Augen weiteten sich, denn auch sein Outfit war ihr vertraut. Er trug ein offenes weißes Hemd und schwarze enge Shorts. Erkenntnis rammte sie und sie trat nervös einen Schritt zur Seite.

„Gehorche mir oder ich bestrafe dich“, sagte er drohend.

Sie kicherte, denn seine Mundwinkel zuckten. Es hinderte ihn nicht daran, sie zu packen und sie über seine Knie zu legen. Bevor sie ausatmen konnte, umwickelte er ihre Handgelenke mit dem Frotteegürtel ihres Bademantels. Den empörten Schrei erstickte er mit einem seidenen Knebel.

„Jetzt habe ich dich, kleine Armanach“, sagte er mit deutlichem Triumph in der Stimme. Er schob das Negligé nach oben. Morven tastete nach ihren Kräften, versagte auf ganzer Linie, denn in diesem Moment zog er Mr. Noodles unter dem Kopfkissen hervor und schaltete ihn ein.

Sie wimmerte unter dem köstlichen Schmerz seiner Handfläche, die auf ihren Po prasselte und dem vibrierenden Genuss auf ihrer Klitoris.

Ende

Linda Mignani, Jahrgang 1965, geboren in Kirkcaldy (Schottland), lebt glücklich verheiratet mit ihrem Mann italienischer Herkunft im Ruhrgebiet. Den britischen Pass ziert ein grauenvolles biometrisches Passfoto. Inspiration holt sie sich beim Malen ihrer Acrylbilder. Sie liebt Regen und stürmisches Wetter, besitzt nur eine Handtasche aber unzählige Turnschuhe. Neben Büchern zählen Wandern, Joggen und Rad fahren zu ihren Leidenschaften. Damenschneiderin und Industriekauffrau sind die Berufe, die sie erlernte. Ihr Motto: Das Leben ist zu kurz, um sich zu ernst zu nehmen.

Website: http://lmignani.blogspot.com

Linda Mignani
Verführung und Bestrafung
ISBN: 9783938281826

Auf der Suche nach Motiven findet die Malerin Viola einen märchenhaft scheinenden Garten. Doch statt Landschaftsmotiven entdeckt sie dort einen geheimnisvollen dominanten Mann, der eine schöne Frau erst auspeitscht und anschließend zärtlich verführt. Fasziniert von dem Lustspiel fotografiert Viola sie heimlich. Violas Anwesenheit ist jedoch von den Besitzern nicht unbemerkt geblieben, denn auf dem Grundstück befindet sich der „Federzirkel", ein exklusiver SM-Zirkel. John, einer der Inhaber des Zirkels und der Dominus, den Viola fotografiert hat, lässt sie entführen. Er macht Viola ein verlockendes Angebot: Viola darf die Villa des Zirkels mit Gemälden ausstatten – aber im Gegenzug für diesen lukrativen Auftrag muss sie sich John in jeder Hinsicht unterwerfen. Viola lässt sich auf den Vorschlag ein und ein sinnliches Spiel aus Verführung und Bestrafung beginnt, in das Viola sich immer tiefer fallen lässt …